KB113449

너
의
빈
자
리

너
의
빈
자
리

초판 1쇄 인쇄일 2016년 03월 24일
초판 1쇄 발행일 2016년 03월 28일

지은이 | 차수인
펴낸이 | 김기선
편집장 | 김은지

펴낸곳 | 와이엠북스(YMBOOKS)
출판등록 | 2012년 7월 17일 (제382-2012-000021호)
주소 | 서울시 도봉구 노해로 379, 1005호(창동, 대성빌딩)
전화 | 02)906-7768 / **팩스 |** 02)906-7769
E-mail | ymbooks@nate.com

ISBN 979-11-322-3685-6 03810

값 9,000원

※파본은 구입처에서 교환하여 드립니다.
※저자와 협의하여 인지를 붙이지 않습니다.
※이 책은 저작권법에 따라 보호를 받는 저작물이므로 무단 전재와 복제를 금하며,
이 책 내용의 전부 또는 일부를 사용하려면 반드시 저작권자와 와이엠북스의 동의를 받아야 합니다.

너의 빈자리

빈 자리

차수인 장편소설

YMBOOKS
ROMANCE STORY

YM
BOOKS

차 례

프롤로그

조명을 받아 눈부시게 반짝이는 갖가지 보석들이 자태를 뽐내며 즐비해 있다. 직원이 꺼내놓은 반지를 유심히 살펴보는 태강의 얼굴도 환하게 밝았다.

2년의 연애. 1년의 긴긴 설득 끝에 받아낸 부모님의 허락.

드디어 사랑하는 남서주를 아내로 맞이할 날이 멀지 않았다. 바쁜 자신을 늘 기다려준 그녀와 같이 잠들고, 같이 눈뜰 수 있는 날이. 매일 늦게까지 번역 작업을 하고 자는 그녀를 위해 먼저 일어나 커피를 내리고, 커피 향이 감도는 침실에서 그녀의 뽀얀 이마에 짧은 입맞춤을 해 잠을 깨울 것이다. 주말에는 함께 운동을 하고 밀린 청소나 쇼핑을 하고 외곽으로 드라이브를 가기도 할 것이다.

24시간을 붙어 있을 순 없겠지만, 일을 마치고 퇴근하면 그녀가 기다리고 있는 집으로 가는 길이 그 어느 때보다 즐거울 것 같다.

직원이 테이블 위에 올려놓은 몇 가지의 반지를 보던 태강은 진열장 안에 놓여 있는 다이아 반지에 시선이 사로잡혔다. 언뜻 보면 두 개의 반지로 보일 수도 있었지만 하나의 반지였다.

"이거 좀 보여주세요."

직원이 반지를 꺼내 태강의 앞에 내려놓았다. 웨이브 모양으로 하나의 링이 또 다른 링을 뒷받침해주듯 감싸고 있었다. 보자마자, 서주와 자신을 보는 듯했다. 태강은 언제나 이 반지처럼 서주를 감싸주고 싶은 마음이었으니까.

"이거로 하겠습니다."

반지를 포장하는 직원의 손길을 바라보는 태강의 눈매가 부드럽게 휘어졌다. 프러포즈를 하면 서주가 어떤 얼굴을 할지 벌써부터 설렘으로 가슴이 두근거렸다. 포장된 상자를 받아 주얼리숍을 나오는 태강은 차에 올랐다.

그리고 두 달 후, 태강은 드디어 프러포즈를 하기 위해 만반의 준비를 마쳤다. 새벽녘부터 퍼붓던 비가 그녀를 만나러 가는 길을 지체하게 했다. 하지만 내리는 비마저도 우울함을 가져오기는커녕 맑은 날처럼 산뜻하게 다가왔다.

태강은 느리게 움직이는 차들을 바라보다가 고개를 돌려 조수석에 올려둔 상자를 보았다. 반지를 받고 좋아해줄 서주를 생각하니 자연스럽게 입꼬리가 상승 곡선을 그렸다. 그녀의 네 번째 손가락에 끼어질 반지. 그 생각만으로도 가슴이 두근거렸다.

심장의 울림이 조용한 차 안을 가득 채웠다.

느리게 움직이던 차가 드디어 약속 장소인 레스토랑 앞에 도착했다. 시간을 확인한 태강은 도착 시간보다 5분이나 늦었다는 것에 미간을 찌푸리며 상자를 안쪽 주머니에 조심스럽게 넣었다. 차에서 내려 레스토랑으로 걸어가던 그는 창가에 앉아 있는 서주를 발견하고 입가에 미소를 지었다.

레스토랑 문을 열고 안으로 들어가자, 피아노 선율이 레스토랑 안을 가득 채우고 있었다. 잔잔한 피아노 소리를 들으며 2주 만에 보는 그녀에게 시선을 고정하고 걸어갔다.

"서주야."

"오빠."

태강은 조금은 야윈 듯한 그녀의 얼굴에 고개를 갸웃거렸다. 2주 동안 또 제대로 안 챙겨 먹은 건가.

"조금 야위었는데. 나 없을 때도 잘 챙겨 먹으라고 했잖아."

"속이 좀 안 좋아서."

"아팠던 거야?"

걱정스러움이 잔뜩 배인 음성에 서주는 울컥 치미는 감정을 내리눌렀다.

"아프긴. 밤새 번역 작업하고 그래서 그래."

서주는 창밖으로 시선을 돌렸다. 여름이 지나 가을로 접어들었는데, 밖은 한여름 장마처럼 비가 세차게 유리창을 두드리고 있었다.

"큰일이다. 매번 그렇게 밤새 작업해서."

"오빠도 2주간 회사에서 살았잖아."

창밖으로 고개를 돌린 채 시선을 마주치지 않으려는 서주가 이상했다. 그녀의 얼굴을 보고 대화하고 싶은데 말이다. 밤샘 작업으로 피곤해서 그런가, 기분 탓이라 생각하며 태강은 지금에 집중하기로 했다. 오늘은 그녀와 저의 일생일대의 가장 중요한 순간이니까.

그는 주머니에 손을 넣어 반지가 든 상자를 매만졌다. 고백을 하면 그녀가 무슨 말을 할까. 긴장과 기대감으로 또다시 가슴이 세차게 뛰었다.

"서주야."

"오빠."

두 사람은 동시에 입을 열었다.

"먼저 말해."

"우리 헤어지자."

그녀의 입에서 흘러나온 말에 태강은 시공간이 멈춘 듯했다. 지금 무슨 말을 들은 거지? 생각하기도 전에 다시 한 번 그녀가 입을 열었다.

"오빠가 아닌 다른 사람을 사랑하고 있어."

쿵. 태강의 심장이 바닥으로 곤두박질쳤다. 지금 서주가 무슨 말을 하고 있는 거지? 그의 시선이 일말의 감정도 엿볼 수 없는 서주의 얼굴로 향했다.

"다시 말해봐."

"주태강이 아닌 다른 사람을 사랑하고 있다고."

무슨 말을 들은 건지 생각하는 동안 서주가 몸을 일으킨다. 태강은 자신의 옆을 지나치려는 그녀의 팔을 잡았다.

"다른 사람을 사랑한다고?"

"그래."

말을 마친 서주는 태강을 뒤로한 채 레스토랑을 빠져나갔다.

2년을 만난 그에게 이별을 고했다.

여름도 아닌데, 장맛비처럼 한 치 앞을 내다볼 수 없을 만큼 거센 비가 쏟아졌다. 폭우였다. 꼭 자신의 마음처럼. 길 한복판에 퍼붓는 폭우를 맞으며 서주는 오도카니 서 있었다. 제 마음에 있는 그도 내리는 이 폭우에 씻겨 내려갔으면 좋겠다.

그에게 잔인하게 헤어지자는 말을 하고 돌아섰다. 믿을 수 없다는 얼굴도, 화가 난 듯한 얼굴도, 그를 더는 볼 자신이 없어서 더 독한 말을 내뱉었다. 끝까지 붙잡는 그를 매몰차게 버렸다. 자신을 바라보던 그의 황망한 표정에 심장이 너덜너덜해졌다. 숨을 쉴 수 없을 정도로 아팠다.

'아니잖아. 서주야, 아니라고…… 말해줘…….'

그의 애절한 목소리가 귓가에 맴돌아 가슴을 난도질한다. 가슴이 아려왔다. 여전히 그를, 남서주의 인생에선 주태강뿐이면서 거짓말인 걸 들키지 않기 위해 더 모질게 이별을 고했다.

가진 것 하나 없는 저를 좋아해주던 그였다. 남서주밖에 모르던 남자가 주태강이었다. 2년 전, 친구 연희의 소개로 만난 그는 서주에겐 지독한 독이었다. 만남을 거듭할수록 속수무책으로 빠져들게 만들고, 헤어 나올 수 없게 만들었다.

벗어날 수 없는 덫.

사랑하고, 사랑하고, 또 사랑해도 제 것이 될 수 없는 남자.

저와는 전혀 어울리지 않는 남자.

놓았다, 그를.

사랑하면서도…… 그를 버렸다.

아마, 그리움이 넘쳐흐를 것이다. 그를 보지 못하는 수많은 시간들이 지옥일 것이다.

그가 저를 잊길 바란다.

아니, 아니다.

그가 저를 죽을 때까지 잊지 않기를 바란다.

다시 붙잡아주길 바란다.

다시 제게 오길 바란다.

다시…….

서주는 고개를 세차게 내저었다.

그럴 수 없다. 그를 제 옆에 오게 할 수 없다. 그를 붙잡는 건 알량한 이기심이고 욕심이다. 그와 이렇게 이별하는 게 맞다.

가슴에 무거운 돌덩이를 얹어놓은 것 같았다. 명치가 꽉 막혀 숨이 이대로 멈췄으면 좋겠다. 그와의 이별을 결심했을 때부터 한 치 앞을 볼 수 없을 만큼 깜깜한 어둠뿐이었다.

그가 없는 삶은 어둠뿐이다. 그를 떠난 순간부터 마음은 얼어붙었다. 그를 사랑했던 그 시간, 함께했던 그 시간만 가슴에 남겼다.

그는 이대로 저를 나쁜 년으로 기억하길…….

그가 찾아오질 않길 바란다.

1장. 첫 만남, 그 설레는 순간

열어놓은 창문으로 상쾌한 바람이 불어오고 따스한 햇살이 침대로 쏟아졌다. 태강은 시끄럽게 울리는 알람시계로 손을 뻗어 꺼버린 뒤 눈을 떴다. 고개를 돌려 시간을 확인한 그는 몸을 일으켜 욕실로 들어갔다. 간단하게 씻고 나와 트레이닝복을 입고 집을 나섰다.

아파트 안에 있는 피트니스센터로 간 태강이 가볍게 운동을 시작했다. 1시간 동안 운동을 한 후 집으로 돌아온 태강은 집에 들어오자마자 울리는 휴대폰 소리에 얼른 전화를 받았다.

-전화, 왜 이리 늦게 받아?

"운동 갔다 왔다. 무슨 일이야?"

-그놈의 운동. 오늘 같은 날은 좀 쉬면 안 되는 거야?

요즘 세상에 자기 관리가 얼마나 중요한데, 무슨 말도 안 되는 소리를 하는지. 태강은 가볍게 고개를 저었다.

"오늘 같은 날이 어떤 날인데?"

-주태강이 처음으로 소개팅이란 걸 하는 거룩한 날이지.

거룩한 날이라니. 무슨 조국 통일이라도 하는 듯 내뱉는 말에 웃음이 나온다.

-오늘 약속 잊지 않았지?

"그래, 안 잊었으니까 확인 전화까지 할 필요 없어."

-까칠하기는. 늦지 않게 가.

"알았다니까."

-우리 연희가 소개하는 거니까 잘하고.

동영의 애인 연희가 혼자인 자신을 위해 소개팅 자리를 마련했다. 말이 없는 저를 부르는 소리에 태강은 정신을 차렸다.

-야! 주태강, 듣고 있는 거야?

"그래, 알았다고. 잔소리 좀 그만해."

-서주 씨 정말 좋은 사람이니까 잘해라. 내가 우리 연희 볼 면목 없게 만들지 말고.

"그만 끊어. 지금부터 준비해야 안 늦지."

-그래. 꼭 잘해라.

신신당부를 하며 전화를 끊은 동영 때문에 태강이 못 말리겠다는 듯 고개를 내저었다. 일밖에 모르는 자신을 두고 남들이 하는 소리를 모르는 것은 아니다. 여자보다 남자를 더 좋아하는 거 아니냐는 말을 들을 정도였으니까. 하지만 태강은 누군가를 만나 감정 소비하는 걸 어릴 때부터 좋아하지 않았다.

그는 시간을 확인하고 드레스 룸으로 들어가 슈트를 입고 집을 나섰다. 여름이 끝나가고 있었지만 여전히 낮엔 가을이라기보다

여름에 가까운 날씨였다. 주차장에서 내려 카페로 들어가는 동안에도 땀이 나는 것 같았다.

"이런 주말에 소개팅이라니⋯⋯."

투덜거린 태강은 카페 문을 열고 들어갔다. 어떤 옷을 입고 나온다 했더라. 동영과의 통화를 떠올리던 그가 카페 내부를 훑었다. 그때 하늘색 블라우스를 입고 창가에 앉아 있는 여자가 눈에 들어왔다. 그는 곧장 걸음을 옮겨 테이블 앞에 섰다.

태강은 나른한 눈으로 여자를 훑었다. 특출하게 예쁜 얼굴도 아닌 평범한 여자였다.

"안녕하세요. 주태강입니다."

들려오는 인사말에 서주는 고개를 돌려 태강을 보았다. 연희가 보여준 사진보다 훨씬 미남인 남자가 서 있었다. 자리에서 얼른 일어난 그녀는 인사를 건넸다.

"안녕하세요. 남서주입니다."

자리에 앉는 태강을 보며 서주는 대뜸 물었다.

"커피는 어떤 걸로 하시겠어요?"

보통 저런 질문은 남자가 먼저 해야 하는 거 아닌가. 하물며 약속 시간보다 그녀는 일찍 나와 있었다. 자신이 약속 시간보다 5분 일찍 도착했으니, 여자는 언제부터 기다렸단 말인가.

"에스프레소. 서주 씨는 뭐로 하시겠습니까?"

"제가 갔다 올게요."

여자는 냉큼 자리에서 일어나 카운터로 갔다. 그녀의 뒷모습을 보던 태강은 고개를 갸웃거렸다. 여자에게 조급함이 느껴졌다.

주문을 마친 서주는 진동벨을 들고 자리로 돌아왔다.

그러나 마주 앉은 두 사람은 말이 없었다. 주선자들에게 이미 서로의 기본 인적 사항은 들었으니 소개팅을 하면 으레 물을 만한 것들은 굳이 다시 되물을 필요가 없단 생각에 태강은 무엇을 말해야 할지 몰라 서주의 얼굴을 쳐다보고만 있었다.

서주 역시 소개팅은 처음이었다. 처음 보는 사람에게 무슨 말을 건네야 할지 잘 알지 못했다. 사는 게 녹록지 않아 연애할 시간도 아까웠기 때문이다. 오늘도 오랜 친구인 연희가 등을 떠밀지 않았다면 주말 아르바이트를 빼지면서까지 소개팅에 나오지 않았을 것이다. 그런데 먼저 무언가를 물어봐주길 기대하기에 남자의 인상은 차갑기만 했다. 어딘가 오만해 보이기도 하고.

"저기……."

"남……."

두 사람은 한참 동안 서로를 응시하다 동시에 입을 열었다. 풋, 태강이 먼저 웃음을 터트렸다. 그의 웃는 모습은 차가운 인상과는 거리가 먼, 부드러운 웃음이었다. 서주의 입가에도 슬며시 미소가 생겨났다.

"먼저 말씀하세요."

"서주 씨가 먼저 하세요."

"무슨 말을 해야 할지 잘 모르겠어요. 소개팅은 처음이라서요."

"저도 처음입니다."

마침 진동벨이 울려 픽업대로 가 주문한 커피를 가지고 온 서주는 그의 앞에 에스프레소를 내려놓았다.

"잘 마시겠습니다."

반듯하게 해오는 인사에 서주가 미소 지었다. 슬며시 미소 짓는 얼굴에 보조개가 움푹 패였다. 평범하다고 생각했던 처음의 생각은 정정해야겠다. 미소 짓는 얼굴이 살짝 귀여운 인상이다. 여자가 귀엽다니, 문득 그런 생각을 한 태강은 자신의 생각에 어이없어 실소를 터트렸다.

간간이 커피를 마시며 두 사람은 말없이 서로를 관찰하듯 바라보았다. 태강이 자신에게서 시선을 떼지 않자, 서주 역시 시선을 피하지 않고 꼿꼿이 마주했다.

웃지 않으면 차갑다는 말을 많이 들어왔다. 친구 동영조차도 자신이 노골적으로 바라보면 먼저 시선을 피하곤 했다. 그런데 저음 본 서주는 제 시선을 피하지 않는다. 그러다가도 가끔 그의 집요한 시선을 피해 눈동자를 굴리는 모습이 포착되면, 그 모습이 퍽 재미가 있었다.

"서주 씨, 오늘 소개팅에 나온 목적이 연애를 하기 위함입니까?"

그녀는 딱히 연애를 하기 위한 목적으로 나온 소개팅이 아니었다. 마지못해, 연희의 등쌀에 못 이겨 나온 소개팅이었고 굳이 그 사실을 숨길 생각도 없었다.

"연애는 별로 할 생각이 없어요. 그저 친구의 등쌀에 못 이겨 나온 정도랄까요?"

솔직하게 답하는 서주를 보며 태강은 부드럽게 미소를 지었다. 왠지 오늘 소개팅을 나온 건 잘한 일 같다는 생각이 들었다. 연애를 하지 않더라도 친구로 지내는 것도 괜찮을 것 같다.

게다가 서주와 친구로든 만나게 된다면 더 이상 소개팅을 하라고 닦달하지 않을 것이고, 남자를 좋아한다는 오해 또한 사라질 것이다.

"저와 비슷한 상황이네요. 이거 우리, 웃어야 할까요?"

"웃어야겠네요. 똑같은 상황이라면."

두 사람은 서로를 바라보며 웃음을 터트렸다.

"그럼 우리 친구로 만나볼까요?"

"친구요?"

"네. 서주 씨만 괜찮다면 친구로 만나보는 것도 괜찮을 것 같습니다만?"

태강의 말에 서주 역시 나쁘지 않을 것 같단 생각이 들었다. 그러면 연애 좀 하라는 연희의 잔소리를 피할 수 있지 않을까?

"저도 나쁘지 않을 것 같네요."

"그럼 오늘부터 우리 친구 하기로 한 겁니다."

친구를 하기에 연희에게 살짝 들은 그의 나이가 걸렸다.

"친구 하기에 제가 태강 씨보다 나이가 어린 것 같은데 괜찮겠어요?"

"저는 상관없습니다."

"그래도……."

무언가 말을 하려던 서주는 입을 다물었다. 그게 무슨 상관이냐고 그의 눈빛이 말하고 있었다. 본인이 상관없다는데 저가 걱정할 일이 아니었다.

"커피는 다 마신 것 같고, 식사하러 갈까요?"

"그래요."

태강이 먼저 자리에서 일어나 서주의 앞에 섰다. 그녀는 가방을 챙겨 몸을 일으켰다.

소개팅을 하고 집으로 돌아오던 서주는 집 앞에 있는 연희를 보고 피식 웃었다. 집으로 오는 내내 어디냐는 톡을 보내와서 집에다 와간다니, 그새를 못 참고 집 앞에서 기다리고 있었던 모양이다. 그녀를 발견한 연희가 재빠르게 뛰어왔다.

"소개팅 어땠어?"

"뭐가 어때?"

퉁명스럽게 말을 뱉자, 연희의 눈초리가 가늘어졌다.

"태강 씨, 만나보니 어땠냐고."

"글쎄?"

서주가 아리송하게 답하자, 연희는 침을 꿀꺽 삼키고는 조심스럽게 물어왔다.

"마음에 들지 않았어?"

서주는 대답하지 않고 뜸을 들이듯 연희를 바라봤다. 그녀의 표정이 점점 시무룩하게 변하자, 서주는 슬며시 미소 지었다.

"아니, 나쁘진 않았어. 만나보기로 했어."

언제 시무룩했냐는 듯 연희의 표정이 금세 방글방글 웃는 낯으로 변했다.

"꺅! 정말이지?"

연희가 서주의 손을 잡고 진짜냐고 물어왔다. 가볍게 고개를 저은 서주가 못 말리겠다는 듯이 웃으며 답했다.

"그래."

친구로. 태강과 만나기로 했다는 것만으로 기뻐하는 연희를 보며 남자, 여자가 아닌 친구라는 말은 하지 않기로 했다.

"형찬이한테 말해야겠다. 드디어 남서주가 모솔을 탈출하게 생겼다고."

호들갑을 떨며 가방을 뒤적거려 휴대폰을 찾는 모습에 서주가 얼른 연희의 손을 잡았다.

"형찬이 바빠. 요즘 마감 때문에 주말에도 일한대."

"아! 맞다! 마감이라고 했지."

고개를 끄덕인 서주가 연희의 손을 잡아끌었다. 집으로 들어온 그녀는 소파 위에 대충 가방을 내려놓고 주방으로 향했다.

"커피?"

"좋지."

아침에 내려놓은 커피를 두 잔 따라 거실로 나가자, 소파에 등을 기대고 앉은 연희가 휴대폰에 열중하고 있는 모습이 보였다.

"뭐 해?"

"아, 동영 오빠한테 말했지. 형찬이한테도 톡 남겨놓고. 소개팅 잘된 거 같다고."

그새를 못 참고 동네방네 소문내는 연희를 보고 할 말을 잃어버렸다. 자신이 남자를 만나는 일이 이렇게 소문낼 만한 일인가.

연희는 늘 그랬다. 연애에 관심이 없고, 돈만 좋아한다며 일 중독 남서주라고 자신을 불렀다. 젊었을 때 남자도 만나보는 거라나 뭐라나. 그러면서 소개팅을 주선했다.

"주말인데 뭐 했어?"

"동영 오빠 만나고 왔지. 태강 씨랑 너랑 잘돼서 우리 더블데이트도 하고 그랬으면 좋겠다. 커플 여행, 그런 것도 좋고."

"앞서가도 너무 앞서가네, 구연희."

"앞서가긴 뭐가?"

"이제 만나보기로 한 것뿐이야. 아직은 호감 정도. 그런데 뭐 더

블데이트를 하고, 커플 여행을 가."

그 말에 머리를 긁적인 연희가 배시시 웃었다.

"헤헤. 너무 앞서갔나?"

"그래, 앞서가도 한참 앞서갔지."

옆에서 쫑알대던 연희가 돌아가고 서주는 모든 기운을 소진한 듯 침대에 누웠다. 오늘 있었던 일을 돌이켜보던 서주의 입가에 잔잔한 미소가 생겨났다.

소개팅은 나쁘지 않았다. 얘기를 나눌수록 그는 자신과 생각이 비슷한 것 같다는 생각이 많이 들었다. 연희나 형찬이 아닌 다른 사람과의 대화가 즐거운 것도 오랜만이었다. 하지만 서주에게 태강은 연희나 형찬 같은 친구가 한 명 더 생겼을 뿐이다. 생각이 비슷한.

늘 똑같은 일상이 지나고, 서주는 주말 아르바이트를 가기 위해 오피스텔을 나왔다. 버스를 타고 빵집에 도착한 그녀는 앞치마를 두르고 일을 시작했다. 갓 구워진 빵을 진열대에 정리 중 차임벨이 울렸다.

고개를 돌리자 빵집으로 들어오는 사람과 시선이 마주쳤다. 서로를 알아보고 놀란 듯 두 사람은 그 자리에서 꼼짝도 하지 않고 시선을 얽었다. 소개팅에서 본 슈트 차림이 아닌 트레이닝복을 입고 있는 태강이 서 있었다.

"여기서 일하세요?"

"네."

먼저 말을 꺼낸 사람은 태강이었다. 소개팅을 하고 친구처럼 지내기로 한 것을 기억은 하고 있었지만, 연락을 해도 무슨 말을 해야 할지 몰라 차일피일 연락을 미루고 있었다.

"빵 사러 오신 거예요?"

"네. 간단하게 샌드위치라도 만들어 먹으려고요. 그런데 주말에도 일하세요? 동영에게 듣기론 번역일 한다고 들었는데."

"아……. 빵집은 아르바이트로 하는 중이에요."

아르바이트를 할 정도로 어려운 상황인가?

"힘들지 않아요?"

"별로 힘들지 않아요. 오랫동안 해왔거든요."

힘들지 않다며 환하게 웃는 서주의 얼굴이 어여뻤다. 처음, 그녀의 미소가 예쁘다고 생각했던 것처럼. 식빵을 포장하는 그녀를 물끄러미 바라보는 태강의 입가에 미소가 생겨났다.

"여기."

포장된 식빵이 든 봉투를 건네는 서주의 손 위로 태강의 손이 포개졌다. 당황한 서주는 재빨리 손을 빼냈다. 따스하게 손등을 감싸던 온기가 묘한 감각을 일깨웠다. 형찬이나 연희와 손이 닿았을 때와는 전혀 다른 느낌이다. 찌릿한 감각에 심장이 엇박자로 뛰는 것 같다. 손을 재빨리 빼냈지만, 여전히 따스하게 감싸던 그의 감촉이 남아 있는 것 같았다. 생소하고 낯선 감각이었지만 나쁜 느낌이 아닌 간질거리는 느낌이었다.

"어디 아픈 거예요?"

식빵값을 지불하며 태강이 물었다. 돈을 받아 든 그녀는 당황한 듯 눈을 동그랗게 떴다.

"네? 그게 무슨……."

"얼굴이 새빨갛게 변했어요."

서주는 얼른 자신의 뺨을 감쌌다. 얼굴로 열기가 몰려 화끈거림에 절로 고개가 숙여졌다.

"서주 씨?"

'으……'

그가 부르는데, 고개를 들 수가 없었다. 그의 손이 불쑥, 고개 숙인 시야 안으로 들어왔다. 톡톡, 가볍게 테이블을 두드리는 소리에 심장이 엇박자로 뛰었다.

"아픈 거예요?"

걱정이 가득한 음성에 서주는 조심스럽게 고개를 들었다. 초조한 듯 걱정이 스민 그의 얼굴이 보였다.

"아픈 거 아니에요."

새빨갛게 달아오른 얼굴로 아픈 게 아니라고 하는 말을 들으며 태강은 고개를 갸웃거렸다.

"아직도 얼굴이 빨간데. 감기는 아니죠? 아직 낮으로는 더워도 아침저녁으로 쌀쌀하잖아요."

서주는 누군가 자신을 걱정하는 모습을 보니 기분이 이상했다.

"감기 아니에요. 조금 더워서 그런가 봐요."

"별로 안 더운데……."

그 한마디에 서주는 다시 얼굴이 붉어지는 것 같았다. 이번엔 얼굴뿐만이 아니라, 온몸에 열기가 감도는 기분이다. 그의 큰 손이 자신의 손을 감싸면서 전해지던 따뜻한 온기가 다시금 생생히 전해지는 것 같다.

"저는 조금 더워서요."

"아, 아픈 게 아니라면 다행입니다."

"걱정해주셔서 감사합니다."

태강은 조금은 붉은 기가 가신 서주의 얼굴을 물끄러미 보았다. 생각지도 못한 장소에서 그녀를 보니 기분이 이상했다. 소개팅을 하고 난 후에도 문득 한 번씩 미소 짓던 얼굴이 떠올랐기 때문이다.

"이렇게 보니 또 새롭긴 하네요. 뜻밖의 장소에서 만날 줄은 몰랐거든요. 아르바이트 끝나면 식사 같이할래요?"

"어쩌죠? 아르바이트가 늦게 끝나서요."

"그럼 아르바이트 끝나는 시간에 제가 다시 이쪽으로 올게요."

놀란 듯 커다래진 서주의 눈을 보며 태강은 말을 덧붙였다.

"소개팅도 했고, 친구로 지내기로 했는데 친구 사이에 가벼운 커피 한잔 정도는 어떨까 해서요. 서주 씨 불편하게 해드리려는 거 아니에요."

"오늘은 그렇고, 다음에 제가 연락드릴게요."

"네. 기다릴게요."

태강은 인사를 건네고 빵집을 나왔다. 걸음을 옮기면서도 그는 유리문 너머 서주를 힐끔거렸다. 톡톡 자신의 볼을 두드리고 있는 그녀를 보니 웃음이 나왔다.

태강은 월요일 아침부터 정신없이 바빴다. 회의 때문에 오전 시간을 꼼짝없이 회의실에 잡혀 있었다. 사무실로 돌아온 태강은 답답하게 목을 죄어오는 넥타이를 느슨하게 풀었다. 회의한 자료를 검토해야 하는데, 자꾸만 딴생각에 빠져들었다.

이것은 필시 동영의 저주가 분명했다.

어젯밤 서류를 검토하고 있을 때, 동영이 난데없이 톡을 보내왔다. 소개팅을 하고 난 후부터 동영은 서주와의 만남이 어땠냐며 집요하게 물어왔다. 그럴 때마다 말을 돌렸더니 어젯밤에는 쉴 새 없이 톡을 보내는 바람에 휴대폰을 아예 무음으로 해놨었다. 그러나 출근하기 전 휴대폰을 들여다본 태강은 아연실색했다. 동영이 남긴 마지막 톡이 그의 발목을 붙잡았다. 서주에 대한 첫인상이라도 말하지 않으면 집에 쳐들어온다나.

집에 아무도 들이고 싶지 않았다. 태강은 자신이 정리해둔 물건들이 제자리에 있지 않는 걸 극히 싫어했다. 결벽증이라고 할 만큼 심한 편은 아니었지만, 그 덕에 부모님조차 같이 살 때는 그의 물건을 함부로 손대지 않았다. 그리고 대법관을 지내신 아버지가 은퇴한 후, 노후를 즐기신다며 어머니와 서울 근교의 외곽으로 이사를 하고 나서야 혼자 살게 된 것이다.

가만히 휴대폰의 화면을 켜놓은 태강은 혼잣말을 내뱉었다.

"남서주의 첫인상이라……."

처음 만난 남서주는 수수해 보였다. 짙은 화장을 한 것도 아니고 옷차림도 하늘색 블라우스에 청바지 차림이었다. 생긴 것도 뛰어난 미인 축에 속하지 않았다. 다만 눈길을 잡아끈 건, 미소 지을 때마다 움푹 들어가던 보조개. 그 모습이 귀여워 보였다. 그리고 대화를 나눌수록 자신과 생각이 비슷한 것 같아 나쁘지 않았다.

그리고 우연히 들른 빵집에서 본 그녀는 첫 만남 때와 이미지가 똑같았다. 다른 게 있었다면 빵이 든 봉투를 받아 들면서 그녀의 손을 감쌌을 때. 그는 누군가와 필요 이상 닿는 걸 싫어함에도 자신의 손 안에 다 들어오는 그녀의 자그마한 손이 좋았다. 계속 잡고 있고 싶을 만큼.

전체적인 총평은 호감이 가는 스타일인 것으로 태강은 생각을 마무리했다.

생각에 빠져 있는 그를 현실로 인도한 건 노크 소리였다. 느슨하게 풀어둔 넥타이를 바로 하며 평소의 표정으로 돌아와 짧게 대답하니, 문을 열고 최 대리가 안으로 들어왔다.

"팀장님, 회의에서 나온 기획안을 토대로 작성한 보고서입니다."

"검토해보고 추가할 게 있으면 말하겠습니다."

서류를 건넨 최 대리가 고개를 숙여 인사를 하고 사무실을 나갔다. 서류를 들여다보는 태강의 눈이 빛났다.

오랜 시간 고개를 숙여 서류를 보았더니 뒷목이 뻐근하게 아파 왔다. 고개를 들어 가볍게 스트레칭을 하던 그는 울리는 휴대폰 화면에 뜬 이름을 보고 인상을 썼다. 바쁘기도 했고, 회사 일로 정신이 없다 보니 동영에게 연락하는 것을 깜빡했다. 그사이 기어코 회사 앞으로 찾아왔다는 말에 보던 서류를 챙겨 가방에 넣고는 사무실을 나섰다.

엘리베이터를 타고 1층으로 내려오자, 로비 한쪽 소파에 동영이 앉아 있는 것이 보였다. 자신을 발견한 동영이 손을 흔들었다.

"이 자식! 형님이 이렇게 꼭 행차를 해야 하는 거냐?"

"누가 오라고 했냐?"

주차장으로 걸음을 옮기며 동영은 으르렁거렸다.

"네가 연락을 다 씹어 드시니 올 수밖에 없었지."

보나 마나 동영의 애인인 연희가 닦달했을 것이다. 그렇지 않다면 어제부터 저렇게 주야장천 연락을 하지 않았을 테니까.

"뭔 연락을 씹었다고 그래? 바빴다."

"그래, 우리의 주태강 팀장은 회사 일을 혼자 다 하지."

빈정거리는 동영을 보며 태강은 어깨를 으쓱거렸다.

"그만하지? 술 마실 거야?"

"내 연락 다 씹어 드신 주태강이 사는 거다."

"알았다. 늘 가던 곳에서 가볍게 한잔하자."

동영이 자신의 차로 가는 것을 본 태강은 자신도 차에 나 시동을 걸었다. 동영의 차가 주차장을 나가는 것을 보고 태강도 차를 출발시켰다. 술집에 도착해 적당한 자리에 마주 앉아 주문을 마쳤다. 곧 테이블 위로 술과 안주가 세팅되었고 동영이 술병을 들어 술잔을 채웠다.

"자! 이제 말해봐. 서주 씨, 어땠어?"

결국 오늘 자신을 찾아온 이유도 이것이었나 보다. 피식 웃은 태강은 잔을 들어 술을 마셨다.

"나쁘지 않았어."

"오호! 드디어 주태강이 여자에게 관심을 보이는 건가?"

여자한테 관심이라니. 동영이 멋대로 오해하게 내버려두기로 했다. 친구로 만나기로 한 사이지만 굳이 '친구'라는 단어를 꺼내서 긁어 부스럼을 만들 필요는 없었다. 동영의 잔소리는 이쪽에서 적극 사양이니.

"아직은 호기심일 뿐."

"많이 발전했네. 네가 여자에게 호기심을 느끼는 것만도 장족의 발전이다."

"호기심일 뿐이라니까. 그게 무슨 발전이라고."

"그 호기심이 사랑으로 변하는 건 한순간이다."

호기심이 어느 순간 사랑으로 변한다는 건지. 태강은 이해할 수 없는 말이었다.

"과연 그럴까?"

"그럼, 인마. 그보다 애프터는 신청했냐?"

아직 연락을 주고받진 않았다. 다만 우연히 들른 빵집에서 만났고, 커피를 마시자는 태강에게 서주가 다음에 연락을 주기로 하긴 했다. 그러고 보니 왜 연락이 없는 거지? 예의상 한 말이었나?

태강이 말이 없자, 동영은 혀를 차며 잔소리를 시작했다.

"뭐야? 그 표정은. 애프터 신청 안 했어? 서주 씨 연락처는 받아왔어?"

고개를 끄덕인 태강은 별일 아니라는 듯 빈 잔을 채웠다.

"안 되겠다. 이 형님이 나서서 연결을 시켜줘야지. 연희한테 전화해서 서주 씨랑 이쪽으로 오라고 해야겠다."

"아서라. 나중에 내가 연락할게."

"그래, 뭐. 이 정도까지 판을 깔아줬는데 알아서 하겠지. 연애하는 것까지 일일이 코치해야 하면 연애할 자격도 없는 거지."

동영의 말에 태강은 웃음을 터트렸다.

"술 그만 마시고 일어나자."

"이제 시작인데? 벌써 가려고?"

"그래."

술집을 나온 태강은 동영과 헤어지고 휴대폰을 꺼냈다. 동영과 애기를 나누고 나니 연락도 없는 서주가 뭘 하고 있는지 왠지 궁금하기도 하고 한 번 더 만나고 싶어졌다. 서주의 번호를 화면에 띄워놓고는 고민했다. 혹시라도 자신이 연락하는 게 부담스러울 수도 있다. 특히 늦은 시간은 아니어도 밤에 여자를 불러내는 건 괜한 오해의 소지를 불러일으킬 수도 있었다. 바닥을 툭툭 차던 태강은 보고 싶어진 마음을 숨기지 못하고 전화를 걸었다.

-여보세요.

"주태강입니다."

-네.

"지금 시간 되시면 잠깐 볼 수 있을까요?"

-무슨 일이신지…….

경계를 하는 건가? 동영과 애기를 하다가 떠오른 그녀의 웃는 얼굴 때문에 보고 싶어진 건데. 그런데 이 여자 보게. 연락하겠다고 해놓고 안 한 사람이 누군데. 정말 예의상 한 말이었나?

"별일은 아니고요. 연락을 주신다고 하셨는데 없어서 연락드렸습니다. 늦은 시간이면 다음에 봐도 되고요."

-아……. 제가 조금 바빴거든요. 마감해야 할 원고도 있었고. 죄송해요.

"사과를 받으려고 한 말은 아니에요. 지금도 바쁘신 거면 다음에 봐도 괜찮습니다."

-아, 아니에요. 어디로 가면 되죠?

"서주 씨가 움직이시면 시간도 늦을 테니, 제가 서주 씨 집 근처로 가겠습니다."

서주의 집 위치를 듣고 전화를 끊은 태강은 지나가는 택시를 잡았다. 오피스텔 앞에 내린 태강은 서주를 발견하고 다가갔다.

"안녕하세요."

"네, 안녕하세요. 근처에 카페 있는데, 그리로 갈까요?"

"네."

서주가 먼저 걸음을 옮기자, 태강은 얼른 그녀의 옆에 서서 나란히 걸었다. 누군가와 나란히 걷는 게 어색하지도, 싫지도 않은 건 처음이었다. 대화 없이 걷는 이 시간도 나쁘지 않았다.

어느덧 도착한 카페에는 손님이 많지 않았다. 창가 쪽 자리로 걸음을 옮겨 자리에 앉지는 않고 테이블 앞에 선 서주는 태강을 올려다보며 물었다.

"커피는 어떤 걸로 하실래요?"

태강은 미간을 찌푸렸다. 첫 만남 때도 그러더니, 이 여자는 남자가 물어볼 말을 먼저 물어오는 버릇이 있나 보다. 아니면 남자든 여자든 상관없이 상대를 배려해 먼저 물어오는 것이든가.

"서주 씨는 뭘로 하실래요?"

"저는 에스프레소로 마시려고요. 제가 사 올게요."

그 말에 반듯했던 태강의 눈썹이 꿈틀거렸다. 그는 금방이라도 걸음을 옮기려는 서주의 어깨를 잡아 자리에 앉혔다. 태강이 살짝 허리를 굽혀 서주와 눈을 맞췄다.

"서주 씨, 남자는 안 만나보셨죠?"

두근, 두근.

가까이서 본 그의 까만 눈동자에 자신의 모습이 비치자 서주는 가슴이 콩닥거렸다. 커피를 사러 가는 것과 남자를 만나는 것과 무슨 상관이 있단 말인가.

눈을 동그랗게 뜨고 자신을 올려다보는 서주의 모습이 귀여워 태강의 한쪽 입매가 슬쩍 올라갔다.

"원래 이런 건 남자가 하는 겁니다."

서주가 눈을 깜빡거리자 태강은 한쪽 눈을 찡긋하며 윙크를 하고는 카운터로 갔다.

조금 전의 상황을 되새김질하던 서주는 카운터에서 주문을 하고 있는 태강을 보았다. 친구라고 생각해야 하는데, 그의 배려가 자꾸만 가슴을 간질인다. 생소한 간질거림과 두근거림에 서주는 잔뜩 긴장했다. 긴장하는 자신의 몸도 마음에 들지 않아 그녀는 표정을 굳혔다.

주문을 마치고 진동벨을 들고 온 태강은 서주의 맞은편에 앉았다.

"많이 바빴어요?"

"아, 네. 조금요. 마감할 원고 때문에요. 죄송해요. 연락드린다 하고 못 드려서요."

태강은 사과부터 하는 그녀를 물끄러미 보았다. 벽을 세우는 것 같으면서도 대화를 하다 보면 아닌 것도 같고. 알쏭달쏭하게 만드는 서주의 모습이 묘하게 그의 신경을 자극했다. 진동벨이 울려 태강은 자리에서 일어나 픽업대에서 주문한 차를 가지고 왔다. 캐모마일 차를 서주의 앞에 내려놓았다. 커피가 아닌 달콤하고 상쾌한 사과 향과 함께 연한 노란빛을 띠는 액체를 보며 서주가 물었다.

"이게 뭐예요?"

"밤이잖아요. 독한 커피보다는 숙면에 도움이 되는 캐모마일 차가 나을 것 같아서요. 서주 씨는 건강 생각해서 캐모마일 차 드세요."

생긋 웃으면서 하는 태강의 말에 서주는 반박하지 못했다. 제 건강을 걱정해서 허브 차를 주문해서 온 사람이 정작 자신은 진한 에스프레소를 사 왔다. 그래도 누군가 자신을 걱정해주는 건, 연희나 형찬 다음으로 그가 처음이었다. 왠지 모르게 가슴이 먹먹해졌다. 낯설지만, 그럼에도 그의 배려가 싫지 않은 건 왜일까?

호감을 느끼는 이성을 사랑하기까지 걸리는 시간은 길지 않다.

그것은 소설을 번역하면서 본 수많은 소설 속에 적혀 있었다. 가끔은 주인공들의 애절한 로맨스 소설을 번역하면서도 별 감흥을 느끼지 못했었다. 소설 속 여자 주인공들처럼 남자를 보고 가슴이 뛴다든가, 첫눈에 반한다든가, 그런 일은 절대 없을 거라 생각하며 살았다. 그 생각은 지금까지 단 한 번도 변하지 않았다.

물론 한때는 그런 사랑을 꿈꿨던 적도 있었다. 누군가를 보며 가슴이 뛰고 싶었다. 하지만 현실은 소설이 아니다. 그런데 왜 이제 와서 그가 툭툭 뱉는 말들과 배려들엔 가슴이 두근거리는 걸까.

"……서주 씨?"

생각에 너무 빠져들었나 보다. 서주는 금세 정신을 차리고 태강을 쳐다보았다.

"네?"

"피곤하신 겁니까?"

"아니에요. 아, 캐모마일 차, 잘 마실게요."

서주는 손으로 잔을 감쌌다. 따스한 기운이 금세 손바닥으로 전해지며 마음까지 따뜻해지는 기분에 그녀의 입꼬리가 상승 곡선을 그렸다.

"처음 봤을 때도 느꼈는데 서주 씨는 웃는 모습이 참 예쁩니다."

그 한마디에 그녀의 얼굴이 분홍빛으로 물들었다. 자신의 시선을 피해 고개를 숙여버린 서주를 보며 태강의 눈이 가늘어졌다.

"고개 좀 들어봐요. 예쁜 얼굴 좀 보게."

이런 말을 스스럼없이 하다니. 미쳤구나, 주태강. 왜 서주만 보면 불쑥불쑥 이런 말이 튀어나오는지 모르겠다.

예쁜 얼굴…….

예쁘다는 소리는 첨 들었다. 아무렇지도 않던 심장이 세차게 요동치면서 얼굴로 열기가 몰리는 것 같다. 연희에겐 태강이 연애를 한 적이 없다고 들었는데, 거짓말 아닐까? 부끄러우면서도 예쁘다는 그 말에 기분이 좋아진다. 서주는 숙인 고개를 들어 그와 시선을 마주했다.

"말도 잘 듣고. 좋은데요?"

슬며시 미소 짓는 그의 얼굴이 매력적으로 보였다. 그에게 제 웃는 모습이 예뻐 보인다는 것만큼 그의 웃는 모습도 한결 그의 인상을 부드럽게 만들어 넋을 놓고 보게 만든다. 그걸 모르고 저렇게 웃는 건가. 아니면, 알면서도 저렇게 웃는 걸까. 알면서라면 분명 여자를 잘 아는 남자일 것 같다.

"태강 씨는…….."

태강은 자신을 부르는 서주의 말을 잘랐다.

"서주 씨, 말 잘라서 미안한데 우리 호칭을 바꾸죠. 친구 하기로 했잖아요."

"호칭을 어떻게 바꿔요?"

"이름 뒤에 씨 자를 빼면 될 것 같은데…….."

"아……."

탄성을 내뱉는 서주를 보며 태강이 부드럽게 웃었다.

"아, 근데 그건 아무래도 제가 많이 억울한 거 같죠? 서주 씨 나이가 저보다 네 살이나 어리니."

그는 자신이 말하고도 겸연쩍은지 멋쩍게 웃어버렸다.

"그럼 제가 뭐라고 불러야 하나요?"

"연희 씨가 동영에게 하는 호칭처럼, 오빠?"

소개팅을 하고 난 뒤 오늘이 세 번째 만남인데, 오빠라니……!

"그건 좀……."

"싫은 거예요?"

"싫다기보다, 아무에게도 오빠라고 불러본 적이 없어서……."

더듬더듬 내뱉던 서주는 고개를 들어 올곧게 그와 시선을 마주하며 말을 이었다.

"그리고 친구 하기로 했는데 오빠는 아니죠. 제가 손해 보는 기분이에요. 원래 친구는 동등한 관계인 거잖아요."

"……뭐라고요? 하하하."

그의 웃음소리에 당황한 건 오히려 서주였다. 분명 오빠라고 부르는 건 자신의 입장에서 손해가 확실하다. 왜 친구에서 오빠 동생이 되냐고.

"그, 그만 웃으세요."

"친구 하기로 했으니 그럼 말 놓는다?"

서주가 대꾸도 하기 전에 태강은 말을 놓고 그녀를 불렀다.

"서주야."

그녀가 엷게 웃으면서 답했다.

"왜? 태강아."

이 여자 보게. 저가 말을 놓는다고 바로 말을 놓아버린다. 그동안 태강은 인상이 차갑다는 말을 많이 들어 사람들이 선뜻 쉽게 대하지 못했는데, 이 여자한테는 통하지 않나 보다.

그의 미간이 찌푸려지는 걸 보고 서주는 저가 잘못 말한 거 같아 내심 안절부절못했다. 괜히 반말했나.

태강은 자신을 보며 눈동자를 요리조리 굴리는 서주의 모습이 재밌다. 안절부절못하는 것도 재밌고, 대범한 거 같으면서도 눈치를 보는 듯한 행동이 묘하다. 이 부분 때문에 계속 남서수를 생각하게 만드는 것 같다. 하지만 태강의 마음과는 다르게 서주의 표정이 점점 굳어가는 것이 보였다.

"아무리 그래도 네가 '태강아' 하고 부르는 건 내가 손해 같아. 오빠라고 불러. 해봐. '오. 빠.'라고."

친히 오빠라는 말을 강조하는 그를 보며 서주는 난감해졌다.

"안 할 거야?"

재촉하는 그를 보며 난감한 표정을 지어 보여도 태강의 눈빛이 강렬해 피할 수가 없다. 서주는 눈을 질끈 감았다.

"오…… 빠."

확실히 남서주는 재밌다. 저를 웃게 만드는 용한 재주가 있다. 지금도, 안 할 것 같으면서 제 말 몇 마디에 '오빠'라고 하는 걸 보면.

"왜? 서주야? 오빠가 뭐 해줄까?"

"아, 그게…… 호칭은 그냥 처음과 똑같이 하는 게 좋겠어요."

서주는 거의 울기 직전인 표정으로 간절히 태강을 바라봤지만.

"싫은데?"

그는 한마디로 일축해버렸다.

"차 다 식었겠네. 다시 사줄까?"

"아, 아니."

호칭은 다시 돌아가자고 말하면서 아니라고 말을 놓는 건 그대로다. 그녀의 이런 점 때문에 태강이 더 평소와 다른 행동과 말을 하게 만드는 것 같다. 왜 서주가 난감해하는 게 재밌는지.

"그럼 그만 일어날까? 벌써 시간이 이렇게 됐네."

"응."

카페를 나오자, 서늘한 밤바람이 불어와 서주는 움츠러들었다.

"추워?"

"조금."

서주가 먼저 걸음을 옮기자, 태강은 그녀의 팔을 잡았다. 왜 그러냐는 듯 그녀의 말간 눈동자가 그를 향했다. 그가 웃으면서 입고 있는 겉옷을 벗어 그녀의 어깨에 걸쳐줬다.

"안 그래도 돼."

"춥다면서."

"태강 씨도 춥잖아."

"어, 태강 씨가 뭐야? '오빠' 해야지."

태강은 멍하니 자신을 올려다보는 서주의 어깨를 감쌌다.

"나도 추워. 그러니까 빨리 가자. 너 데려다주고 나도 가야지."

분명 오피스텔까지는 짧은 거리다. 근데 왜 이렇게 가슴이 두방망이질 치는지 알 수 없었다. 은은하게 퍼지던 그의 향기가 겉옷 하나에 더 짙어졌다. 가까이서 느껴지는 숨결까지. 오피스텔 앞에 도착한 서주는 얼른 자신의 어깨에 걸쳐진 겉옷을 벗어 건넸다.

"고마웠어."

"고마웠으면 다시 한 번 '오빠'라고 해봐."

아! 이 남자 정말! 예전에 연희가 했던 말이 떠올랐다. 남자들은 '오빠'라는 말을 왜 그렇게 좋아하는 걸까. 그때 형찬이 뭐라고 답했더라?

"서주야?"

"아⋯⋯."

"오빠라고 해보라니까."

화끈거리는 얼굴이 붉어졌다는 건 안 봐도 알 수 있었다. 생글 웃는 낯으로 자신을 보고 있는 태강을 보며 서주는 수줍은 듯 입을 열었다.

"오, 오빠."

그의 입매가 부드럽게 호선을 그리며 올라갔다. 신기하다. 웃지 않으면 차가워서 말 붙이기도 힘든데 저렇게 웃으니까 차갑지 않은 것 같다. 만족한 답을 들은 태강이 서주를 돌려세웠다.

"어서 들어가. 춥다."

서주를 오피스텔 안으로 밀어 넣은 태강이 뒤돌아섰다.

서주는 얼른 뒤돌아서 유리문 너머 멀어지는 태강의 뒷모습을 눈으로 좇았다. 제 시선이 느껴지기라도 한 건지 그가 손을 들어 흔들었다. 화르르 얼굴로 열기가 몰렸다. 손을 들어 자신의 볼을 감싼 서주는 태강이 시야에서 사라지고 나서야 엘리베이터를 타고 집으로 들어왔다.

오늘 도대체 무슨 일이 있었던 거지?

생각을 하던 서주는 소파에 털썩 주저앉았다. 출판사에서 형찬을 도와 일을 하고 있을 때, 연희가 출판사로 쳐들어왔었다. 두 사람은 내내 저가 한 소개팅에 대한 열띤 토론을 벌였고, 피곤해진 자신은 먼저 집으로 돌아왔다. 마침 걸려온 태강의 전화. 마감 때문에 정신이 없어 연락하기로 했던 것이 그제야 떠올랐다. 약속을 지키지 못한 미안함에 저녁 시간임에도 나갔던 것이다.

소개팅을 하고 세 번째 만남이었다. 빵집에서 손을 감싸던 온기, 카페에서의 배려, 자칫 어색할 수도 있는 자신에게 장난치듯 대하는 그의 말에 알 수 없는 두근거림.

서주는 손을 들어 심장 부근으로 가져갔다. 조금 빠른 속도로 뛰고 있다. 태강은 원래 그렇게 친절한 사람일까? 커피를 사러 가려는 자신을 앉히며 그와 시선을 맞췄을 때 제 심장은 철렁거렸다.

"사람을 오래 안 만나서 그런가."

분명 난감해하는 자신을 위해 한 말이, 그리고 숙면을 위해 에스프레소 대신 캐모마일을 사다 준 그의 마음 씀씀이가 가슴을 간질이는 이유를 모르겠다.

태강은 서주를 오피스텔 안으로 밀어 넣고 집으로 가기 위해 걸음을 옮겼다. 이상하게 뒤에서 느껴지는 시선에 왠지 서주가 보고 있을 것 같은 생각이 들어 손을 흔들었다. 보는 사람이 없으면 말고. 뭐, 이 밤에 자신이 손을 흔든다고 이상하게 볼 사람이 있을 것 같지도 않았기에.

그는 지나가는 택시를 타고 아파트로 돌아왔다. 입고 있던 겉옷을 벗자 서주가 떠올랐다. 보통 다른 사람이 제 물건을 건드리는 것은 싫어하는데, 서주가 추운 건 보기 싫었다. 생각해보니 그녀와 몸이 닿았을 때도 싫지 않았다. 은은하게 배어 있는 그녀의 향기도 나쁘지 않았다. 심하진 않지만, 그녀를 만나면 결벽증이 고쳐지려나?

스스로 생각해도 어이없어 태강은 피식 웃고 욕실로 들어갔다. 샤워를 하고 침대에 누워 서주의 얼굴을 그려보았다. 수줍어하는 것 같으면서도 당돌한 것 같고, 자꾸만 장난치고 싶게 만드는 것도 재주 같다. 묘하게 신경을 자극하는 서주가 자꾸만 평소에 하지 않은 행동들을 하게 만든다.

'오⋯⋯ 빠.'

얼굴은 새빨갛게 달아올라서는, 수줍게 꺼내는 그 말이 왜 그렇게 좋았을까.

"볼수록 귀엽단 말이지."

저도 모르게 읊조린 말에 스스로도 화들짝 놀란다. 그러나 웃을 때마다 움푹 들어가던 보조개와 자신의 놀림에 붉어진 그녀의 얼굴이 떠오르자 그의 입가에 다시 미소가 생겨났다. 머릿속에 맴도는 그녀 생각에 휴대폰을 들어 문자를 보냈다.

[서주야, 나 집에 들어왔다. 잘 자.]

태강은 휴대폰을 내려놓고 스탠드 등을 끄려 손을 뻗었다가 문자 소리에 휴대폰을 다시 들었다.

[오빠도 잘 자.]

화면을 바라보던 태강의 한쪽 입술 끝이 자연스럽게 올라갔다. 이 여자, 아까는 죽어도 안 할 것 같은 '오빠'라는 단어를 문자로는 잘도 하네.

[그래. 내 꿈꿔.]

분명 이 문자를 받으면 곤란해하며 또 얼굴을 붉히겠지.

제게 이런 짓궂음도 있었던가. 저가 그녀를 생각하는 것만큼 서주도 자신을 생각해줬으면 좋겠다. 그런 생각으로 부스스 웃어버린 태강은 휴대폰을 내려놓고 돌아누웠다.

2장. 연애의 시작

여느 때와 같이 늦은 시간까지 번역 일을 하고 조금 늦게 일어나 하루를 시작했다. 달라진 게 있다면 태강이 보내오는 문자였다. 처음에는 문자를 보내다가 이제는 톡으로 바뀌었다. 휴대폰이 톡이 왔다는 걸 알리듯 반짝거렸다. 서주는 휴대폰을 들어 톡 창을 열었다.

[자는 거야?]

[왜 대답이 없어? 미인도 아니면서 매번 늦잠 자.]

이 남자는 매번 미인이 아니라고 말한다. 치, 그러는 뭐, 자기는 잘생겼나. ……정정! 차가운 인상이긴 하지만 미남이긴 하지.

서주가 톡을 보며 생각에 잠겨 답을 하지 않았더니 다시 톡이 왔다.

[남서주, 읽었는데 답 안 하는 건 뭐야?]

통화할 때마다 바쁘다고 하더니, 톡 보낼 시간도 있네. 서주는 재빨리 키패드를 눌렀다.

[이제 일어났어. 오빠는 회사 아니야? 매번 바쁘다더니 무슨 톡을 이렇게 많이 보냈어.]

[주말에 보자고.]

[저녁밖에 시간이 안 돼.]

[왜?]

정말 바쁜 게 맞는지, 바쁜 척하는 건지. 톡을 보내자마자 곧장 답이 되돌아왔다.

[주말에 아르바이트 가야 해.]

[아! 맞다. 아르바이트 있었지. 그럼 금요일 밤에 보자. 일 끝나고 오피스텔 앞으로 갈게.]

알겠다고 짧게 답을 보낸 서주는 침대에서 몸을 일으켜 욕실로 들어갔다. 씻고 나와 커피를 내리고 있을 때, 초인종이 울렸다. 재빨리 인터폰을 보니 형찬이었다.

"온다는 말 없었잖아?"

형찬은 손에 들고 있는 도시락을 흔들었다.

"우리 작가님 식사 챙겨드리러 왔지. 밥 아직 안 먹었지?"

"응. 뭐 사 온 거야?"

"불고기 도시락."

입맛을 다시는 서주를 보고 형찬은 식탁 위에 도시락을 내려놓았다. 오피스텔 안을 둘러보던 형찬은 여전히 단조롭기 그지없는 집안을 보며 혀를 찼다.

"이제 연애도 하고 그러면 집도 산뜻하게 꾸미고 싶은 마음 안 들어?"

"그럴 시간이 어디 있어? 네가 보내는 소설 번역하기에도 벅차거든."

"주말 아르바이트를 그만둬."

"빵집 아르바이트는 스무 살 때부터 해오던 일인데, 벌써 8년이야. 정도 많이 들었고, 일도 힘들지 않아."

샐쭉하게 답하는 서주를 보며 형찬은 지끈거리는 머리를 눌렀다. 서주는 지금도 커다란 박스티에 늘어난 쥬리닝 차림이있다.

"연애를 한다는 애가 옷차림이 그게 뭐야?"

서주는 고개를 숙여 자신의 옷차림을 한번 보고는 뭐가 문제냐는 듯 형찬을 보았다.

"왜? 편하기만 하면 되지."

"연희랑 옷도 사러 갔다면서. 근데 입고 있는 옷이……."

형찬이 말끝을 흐리며 혀를 찼다.

"안 그래도 내가 말하려고 했는데, 연희랑 너랑 도대체 왜 그래? 남자를 만나면 굳이 화장을 하고 치마를 입어야 해?"

"애인한테 예쁘고 보이고 싶어 하는 게 여자들의 심리라는데, 넌 로맨스 소설 번역도 하면서 거기에 적혀 있는 것도 안 보는 거야?"

저놈의 잔소리. 구연희와 공형찬은 항상 저렇다. 저만 보면 잔소리. 서주는 형찬이 중얼거리는 말을 들으며 식탁에 앉아 도시락을 먹었다.

밥 먹을 땐 개도 안 건드린다는데, 잔소리는 그만해야겠다고 생각한 형찬은 서주가 내려놓은 커피를 컵에 부어 식탁에 앉았다. 부지런히 수저를 놀리던 서주는 따갑게 바라보는 시선에 입 안 가득 찬 음식을 삼키고는 옆에 있는 물을 마셨다.

"왜 그렇게 보는 건데?"

"그래도 신기해서 그런다. 남자라면 죽어도 싫다던 애가 연애를 한다니까."

아직은 그저 친구인데. 아! 친구라고도 할 수 없다. 태강이 '오빠'라고 부르라 했으니 오빠 동생 사이지.

"뭐야? 남서주, 얼굴이 왜 붉어져?"

서주는 형찬을 보던 시선을 돌려 딴청을 부렸다. 그와 연애를 하면 어떨까. 자연스럽게 그와의 연애를 생각하는 자신에 당황해 얼굴을 감쌌다. 태강을 생각하다 보면 왜 이 상태가 되는지. 지난번, 자신의 어깨를 감싸고 걸음을 옮기던 것까지 생각나 몸까지 달아오르는 것 같다.

"뭐가 붉어졌다고."

"그 사람 생각했구먼! 생각했어."

"아니야! 무슨 생각을 했다고. 너 안 바쁘냐?"

형찬은 의자에서 몸을 일으키며 웃음기 가득한 목소리를 내었다.

"안 그래도 갈 생각이야. 남서주가 쫓아내기 전에 가야지."

"내가 뭘 쫓아낸다고 그래?"

"내가 그 사람에 대해 물어서 지금 나 쫓아내려고 하잖아."

"야! 공형찬, 내가 언제!"

"지금."

발끈하는 서주를 향해 형찬은 짧게 말하고 오피스텔을 나갔다. 오피스텔 문이 닫히는 소리가 나고, 그녀는 의자에 털썩 앉았다.

그와 소개팅을 한 지 벌써 한 달이 다 되어가고 있었다. 바쁘기도 하고, 그리고 무엇보다 친구라는 이름의 오빠 동생 사이일 뿐인데 자주 만나는 것도 이상할 것 같았다. 그렇지만 요즘 들어 남서주가 제일 많이 연락을 주고받는 사람은 태강이었다.

식탁을 정리한 서주는 내려놓은 커피를 컵에 부어 창가로 걸어 갔다. 창문을 열자 서늘한 바람이 살갗에 닿았다. 이젠 제법 낮으로도 가을이 느껴질 만큼 서늘하다. 밖의 풍경을 바라보던 서주는 울리는 휴대폰 소리에 책상으로 걸어가 전화를 받았다.

"여보세요."

-뭐 하고 있어?

"이제 밥 먹었어. 오빠는?"

-나도 구내식당에서 밥 먹고 왔지. 금요일에 보기로 했는데, 부모님 댁에 가봐야 할 것 같아. 오늘 밤에 볼 수 있어?

"그래. 어디서 볼까?"

-7시쯤 오피스텔 앞으로 갈게. 밥 먹자.

짧게 대답하며 전화를 끊은 서주는 식은 커피를 마저 마시고 노트북을 켰다.

서주와 통화를 마친 태강의 입가가 느슨하게 늘어졌다. 매일 닦달한 보람이 있었다. 그렇게 '오빠'라는 말은 안 할 것처럼 굴더니, 이제는 자연스럽게 '오빠'라고 부른다.

학교 다닐 때 후배들이 '오빠'라고 부르는 건 그렇게 듣기 싫더니 서주가 '오빠'라고 해줄 땐 기분이 좋아졌다. 간질거리면서도 싫지 않은 기분. 남서주는 태강에게 무언가 색다른 기분이 들게 만들었다. 평소의 주태강이라면 절대 하지 않을 말과 행동들을 스스럼없이 이끌어내는 재주가 있으니 확실히 다른 여자와는 다르다. 거기에 그녀와 닿는 건 이상하게 거부감이 없다.

운명인가?

무엇보다 자꾸만 그의 머릿속에 시도 때도 없이 들어와 멍하게 만든다. 근데 또 그것까지 싫지 않은 게 문제다. 밥 먹듯 하던 야근이 서주를 알게 되고 나서부터는 왜 이리 하기 싫은지 모르겠다. 가볍게 고개를 저은 태강은 오후 일을 시작했다.

어느덧 뉘엿뉘엿 저물고 있는 해를 보며 태강은 보던 서류를 덮고 책상을 대충 정리한 뒤 사무실을 나섰다. 주차장으로 내려와 차를 몰고 서주의 오피스텔로 향했다. 오피스텔 앞에 도착한 태강이 시간을 확인하고는 톡을 보냈다.

[도착.]

[내려갈게.]

차에서 내려 그녀가 나올 입구를 바라보는 태강의 입매가 늘어지며 호선을 그렸다. 즐겁다. 누군가를 만나는 일이, 기다리는 일이. 곧 서주의 모습이 보여 태강은 손을 흔들었다.

"여기."

조르르 제게 다가오는 서주를 보니 웃음이 나왔다. 크지 않은 키로, 꼭 아기가 아장아장 걸어오는 모습처럼 보였다. 태강은 제 앞에 선 서주의 머리를 헝클었다.

"서주, 많이 먹어야겠다. 그래야 키 크지."

"뭐라고?"

태강은 짐짓 몸을 바로 세워 키를 재듯 손으로 그녀의 머리부터 자신의 가슴팍을 그었다.

"봐봐. 너 내 어깨에도 안 와. 남들 클 때 뭐 한 거야?"

서주가 태강을 향해 눈을 흘기며 새침한 표정을 지었다.

"그러는 오빠는 키 커서 좋겠네요! 좋겠어!"

태강은 볼에 바람을 빵빵하게 넣어 입을 삐죽이는 서주의 표정이 귀여워 자꾸만 놀리고 싶어졌다. 툭, 서주의 볼을 눌렀다.

"그럼, 나야 어디 가도 빠지는 키는 아니지. 너 얼굴도 못생겼는데, 볼을 그렇게 하니까 더 못생겨졌다."

"오빠!"

"농담, 농담. 그렇게 발끈하지 마. 진짜 못생겨진다니까. 배고프다. 밥 먹으러 가자."

그는 여전히 자신을 향해 눈을 홉뜨고 있는 서주의 어깨를 감싸며 걸음을 옮겼다.

"뭐 먹을래?"

"아무거나."

"고기 먹으러 가자. 그래야 우리 서주 키 크지."

"오빠! 정말!"

근처에 있는 고깃집으로 걸음을 옮기면서도 연신 태강은 서주를 놀려댔다. 그는 서주가 발끈해서 파르르거리는 게 귀여웠다. 귀엽다니……. 태강은 부스스 웃어버렸다.

"미안. 이제 안 그럴게."

하루도 빼먹지 않고 톡을 하고 통화를 해서 그런지 서주는 이제 그를 만나도 어색함이라고는 찾아볼 수 없었다. 그가 감싼 어깨에서 느껴지는 그의 온기 때문에 제 심장이 두근거린다는 것만 뺀다면.

음식점으로 들어와 삼겹살과 소주를 시켰다. 곧 직원이 기본으로 나오는 파무침과 계란찜, 소주를 들고 와 테이블에 놓았다. 태강은 소주를 열어 서주의 잔을 채웠다.

"오빠 소주 먹어도 괜찮아?"

"응. 왜?"

"아니 운전해야 하는데 술 먹으면 안 되잖아."

태강은 눈을 반짝 빛내며 물었다.

"지금 서주가 이 오빠 걱정해주는 거야?"

"그, 그게. 운전해야 하니까."

"그거뿐이야? 뭐, 술 마셔서 운전 못하게 되면 서주 집에서 재워줘도 되고."

화르르. 서주는 순식간에 얼굴로 열기가 몰려들었다.

지금까지 자신의 집에 들어온 사람은 친구인 연희와 형찬뿐이었고, 연희는 간혹 잠을 자고 가기도 하지만 그 외엔 다른 사람을 집에 들인 적도 없거니와 태강은 남자였다. 그것도 자꾸만 제 가슴을 두근거리게 만드는 남자. 아마 태강을 집에 들이는 그 순간, 서주는 한숨도 못 잘 것이 뻔했다.

"서주 얼굴이 왜 붉어졌을까? 오빠 벗은 몸이라도 상상한 거야?"

벗은 몸, 주태강이 벗은 몸이라니……. 저도 모르게 태강이 한 말이 머릿속에 그려지며 가슴이 터질 듯이 뛰어댔다.

"누, 누가 벗은 몸을 상상했다고 그래?"

농담으로 한 말에 얼굴이 새빨갛게 변한 서주를 보니 태강은 당황했다. 그녀가 자신의 시선을 피해 다른 곳을 바라보자, 스스럼없이 꺼낸 말이 실수였다는 걸 깨달았다. 그는 순식간에 껄끄러워진 분위기에 자신의 머리를 쥐어박고 싶었다. 어색해진 분위기에 태강은 잔을 들어 건배를 권했다. 샐쭉한 표정을 지은 그녀가 잔을 들었다. 분위기를 바꾸기 위해 태강은 건배의 이유를 장난처럼 던졌다.

"지금이라도 서주의 키가 크길 바라면서."

이 남자가 정말. 호칭을 바꾸는 것부터 잘못했다. 거리를 두고 있을걸. 때늦은 후회를 하며 서주는 입술을 삐죽였다.

"술 마시라면서 키 크길 바라는 건 뭐야? 키 크려면 우유 많이 마셔야 하거든."

"그런가? 그럼 서주 키 크라고 이 오빠가 우유 많이 사줘야겠네."

"아! 정말, 키 얘기는 그만할 수 없어?"

어색했던 분위기가 태강의 장난기 가득한 말에 금세 풀어졌다. 아까의 어색함이 계속되면 어쩌나 잠시 걱정했던 서주는 안도의 한숨을 속으로 삼켰다.

태강은 불판 위에 노릇노릇 익어가는 삼겹살 한 점을 집어 서주의 앞접시에 놓아주었다.

"키 얘기는 이제 안 할게. 어서 먹어. 잘 익었네."

"진짜지?"

"속고만 살았어? 빨리 먹기나 해."

자신이 놓아준 삼겹살을 양념장에 찍어서 입으로 가져가는 서주를 보며 태강의 입꼬리가 슬쩍 올라갔다. 남서주는 톡톡 건드리면 건드릴수록 반응하는 게 재밌다. 그래서 더 짓궂어지고 싶은 건지도.

"오빠는 안 먹어? 배고프다고 했잖아."

서주가 잘 먹는 것이 예뻐 잘 구워진 삼겹살을 계속 그녀의 접시에만 놓아주고 있었나 보다. 태강은 삼겹살을 한 점 집어 자신의 입으로 가져갔다.

"먹어."

그제야 삼겹살을 먹는 태강을 보며 그녀는 자신의 접시 위 한가득 놓여 있는 삼겹살에 왠지 모르게 가슴이 뭉클해졌다. 그가 아무렇지 않게 하는 행동과 말에 자꾸만 의미를 부여하고 싶어진다.

그는 제게 마음이 있는 걸까……?

삼겹살 3인분과 소주 한 병을 먹고는 된장찌개를 시켜 밥까지한 그릇 뚝딱 비워낸 두 사람이 음식점을 나왔다.

"안 추워?"

"응. 술 마셔서 그런지 춥지는 않아."

그와 나란히 오피스텔로 걸어가는 발걸음이 가벼웠다. 그저 옆에 태강이 있다는 것만으로도 든든했다.

"연희한테 듣기로 오빠는 연애를 안 했다는데 왜 안 한 거야?"

"그다지 여자든, 연애든 관심이 없었어. 그러는 너는 왜 연애 안했어?"

"나는 사는 게 바빠서. 연애는 나한테 사치 같았거든."

태강은 지난번 빵집에서 만난 일을 기억해냈다.

"번역 일도 하고 빵집 아르바이트까지 하면 안 힘들어?"

"아! 주말 아르바이트는 스무 살 때부터 해오던 일이라서 힘들지 않아. 빵집 사장님도 너무 잘해주셔서 그만둘 수가 없어 계속하는 거야."

"그랬구나. 착하네, 우리 서주."

태강은 혼자서 힘들게 살았을 서주가 기특해 그녀의 머리를 쓰다듬었다. 동영에게 듣기론 고아라고 했는데, 그럼에도 제게 소개를 할 정도면 남서주는 정말 괜찮은 여자일 것이다. 대화를 나누면서 느낀 거지만 일가붙이 하나 없이도 서주에게 구김살이 없다는 것은 충분히 느껴졌다. 집안이나 배경, 그런 걸 다 떼놓고 사람으로만 보았을 때도 서주는 괜찮은 사람이다. 남서주를 소개해준 동영에게 감사라도 하고 싶어지는 마음이 드는 건 왜일까?

거센 풍랑을 만난 듯 그의 작은 스킨십 하나에 심장이 세차게 요동쳤다. 바람에 실려온 태강의 민트 향이 코끝을 간질였다. 서주는 오피스텔이 가까워질수록 아쉬움이 남았다. 태강과 좀 더 함께하고 싶은 마음이 들어, 그녀는 스스로도 놀랐다.

"서주야!"

어디선가 자신을 부르는 소리에 뜀박질하던 심장이 제자리를 찾았다. 앞에 서 있는 형찬을 발견한 그녀의 입가에 미소가 걸렸다.

"어디 갔다 오는 거야?"

"밥 먹으러. 너는 낮에도 왔다 갔으면서 또 왜 온 거야?"

뭐? 낮에도 왔다 가? 태강의 눈썹이 꿈틀거렸다.

"엄마가 너 갖다 주라고 밑반찬 챙겨주셔서. 지난번에 네가 매실장아찌 먹고 싶다고 해서 그것도 가져왔지. 그런데 옆에 계신 분은 누구?"

형찬과 태강이 서로를 탐색하듯 쳐다보았다. 도대체 누구냐는 듯.

"아, 태강 오빠야. 오빠, 이쪽은 내 친구 형찬이야."

친구라고 칭하는데 밑반찬을 가져왔다며 밤에 서주의 집을 찾을 수 있는 남자. 태강은 기분이 나빠졌다. 형찬이 먼저 태강에게 손을 내밀었다.

"안녕하세요. 서주에게 말 많이 들었습니다. 서주 친구 공형찬입니다."

"안녕하세요. 주태강입니다."

형찬이 내민 손을 잡은 태강은 은근히 손에 압력을 줬다. 친구라는 이 남자에게 제 얘기를 어떻게 했을지 궁금해졌다.

"서주야, 기다릴까? 아니면 먼저 오피스텔에 올라가 있을까?"

그 말 한마디에 태강의 반듯했던 미간이 사정없이 구겨졌다. 지금 어딜 올라간단 소리야. 여자 혼자 사는 집에, 아무리 친구라지만 남자가!

"아니야. 조금만 기다려줘."

"그래. 주태강 씨, 다음에 뵐게요."

다시 이 남자를 볼 일이 있을까 하는 생각이 들었지만.

"네, 그러죠."

형찬이 먼저 오피스텔 입구로 걸음을 옮기고 서주는 태강을 보았다.

"오빠, 어떻게 하지? 친구가 찾아와서 오빠 가는 건 못 보겠다."

그렇게 말하면 내가 보내줄 수밖에 없잖아. 그는 그녀의 옷을 여며주며 생긋 웃었다.

"내가 어린애도 아닌데. 혼자 갈 수 있어. 어서 가봐."

"응. 집에 가서 연락해."

"그래. 어서 들어가. 춥다."

고개를 끄덕인 서주가 멀어지자, 태강은 그녀의 뒷모습을 바라보며 입술을 깨물었다. 짜증이 치밀었다. 아무렇지 않게 그녀의 집을 들락거리는 것처럼 보이는 저 남자가 몹시 신경에 거슬린다. 오피스텔 안으로 금세 사라져버린 두 사람을 보는 그의 눈초리가 매서워졌다. 태강은 집으로 돌아갈 생각도 하지 못하고 얼어붙은 듯 서 있었다. 이대로 돌아간다면 분명 계속 신경이 쓰여 아무것도 하지 못할 게 분명했다.

아무리 친구라 해도 그렇지. 이 늦은 시간에 왜 집에 같이 들어가! 거기에, 들어가란다고 정말로 절 혼자 두고 들어갈 줄이야!

태강이 초조한 듯 그 자리를 서성였다. 아무래도 남자가 나오는 걸 봐야 집에 갈 수 있을 것 같았다. 왜 서주와 남자가 친해 보이는 것이 화가 나고 기분이 나빠지는지. 그는 입술을 잘근 깨물며 이미 서주가 사라지고 없는 오피스텔 입구를 하염없이 바라보았다. 뭔가 생각을 해야만 하는데, 머리가 돌처럼 굳어버렸는지 방법이 떠오르지 않았다.

"아!"

좋은 생각이라도 떠올랐는지 태강은 어디론가 향했다. 지난번 서주와 함께 갔던 카페에 들러 숙면에 좋은 허브 차를 사고 케이크를 샀다. 그리고 카페를 나와 옆에 있는 편의점에 들러 숙취해소용 드링크까지 산 태강은 다시 서주의 오피스텔 앞으로 돌아와 자신의 차에 올랐다. 톡톡, 차 핸들을 두드리며 오피스텔을 올려다보았다. 수많은 불빛 중 한 곳이 서주가 사는 집일 것이다.

아직도 그 친구라는 남자와 함께 있겠지?

태강은 휴대폰을 꺼내 서주의 번호를 눌렀다가 지웠다가를 반복했다. 집으로 돌아간 줄 알 텐데, 뭐라고 말을 해야 할까? 네가 남자랑 집에 같이 들어간 게 마음에 들지 않아 돌아갈 수 없었다고 할 수도 없고. 조수석에 내려놓은 케이크와 허브 차, 숙취해소용 드링크를 보며 태강은 자조했다. 왜 화가 나서 평소라면 하지 않을 짓을 한 건지. 남서주는 이렇게 특이하다.

그는 결국 참지 못하고 서주의 번호를 눌렀다. 신호음이 가는 내내 가슴이 세차게 뜀박질을 해댔다.

-여보세요.

"오빠야."

-집에 도착했어?

아! 서주의 평화로운 음색에 왜 안도하는 마음이 드는지 모르겠다.

"아니, 아직. 친구는 갔어?"

-아직. 이제 곧 갈 거야. 집에 안 가고 뭐 해? 밖에 춥잖아.

지금 제 걱정을 해주는 건가. 괜스레 입꼬리가 실룩실룩 올라갔다.

"너한테 줄 거 있었는데 깜빡하고 못 줘서. 잠깐 내려올 수 있어?"

-아, 그래? 그럼 잠시만 기다려줘. 금방 내려갈게.

전화를 끊은 태강은 그제야 조바심이 나던 마음이 조금 가라앉았다. 그래도 초조한 마음이 가시지 않아 서주의 모습이 나올 때까지 핸들을 톡톡 두드렸다. 일정하게 울려 퍼지는 핸들을 두드리는 소리가 들끓었던 마음을 잠재워주기를 바라면서.

얼마 지나지 않아 서주와 남자의 모습이 눈에 들어왔다. 남자와 인사를 나누고 주위를 두리번거리는 서주가 보였다. 태강은 남자가 시야에서 사라지자, 차에서 내렸다.

"서주야."

배시시 웃으며 자신에게 다가오는 그녀를 보며 안도했다.

"집에 가다가 되돌아온 거야?"

당황한 태강은 머리를 긁적였다.

"으응, 그렇지. 집에 가다 보니까 생각이 나서 되돌아왔어."

"그랬구나. 오빠 많이 피곤하겠다."

"괜찮아. 자, 이거 받아."

태강은 조금 전에 산 것들을 서주의 손에 쥐여주었다.

"숙취해소용 드링크?"

그가 내민 것을 받아 든 그녀는 놀란 듯 눈이 커졌다.

"아, 그거는 조금 전에 샀어. 소주 몇 잔 안 마셨어도 속 아플지 모르니까. 허브 차는 내 생각 하면서 마시고."

서주는 자신의 손에 있는 쇼핑백을 내려다보다 고개를 들어 그를 보았다. 예전부터 느끼는 거지만, 태강이 한 번씩 보여주는 배려가 기분을 묘하게 만든다. 거기에 안 그래도 요즘 주태강 씨, 당신 생각을 제일 많이 하는데.

"고마워. 오빠는 숙취해소용 드링크 마셨어?"

"그럼, 어서 들어가. 춥다."

"오빠 가는 거 보고 들어가도 돼."

태강은 서주의 어깨를 돌려세우며 고개를 살짝 숙여 나긋이 속삭였다.

"나는 알아서 갈 테니까 걱정 말고. 어서 들어가서 일찍 자야 키 크지."

"악! 오빠, 키 얘기 안 한다고 했으면서."

툴툴거리는 서주를 보는 태강의 눈매와 입매가 부드럽게 휘며 곡선을 그렸다.

"어서 들어가."

"으응. 집에 가서 전화해."

"알았어."

태강은 서주가 집으로 들어가는 것을 보고 지나가는 택시를 타고 집으로 향했다.

시간은 금세 흘러 금요일이 되었다. 서주와 그녀의 친구인 남자가 함께 있는 것을 본 그날 이후, 태강은 혼란스러움에 갇혀버렸다. 지금까지 그녀를 향해 한 행동과 말이 무슨 감정의 형태인지 눈치채지 못했다. 그저 남서주란 여자가 자신 이외에 다른 남자를 만나는 것이 보기 싫다. 그것이 친구라 할지라도.

그 이후 일상 전반에 일을 하면서도, 운동을 하면서도, 심지어는 밥을 먹으면서도 문득문득 서주와 함께 웃던 남자의 모습이 떠올라 불끈 치미는 질투라는 감정이 태강을 난감하게 만들었다. 그저 남서주와 소개팅을 했고, 더 이상 남자를 좋아하는 게 아니냐는 말을 듣지 않을 수 있을 것 같아 그래서 친구로 지내고 있을 뿐이었다. 결국은 귀찮음에서 벗어나려 선택한 일들이 왜 이제 와서 남서주의 인생에 남자는 자신만 있길 바라는지. 쓸데없는 망상에 사로잡히는 자신을 이해할 수 없었다. 이런 일은 살면서 한 번도 일어나지 않았던 일이다.

처음부터 남서주는 묘하게 신경을 자극했다. 그걸 알면서도 작은 호기심에 친구로 뒀는데, 도대체 이 감정은 뭐냐고! 질투에 사로잡힌 주태강이라니.

쓸쓸해진 태강은 생각을 하지 않기 위해 느리게 눈을 감았다가 떴다. 환영처럼 눈앞에 아른거리는 서주의 얼굴이 곤혹스럽게 했다. 산더미처럼 할 일이 쌓여 있으면서도 손에 일이 잡히지 않았다. 책상 위에 있는 휴대폰을 들어 서주와 주고받았던 톡 창을 열었다. 왠지 모르게 그 친구라는 남자와 같이 있을 것 같다는 생각이 들어 메시지를 지웠다가 썼다가를 반복하던 태강은 휴대폰을 도로 내려놓았다.

그 남자와 같이 있어?

이렇게 물을 수는 없는 거 아닌가. 친구일 뿐인데, 그런 걸 묻는 건 연인 사이에서나 가능한 거지.

오늘따라 왜 이렇게 자신이 못나 보이는지 스스로에게도 화가 났다. 남자답게 물어보면 되는 건데 그걸 물어보는 게 이상하게 자존심이 상한다. 갑작스럽게 울리는 벨 소리에 태강은 그만 손에 들고 있는 휴대폰을 떨어트렸다. 마찰음에 정신을 차린 태강은 얼른 휴대폰을 주워 전화를 받았다.

"여보세요."

-오늘 집에 오는 거 맞지?

"퇴근하고 갈게요."

-알았어. 운전 조심해서 와.

"네, 어머니."

가볍게 통화를 마친 태강은 휴대폰을 내려놓았다. 남서주를 떠올리다 혼자 막장 드라마 한 편을 찍기 전에 일이나 해야겠다.

그 후로 일에 파묻혀 있던 태강은 뻣뻣해오는 목과 어깨 때문에 고개를 들었다. 사무실 한쪽 벽면에 놓여 있는 시계를 보고 가볍게 스트레칭을 하고 퇴근 준비를 서둘렀다. 사무실을 나와 팀원들에게 인사를 하고 주차장으로 내려와 차에 올랐다. 조수석을 힐끗 보니 또다시 며칠 전 남자와 함께 집으로 들어가던 서주가 떠올랐다. 그 생각이 들면 두통이 오는 듯 머리가 지끈거린다. 태강은 휴대폰을 꺼내 서주에게 톡을 보냈다.

[주말에 아르바이트는 몇 시에 끝나?]

[9시쯤에.]

[그럼 그때 보자. 오피스텔로 갈게.]

[오키!]

단답형의 메시지를 보면서도 은근슬쩍 태강의 입가에 미소가 자리 잡혔다. 휴대폰을 내려놓고 시동을 켜 차를 출발시켰다. 복잡한 도심을 빠져나와 전원주택 단지에 들어선 태강은 능숙하게 집 앞에 차를 세웠다. 초인종을 누르고 안으로 들어가자, 민애가 태강을 반겼다.

"왔구나."

"잘 지내셨어요?"

"그럼, 얼굴이 까칠한 것 같은데 무슨 일 있니?"

"아무 일 없었어요. 아버지는요?"

"서재에 계셔."

"네."

민애를 지나친 태강은 서재 앞에 섰다. 노크를 하고 안으로 들어간 그는 진혁에게 인사를 건넸다.

"아버지, 그간 별일 없으셨어요?"

"공기 좋은 곳에 있는 사람이 무슨 일이 있을 게 뭐 있다고. 회사는 여전히 바쁘다던데, 힘들지는 않니?"

"네."

진혁과 이런저런 대화를 나누다 식사를 하라는 소리에 두 사람은 서재를 나와 주방으로 들어갔다. 자리에 앉자마자, 민애가 태강을 향해 질타 어린 말을 뱉었다.

"요즘도 일이 많니?"

"그렇죠, 뭐."

"아무리 그래도 그렇지, 어떻게 하나뿐인 아들이 집엘 그렇게 안 와."

진혁이 태강을 힐끗 보고는 민애를 나무랐다.

"사회생활 하다 보면 그럴 수도 있지. 당신은 뭘 그런 걸로 애를 다그치나."

"그래도 태강이 보고 싶은 걸 어떡해요?"

"그만하고 식사해. 오랜만에 온 태강이, 당신 때문에 식사도 못하겠네. 어서 먹자꾸나."

민애는 반찬들을 태강의 앞으로 밀어주었다. 세 식구가 오랜만에 한 식탁에서 식사를 마쳤다. 식사를 마치고 거실로 나온 세 사람은 소파에 마주 앉았다. 도우미가 내온 차를 마시면서 민애는 태강을 힐끗 보았다.

"만나는 여자는 아직도 없는 거니?"

순간 서주가 떠오르며 기분이 이상해졌다. 서주를 향한 자신의 감정이 무엇인지 깨닫지 못해 혼란스러운 와중이었다. 그는 밀려드는 생각을 애써 떨쳐냈다.

"네."

"이제 나이도 있는데 여자를 만나야 결혼도 할 거 아니야?"

"갈 때 되면 다 가지, 뭘 그렇게 애를 닦달해."

"당신도 참. 태강이 앞으로 좋은 선 자리가 들어와서 그렇죠. 당신도 알죠? 이경이. 최 여사가 태강이 짝으로 이경이 어떠냐고 했단 말이에요."

"백 총장 딸, 이경이라면 태강이 짝으로 괜찮지."

진혁이 거들어주자, 민애는 눈을 반짝 빛내며 태강을 보았다.

"태강이 네 생각은 어떠니?"

결혼이라……. 언젠가는 해야겠다고 생각하고 있었지만, 갑작스레 나온 결혼 얘기에 제일 먼저 떠오른 건 또 서주의 얼굴이다. 이경이라면 어릴 때부터 알던 사이이긴 하지만, 그저 집안끼리 잘 아는 사이일 뿐이다.

"결혼 생각은 아직 없습니다."

"당장 결혼하라는 게 아니라, 만나보라는 거지. 이번에 이경이

유학 마치고 들어왔다던데, 만나봐."

민애가 당장이라도 이경을 만나게 할 것같이 몰아붙였다. 태강이 난감해하는 걸 본 진혁이 민애를 말렸다.

"아직 나이도 젊은데, 뭘 그런 거까지 신경 써. 태강이 알아서 하게 내버려둬."

"당신도 이경이라면 태강이 짝으로 괜찮다고 했잖아요."

"이경이가 아무리 좋아도 서로가 맘에 있어야 하는 거지. 태강이 싫다는데 굳이 강요하지 마."

"그래도……."

진혁이 민애의 말허리를 잘랐다.

"그래도는 무슨. 어련히 알아서 연애하고 결혼할 사람 데려오겠지."

민애는 샐쭉한 표정을 지으며 더 이상 이경을 만나보란 소리를 하지 않았다. 태강은 속으로 안도의 한숨을 내쉬며 다 마신 잔을 내려놓고 소파에서 일어났다.

"먼저 일어나보겠습니다."

"피곤할 텐데 올라가서 쉬어."

"네."

목례와 함께 인사를 마친 태강이 2층으로 올라갔다. 방으로 들어온 그는 창가에 서서 정원에 드문드문 서 있는 가로등 불빛을 바라보았다. 집 앞으로 보이는 새까만 어둠을 보면서는 서주의 까만 눈동자가 떠올랐다.

"남서주."

소리 내어 그녀의 이름을 불러보았다. 그 순간 태강의 가슴이 찌르르 울렸다. 민애가 결혼 얘기를 꺼냈을 때 저도 모르게 서주의 얼굴이 아른거렸다. 이경을 만나보라는 민애의 말을 들으며 그러면 안 된다는 걸 알면서 백이경과 남서주를 비교했다. 우선 백이경은 그저 집안끼리 잘 아는 동생, 그 이상도 그 이하도 될 수 없다. 백이경처럼 그냥 아는 동생으로 남서주를 치부하기엔 질투라는 감정이 생겨날 리가 없다. 질투라는 감정은 좋아하는 사람에게 생겨나는 거다. 무엇보다 결혼을 한다면 백이경이 아닌 남서주와 하고 싶다.

'……좋아하는 건가, 남서주를.'

좋아한다. 남서주를.

주태강은 남서주를 좋아한다.

본가를 다녀온 이후 태강은 혼란스러움에 갇혔다. 서주를 향한 마음을 자각하자 태강은 머릿속이 더욱 복잡해졌다. 처음부터 이상했다. 그녀는 자신의 시선을 피하지 않고 올곧게 맞춰왔다. 그녀와 몸이 닿았을 때도 이상하게 싫지 않았다. 그때 대수롭지 않게 생각하지 말고 알아챘어야 한다.

남서주가 자신에게 특별한 사람이란 걸.

좋아하는 마음을 자각하고 나니 흘러가는 마음을 멈출 수가 없었다. 그런데도 처음 하는 사랑은 어떻게 해야 하는지, 지금까지 알려준 사람이 없다. 누군가를 좋아하는 마음은 감정 소모가 큰 일이다. 그래서 그는 이제껏 누군가를 마음에 들여놓은 적이 없었다. 귀찮기도 했고, 그다지 사랑이란 감정을 느껴본 적도 없었으며 연애도 하기 싫었다. 그런데…… 남서주를 만나고 달라지기 시작했다. 그녀는 예고도 없이 한 번에 마음으로 훅 들어왔다.

가지고 싶다.

다른 남자와 있는 걸 보면 질투심이 일어났으며 자신만 봐줬으면 좋겠단 생각이 들었다. 태강은 몰려오는 생각들을 떨쳐내려 고개를 내저었다. 책상 위 널브러진 서류 옆에 있는 휴대폰을 보고 한숨을 내쉬었다.

그녀를 향한 마음을 자각하고 나니 편하게 연락하기가 조심스러워졌다. 매번 만날 때마다 그녀를 놀리며, 장난쳤던 일이 떠올랐다. 그때는 그저 귀여운 동생 하나 생겼다고 편하게 생각했는데, 서주를 향한 마음을 깨달은 후에는 그 일련의 모든 행동을 자책하게 됐다. 장난치고 놀릴 때마다 하지 말라고 발끈하던 그녀의 얼굴이 떠올랐다. 울긋불긋 붉어진 얼굴로 반박하던 그녀였다. 웃을 때 들어가는 보조개가 어여뻤다.

조금 더 진중하지 못했던 자신이 이토록 원망스러워질지 몰랐다. 앞으로 서주를 만나면 마음을 어떻게 꺼내 보여야 할지 모르겠다.

"생각하지 마."

혼잣말을 내뱉고도 여전히 머릿속엔 남서주로 가득 차 있었다. 태강의 시선이 시계로 향했다. 지금쯤 서주는 자고 있을 것이다. 번역 작업이 많아졌다면서 밤늦게까지 일하곤 하니까.

건강을 해칠 텐데…….

생각이 거기에 미치자, 태강은 몸을 일으켰다. 빠르게 회사를 나온 그는 백화점으로 향했다.

노트북을 많이 쓰는 그녀니 손목 보호대와 푹신한 방석, 따뜻한 차 종류 등을 닥치는 대로 사들였다. 작업하면서 그녀가 조금이라도 더 나은 환경에서 작업하길 바랐다. 매장에 들러 기계식 키보드까지 구매한 후에야 태강은 백화점을 나섰다.

차에 오른 그는 뒷좌석에 놓아둔 쇼핑백을 보며 한숨을 푹 쉬었다. 선물을 전해주려면 만나야 하는데, 만나면 또 무슨 말을 먼저 꺼내야 할지 모르겠다. 얼굴을 보면 저도 모르게 마음을 고백할 것 같다.

좋아하는 것 같다고.

서주는 형찬이 밑반찬을 들고 찾아왔던 날 이후, 연락이 뜸해진 듯한 태강이 이상했다. 연락을 하긴 하는데 무언가 괴리감이 느껴진다고 해야 하나. 께름칙하다. 그런 생각을 하면서도 연락이 뜸해지기 전, 만났던 그가 문득문득 생각난다. 귓가에 나직이 속삭이던 말에 온몸에 소름이 돋아났었다. 거기에 아무렇지 않게 스킨십을 하는 그를 생각하면 가슴이 금방이라도 터질 듯이 뛰는데, 더 이상 제게 그는 친구가 아닌 걸까. 태강을 생각하는 시간이 길어질수록 그를 향한 감정들이 불어나는 강물처럼 커져갔다. 이러면 그를 만나는 게 곤란해질 텐데.

좋아하는 것 같다. 그저 친구가 아닌, 오빠가 아닌, 주태강이라는 한 사람을 남자로.

깊은 한숨을 내쉰 서주는 아르바이트를 위해 집을 나섰다. 오피스텔에서 빵집까지는 거리가 좀 있어 버스를 타야 했다. 정류장에 서서 버스를 기다리는 서주는 이어폰을 귀에 꽂아 이루마의 'River flows in you'를 들었다. 언제 들어도 좋은 피아노 선율이 마음을 차분하게 만들었다. 번역을 하면서도 이루마의 곡을 틀어놓고 할 때가 많았다. 그런 자신을 보고 연희는 질색을 했지만.

귓가에 울리는 피아노 선율을 들으며 잔잔한 물결처럼 가슴에 스며든 태강을 떠올렸다. 그는 오늘 만나러 오겠다고 했다. 그를 보면 콩닥거리는 마음을 감출 길이 이제는 없는데. 어떻게 하는 게 좋을지 모르겠다.

복잡해지는 머릿속을 가볍게 저은 서주는 도착한 버스에 올랐다. 창밖으로 바쁘게 지나가는 사람들이 보였다. 간간이 정류소에 멈춰 서는 버스 때문에 정류장에 서 있는 사람들이 눈에 들어왔다. 화기애애하게 웃는 사람들의 모습을 보며 서주의 입가에도 미소가 생겨났다. 그러고 보니 태강을 만난 이후, 허전했던 마음 한 편이 가득 채워진 느낌이다. 그저 연희와 형찬 이외에 한 사람을 더 만났을 뿐인데.

생각에 빠져들어 있을 때, 목적지를 알리는 안내 방송에 그녀는 귀에 꽂고 있는 이어폰을 빼내 가방에 넣고는 자리에서 일어났다. 멈춰 선 버스에서 내려 빵집으로 걸어갔다. 상쾌하게 울리는 차임벨 소리와 함께 고소한 빵 냄새가 코를 간질였다.

"안녕하세요."

"왔니?"

서주는 생긋 웃으며 인사를 건네고는 겉옷과 가방을 내려놓고 카운터로 왔다.

"네. 뭐부터 할까요?"

"할 게 뭐가 있다고. 지난주에 소개팅은 잘했어?"

"……연희 왔다 갔어요?"

이 사장이 웃으면서 고개를 끄덕였다. 하여튼 구연희, 동네방네 소문 다 내지. 서주는 난처해하며 머리를 긁적였다.

"그래, 연희 빵 사러 자주 와. 그래서 말인데, 이제부터 주말 아르바이트 시간 좀 줄여."

"네? 그게 무슨……."

"연애한다면서. 그러면 주말에 데이트도 하고 그래야지. 서주가 우리 가게에서 일한 8년 동안 연애하는 거 한 번도 못 봤는데, 지금이라도 연애도 하고 결혼도 해야지. 서주도 적은 나이 아니잖아."

연애. 그 단어는 자신과 거리가 멀다고 생각하고 살았다. 사는 게 바쁘기도 했지만, 누군가를 마음에 담는 것이 무서웠단 말이 더 정확한 거 같다.

"아니에요, 연애하는 거."

서주가 당황한 듯 아니라고 부정했다. 이 사장이 안 믿는지 웃는 모습을 보고 서주는 난감한 듯 비품을 넣어둔 창고로 걸어갔다. 창고 안에 들어온 서주는 자신의 얼굴을 감싸며 연신 뛰어대는 심장이 잠잠해지길 기다렸다. 가뜩이나 태강을 생각하면 가슴이 두근거리는데, 주변에서 그와 자신을 엮으니 무언가 오묘해지는 기분이다.

마음을 진정시키고 비품 창고를 나온 그녀는 갓 구워 나온 빵을 진열하고 카운터에 앉았다. 몸을 움직일 때는 몰랐는데, 이렇게 앉아 있으니 또 태강의 얼굴이 떠올랐다.

만약 제 마음을 그에게 들키기라도 한다면……. 연애나 여자에 관심이 없다던 그는 친구 하자고 했던 말을 다시 거둬들일지도 모른다. 그 생각에 우울해졌다.

잠시 밖에 나갔다 돌아온 이 사장이 서주를 불렀다.

"서주야, 오늘은 그만 퇴근해."

"아직 시간 많이 남았는걸요?"

"손님도 없고, 나 혼자 해도 되니까 그만 퇴근해."

"네. 그럼 다음 주에 뵐게요."

"그래."

서주는 겉옷을 입고 가방을 챙겨 이 사장에게 인사를 건네고 빵집을 나왔다. 간간이 불어오는 바람이 그녀의 머리카락을 헝클었다. 집으로 돌아와 샤워를 하고 아침에 내려놓은 커피를 컵에 따라서 소파에 앉았다.

태강을 만날 시간까지 아직도 두 시간이 남았지만, 벌써부터 심장이 멋대로 쿵쾅거렸다. 서주는 그를 언제부터 마음에 들여놓은 건지 생각에 빠져들었다. 그와의 첫 만남부터 떠올리던 그녀의 입가에 미소가 어렸다. 정확히 언제부터인지는 모르겠지만, 아마 카페에서 그가 제 어깨를 잡아 앉히며 말했을 때부터 좋아했던 것 같다. 아무렇지 않게 해오던 스킨십과 말들이 친근하게 느껴지고 마음이 그에게로 흘러가게 만드나 보다. 매일 주고받는 메시지에도 가슴이 떨려왔다. 퉁명스럽게 말은 하지만, 주체할 수 없을 만큼 떨려오는 마음을 감출 수가 없었다. 그가 알게 되어 멀어질까 봐 겁이 났다. 그를 안 지는 얼마 안 됐지만, 이토록 속수무책으로 빠져들 거란 생각은 하지 못했었다.

사랑은, 연애는 제게 사치일 뿐인데.

태강을 만나고 자꾸만 욕심이 생겨났다. 무언가를 간절히 가지고 싶다는 생각을 하는 자신을 비웃었다. 가지고 싶단 마음만으로 가질 수 없는 걸 알고 있다. 고아원에서 자라면서 단 한 번도 무언가를 욕심낸 적이 없었다. 그럼에도 불구하고 태강을 만난 이후 욕심내고 있다. 주태강이라는 한 남자를 가지고 싶은 욕망이 자라났다.

누군가 그녀의 생각을 읽기라도 한듯 톡의 알림음이 울렸다. 재빨리 휴대폰을 확인한 서주의 얼굴에 생기가 어렸다.

[9시까지 가면 돼?]

[아니, 한 시간 후에 봐. 어디로 갈까?]

[오빠가 오피스텔 앞으로 갈게.]

그래. 짧게 답을 보낸 서주는 소파에서 몸을 일으켰다. 부정적인 생각은 접어두기로 했다. 한 번 든 부정적인 생각은 사람을 끝도 없이 절망 속으로 밀어 넣으니까. 아무리 힘들어도 서주는 긍정적인 생각을 먼저 했다.

지금 아픈 건 더 나아지기 위해서야. 우울해하지 마. 남서주.

주문을 걸듯 매일 가슴속에 새겼던 말이었다. 옷장 앞에 선 서주는 지난번 연희의 닦달에 사게 된 프릴 달린 원피스를 보았다. 프릴이 저랑 어울리기나 하냐는 말에 연희는 깔끔하게 자신의 의사를 무시했었다.

'너처럼 키가 작은 여자는 이런 귀여운 프릴이 달린 옷을 입어야 더 예뻐 보이는 법이야.'

문제는 그 프릴 달린 원피스가 무릎 위로 올라가는 길이라는 거다. 저렇게 짧은 걸 어떻게 입으라는 건지. 그럼에도 형찬이 한 말도 떠올라 자꾸만 시선을 잡아끌었다.

입어볼까? 이상하면 어떻게 하지? 안 그래도 저만 보면 놀려대는 태강인데……. 고개를 세차게 저은 서주는 원피스 옆에 있는 청바지를 들었다가 다시 내려놓고 원피스를 집어 들었다.

"딱 한 번이야."

태강에게 여자로 보이고 싶잖아.

마음속에 속삭이는 말을 떨쳐내지 못한 서주는 원피스를 입고 화장대에 앉았다. 서툰 손길로 화장을 마친 그녀는 전신거울 앞에 섰다. 평소와 다른 제 모습을 보고 그녀가 어색해하는 동안 도착했다는 태강의 톡이 왔다.

집을 나와 엘리베이터를 타고 1층으로 내려가는 내내 서주는 거울에 비친 모습을 보고 다시 돌아가서 다른 옷을 입고 올까 수도 없이 고민했다. 그럼에도 기다리고 있을 태강을 생각하니 마음이 조급해졌다. 한편으론 에라, 모르겠다는 생각도 들었다.

난생처음 입어보는 원피스와 높은 하이힐이 걸음을 부자연스럽게 만든다. 로비를 걸어갈 때마다 또각또각 울리는 구두 소리가 이질적으로 들려왔다. 심호흡을 크게 한 서주는 오피스텔 출입문을 열고 나갔다. 차 앞에 기대어 서 있는 태강의 모습이 눈에 들어왔다. 평소의 그라면 '서주야' 하고 불렀을 텐데, 저를 보고도 그는 차에 기대어 있는 몸도 일으키지도 않고 있었다. 그저 자신을 바라보고만 있을 뿐.

아! 잘못 입었구나. 역시 평소에 안 하던 짓을 하면 안 돼.

서주의 얼굴이 일그러졌다. 그저 예뻐 보이고 싶었을 뿐인데. 태강을 향해 걸어가는 발걸음이 무거워졌다. 꾸민 자신의 모습을 감추고 싶어 쥐구멍이라도 찾아 숨고 싶어졌다.

태강은 자신의 시야에 들어온 서주의 모습에 눈을 깜빡거렸다. '서주야' 하고 불러야 하는데, 인형 같은 모습에 할 말을 잊어버렸다. 보고 싶은 마음과 선물을 전해주고 싶어 만나러 온 길이었다. 수많은 감정들을 감추느라 애썼는데 눈앞에 나타난 서주로 인해 생각은 사라졌다.

그녀와 친구가 아닌 연애를 하고 싶다.

그녀가 제게 걸어오고 있다. 서주 이외에 아무것도 눈에 들어오지 않았다. 슬로모션처럼 다가오던 그녀가 제 앞에 섰다.

그는 그녀의 까만 눈동자를 보며.

"우리 친구 하지 말고, 연애하자."

말을 마친 태강의 입술이 서주의 입술로 사뿐히 내려앉았다. 태강이 한 말을 인지하기도 전에 뜨거운 입술이 그녀에게 닿았다. 믿기지가 않아 눈을 커다랗게 뜨자 눈앞에 그의 얼굴이 보인다. 눈이 마주치자, 그의 커다란 손이 올라와 눈을 가리면서 민트 향이 더 짙어지고 뜨거운 숨결이 느껴졌다. 눈을 가렸던 태강의 손이 그녀의 머리를 감쌌다. 눈송이처럼 부드러운 키스가 점점 농도를 높여갔다. 녹아버릴 것 같다. 숨이 가빠와 숨을 쉬기 위해 입술이 살짝 벌어졌다. 그 틈을 놓치지 않은 태강이 능숙하게 입 안으로 들어왔다. 입 안을 헤집는 그로 인해 온몸이 떨려온다. 불꽃이 터지듯 눈앞에 섬광이 번쩍였다.

더 이상은 서 있는 것조차 힘들어 서주는 그의 옷을 잡으며 주저앉지 않기 위해 애썼다. 그럴수록 태강은 다디단 꿀물을 마시듯 서주의 입술을 탐했다. 귓가에 울리는 적나라한 소리가 믿기지 않을 만큼 야하게 들려와 금방이라도 심장이 터질 것 같았다. 어디선가 발소리가 들려와 태강에게서 벗어나기 위해 서주는 버둥거렸다.

그녀의 바르작거림이 심해져 태강은 아쉬운 듯 입술을 뗐다. 숨을 고르는 그녀의 반질거리는 입술을 보니 다시 덮치고 싶어졌다. 홍당무처럼 붉어진 얼굴도 사랑스럽고, 가슴에 손을 올리고 들썩이는 숨결조차 사랑스럽다.

중증이네. 주태강.

저도 모르게 웃음이 나왔다. 그동안 여자라면 질색하던 자신이, 누군가 제 몸에 닿는 것도 싫어하던 자신이, 서주가 제 앞에서자 들끓던 욕망을 본능에 맡겨버렸다. 그저 한 입에 넣고 삼켜버리고 싶었다. 그러면 들끓던 욕망도 가라앉지 않을까. 그랬는데……. 아니다. 한 번 맛본 입술은 더욱 큰 갈증을 불러일으켰다.

"지, 지금…… 이, 이게 뭐 하는 거야?"

거칠어진 숨을 고른 서주는 자신의 첫 키스를 훔쳐가놓고 태평하게 웃는 태강을 보며 눈을 흘겼다.

"연애하자고 했잖아."

아, 이 남자가 갑자기 왜 이러나.

생각을 해야 하는데 생글생글 웃는 낯을 보니 모든 사고가 정지되었다.

"남서주, 연애하자."

"오빠는 연애든, 여자든 관심 없어서 나한테 친구 하자고 한 거 아니야?"

"맞아. 그 생각은 지금도 변함없어."

그도 자신과 같은 마음일까, 설마 하며 기대했던 마음에 금이 갔다. 뭘 기대했던 거야.

태강은 서주를 끌어안으며 나지막이 귓가에 속삭였다.

"그런데 서주야. 여자에 관심 없던 나를, 연애에 관심 없던 나를 연애하고 싶게 만든 건 너잖아. 그러니까 네가 나 책임져라."

"연애하고 싶으면 다른 여자들도 많잖아."

태강은 서주를 품에서 떼어내고 그녀의 얼굴을 감쌌다.

"다른 여자는 안 돼. 너여야만 해. 연애든, 뭐든 너랑 하고 싶은 거야. 너라서 하고 싶어진 거야."

진심이다. 그는 진심이다. 저를 꿰뚫듯 바라보는 그의 눈빛이 그렇게 말하고 있다. 간신히 진정되었던 마음이 다시 소용돌이친다. 그도 저와 같은 마음인 것이다.

"나는……."

사위가 암전으로 바뀌고 태강의 얼굴만 시야에 들어왔다. 더 이상 제 마음을 숨기지 않아도 된다. 그럼에도 겁이 난다.

그를 욕심내도 괜찮을까……?

굳게 다물고 있던 서주의 입술이 열렸다.

"오빠를…… 내가 욕심내도 돼?"

초조했던 마음이 서주의 한마디에 눈 녹듯 녹아내렸다. 태강은 눈송이처럼 부드럽게 웃었다.

"마음껏, 기꺼이. 주태강은 남서주만 욕심낼 수 있어."

서주가 태강의 허리를 감싸며 안겨들었다. 그는 힘껏 그녀를 안으며 정수리에 입을 맞췄다.

무슨 말로도 표현할 수 없을 만큼 마음이 가득 찼다. 품 안에 안긴 여린 그녀를 행복하게 해주고 싶다.

3장. 뜨겁게 사랑하다

    그와 연애를 시작한 지 일주일. 지금도 믿기지 않았다. 태강과 연애를 하고 있다는 것이. 별조차 보이지 않던 그 밤에 태강은 자신의 마음을 고백했다. 그와 헤어지고 집으로 들어와 그의 입술이 닿았던 입술을 만져보았을 때, 여전히 남아 있는 그의 감촉이 생생히 느껴졌었다. 태강이 한 말들이 메아리치듯 울려 퍼졌다. 비현실 같은 상황이 현실이었다. 스물여덟 해를 살면서 그렇게 행복한 순간은 단 한 번도 없었다.

    행복하다. 그저 주태강을 마음에 들여놓았을 뿐인데.

    침대에 누워 뒹굴며 태강을 생각하던 서주는 기지개를 켜는 몸을 일으켰다. 커피 머신에 원두와 생수를 넣고 버튼을 눌러놓고는 욕실로 들어갔다. 씻고 나와 내려놓은 커피를 컵에 부어 소파에 앉았다. 향긋한 커피 향을 음미하며 홀짝이던 서주는 휴대폰을 들고 톡 창을 열었다.

[오빠, 나 일어났어.]

메시지를 보내놓고 소파 깊숙이 몸을 기댔다. 태강을 떠올리면 입꼬리가 자연스럽게 올라간다. 능글맞게 놀리기만 해서 자신을 여자로 보는 줄은 생각도 하지 않았는데. 그가 진심으로 하는 고백이 가슴을 먹먹하게 했다. 혼자만 좋아하는지 알고 감춰야 하는 마음이라고 판단했었다. 그런데 그도 자신과 같은 마음이라니. 그를 생각하면 설렘으로 가슴이 두근거렸다.

띠링. 톡이 왔다는 알림음이 울렸다. 서주는 휴대폰을 들어 톡 창을 열었다.

[또 새벽까지 일했어?]

[응, 4시까지. 오빠 안 바빠?]

[바쁘지. 바빠도 서주한테 연락할 시간은 있어. 밥은 먹었어?]

[이제 먹어야지. 바쁘면 일해.]

[그래. 오빠 보고 싶다고 울지 말고.]

"치, 누가 운다고 그래."

듣는 이도 없는데 중얼거렸다. 다 마신 커피 잔을 싱크대에 담그고 노트북을 켰다. 요즘 나태해졌다고 잔소리가 심한 형찬이 또 잔소리를 하기 전에 마무리해서 보내야겠다. 일을 하려던 서주는 기계식 키보드와 손목 보호대를 보며 입가가 느슨하게 늘어졌다. 그가 자신을 생각하며 준비했을 선물이 마음을 따스하게 만들었다.

그의 머릿속은 남서주로 가득 찬 걸까?

그녀와 통화를 마친 태강의 얼굴이 살짝 붉어졌다. 감미롭게 귓가를 간질이던 목소리가 심장을 간질였다.

"늦게까지 일은 하지 말라니까 말도 안 듣지."

늦은 오후가 지나 저녁 시간이 가까워올 때서야 서주에게 연락이 왔다. 그녀와 연애를 한 지 이제 일주일이 흘렀다. 변한 건 그저 서주와 연애를 하고 있는 것인데 지루하기만 했던 일상이 생기가 넘치는 것 같다. 서주를 생각하며 태강의 눈꼬리가 부드럽게 휘어졌다.

가볍게 고개를 젓고는 책상 위에 처리해야 할 서류를 보았다. 일을 하면서도 실실 웃음이 새어 나오는 걸 보면 남서주가 주태강에 미치는 영향은 상상을 초월하는 것 같다.

똑똑. 노크 소리와 함께 임 대리가 안으로 들어왔다.

"팀장님, 다들 기다리고 있습니다."

"알겠습니다. 곧 따라가겠습니다."

오늘은 유경 그룹 영업마케팅실 전체 회식이었다. 밥만 먹고 일어나 서주를 만나러 가야겠다고 생각한 태강은 보던 서류를 덮고 사무실을 나섰다.

회식 장소인 인근 음식점으로 들어서자 음식점 안에는 직원들이 팀별로 나눠서 앉아 있었다. 태강은 자신이 맡고 있는 1팀이 있는 곳으로 가 비어 있는 자리에 앉았다. 그를 보고 인사를 건네오는 다른 팀의 사람들과도 대충 눈으로 인사를 건넸다. 무심한 눈길로 불판 위에 자글자글 익어가는 삼겹살을 보았다. 팀원들이 건네는 술을 받아서 내려놓고 태강은 식사에 열중했다.

어느 순간 시끄럽게 들리던 사람들의 말소리가 뚝 끊어졌다. 무슨 일인가 싶어 고개를 든 태강은 자신을 보고 있는 여자와 눈이 마주쳤다. 얼마 전 본가에 들렀을 때, 민애가 만나보라고 말하던 백이경이었다. 그 얘기를 들으며 서주를 향한 자신의 마음을 자각했는데. 피식 웃은 태강은 모른 척 고개를 돌렸다.

"다들 이 아리따운 여자분이 누군지 궁금하시죠?"

여기저기서 휘파람 소리가 들려온다. 유경 그룹 영업마케팅팀에는 여직원보다 남직원이 많았다. 그러니 저렇게 여자만 등장하면 다들 입이 헤벌쭉해지는 거겠지.

"부장님, 제가 소개할게요."

이경이 자신을 소개하려는 부장을 말리며 당돌하게 말했다.

"다음 주부터 영업마케팅 2팀의 팀장으로 발령받은 백이경이라고 합니다. 한국에 온 지 얼마 되지 않아 아직은 시차 적응이 되지 않았습니다. 많이 부족하겠지만, 잘 부탁드립니다."

여기저기 환호하는 사람들의 말소리와 박수가 이어졌다. 대충식사를 끝낸 태강은 자리에서 몸을 일으켰다. 옆에 있는 최 대리에게 먼저 간다는 말을 건네고 식당을 빠져나가려 할 때였다.

"오빠."

자신을 부르는 소리에 주차장으로 가려던 걸음을 멈춘 태강은 뒤를 돌았다. 이경이 다가오고 있었다.

"어머니께 한국 왔다는 소리는 들었다."

식당에서 고개를 돌려버려 자신을 못 알아본 줄 알았더니, 아니었다. 이경은 해맑게 웃었다.

"오랜만이다, 우리. 그새 오빠는 더 멋있어진 거 같아."

"오랜만이네. 유학 마쳤다고는 해도 우리 회사로 올 줄은 몰랐네."

"유경 그룹에서 좋은 조건을 제시하기도 했고, 유경 그룹 회장님이 우리 외삼촌 되시니까."

"그래. 그럼 회사에서 보자."

태강이 가볍게 인사를 건네고 등을 돌렸다. 이경은 주차장으로 향하는 태강의 뒷모습을 눈으로 좇았다. 여전히 그는 멋있었다. 어린 시절부터 태강은 늘 동경의 대상이었다. 그 감정은 시간이 지날수록 사랑으로 발전해버렸다. 여자라면 관심조차 주지 않는 그란 걸 알아서 단 한 번도 제 마음을 표현한 적 없었다.

주태강이란 남자 옆에 서고 싶어서 유경 그룹으로 온 걸 그는 절대 모르겠지. 태강의 차가 시야에서 사라지고, 이경은 짧은 숨을 토해냈다.

서주의 오피스텔에 도착한 태강은 시간을 확인하고 그녀에게 톡을 보냈다.

[뭐 해?]

[일하고 있지.]

[넌 일 말고 다른 건 안 해?]

매번 일만 하는 것 같다. 자신도 딱히 다르지 않지만.

[일 말고 딱히 다른 거 할 게 있어?]

다른 거, 할 거 있지. 날 만나야지. 태강은 통화 버튼을 눌렀다.

-응, 오빠.

"나올래?"

-지금?

"응."

-어딘데?

"오피스텔 앞."

수화기를 통해 쿵, 무언가 떨어지는 소리가 들렸다.

"넘어진 거야?"

-아! 아니야. 지금 나갈게. 조금만 기다려줘.

들어오란 소리는 절대 안 하지. 전화를 끊은 태강은 치마는 입지 말라는 소리를 안 했다는 생각에 인상을 썼다. 지난번 치마를 입고 나왔을 때, 숨이 멎는 줄 알았다.

그런 모습은 나만 봐야 할 거 아니야.

실은 그런 모습뿐만이 아니라, 남서주 자체를 혼자서만 독차지하고 싶다. 스스로도 놀랄 정도로 자신에게 이런 소유욕이 있었던가. 서주를 만나고부터 하나하나 자신에 대해 새롭게 알아가는 것조차 즐겁다.

"주태강에게 남서주는 특별한 존재지."

혼잣말을 뱉은 태강은 차에서 내렸다. 오피스텔 쪽으로 걸어가다 보니 그녀가 엘리베이터에서 내리는 모습이 보였다. 걸음을 빨리해 서주의 앞에 섰다.

"서주야."

그가 늘 불러주던 자신의 이름에 배시시 웃은 서주는 태강에게 다가갔다.

"오빠."

두 사람은 서로를 마주 보고 웃었다. 태강이 서주에게 손을 내밀었다. 마주 잡은 손의 온기만큼 두 사람을 둘러싼 공기가 따스했다.

"온다는 말 없었잖아."

"그래서 싫은 거야?"

"아니, 싫을 리가."

월말이 되고 그가 맡고 있는 업무가 많아졌다. 그래서 연애를 해도 연락은 자주 하지만, 만나는 건 쉽지 않았다. 그래도 바쁜 시간을 쪼개서 그는 이렇게 자신을 만나러 온다. 그가 자신을 떠올리는 그 시간이 좋았다.

"보고 싶어서 참을 수가 있어야지."

그와 만날수록 놀라움의 연속이다. 처음엔 차가운 인상이라 말붙이기도 어려웠는데, 친구로 지내면서도 한 번씩 훅 치고 들어오는 대사에 얼마나 심장이 뛰었던가. 연인이 되고도 그의 말 한마디에 금방이라도 녹아내릴 만큼 가슴이 떨렸다.

"오빠, 그런 말은 그만하는 게 어때?"

태강이 걸음을 멈춰 자연스럽게 서주는 그를 올려다보았다. 약간은 당황함이 스민 그의 얼굴이 보였다.

"나는 하고 싶은 말을 했을 뿐이야."

"오빠가 한 번씩 아무렇지 않게 하는 말에 내 심장이 남아나질 않을 것 같아."

서주는 태강의 손을 잡아 자신의 심장 부근으로 가져가며 말을 이었다.

"지금도 봐봐. 빨리 뛰고 있지? 이러다가 심장이 터져버릴 것 같다고."

스스럼없이 하는 행동에 태강은 자신의 심장이야말로 터질 것 같았다. 자신의 손을 아무렇지 않게 가슴 위에 올리다니.

"이렇게 빨리 뛰는 게 나 때문이라고?"

"그래. 그러니까 내 심장에 무리가 가는 말은 그만하라고."

태강의 얼굴이 짓궂게 변했다. 고개를 숙여 서주의 귓가에 나직이 속삭였다.

"남서주가 보고 싶어 참을 수 없었다는 말?"

서주는 귓가에 나긋이 울리는 감미로운 목소리에 소름이 돋아나 아무것도 할 수 없었다. 서주의 몸이 바짝 긴장해 굳어가는 것을 본 태강은 짧게 한마디를 더 보탰다.

"좋아해. 널."

서주는 그 말에 움직일 생각도 하지 못하고 얼어붙어버렸다. 태강은 초점을 잃어버린 듯 멍하니 어디를 보고 있는지 알 수 없는 서주의 어깨를 끌어안았다.

"카페 가서 차 마시자. 우리 서주 추워서 감기 걸리면 안 되잖아."

자신의 심장은 이렇게 뛰게 만들어놓고 아무 일도 없었다는 듯한 그의 행동에 서주는 괜히 분한 마음이 들었다. 지금도 그와 너무 가까운 거리에 붙어 있어 심장이 박음질 치고 있는데. 서주는 짐짓 심각한 어투로 말했다.

"오빠. 아무래도 오빠랑 연애하는 건 다시 고려해봐야겠어."

연애를 고려한다니, 이건 또 무슨 소리인가. 태강은 자신이 들은 말을 의심했다.

"무슨 말이야?"

서늘하게 노려보는 그의 얼굴이 보인다. 서주는 침을 꿀꺽 삼켰다.

"말 그대로 다시 생각해봐야겠다고."

"그러니까 왜!"

태강의 음성이 높아져 서주는 몸을 움츠렸다. 처음 봤을 때보다 더 차가운 표정으로 자신을 보는 태강이 무서워졌다.

"목소리 좀 낮춰. 지나가는 사람들이 힐끔거리잖아."

"지금 다른 사람들이 쳐다보는 게 뭐가 중요해?"

"왜 이렇게 화를 내?"

태강은 끓어오르는 화를 가라앉히려 안간힘을 썼다. 그녀를 좋아하는 자신의 마음은 넘쳐흐를 것만 같은데, 자신의 마음을 몰라 주는 것 같아서 서운함이 생겨났다.

"소리 지른 건 미안해. 하지만 서주야. 만약에 네가 한 말에 내가 '그래, 네가 그렇다면 다시 생각해보자' 이렇게 말하면 어떨 거 같아?"

당황한 듯 서주의 눈동자가 흔들렸다. 정말 그와 다시 생각해보려고 한 말이 아니었다.

"나, 나는 오빠가 하는 말에 이렇게 심장이 뛰는데 오빠는······ 놀리기나 하고, 아무렇지도 않잖아. 날 좋아하는 게 맞긴 해?"

지금 제 마음을 의심하는 건가. 전혀 그럴 것 같지 않은 남서주가! 게다가 심장이 뛴다는 말에 금방 기분이 좋아져 입꼬리가 실룩실룩 상승 곡선을 그렸다.

"남서주."

높낮이가 없는 음성으로 자신을 부르는 태강을 보며 그녀의 눈동자가 흔들렸다. 자신이 잘못한 건가. 하지만, 이대로라면 계속 끌려다닐지도 모른다. 예전에 연희가 동영과 주도권 싸움을 했다고 했을 때, 사랑하는 사이에 그런 걸 왜 하느냐고 그랬었는데 지금은 자신이 하고 있다. 우위에 서고 싶은 마음. 장난처럼 툭툭 고백하는 말이 아닌, 그가 처음 고백했던 그날처럼 진지하게 하는 고백을 듣고 싶었을 뿐이다. 사람 마음이 참 간사했다.

"으응."

태강은 부드럽게 미소 지으며 서주와 시선을 맞추었다.

"딱 한 번만 말할 테니 잘 들어. 서른두 번의 해가 바뀔 동안 여자, 연애, 그런 거에 관심을 가져본 적이 없어. 쓸데없는 데 감정 소모하는 거 지극히 싫어했어. 그랬던 내가, 너를 여자로 보았고, 네가 좋아서 연애를 하자고 한 거야. 너라면 뭐든지 다 할 수 있을 것 같거든. 그렇게 싫어하는 감정 소모라든지, 관심 없던 연애라든지."

그가 하는 말 한마디 한마디가 가랑비에 옷이 젖듯 마음을 적신다. 이런 남자에게 간사한 마음을 내세운 게 미안해졌다.

"그러니까 서주야, 다시는 이런 식으로 내 마음을 확인하려고 들지 마. 널 그 누구보다 좋아하니까."

"미안해."

"사과 대신 뽀뽀해줘."

언제 진지했냐는 듯 태강이 평소의 장난기 가득한 표정을 지었다. 정말 그는 연애의 고수가 틀림없었다. 여자 심장 떨리게 만드는 말을 연애 한 번 안 해본 남자가 어떻게 할 수 있단 말인가. 로맨스 소설을 번역했던 기억을 떠올려보아도 이렇게 능글맞고 짓궂었던 남자 주인공은 없었던 것 같다. 그저 여자 주인공을 물고 빨고 핥는 남자 주인공만 있었을 뿐.

"빨리."

자신을 바라보며 활짝 웃는 모습에 눈이 멀어버릴 것 같다. 서주는 뒤꿈치를 들어 살짝 그의 뺨에 입을 맞췄다.

"에잇, 뺨에 하는 게 어디 있어. 입술에 다시 해."

태강은 자신의 입술을 가리켰다.

"길거리잖아. 다른 사람들도 본다고."

"그럼 오빠가 한다? 오빠가 하면 뽀뽀로 안 끝날 텐데? 오빠가 해? 빨리 말해."

난감하게 만드는 데 일가견이 있다. 서주는 눈을 질끈 감고는 태강의 입술로 다가갔다.

피식 웃은 태강은 그녀의 허리를 감싸고 다가오는 그녀의 입술을 집어삼켰다.

남서주, 아직도 날 파악 못한 거야? 가벼운 뽀뽀는 유치원생들이나 하는 거라고.

그는 서주를 품에 안고 부드러운 키스를 이어갔다.

어느 틈엔가 가을이 훌쩍 지나가 있었다. 쌀쌀해진 날씨에 태강은 서주가 걱정이었다. 낮과 밤이 완전히 바뀐 그녀를 어떻게 해야 좋을지 모르겠다. 연말이 다가올수록 일거리는 더 쌓여만 가고 있어 그녀를 신경 쓸 겨를이 많지 않았다. 곧 있을 승진 시험 준비도 해야 하고 할 일이 태산이었다. 이런 와중에 밤에 번역 일을 하고 있을 서주가 걱정이었다.

두 번의 문 두드리는 소리가 들려오고 이경이 안으로 들어왔다.

"오빠."

태강은 미간을 찌푸렸다. 저놈의 오빠란 소리는 왜 자꾸 하는지,

여기가 사적인 공간도 아닌데. 사적인 공간이라도 오빠라고 자신을 칭할 수 있는 사람은 서주뿐인데.

"백 팀장님, 여긴 회사입니다."

"회사긴 해도 오빠 사무실엔 나랑 오빠, 둘뿐인데 뭐 어때?"

또각또각 바닥에 부딪치는 하이힐 소리가 듣기 싫다. 책상 앞에 선 이경에게서 나는 진한 화장품과 향수 냄새가 역겹게 느껴졌다. 서주에게선 은은한 비누 향만 나는데.

"백 팀장, 호칭 똑바로 하시죠. 그러지 않을 거면 당장 제 방에서 나가세요."

"쳇, 알았다고. 그렇게 정색할 필요 없잖아. 오빠 그럴 때마다 주름 생겨."

태강은 고저 없는 음성으로 이경을 불렀다.

"백이경."

자신의 이름을 불러줬다는 것에 기쁜지 이경이 활짝 웃었다.

"응?"

"내 방에서 당장 나가."

"일 때문에 온 거라고."

"그럼 일 얘기하고 빨리 나가. 네가 뿌린 향수 냄새 때문에 머리가 아플 지경이거든."

이경의 얼굴이 새빨개졌다. 태강에게 잘 보이고 싶어 매일 아침 평소보다 일찍 일어나 공들여 화장하고 옷에 신경을 썼다.

"일 얘기하고 나가라고."

태강은 멀뚱히 서 있는 이경을 향해 짧게 일갈했다. 무슨 회사가 패션쇼를 하는 곳도 아니고, 그녀는 화려한 옷은 물론 가끔은 아슬아슬하게 다 비치는 옷을 입고 올 때도 있었다. 사규에 복장을 검은색 정장으로 바꾸자고 건의하고 싶을 정도였다.

"연말에 있을 유경 그룹 파티 때문에."

연말 파티라면 더더욱 이경과 할 말이 없다. 매년 연말에 있는 파티다. 특별한 것도 특별할 것도 없는. 그리고 이게 무슨 회사 일이란 말인가.

"그 파티가 왜?"

"오빠도 갈 거지?"

이경과 이런 대화를 나눌 시간도 솔직히 아까웠다. 가뜩이나 요즘 일거리가 많아져 서주를 만날 수 있는 시간도 짧아 속상한데, 이런 쓸데없는 말을 하며 시간을 허비하고 싶지 않았다. 그는 시큰둥하게 답했다.

"가겠지."

"이번에 파트너 동반이라고 하던데, 오빠 같이 갈 파트너 없으면 나랑 같이 가."

태강은 들고 있던 서류를 내려놓고 고개를 들어 서늘한 시선으로 이경을 보았다.

"내가 아무리 같이 갈 파트너가 없더라도 너랑은 안 가. 그러니까 딴 데 가서 알아봐."

그럴 줄 알았다는 듯 이경이 콧소리를 냈다.

"흐응. 오빠 같이 갈 파트너도 없으면서 그렇게 큰소리치다가 혼자 가려고? 내가 파트너 해준다니까."

태강은 자리에서 일어나 이경의 앞에 서서 그녀를 돌려세웠다.

"이런 일로 사무실 찾아오지 마. 이럴 시간에 일이나 해."

그녀를 사무실에서 내보낸 태강은 곧장 화장실로 향했다. 세면대에 서서 이경을 잡았던 손을 벅벅 씻어냈다. 어느 곳 하나 다른 여자가 닿는 건 싫다.

손을 몇 번이나 씻어낸 태강은 손수건으로 물기를 닦아냈다. 사무실로 돌아와 의자에 앉은 그는 서주에게 톡을 보내려다 시간을 확인하고 휴대폰을 도로 내려놓았다. 낮과 밤이 바뀐 그녀는 지금 한창 한밤중일 것이다. 이경 때문에 치민 짜증에 서주의 목소리라도 들으려 했건만.

가슴이 답답하다. 서주를 보고 싶은데 일 때문에 못 만난 지 2주가 다 되어가고 있었다. 오늘은 빨리 일을 마무리해놓고 만나러 가고 싶다. 태강은 서주를 만나기 위해 평소보다 더 빠르게 일을 했다. 그런데도 퇴근 시간이 9시였다.

그나마 9시에 퇴근할 수 있는 걸 다행이라고 생각한 태강은 회사를 나섰다. 서주의 오피스텔에 도착해 전화를 걸었다.

-바쁜 주태강 씨가 이 시간에 전화를 다 하시고.

그녀의 툴툴거림에 할 말이 없었다. 요즘은 정말 통화할 시간도 잘 없었다. 서주와 시간대가 맞지 않았다. 그녀는 새벽에 일을 했고, 자신은 낮에 일을 하다 보니 자연스럽게 톡을 하는 시간이 뜸해지며 통화 역시 힘들었다.

"그렇다고 주태강 씨가 뭐야. 오빠라고 해야지. 뭐 하고 있어?"

-쳇. 일 때문에 친구랑 얘기하고 있어.

일 때문에 만나는 사람이라면 지난번에 본 적이 있는 공형찬이라는 서주의 친구일 것이다. 이 늦은 시간까지 같이 있단 말인가. 남자랑?

"집 아니야?"

-집이야. 오빠는 퇴근했어?

심지어 집에 그 남자랑 둘이 있단 말이야? 짧은 숨을 토해낸 태강은 치밀어 오르는 짜증을 눌렀다.

"퇴근했어. 일 얘기 오래 걸리니?"

-아니, 이제 다 끝나서 곧 갈 거야.

"나 10분 후에 오피스텔 앞에 도착할 것 같은데. 잠깐 볼까?"

-그래? 비싼 얼굴, 오늘은 볼 수 있는 거야?

"그래, 그러니까 10분 후에 내려와."

통화를 마친 태강은 휴대폰을 꽉 움켜쥐었다. 자신은 한 번도 들어간 적 없는 서주의 집을 그 남자는 아무렇지 않게 들어간다. 서주를 만나면 단단히 주의를 시켜야겠다고 생각했지만 전화를 끊은 지 10분쯤 지나 오피스텔을 나오는 서주의 모습이 보자 자동으로 굳은 표정이 풀어졌다. 여전히 그녀를 보면 가슴이 뛴다. 슬며시 그의 입가에 미소가 걸렸다. 태강은 남자가 서주와 헤어질 때까지 차 안에 있다가 남자와 헤어지고 주변을 두리번거리는 서주에게 전화를 걸었다.

-나 내려왔는데, 오빠 어디야?

"차에 있어. 앞으로 쭉 걸어와."

전화를 끊은 서주가 뛰어오는 모습이 보인다. 태강은 언제 화가 났었냐는 듯 가볍게 웃었다. 곧 차 문이 열리고 그녀가 차에 탔다.

"왔어?"

"오늘은 안 바쁜 거야?"

태강은 서주의 손을 잡아 입술로 가져갔다. 촉. 가볍게 몇 번의 입맞춤을 했다.

"손이 왜 이렇게 차."

"원래 손발이 찼어. 그래서 날 추워지면 일하기 너무 힘들어."

태강은 자신의 가슴께로 서주의 손을 가져갔다.

"따뜻하지?"

"그럼 오빠 몸이 차가워져. 괜찮으니까 그만 놔."

"싫어."

입술을 삐죽거리며 서주는 태강에게서 눈을 돌렸다.

"서주야."

그녀가 돌아보자, 그는 그녀를 품으로 당겼다. 손으로 얼굴을 감싸고 입술을 마주 대었다. 말랑한 그녀의 입술을 핥았다. 벌어진 틈새로 혀를 집어넣어 입 안을 유영했다. 얼마나 그녀가 그리웠는지 서주는 알지 못할 것이다.

그동안 못 본 것을 보상이라도 받으려는지 태강의 키스는 뜨겁고 자극적이었다. 끈적이는 소리가 차 안을 가득 채웠다. 그와 하는 키스는 말할 수 없을 만큼 가슴을 벅차오르게 했다. 2주 동안 못 본 걸 단단히 화내려 했는데, 그럴 마음이 점점 사라져갔다.

키스가 끝나고 타액이 묻은 서주의 입술을 핥은 태강은 부드럽게 웃었다.

"이제 살 것 같네."

"나도. 보고 싶었다고."

"바빠서 미안해."

"할 수 없지, 뭐. 바쁜 게 오빠 탓도 아닌데."

태강은 서주의 얼굴을 손으로 쓸었다. 가까이서 만질 수 있고 느낄 수 있으니 정말 살 것 같았다.

"연말에 회사에서 하는 파티 있는데, 같이 가자."

"파티?"

"응. 파트너 동반이라서 너랑 같이 가고 싶어."

"파티는 한 번도 안 가봤어."

"12월 마지막 날 하는 거니까 갔다가 일찍 나와서 같이 일출 보러 가자."

그와 함께 보는 일출도 괜찮을 것 같다. 그러나 파티는 딱히 가본 적이 없으니 실수라도 해서 태강의 입장을 난처하게 만들까 싶어 망설여졌다.

입술을 잘근 깨물고 생각에 빠진 서주의 손을 만지작거리던 태강은 다시 물었다.

"너 같이 안 가면 나 다른 여자랑 가야 하는데. 오빠가 파티에 다른 여자랑 가도 상관없어?"

파티에 태강이 다른 여자와 팔짱을 끼고 가는 모습을 상상한 서주는 고개를 도리도리 저었다. 싫다. 태강의 옆에 다른 여자가 있는 것은.

"내가 가서 실수라도 하면 어떻게 해?"

"무슨 실수를 해. 설령 실수한다고 해도 상관없어. 내가 네 옆에 있을 거니까."

"응, 그럼 갈게."

배시시 웃으며 간다고 말하는 서주가 예뻐 태강은 그녀를 다시 끌어안았다. 그는 나직이 귓가에 속삭였다.

"이러고 있으니까 집에 가기 싫다."

고스란히 느껴지는 그의 뜨거운 숨결 때문에 몸이 이상해지는 것 같다.

"나도."

수줍게 하는 고백에 태강은 서주의 목덜미를 핥았다. 갑작스러운 스킨십에 서주의 몸이 긴장했는지 뻣뻣하게 굳었다. 태강은 이를 세워 아프지 않게 깨물어 자신의 영역을 새겼다. 그는 거기에 그치지 않고 깨문 자리를 아프지 말라는 듯 나른하게 핥았다.

"으읏."

피식 웃은 태강은 뜨거운 숨결을 토해내며 으르렁거렸다.

"남서주. 야릇한 소리 내지 마."

서주는 전신이 한여름 뙤약볕에 서 있는 것처럼 뜨거워졌다. 심장이 거센 풍랑을 만난 돛단배처럼 소용돌이쳤다. 키스할 때와는 또 다른 자극이었다. 서주의 머릿속에서 위험 경보가 울렸다. 위험하다. 그에게서 벗어나야 한다는 생각이 머릿속을 지배했다.

하지만 서주가 벗어나려 버둥거릴수록 태강은 안고 있는 팔에 힘을 주며 목덜미를 물어뜯었다. 그녀의 몸에 자신을 새기고 있는데도 갈증이 일었다. 채워도, 채워도 채워지지 않는 지독한 갈증.

"가지고 싶다, 네 전부를."

그는 목덜미에 묻었던 고개를 들어 서주의 입술을 나른하게 핥았다.

"읏."

태강은 다시 한 번 입술을 핥고는 얼굴 위로 숨을 토해냈다.

"네 전부를 내가 가져도 돼?"

기존에 하던 키스와는 다르다. 그는 무언가 더한 걸 바라듯이 입술을 탐했다. 욕망에 번들거리는 그 눈동자를 마주하기가 껄끄러웠다. 서주는 입술을 잘근 깨물었다.

마음에 들지 않는다는 듯이 태강은 서주의 아랫입술을 손으로 훑었다.

"대답 안 하면 가진다?"

서주가 무슨 말을 하기도 전에 태강은 그녀의 입술을 집어삼켰다.

생각하지 마. 서주야.

무언가를 생각할 겨를조차 주지 않으며 몰아붙이는 그로 인해 그녀는 눈앞이 새하얗게 변했다. 키스가 이렇게 자극적일 줄이야. 평소보다 몇 배나 농도가 짙었다. 말할 틈도 주지 않고 곧장 그는 아랫입술을 깨물어 벌어진 입 안으로 들어갔다. 아이스크림을 핥듯 치열을 훑고 입천장을 차례대로 핥았다. 움츠러들어 도망가려는 서주의 혀를 낚아챘다. 처음엔 소극적인 태도를 보이던 그녀가 시간이 지날수록 태강과 보조를 맞췄다.

태강은 서주의 모든 것을 집어삼키듯 키스했다. 아무 생각조차 할 수 없게, 다른 것은 생각하지 못하게, 자신에게만 매달리게.

서로의 입술을 탐하는 소리가 적나라하게 차 안을 가득 채웠다. 태강의 손이 본능적으로 서주의 가슴으로 향했다. 지난번 그녀가 아무렇지 않게 손을 가져다 댄 가슴으로. 흠칫, 몸을 떠는 서주가 느껴졌지만 멈출 수가 없었다. 이성을 잃고 본능만이 남은 지금, 태강의 머릿속은 그녀를 실오라기 하나 걸쳐놓지 않은 나신으로 발가벗겨놓았다. 그녀의 뽀얀 나신을 쉴 틈 없이 탐하고, 탐하는 상상을 했다

하지만 자신이 좀 더 몰아붙인다면 서주는 놀라서 달아날 것이

분명하다. 제게서 멀어지는 남서주는 보기 싫으니까, 아쉽지만 오늘은 이쯤에서.

태강은 서주의 입술에 몇 번이나 가벼운 입맞춤을 남겼다. 차 안을 비추는 가로등 불빛에 의해 몽롱하게 풀린 그녀의 눈동자와 벌겋게 달아오른 얼굴, 반질거리는 입술이 눈에 들어왔다. 당장에라도 그녀를 가지고 싶은 욕망이 들끓어 주먹을 그러쥐었다.

"들어가봐."

태강의 입에서 지극히 탁한 음성이 흘러나왔다. 흐트러진 호흡을 고르기도 전에 들어가라는 말에 서주는 고개를 들었다. 두 사람의 시선이 허공에서 얽혔다.

"10초 준다. 지금 안 가면 그다음은 나도 책임 못 져."

움직일 생각도 하지 않는 서주를 보며 태강은 다시 입을 열었다.

"10."

그런 시선으로 보면 정말 보내기 싫잖아.

"9."

가지 마라. 서주야.

"8."

내 품에서 잠들면 안 되겠니?

"7."

그녀는 자신을 단단히 옭아매고 있던 시선을 피했다. 고개를 돌린 서주는 문을 열고 인사도 없이 차에서 내렸다.

헛웃음이 나왔다. 태강은 조수석 창문을 내려 오피스텔로 들어가는 서주의 뒷모습을 눈으로 좇았다.

"남서주, 그렇다고 3초 만에 도망가냐?"

툭 혼잣말을 뱉은 태강은 3초 만에 도망간 서주의 행동이 귀여워 부스스 웃어버렸다. 그는 서주가 시야에서 사라지고 나서야 차에 시동을 켜 그곳을 벗어났다.

서주는 엘리베이터 앞에 서서 떨리는 몸을 간신히 추슬렀다. 단단히 옭아맸던 그의 진득한 시선이 무엇을 원하는지 알아챘다. 남녀가 만나서 손만 잡고, 밥만 먹지는 않겠지만, 물론 연인 사이니 언젠간 막연히 그와 잠자리를 하지 않을까 했지만. 아직은, 아직은 아니다. 그를 좋아하고 있지만, 연애를 시작한 지 얼마 되지도 않았다.

도착한 엘리베이터에 몸을 싣고도 서주는 떨려오는 몸을 어쩌지 못했다. 차 안에 조금 더 있었다면……. 상상만으로도 오싹해지는 기분이다. 농밀하고 끈적이던 키스가, 자신을 단단히 감싸고 있던 팔의 악력이 떠올랐다. 오늘처럼 자극적인 키스는 처음이었다. 남극에 있는 빙하가 녹아내리듯 몸이 녹아내릴 것 같았다.

"생각하지 마."

생각하지 않으려 해도 이미 머릿속은 망상 속에 빠져들었다. 거기에 인사도 없이 무언가에 쫓기듯 차에서 내려 뒤도 돌아보지 않았다. 이제껏 이렇게 정신을 놓은 적은 없었다. 인사는 하고 왔어야 했는데, 이제 그의 얼굴을 어떻게 봐야 한단 말인가.

서주가 생각에 빠져 있을 때 엘리베이터 계기판이 8층을 알리며 멈췄다. 엘리베이터에서 내려 집으로 들어오고 나서도 서주는 한동안 멍한 상태로 있었다.

서주는 어딘가 불안한 사람처럼 방 안을 서성였다. 며칠 전 태강과 차 안에서 만난 이후, 무언가를 하지 않으면 이 상태였다. 그와 톡을 하거나 통화를 하면서도 자꾸 그날 일이 시뮬레이션처럼 머릿속에 그려졌다. 그럴 때마다 붉어져버리는 얼굴, 터질 듯이 뛰어대는 심장. 변하고 있다. 자신이. 그런데 변하는 자신이 싫지 않은 건 또 무슨 모순적인 생각이란 말인가.

톡이 왔다고 울리는 알림음이 들렸다. 깊게 한숨을 내쉰 서주는 머리를 좌우로 가볍게 저었다.

[쭈야!]

[응?]

[연말 다가오는데 우리 올해도 너네 집에서 모이는 거야?]

아! 날짜 개념도 없어졌나 보다.

해마다 연희와 형찬과 함께 연말을 보내왔다. 두 사람 모두 애인이 있는 상태일 때에도 12월의 마지막 날은 항상 자신과 함께했다. 그랬는데, 서주는 며칠 전 태강과 약속을 해버렸다. 난감한 듯 서주는 미간을 찌푸렸다.

[어떡하지? 이번은 힘들 것 같은데.]

톡을 보내고 얼마 지나지 않아 곧장 연희에게 전화가 걸려왔다.

-야! 남서주, 왜 힘든데?

"그게……."

-뭐야, 남서주답지 않게 말을 얼버무리는 건. 빨리 말해.

예전에 연희가 동영과 일출을 보러 간다고 했을 때, 자신들을 버리는 거냐며 형찬과 함께 연희를 구박했던 일이 떠올랐다. 결국, 연희는 동영과 일출을 보러 가지 않았다. 서주는 크게 심호흡을 했다.

"연말에 태강 오빠가 회사에서 하는 파티에 같이 가자고 해서……."

-오빠? 뭐야? 남서주, 태강 씨가 언제 오빠가 된 거야! 학교 다닐 땐 선배들이 그렇게 오빠라고 불러달래도 안 부르던 네가, 태강 오빠라니. 그리고 뭐? 파티? 파티에 간다고? 사람들 많은 곳도 별로 안 좋아하는 네가? 태강 씨가 그렇게 대단한 거야?

숨도 쉬지 않고 내뱉는 연희의 말에 서주는 얼굴로 열기가 몰리는 것 같았다. 확실히 태강과 만나고 변했다는 걸 몸소 느끼고 있지만, 다른 사람의 입을 통해 들으니 뭔가 낯간지럽다.

"그렇게 됐어."

-잠만, 이러고 있을 때가 아니지. 잠시만. 이 언니가 오후에 조퇴하고 집으로 갈 테니까 기다리고 있어.

뚝. 서주가 무슨 말을 하기도 전에 전화가 끊어졌다. 깊게 한숨을 내쉰 그녀는 창가로 다가갔다. 연말이라고 해봐야 얼마 남지도 않았다. 거리엔 이미 크리스마스트리와 캐럴들이 울려 퍼지고 곳곳에 구세군 냄비가 등장했다.

서주는 크리스마스 때마다 고아원을 찾았다. 고아원에서 자랐다 보니 혼자인 아이들이 누구보다 외로울 것임을 너무 잘 알았다. 무엇보다 선물을 기다리며 한껏 꿈에 부풀곤 했던 어린 날의 자신이 떠올라 그냥 지나칠 수 없었다. 비록 자신이 산타 할아버지가 될 수는 없겠지만. 생각난 김에 이번엔 아이들에게 어떤 선물을 줄지 고민했다. 그러는 사이 초인종이 울렸다. 연희였다.

"일 안 바빠?"

"일은 바쁘긴 해도, 지금 그게 문제니?"

"그럼 뭐가 문젠데?"

연희는 서주의 손을 잡으며 방글방글 웃었다. 그런데 왜 그 웃음이 섬뜩하게 느껴지는지. 서주는 등골이 서늘해졌다.

"네가 파티에 간다는 게 문제지. 지금부터 준비해도 빠듯하다."

아리송한 말에 서주는 잔뜩 미간을 좁히며 연희를 보았다. 그녀가 서주의 좁아진 미간을 손으로 폈다.

"그러다가 주름지면 큰일 난다. 일단 나가자. 내가 오면서 여기저기 예약해뒀어."

"나 일해야 한다고."

"지금 일이 문제야? 빨리 준비해. 이럴 시간 없다고."

서주가 멍하니 서 있자, 연희는 옷장에서 그녀의 옷을 꺼내 들이밀었다.

"자자, 빨리 갈아입어."

시간을 확인하며 연희가 말하자, 떨떠름한 표정을 지은 서주는 마지못해 옷을 입었다. 그리고 연희의 등쌀에 끝까지 버티지 못한 걸 서주는 금세 후회했다. 오피스텔을 나선 이후, 연희는 신이 난 아이처럼 자신을 여기저기 끌고 다녔다. 백화점을 몇 바퀴 돌고 돌다 결국은 처음 들어간 옷가게로 들어갔다.

"이거 다시 입어봐도 되죠?"

"네."

서주의 의사 따위는 안중에도 없다는 듯 매니저와 대화한다. 연희는 서주의 손에 드레스를 쥐여주며 피팅룸으로 밀어 넣었다.

피팅룸 안에 들어간 서주는 손에 들린 드레스를 보며 한숨을 푹 내쉬었다. 길이가 짧아도 너무 짧았다. 날씨도 추운데 허벅지를 훤히 드러내는 이런 옷은 왜 만드는 것인가. 거기에 등은 또 왜 이렇게 혹 파인 거지. 피팅룸을 두드리는 소리가 들려왔다.

"쭈야, 아직 멀었어?"

"다 돼가."

짧게 대답을 한 서주는 할 수 없이 드레스로 갈아입었다. 그러곤 피팅룸 벽에 걸린 거울을 보며 한숨을 푹 내쉬었다. 전혀 자신의 스타일이 아닌 옷은 여간 불편한 게 아니었다. 피팅룸을 나오자, 연희가 달려와 그녀를 이리저리 돌려보았다.

"역시, 이게 제일 낫네. 이거로 할게요."

서주는 계산을 하러 가는 연희의 팔을 잡았다.

"왜 그래?"

"아무래도 이건 좀 아닌 것 같아. 이걸 어떻게 입어."

"왜 못 입어? 그럼 뭐 입고 가려고 했는데?"

"그거야, 그냥 대충 입고 가려고 했지."

그럴 줄 알았다는 듯 연희는 눈을 가늘게 떴다.

"파티라면서?"

"응."

"그럼 너보다 더 화려하게 입고 오는 사람도 많아. 그리고 넌 태강 씨 생각은 안 하니?"

"오빠는 왜?"

"네가 이상하게 입고 가면 태강 씨 체면이 뭐가 돼? 내 말대로 이렇게 입고 가."

태강의 핑계를 가져다 대니 대꾸할 말이 떠오르지 않았다. 서주는 입술을 잘근 깨물며 계산을 하러 가는 연희를 눈으로 좇았다.

"옷 갈아입고 나와. 다음은 마사지 받으러 가야 해."

드레스가 든 쇼핑백을 받아 든 서주는 연희의 손에 이끌려 마사지숍으로 들어갔다. 한 시간 동안 꼼짝없이 마사지를 받은 서주는 몸이 노곤해졌다. 숍을 나온 연희는 서주를 보았다.

　"역시, 돈을 들여야 예뻐져. 피부가 아기 피부가 됐네. 이틀에 한 번 나와서 받아. 예약해뒀으니까."

　"굳이 이렇게까지 해야 해?"

　"당연하지. 그냥 내가 시키는 대로 해."

　남서주 탈바꿈 프로젝트라도 하는 듯 연희의 결의는 대단해 보였다.

　"참, 너 태강 씨한테 줄 크리스마스 선물은 샀어?"

　"그런 것도 해야 해?"

　"연인 사이에 그런 건 당연한 거지. 특별한 날, 연인에게 하는 선물. 태강 씨도 네 선물 준비하고 있을걸."

　"오빠 바빠서 그럴 시간이나 있을까?"

　태강이 바쁜 건 하루 이틀이 아니었다. 얼굴 한 번 보기가 하늘의 별 따기보다 어려웠다. 그래도 친구 사이일 때는 일주일에 두세 번은 본 것 같은데, 연인이 되고는 바빠진 그로 인해 더욱 보기 힘들어졌다. 불만이 쌓여갔지만, 일하는 사람에게 뭐라 할 수도 없으니 그저 참을 수밖에. 그나마 틈틈이 시간이 나면 자신을 보러 와주는 것에 감사해야 했다.

　"이럴 때일수록 선물을 사서 열심히 일하는 애인님을 찾아가는 거지."

　"회사에?"

　"그래."

고개를 끄덕이는 서주를 보며 연희는 음흉한 눈빛을 띠었다. 크리스마스이브에 태강을 만나면 태강이 곱게 서주를 보내줄까 싶어서였다. 솔로들에겐 지옥인 크리스마스지만, 연인들에겐 천국인 날이니까. 하물며 음식점이나 연인들이 많이 모이는 곳은 크리스마스를 알리는 자정에 모든 불을 점열하는 곳도 있다. 연인들의 키스 타임을 위해.

"그래. 근데 뭐 사지?"

"목도리 직접 떠서 줘. 정성 들어가서 좋아할 거야."

고개를 끄덕인 서주를 잡아끈 연희는 근처에 있는 손뜨개방에서 목도리를 뜰 재료를 고른 후 서주의 집으로 향했다.

"크리스마스 얼마 안 남아서 목도리 뜨려면 바쁘겠네."

"그러게."

"그럼 이틀에 한 번 오늘 받은 숍에 가서 마사지 받고. 파티 날은 메이크업숍 예약해둘게."

"계좌번호 알려줘. 오늘 쓴 거 보내줄게."

"됐네요. 이건 내가 우리 쭈야에게 주는 크리스마스 선물이야."

멈춰 선 차에서 내린 서주는 연희에게 손을 흔들고 오피스텔 안으로 들어왔다. 양손 가득 들린 쇼핑백을 보고 고개를 가볍게 저었다. 태강이 매번 못생겼다고 놀리니 예쁘게 보이고 싶은 마음이 삐죽 솟아났다. 평소 같으면 절대 받아들이지 않을 드레스를 덥석 받아버렸다. 하지만 한편으론 이걸 입어야 한다는 생각에 머리가 아찔해져온다.

서주는 쇼핑백에서 드레스를 꺼내 옷장에 잘 걸어두고 침대에 누웠다. 가만히 태강과 함께할 연말 파티를 떠올리니 괜스레 가슴이 콩닥거린다. 한 해의 마지막 날 연희와 형찬이 아닌 다른 누군가와 함께한다는 것이, 그것이 사랑하는 사람이라는 것이 그녀를 설렘으로 물들게 했다.

시간은 금세 흘러가 내일이면 크리스마스이브였다. 완성돼가는 목도리를 보는 서주의 눈동자가 따스하게 물들었다. 태강이 올겨울 이 목도리를 하고 다녔으면 좋겠다. 그러면 목도리를 하고 있을 동안은 아무리 바빠도 자신을 생각해줄 테니까. 목도리에 맞춰 세트로 장갑도 같이 떴다. 고아원에 있을 때 원장 어머니가 겨울이 올 때면 손수 뜨개질을 가르치곤 했었다. 오랜만에 하는 뜨개질이 처음엔 손에 익지 않았지만, 시간이 지나니 속도가 나오고 한결 수월해졌다.

잔잔하게 울려 퍼지는 피아노 선율을 들으며 서주는 뜨개질에 열중했다. 곧 목도리 끝에 태강의 이니셜을 작게 새기고 그곳에 입을 맞췄다. 친구들이 아닌, 고아원 아이들의 선물이 아닌, 마음을 사로잡은 사람을 위해 준비하는 선물이 마음을 간질거렸다. 상자에 담아 포장까지 마친 서주는 휴대폰을 들어 태강에게 톡을 보냈다.

[바빠?]

톡을 보냈지만, 여느 때처럼 그는 연락이 없다. 아마 또 한참 후에나 오겠지. 일 때문이라는 걸 알고 있음에도 시무룩해졌다.

"일이나 해야겠다."

서주는 테이블 위에 올려놓은 선물 상자를 쓱 쳐다보고 책상에 앉아 노트북을 켰다. 올해의 마지막 번역본도 마무리 단계였다. 태강과의 약속 때문에 좀 더 빠르게 일을 하긴 했다.

처음이지만 그와 함께 파티, 그리고 함께 보는 일출. 그와 잘 연락이 닿지 않아도 함께할 그날을 생각하면 가슴이 두근거렸다.

석양이 지는 늦은 오후, 태강에게 전화가 걸려왔다.

-연락 못해서 미안해. 회의가 길어져서.

그는 언제부턴가 매번 전화를 하면 사과의 말부터 건넸다. 그럴 때마다 기분이 이상했다. 바쁜 그를 자신이 재촉한 거 같아서.

"괜찮아. 오빠, 내일 크리스마스이브인데 만날 수 있어?"

-어쩌지? 내일까지 마무리해야 할 일이 있어.

"그럼 점심 때 내가 회사로 찾아갈게."

-정말? 서주가 찾아오는 거야?

"응. 12시까지 회사 앞으로 갈게. 내일 봐."

약속을 잡고 통화를 마친 서주는 휴대폰을 내려놓고 욕실로 들어갔다.

다음 날 아침 일찍 일어나 씻고 나갈 준비를 한 서주가 테이블 위에 있는 상자를 쇼핑백에 넣었다. 거의 한 달 가까이 보지 못한 그를 만나러 가는 날이다. 다른 날과 다르게 상쾌한 기분과 설렘이 휘감아왔다.

승강장에서 버스를 탄 그녀는 창밖으로 휙휙 지나가는 풍경들을 바라봤다. 앙상한 나뭇가지들을 보면 괜스레 울적해지곤 했었다. 잎이 다 떨어진 나뭇가지를 볼 때마다 자신도 저렇게 메말라버릴 것만 같아서. 함께하는 친구들이 있긴 하지만, 결국은 혼자라는 생각이 강하게 들었었다. 그런데 태강을 만나고 달라졌다. 가슴 한 편에 늘 있었던 허허로운 마음이 태강으로 가득 차 울적한 마음이 들지 않았다.

유경 그룹에 도착했다는 안내방송이 흘러나왔다. 서주는 버스에서 내려 유경 그룹으로 걸어갔다. 한 발, 한 발 디딜 때마다 발걸음과 같은 속도로 심장이 뛴다. 태강을 본다는 설렘으로. 회사 앞에 도착한 서주는 휴대폰을 꺼내려다 내려놓았다. 로비를 나오는 태강을 발견한 것이다. 그러나 그에게 걸어가려던 서주는 걸음을 멈췄다. 태강을 뒤따라 나와 그의 팔을 잡는 여자가 보였다. 태강이 뿌리치고는 있지만, 여자는 끈덕지게 달라붙었다.

태강을 부르려던 서주는 문득 자신의 차림을 내려다보고는 그가 자신을 발견하기 전에 등을 돌렸다. 그의 팔을 잡는 여자는 화려해 보였다. 자신과 비교도 되지 않을 만큼. 어쩌면 자신보다 그에게 더 어울리는 여자가 아닐까 하는 생각마저 들었다. 핸드백에서 미세하게 진동이 울렸다. 얼른 휴대폰을 꺼내 전화를 받았다.

-어디야?

서주가 무슨 말을 하기도 전에 수화기를 통해 여자의 목소리가 들려왔다.

-오빠, 정말 약속 있었던 거야? 나도 같이 밥 먹자. 응?

친근해 보이는 태강과 여자. 태강에게 오빠라고 부르는 여자.

-서주야? 전화가 끊어졌나?

"아니야. 오빠, 어쩌지? 나 갑자기 일이 생겨서 오늘 못 볼 것 같아."

-기다렸는데. 급한 일이야?

"어, 응. 조금."

-그럼 오빠가 일 일찍 끝내고 갈게. 오늘은 꼭 보자.

통화가 길어질수록 여자의 앵앵거리는 소리도 같이 들려왔다. 입술을 지그시 깨문 서주가 말했다.

"괜찮아. 오빠 바쁜데, 뭐."

-그럼…… 내일 볼까? 크리스마스잖아.

"내일은 고아원에 가야 해. 오빠, 나 바빠서 먼저 끊을게."

전화를 끊은 서주는 뒤를 돌아 태강을 보았다. 여전히 그의 팔에 매달리고 있는 여자를 보니 알 수 없는 감정이 휘몰아쳤다. 며칠 전 백화점에서 연희가 한 말이 떠올라 머릿속이 복잡해졌다.

"……그래도 봤으니까."

서주는 손에 들린 쇼핑백을 보며 한숨을 푹 내쉬었다. 집으로 돌아온 서주는 전신거울 앞에 섰다. 아무리 봐도 청바지에 곰돌이가 그려진 후드티를 입고 도저히 그의 앞에 설 자신이 없었다. 그에게 매달리던 여자는 누가 봐도 딱 커리어우먼처럼 보이며 슈트를 차려입은 태강과도 잘 어울렸다. 조금 더 신경 써서 입고 나갈 걸 그랬다. 그를 만날 때 서주는 보통 청바지, 가벼운 티셔츠. 그러고 보니 그는 늘 슈트 차림이었다.

진작 연희나 형찬의 말을 들을걸.

서주는 뒤늦게 후회를 했다. 일이나 하자며 책상에 앉았지만, 집중되지 않았다. 시선이 자꾸만 전해주지 못한 쇼핑백으로 향했다. 그가 좋아하는 모습을 보고 싶었는데…….

"오라고 할 걸 그랬나."

툭 혼잣말을 내뱉었다. 보고 왔는데, 보고 싶어졌다. 휴대폰을 들어 그와 주고받았던 메시지를 확인했다. 그리고 보고 싶다고 썼다가 지우기를 반복했다. 방 안으로 어둠이 내려앉고 있었다. 그렇게 한참을 휴대폰만 들여다보고 있던 서주는 욕조에 물을 받아 몸을 담그고 눈을 감았다.

누구를 탓할 게 아닌, 자신이 좀 더 신경 쓰지 않아서 생긴 일이다. 그의 회사에 찾아가면서 적어도 청바지는 입지 말았어야 했다. 생각을 거듭할수록 무지했던 자신에게 화가 났다. 그의 체면을 생각하라던 연희의 말이 그 순간 왜 떠올라서 앞에 나서지도 못했을까. 서주는 숨을 멈추고 물속으로 들어갔다. 복잡한 머릿속이 정리되길 바라면서. 몇 분의 시간이 흐르고, 욕조에서 얼굴을 빼낸 그녀는 단단히 결심이라도 한 듯 욕조에서 나와 샤워를 마쳤다. 몸에 있는 물기를 닦아내고 욕실을 나와 휴대폰을 들었다. 심호흡하고 톡 창을 열어 메시지를 입력했다.

[오빠, 오늘 밤에 만날까?]

낮에 회사로 찾아온다던 서주가 급한 일이 생겼다며 오지 않았다. 어제 온다는 연락을 받았을 때부터 설레었던 마음이 순식간에 차게 식었다.

"뭐야? 약속 취소된 거야?"

"백이경, 좀 떨어져라."

가뜩이나 기분이 좋지 않은데 팔에 매달리는 이경으로 짜증 지수가 치솟았다.

"오빠. 밥 먹으러 가자."

"혼자 먹어."

싸늘하게 일갈한 태강은 사무실로 돌아왔다. 벌써 서주를 못 만난 지 3주가 흘렀다. 보고 싶은 마음이 커갈수록 짜증도 치밀었다.

회사를 그만둘까 하는 생각마저 들었다. 예전에는 미친 듯이 바쁜 게 좋았는데, 지금은 그것조차 싫다.

태강은 서랍을 열어 상자를 꺼냈다. 크리스마스 선물로 커플링을 준비했다. 자주 보지 못하니까 자신이 옆에 없어도 서주가 반지를 보며 자신을 떠올렸으면 좋겠다.

마음 같아서는 자신이 사는 집에서 같이 살고 싶다. 그럼 적어도 출퇴근하면서 자고 있는 그녀의 모습이라도 실컷 볼 수 있지 않을까.

검토해야 할 서류는 많은데 집중이 되지 않았다. 톡톡, 자신의 볼을 두드린 태강은 애써 일을 시작했다. 조금이라도 빨리 끝내고 서주를 만나서 충전이라도 해야 살 것 같다. 일하면서도 태강의 신경은 온통 시계로 가 있었다. 오늘따라 시간이 더디게만 가는 것 같았다.

밖이 어두워졌을 때 조용하던 휴대폰이 울렸다. 재빨리 키패드를 누른 태강의 입이 상승 곡선을 그렸다.

"당연하지. 네가 싫다고 해도 오늘은 널 만날 생각이었는데."

실실 혼잣말을 뱉은 태강은 통화 버튼을 눌렀다.

-응, 오빠.

"급한 일은 다 끝난 거야?"

-어, 응. 다 끝났어. 오빠 바쁘지 않아?

아직 조금 더 일해야 하지만, 서주를 만나는 게 더 급했다.

"나도 오늘 일은 마무리했어. 이제 퇴근하려고. 집 앞으로 갈까?"

-응, 기다리고 있을게.

끊어진 휴대폰을 보며 태강은 조용히 웃었다. 서주가 자신을 기다린다는 생각만으로도 가슴이 벅찼다. 책상 위에 서류를 정리하고 퇴근을 서둘렀다. 회사를 나와 서주의 오피스텔 앞에 도착해 주차를 마친 태강은 서주에게 도착했다는 연락을 하고 차에서 내렸다. 곧 서주가 로비에 모습을 드러냈다. 태강의 눈초리가 가늘어졌다.

"서주야."

"오빠."

화사하게 웃으며 다가오는 서주가 낯설었다. 평소와 다르게 한껏 꾸민 모습으로 나타났다. 자신이 알던 남서주가 아닌 것 같다. 그녀는 체크무늬 모직 원피스를 입고 높은 하이힐을 신었다. 무엇보다 낯선 것은 화장한 얼굴이었다. 눈매가 또렷해지고 금방이라도 키스하고 싶은 촉촉한 입술. 태강은 꿀꺽 침을 삼켰다.

"안 추워?"

자신을 아래위로 훑어보는 시선에 서주는 움찔했다. 낮에 봤던 태강과 같이 있던 여자가 떠올라 화장을 하고 즐겨 입던 청바지와 티셔츠를 입지 않았다. 누가 봐도 그와 어울린다는 말이 듣고 싶었다.

"응, 춥지는 않아. 오빠 추워?"

"조금."

서주는 태강의 팔짱을 끼며 방긋 웃었다.

"그럼 카페라도 들어가자."

"배는 안 고파?"

"응. 늦게 뭘 먹었더니 배는 안 고파. 오빠 배고프면 식당으로 갈까?"

"나도 괜찮아. 카페 가자."

태강은 서주의 허리를 감싸 카페로 향했다.

옆에서 느껴지는 그의 향기에 마음이 편해졌다. 삐죽 솟아났던 감정들이 일순 정리가 되는 기분이다.

"오빠, 근데 같이 일하는 사람 중에 여직원도 많아?"

"여직원도 있지."

"그렇구나."

괜한 질문을 했다. 대기업에 다니는 태강의 주변에 여직원이 없을 리가 없다. 태강을 오빠라고 부르던 화려한 여자가 다시 떠올라 미간이 찌푸려졌다.

"그런 건 왜 묻는 거야?"

"그, 그냥."

말을 더듬는 서주의 얼굴을 빤히 보던 태강의 눈초리가 가늘어졌다.

"질투하는 거야? 오빠 주변에 다른 여자들 있을까 봐."

"무, 무슨 질, 질투를 했다고 그래."

실수했다. 태강이 눈을 반짝 빛내는 걸 보니 또 놀림거리를 제공한 거 같다.

"말은 왜 더듬고? 난 또, 우리 서주가 질투라도 하는 줄 알았네."

"질투는 무슨."

"질투 좀 해주면 좋겠는데."

서주의 얼굴이 붉어졌다. 아까 태강의 팔에 매달리는 여자를 보며 짜증이 치솟았다. 그 여자와 자신을 비교하며 끝도 없이 자신을 자책하던 그건 질투라는 감정이 분명했다.

"오빠 마음이 어디 있는지 아는데 내가 질투를 왜 해."

"내 마음이 어디 있는데?"

"치, 알면서 묻기는."

그는 조용히 웃었다. 서주에게 표현한 자신의 마음을 그녀가 알아주는 것 같아 기분이 좋았다. 서주의 허리를 감싸고 있는 팔에 힘이 들어갔다. 지난번에 왔던 카페에 들어간 태강은 비어 있는 창가 자리에 서주를 앉혔다.

"커피 사 올게."

고개를 끄덕이는 서주의 이마에 가볍게 입을 맞춘 태강은 카운터로 향했다. 조각 케이크와 핫초코, 아메리카노를 주문하고 진동벨을 받아 자리로 돌아왔다.

"오빠 안 보고 싶었어?"

"보고 싶었지. 자주 못 봐서 속상하긴 한데 회사 일로 바쁜 거니까 괜찮아."

바쁜 자신을 이해해주는 서주가 고마웠다. 다른 여자 같았으면 이렇게 바쁜 걸 이해 못할 것이 분명했다. 연애는 안 해봤어도 주변에서 듣고 본 바로는 서주만큼 이해해주는 여자도 드문 것 같았다. 서주가 아닌 다른 여자였다면 헤어져도 벌써 헤어졌겠지.

"참 착해. 우리 서주는."

"나 하나도 안 착해."

서주가 배시시 웃었다. 그녀의 웃는 모습을 조용히 응시하던 태강은 진동벨이 울려 자리에서 일어났다. 금세 픽업대에서 받아온 걸 내려놓고 서주의 옆자리에 앉았다.

"핫초코. 괜찮지?"

"너무 단 거는 싫은데."

서주가 김이 모락모락 나는 핫초코 잔을 매만졌다.

평소엔 편한 복장이던 그녀가 오늘은 한껏 꾸몄다. 그러면서도 생글생글 웃으며 먼저 스킨십을 해온다. 아까는 회사에 여직원들이 많은지까지 묻질 않나, 아무리 봐도 서주의 심경에 변화가 생긴 것 같다. 태강은 그녀의 허리를 감싸 안았다.

"오늘 왜 이렇게 예쁘게 하고 나온 거야."

"내가 예뻐? 크리스마스이브잖아."

"그럼, 내 눈엔 네가 제일 예쁘지. 이렇게 꾸민 이유가 그 이유뿐이야?"

진득하게 물어오는 시선을 보며 서주는 말을 돌렸다.

"아 참! 선물 있어. 크리스마스 선물."

조심스럽게 들고 왔던 쇼핑백을 태강에게 내밀었다. 태강은 쇼핑백 안에 있는 상자를 꺼내며 물었다.

"이게 뭐야?"

"크리스마스 선물이라니까."

태강은 포장해둔 상자를 열어 목도리를 꺼냈다. 붉은 털실로 뜬 목도리는 보는 것만으로도 정성이 깃들어 있는 것 같았다.

"직접 뜬 거야?"

"응. 마음에 들어?"

대답이 없는 태강을 힐끔거리는 서주가 마른침을 삼켰다. 서주의 마음이 느껴졌다. 목도리를 뜨면서 저를 생각했을 그녀가 사랑스럽다. 태강은 대답 대신 들고 있던 목도리를 테이블 위에 내려놓고 서주의 얼굴을 감쌌다.

"이런 선물은 생각지도 못했는데. 정말 고마워."

촉. 태강이 가볍게 서주의 입술에 입을 맞추었다.

"사랑해."

가까이서 느껴지는 뜨거운 숨결이 고스란히 전해졌다. 금방이라도 잡아먹을 듯한 태강의 눈동자가 번뜩였다.

두근두근. 심박 수가 증가하는 게 느껴질 만큼 요동쳤다. 그를 바라보는 서주의 눈동자가 흔들렸다. 그다음에 나올 그의 행동을 알고 있기에. 여기는 사람들이 많은 카페인데…….

태강의 입술이 서주의 입술에 내려앉았다. 밀어내려는 서주를 단단히 감싸고, 그는 아무 생각도 하지 못할 만큼 자극적인 키스를 퍼부었다.

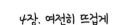

4장. 여전히 뜨겁게

오늘따라 시간이 참 빨리 가는 것 같다. 째깍째깍 흐르는 초침 소리에도 한 번씩 놀랐다. 긴장한 몸은 심호흡해도 여전히 떨려왔다.

"왜 이렇게 떨어? 찬아, 쭈야 봐."

연희가 옆에 있던 형찬을 불렀다. 그랬다. 둘은 아침 댓바람부터 집으로 쳐들어왔다. 오늘 파티에서 제일 돋보이게 만들어야 한다나, 뭐라나.

"자, 자. 이럴 시간 없어. 오늘 마지막 날이라 숍 예약도 힘들게 했다고. 지금부터 준비해야지."

"나 밥도 안 먹었는데."

"지금 밥이 대수야? 제일 예뻐 보여야지. 태강 씨를 생각해봐. 얼마나 근사하게 하고 올 거야? 거기에 맞추어서 너도 아름답게

112

꾸며야지. 태강 씨가 한눈에 폭 빠지게."

"호박에 줄 긋는다고 수박 되겠어?"

"공형찬!"

서주와 연희가 동시에 형찬의 이름을 부르며 노려보았다.

"우리 쭈야가 어디가 어때서?"

"키는 작지, 평범하지, 특출하게 예쁜 얼굴은 아니잖아."

형찬의 말을 듣는 서주의 얼굴이 시무룩해졌다. 연희가 힐끗 서주를 보더니 형찬의 뒤통수를 퍽 때렸다.

"너는 친구라는 놈이 그렇게 말해야 해? 예쁘다, 예쁘다 해줘도 모자랄 판에."

형찬은 뒤통수를 문지르며 억울하다는 듯 연희를 보았다.

"악! 내가 틀린 말 한 것도 아닌데 왜 때려!"

항의하는 그를 깔끔히 무시한 연희는 테이블 위에 있는 차 키를 형찬에게 던졌다.

"먼저 나가서 차에 시동이나 걸어놔. 쓸데없는 소리 하지 말고."

"예, 예. 알아서 모십죠."

형찬이 먼저 오피스텔을 나가는 것을 본 연희는 서주를 재촉했다.

"너는 뭐 해? 빨리 준비해. 안 갈 거야?"

자신보다 몇 배나 들떠 있는 연희를 보며 서주는 한숨을 내쉬었다. 옷장에 걸어놓았던 블랙 미니드레스를 꺼내고 이것저것 가방에 집어넣었다.

"자! 짐은 다 챙겼고, 찬이 기다리니까 그만 가자."

뭉그적거리는 서주의 손을 잡아끈 연희는 오피스텔을 나섰다.

엘리베이터 앞에 선 서주가 연희를 보았다.

"나 왜 이렇게 떨리지?"

"파티가 별거야? 그냥 사람들이 모여서 애기 나누고, 간단히 음식들 나눠 먹는 거지. 연말이니 새해 덕담도 하고, 뭐 그런 거야. 그렇게 떨지 마. 누가 보면 애인 집에 인사라도 가는 줄 알겠네. 그렇게 떨리면 청심환이라도 먹을래?"

"아니."

엘리베이터에 타고 버튼을 누르고 연희는 서주에게 물었다.

"태강 씨한테는 숍으로 오라고 했어?"

"응. 네가 말한 5시까지 오라고 했어."

"진짜 기대된다. 변한 네 모습을 보고 태강 씨가 어떤 반응을 보일지."

"기대는 무슨."

말을 그렇게 하면서도 서주도 은근 태강의 반응이 궁금했다. 그에게 예쁘다는 말보다 못생겼다는 말을 더 많이 들어온 게 내심 서운했던 것이다. 연애를 하기 전 그가 키도 작고 얼굴도 못 생겼다고 놀리던 게 생각났다. 오늘만큼은 누구보다도 예뻐 보이고 싶었다.

"일출 보러 가면 정동진으로 가는 거야?"

"그건 안 물어봤어."

"흐음, 너 막 너무 쉽게 태강 씨한테 끌려다니지 마."

무슨 말이냐는 듯 서주의 눈이 연희를 향했다.

"그런 눈으로 볼 것 없어. 일출 보러 가면 자고 올 거 아니야."

자고 올 거라는 생각까지는 미처 못했다. 단순히 파티는 처음 가는 거니 언제 끝날지 알 수 없었고, 일출을 보러 가본 적도 없으니 해마다 연말쯤 뉴스에서 보았던 교통 체증을 떠올려봤을 뿐이었다.

"파티가 언제 끝날지도 모르는데. 그리고 일출 보러 가면 차 막혀서 해 뜨기 전에 도착이나 할 수 있을까?"

"차 막혀도 잠은 자야지. 너 면허증도 없잖아. 운전하는 거 은근 힘들다? 아무튼, 만약 같이 잠이라도 자게 되면 처음인 거 티 내지 마. 남자들 처음인 여자 싫어한다더라."

잠이라니. 왜 바보같이 일출을 같이 볼 생각에 들떠 다른 생각은 하지도 못한 걸까.

"그럼 어떻게 해?"

"흐음. 태강 씨가 알아서 잘하겠지. 뭐라고 딱히 설명해줄 수가 없어. 드디어 남서주가 남자와 만리장성을 쌓는 건가? 자고 오게 되면 꼭 언니한테 말해줘. 어땠는지."

연희는 연신 키득키득 웃어댔다. 파티만으로도 머릿속이 혼란스러워 괜히 간다고 했나, 얼마나 후회했던가. 그런데 태강과 잠자리라니. 막연히 책이나 영화에서만 보던 일이 자신에게도 일어날 것이라는 생각에 서주는 공황 상태에 빠졌다.

"쭈야, 안 내려?"

어느새 1층에 도착한 엘리베이터에서 내린 연희가 멍하니 있는 서주를 불렀다. 정신을 차린 그녀는 얼른 연희의 뒤를 따랐다. 차에 타자마자 형찬의 잔소리가 들려왔다.

"왜 이렇게 늦게 와?"

힐끗, 백미러로 서주를 보는 형찬의 눈이 가늘어졌다.

"쟤 또 왜 저 상태야?"

"뭐가?"

두 사람의 대화 소리가 저만치 달아나 아무것도 들리지 않았다. 잠! 태강과 잠자리. 그 생각만으로도 가슴이 콩닥거렸다. 연희는 서주의 팔을 툭 쳤다.

"왜 그래?"

"어, 어?"

"왜 그렇게 넋 놓고 있는 건데?"

"아, 아니야."

서주가 얼굴을 붉혔다. 붉어진 얼굴을 보며 형찬과 연희의 눈초리는 더욱더 가늘어졌다.

"야! 남서주. 얼굴은 왜 붉어져? 혼자 야한 상상했어?"

"무, 무슨! 야한 상상을 했다고 그래?"

연희가 불쑥 서주의 귓가로 다가와 작게 속삭였다.

"혹시 태강 씨 품에 안기는 상상이라도 했어?"

"아, 아니야!"

"쭈! 놀랐잖아. 갑자기 소리를 지르면 어떻게 해?"

두 사람을 보던 형찬이 고개를 내저었다. 항상 저런 식이었다. 연희가 놀리면 발끈하는 서주. 톰과 제리 같은 양상을 보이는 두 사람이었다.

숍으로 가는 내내 서주의 머릿속은 과부하가 걸린 듯 얽히고설켰다. 복잡한 머릿속과 다르게 차는 어느새 숍 앞에 도착했다.

"자, 그럼 서주 변신한 모습은 사진 찍어서 보내줘."

"알겠어. 우리 쭈야 예쁘게 변한 모습은 사진으로 당연히 남겨놔야지. 넌 마지막 날인데 뭐 하려고?"

"너도 애인이랑 일출 보러 가고, 서주도 애인 만나는데, 나라고 솔로로 있을 순 없지."

"어쭈! 뭐야? 여자라도 만나?"

"글쎄?"

형찬이 아리송한 미소를 지었다. 궁금증을 불러일으키는 얼굴과 말에 연희는 게슴츠레하게 눈을 떴다.

"뭐야? 뭐야! 공형찬 연애하는 거야?"

"이 오빠 연애 사업에는 관심 끊고 서주나 잘 챙겨. 쟨 어디 내놓기가 무섭다. 물가에 내놓은 어린애 같아서."

"악! 이것들이 정말! 솔직히 말해서 내가 사고 치는 횟수보다 연희가 사고 치는 횟수가 더 많았어. 우리 셋 중 내가 제일 사고 안 쳤다! 이거 왜 이래?"

"그래서 불안한 거야. 남자라고는 만나본 적이 없으니까."

형찬이 걱정이 담뿍 담긴 눈으로 서주를 훑었다. 연희 역시 고개를 끄덕이며 형찬의 말에 동의를 표했다.

"아! 진짜! 둘 다 왜 이래? 남자 좀 만나라고 그럴 땐 언제고."

"남자를 만나라고 등 떠밀긴 했지만, 네가 그렇게 빨리 홀딱 빠질지 누가 알았겠어. 그렇지, 찬아?"

"맞아. 남자는 거들떠보지도 않더니, 한 번 빠지니까 헤어 나오질 못해."

"그만하지?"

서주가 발끈하자, 두 사람은 동시에 웃음을 터트렸다.

"아무튼, 서주 변신한 모습 사진 많이 찍어둬. 이런 기회는 흔치 않아."

"알았다니까. 그보다 넌 나랑 면담 좀 하자. 연애를 하면 이 누나한테 말을 했어야지!"

저놈의 오지랖은 자신에게만 발하는 게 아니었다. 연희는 항상 그랬다. 제 편인 사람들을 끔찍이도 챙기고, 유쾌하고, 사교성이 뛰어나다. 있는 집 자식이지만 그런 티를 전혀 내지 않는다. 본받을 게 많은 친구라고 생각하면서도, 한편으로는 유난히도 자신을 챙기는 연희가 가끔은 무서워진다. 말하지 않아도 얼굴만 보고 자신의 상태를 귀신같이 알아채서.

"그만 가봐. 차 안에서 시간 다 보낼 거야? 너희가 들어가야 내가 가지."

"알았어. Happy New Year!"

"Happy New Year!"

밝아올 새해 인사를 마친 서주와 연희가 차에서 내렸다. 형찬이 차창을 내려 들어가는 두 사람에게 소리쳤다.

"내년에는 둘 다 시집 좀 가라. 이 오빠 편해지게! Happy New Year!"

"그래, 우리 쭈야부터 보내자."

"이것들이 정말!"

형찬은 손가락을 동그랗게 말아 알겠다는 사인을 보내며 유유히 차를 출발시켰다. 서주는 씩씩대며 멀어지는 차를 노려보았다. 시야에서 점이 돼버린 차에서 고개를 돌려 눈을 홉뜨고는 옆에 있는 연희를 노려보았다. 그런 서주의 시선 따위 익숙하다는 듯 깔끔히 무시한 연희는 그녀의 어깨를 잡았다.

"눈 그렇게 뜨다가 진짜 사팔뜨기 된다."

그 말에 금세 노려보던 눈을 제자리로 물린 서주를 보며 연희가 웃었다.

"단순하긴. 그보다 너, 내가 한 말 기억하지?"

"응."

"읊어봐."

"파티에 가서 걸을 때는 꼿꼿하게 허리를 편다. 처음이 아닌 것처럼 여유롭게 행동한다. 무슨 일이 있더라도 상냥하게 미소를 머금는다. 오빠 주변에서 될 수 있으면 떨어지지 않는다. 피치 못할 사정이 생겨서 떨어지더라도 당황하지 않는다. 맞지?"

"외우고 있네. 진짜 찬이 말대로 물가에 내놓는 어린애 같아서 불안해. 회사에서 주최하는 파티만 아니면 내가 같이 가주는 건데. 그나마 상류층 파티 같은 게 아니라 다행이긴 하지만."

"뭘 같이 가. 나 혼자도 잘할 수 있어."

"형찬이 말 못 들었어? 우리 남서주는 물가에 내놓은 어린애 같아서 불안하다고."

"구연희! 정말!"

연희는 서주의 어깨를 감싸며 낮게 웃었다.

"긴장 좀 풀렸지? 그만 들어가서 공주님으로 변신해보자."

연희와 함께 숍 안으로 들어간 서주는 실장의 손에 이끌려 머리 손질부터 메이크업까지 받기 시작했다. 그러는 사이 연희도 옆에서 메이크업과 헤어를 받았다. 그렇게 시간은 점점 흘러가 5시가 얼마 남지 않았다.

서주는 굵은 웨이브를 넣어 업 스타일로 헤어를 마무리했다. 마스카라를 이용해 속눈썹을 풍성하게 만들어 눈매가 더욱 또렷해졌다. 레드 컬러의 은은한 펄이 들어간 립스틱을 바르고, 핑크빛 볼터치를 해 서주의 하얀 피부를 더욱 도드라지게 만들었다. 서주의 헤어와 메이크업을 점검하듯 꼼꼼히 보던 연희의 얼굴이 활짝 꽃을 피웠다.

"예쁘다, 진짜."

감은 눈을 뜬 서주는 거울 속에 비친 모습을 보고 아연실색했다. 제 모습이 낯설어도 너무 낯설다. 전문가의 손길을 받았을 뿐인데, 전혀 다른 여자가 거울 속에 있었다. 연희가 멍하니 거울을 뚫어져라 보는 서주를 일으켜 세웠다.

"자, 이제 드레스 입어야지."

피팅룸으로 서주를 밀어 넣고 연희는 초조한 듯 서성였다. 몇 분이 흐르고, 직원의 도움을 받아 드레스를 입은 서주가 피팅룸에서 나왔다.

"와!"

연희는 엄지를 치켜세우며 감탄사를 내뱉었다. 블랙 미니드레스는 서주와 잘 어울렸다. 백화점에서 입어봤을 때보다 헤어와 풀 메이크업을 받은 상태에서 입은 드레스는 한층 서주를 돋보이게 했다.

"괜…… 찮아?"

"정말 예뻐. 이러고 있을 때가 아니지. 사진!"

연희는 휴대폰을 꺼내 서주의 모습을 연신 찍어댔다.

"웃어봐. 잔뜩 굳어 있으면 어떻게 해?"

어색한 미소가 서주의 입가에 자리 잡혔다. 난생처음으로 파티라는 곳에 참석한다. 두근거리는 가슴을 진정시키며 시간을 확인한 서주는 미간을 모았다.

4시 48분.

심호흡을 해도 긴장한 몸은 풀릴 줄 몰랐다.

"톡으로 보내놨으니 너도 나중에 다운로드해. 이제 태강 씨 올 때 됐는데……"

연희의 말이 끝나기가 무섭게 숍에 달린 차임벨이 울렸다. 검은색 슈트를 입은 태강이 숍 안으로 들어와 두리번거렸다.

"태강 씨, 여기예요."

연희가 큰 소리로 태강을 불렀다. 태강과 눈이 마주친 서주는 재빨리 고개를 숙였다. 그의 반응이 궁금하기도 했지만, 자신조차 어색한 제 모습이다. 하지만 그러면서도 귀를 쫑긋 세워 대리석 바닥을 매끄럽게 두드리는 구두 소리를 들었다. 서주의 심장이 구두 소리와 함께 요동쳤다. 쿵, 쿵, 쿵.

"안녕하세요, 연희 씨."

"네. 우리 서주, 예쁘죠?"

숍에 들어와 서주를 발견했을 때부터 태강은 시선을 뗄 수 없었다. 고개를 숙이는 그 동작에 인상을 썼다. 가까이 다가오면서도 그의 시선 끝엔 오롯이 서주만 있었다. 바로 앞에 섰지만, 서주는 여전히 고개를 숙이고 손을 만지작대는 모습이었다. 무언가 불편하다는 소리다.

연희가 서주의 어깨를 툭 쳤다.

"태강 씨 왔는데 계속 고개 숙이고 있을 거야? 예쁜 모습 보여 줘야지."

그제야 고개를 든 서주와 태강의 시선이 허공에서 맹렬하게 부딪쳤다.

"오빠 왔어?"

태강은 고개를 끄덕였다. 사람들의 호기심 어린 시선이 모이는 게 느껴졌다. 파티에 데려가고 싶은 마음이 점점 사라지고 있다.

왜 이렇게 예쁜 거야, 젠장!

"태강 씨도 왔으니 저는 이만 사라져야겠어요. 태강 씨, 오늘 우리 서주 잘 부탁드려요."

"서주 걱정은 하지 마시고, 연희 씨도 한 해 마무리 잘하세요. 새해 복 많이 받으시고요."

"네, 태강 씨도 새해 복 많이 받으세요."

연희는 서주에게 시선을 떼지 못한 채 답하는 태강을 보며 조용히 웃었다.

"나중에 전화할게, 쭈야."

"으응."

연희가 숍을 먼저 나갔다. 태강은 서주에게 손을 내밀었다.

"가자, 우리도."

"응."

서주가 소파에 있는 쇼핑백을 들었다. 가만히 서주의 뒷모습을 보던 태강의 눈이 흉포해졌다. 등이 훤히 드러나는 건 두 번째 문제였다. 살짝 굽힌 몸은 드레스 밑단이 올라가 허벅지가 두드러져 보인다. 저런 모습을 다른 사람에게 보인다는 게 마음에 들지 않는다.

"걸칠 거 없어?"

"아, 있어. 잠시만."

그러면서 또다시 등을 숙인다. 아! 진짜 저 여자가 오늘 사람을 죽이려고 작정했나. 태강의 미간이 잔뜩 모아졌다. 쇼핑백에서 숄을 꺼내 든 서주는 태강에게 내밀었다.

"좀 걸쳐줘. ……머리 망가질까 봐."

서주는 괜스레 민망스러워 말을 덧붙였다. 태강은 서주에게 숄을 둘러주면서도 그녀의 하얀 어깨에 이를 세워 제 여자라는 표식을 남기고 싶은 걸 간신히 참아냈다. 태강은 욕망이 번들거리는 눈동자를 감았다가 뜨고는 서주와 숍을 나섰다. 차 문을 열어 그녀를 태우고, 그도 운전석도 올랐다. 파티장으로 가는 내내 태강은 한마디도 하지 않았다.

불만이 가득한 그의 얼굴을 보며 서주는 애꿎은 손만 만지작댔다. 불안하다. 가뜩이나 처음인 파티에 실수라도 할까 봐 걱정이 이만저만이 아니었는데, 자신을 본 태강마저 별다른 말이 없으니 더욱 예민해졌다.

"오빠."

"응?"

"나…… 많이 이상해?"

이건 또 무슨 소린가. 지금 파티장으로 갈까, 그냥 서주와 단둘이 일출을 보러 갈까. 태강의 머릿속은 전쟁 중이었다. 저런 모습은 다른 사람에게 보여주고 싶지 않다. 아니다. 남서주의 모든 것을 혼자서 독점하고 싶다.

"아니."

단답형이라 서주는 더욱 불안해졌다. 예쁘다는 소리는 아니더라도 그에게 괜찮다는 말은 듣고 싶었다. 이런 미적지근한 반응이 아니라. 파티장이 가까워올수록 서주는 불안해지는 마음을 진정시키려 창밖으로 시선을 돌렸다. 차가 유경 호텔 앞에 멈췄다. 차에서 내린 태강이 조수석 문을 열고 서주에게 손을 내밀었다. 그의 손을 잡고 차에서 내린 서주는 태강의 에스코트를 받으며 파티장으로 들어갔다. 입구에서 직원으로 보이는 사람에게 숄을 벗어 클러치 백과 함께 건네려던 서주를 태강이 저지했다.

"숄은 그냥 걸쳐. 감기 들면 안 되니까."

태강은 되지도 않는 핑계를 대며 벗은 숄을 다시 서주의 어깨에 단단히 걸쳐줬다. 그녀의 훤히 드러나는 맨살을 다른 사람이 보는 건 싫으니까. 클러치 백만을 직원에게 맡긴 태강은 서주의 허리를 단단히 감쌌다.

파티장에는 잔잔한 피아노 선율이 흐르고, 이미 많은 사람이 삼삼오오 모여 있었다. 두 사람의 등장은 일순 사위가 고요해지는 현상을 만들었다. 바짝 긴장한 서주의 몸이 굳어졌다. 태강은 고개를 살짝 숙여 귓가에 속삭였다.

"긴장하지 마. 네가 예뻐서 쳐다보는 거니까."

예쁘다는 말을 이렇게 들을 줄이야. 오히려 그 말이 더 긴장이된다. 이렇게 수많은 사람들이 있는 곳에 와본 적이 없는 서주에겐 쏟아지는 시선들이 부담으로 작용하고 있었다. 서주는 연희에게 들은 대로 허리를 꼿꼿이 펴고 입가에 미소를 머금었다. 태강과 서주에게 사람들이 다가왔다.

"팀장님. 오셨어요?"

주태강이 여자와 등장한 것부터가 이슈였다. 매년 파트너 동반참석인 연말 파티에 태강은 단 한 번도 여자를 데리고 오지 않았다. 거기에 얼마 전 영업마케팅 2팀으로 온 백이경이 호시탐탐 태강에게 호감을 드러내고 있었다. 회사에 소문이 자자하게 날 정도로. 그런 태강이 새로운 여자를 데리고 오자 이 대리는 노골적으로 태강의 옆에 있는 서주를 탐색했다.

"네."

태강은 간결한 대답을 무성의하게 뱉었다.

"팀장님, 옆에 있으신 분은……."

말끝을 흐리는 이 대리를 보며 태강의 눈썹이 꿈틀댔다. 가까이 올 때부터 저가 아닌 서주에게 시선이 고정된 것을 보았다. 옆에 애인인지 모를 여자를 끼고 있으면서.

"만나고 있는 사람입니다."

순간 이 대리의 얼굴에 실망한 기색이 서렸다. 그것을 본 태강은 대충 최 회장이 인사말을 하고 나면 눈도장만 찍고 파티장을 벗어나야겠다고 다짐했다. 파티장에 들어선 순간부터 앞에 있는 이 대리뿐만이 아닌, 홀 안에 있는 사람들의 시선이 그녀에게 머무는 것이 마음에 들지 않았다.

"아, 반갑습니다. 주 팀장 밑에서 일하고 있는 이석훈입니다."

"안녕하세요. 남서주라고 합니다."

빨리 가줬으면 좋겠는데 이 대리는 갈 생각이 없는 듯 보였다. 뭘 시시콜콜 서주에게 묻는지, 짜증이 스멀스멀 올라왔다.

거기에 이 여자는 왜 이렇게 웃어주나.

태강은 서주의 허리를 감싸 자리를 옮겼다. 인사해오는 사람마다 서주에게 커다란 관심을 보이는 게 그의 기분을 가라앉히고 있었다. 거기에 이런 파티는 분명 처음이라던 서주가 너무나 자연스럽게 동화되어 있었다. 그의 살짝 굳어진 얼굴은 최 회장이 상단에 올라와서야 펴졌다.

최 회장의 인사말이 끝나고 서주는 테이블 위에 있는 칵테일을 들었다. 연희가 한 말들을 되새겼다. 지금까지 실수는 하나도 하지 않았다. 나쁘지 않다.

"오빠!"

들려오는 음성에 서주는 인상을 썼다. 지난번 태강의 회사를 찾아왔다가 본 여자가 다가오며 그를 불렀다. 오빠라고. 애써 굳어진 표정을 풀며 서주는 온화하게 미소 지었다.

"어."

"언제 온 거야?"

"아까."

시큰둥하게 대꾸하는 태강을 아랑곳하지 않은 여자는 그에게 한 걸음 더 다가섰다. 마치 옆에 있는 서주는 보이지도 않는다는 듯이.

"떨어져. 백이경."

금방이라도 눈물을 뚝뚝 흘릴 것 같은 애처로운 눈빛으로 이경은 태강을 올려다보았다.

"오빠."

"내가 오빠라고 부르지 말라고 그랬지."

그렇게 으르렁거리는 태강은 처음 봤다. 서주는 여자와 태강을 번갈아 보았다. 낯설었다. 그의 모습이. 차갑기 그지없던 태강이 여자를 거들떠보지도 않고 자신을 본다. 언제 으르렁거렸느냐는 듯 전혀 다른 얼굴로.

"칵테일 그만 마셔."

서주의 손에 들려 있는 잔을 빼앗아 테이블에 올려놓은 태강은 자연스럽게 그녀를 잡아당겨 품에 가뒀다.

이경이 경악한 얼굴로 태강과 서주를 보았다. 딱 보기에도 별 볼 일 없는 여자였다. 그런 여자를 태강이 신줏단지 모시듯 하고 있었다. 한 번도 여자에게 다정한 얼굴을 보여준 적 없던 태강이. 분노가 치밀어 올랐지만, 이경은 태연한 얼굴로 서주에게 손을 내밀었다.

"안녕하세요. 전 태강 오빠와 함께 일하고 있는 백이경이라고 합니다."

"백이경, 오빠 소리 하지 말라고 했지."

딱 잘라 말하는 태강을 보고 서주는 분위기가 살벌해지는 것 같아 얼른 인사를 건넸다.

"안녕하세요. 저는 오빠와 만나고 있는 남서주라고 합니다."

서주는 이경에게 당당히 인사를 건넸다. 오늘은 태강과 어울릴 만큼 공들여 자신을 치장했다. 누구에게도 그와 어울리는 여자라는 말을 들을 만큼.

반면 이경은 너무나 자연스럽게 '오빠'라는 호칭을 쓰는 서주를 보며 당황함을 감추지 못했다. 거기에 자신에게 대하는 것과 다르게 반박도 하지 않는 태강은……. 잘못 들은 말이라고 믿고 싶은 이경의 눈동자가 거세게 일렁였다.

"아……. 애인분이세요?"

"네."

수줍은 미소를 머금은 서주의 답을 듣고 이경은 머릿속이 멍해졌다. 지금까지 주태강은 만나는 여자가 없었다. 분명 저 여자도 그저 파트너 동반이라 어디서 구해왔을 것이라고, 그렇게 믿고 싶었다.

"우리 오빠 많이 도와주신다고 들었어요. 앞으로도 잘 부탁해요."

명백히 동료 이상으로는 넘어오지 말라는 경고였다. 서주는 고개를 돌려 태강을 보았다.

"오빠, 나 조금 더운데. 숄 벗으면 안 돼?"

"더우면 그만 나갈까?"

"그래도 돼?"

초롱초롱 눈을 빛내는 서주를 보며 태강은 부드럽게 웃었다.

"그럼, 인사하고 나가자. 잠시만 기다려."

고개를 끄덕이는 서주의 이마에 가볍게 입을 맞춘 태강은 최 회장이 있는 곳으로 걸어갔다.

주태강이 사람들 많은 곳에서 자연스럽게 스킨십을 하다니. 앞의 여자는 어디서 구해 온 여자가 아니다. 정말 태강의 연인이었다. 이경은 절망적인 마음이 들었다. 그런데도 그를 향한 마음은 쉽게 포기할 수 없는 마음이었다. 여자를 거들떠도 보지 않는 그의 주변을 맴돌기만 했었다. 그런데…….

그녀는 들리는 음성에 떠오른 생각을 갈무리했다.

"백이경 씨라고 했나요?"

"네."

"사람을 그렇게 노골적으로 보는 건 예의가 아니에요."

서주는 따끔하게 일침을 가했다. 이경이 저를 보는 시선은 호의적이 아니라는 걸 처음부터 알고 있었다. 제 남자를 빼앗간 여자라도 보는 듯한 눈. 딱 그랬다. 그래서 불쾌한 심기를 고스란히 드러 냈다. 미소를 머금은 채로.

이경이 무슨 말을 하려 했지만, 인사를 마치고 다가온 태강은 서주를 끌어당겨 안았다.

"나가자."

"응, 오빠. 그럼 백이경 씨, 다음에 봐요."

두 사람이 파티장을 벗어나려 걸음을 옮겼다. 이경은 멀어지는 두 사람을 보며 손톱이 살을 파고드는 것도 모르는 듯 주먹을 그 러쥐었다.

밖으로 나온 태강은 엘리베이터를 타자마자 서주의 얼굴을 감 싸 입술을 찾았다. 바르작거리는 그녀를 단단히 붙잡았다. 미칠 듯 이 욕망이 들끓었다. 그녀만 보면 이 상태다. 참고, 참아봐도 이성 을 잃어버린다.

숨을 쉴 수조차 없이 몰아붙이는 그로 인해 서주는 헐떡였다. 지난번 카페에서도 맹렬히 퍼붓던 키스로 인해 낯 뜨거워져 도망 치듯 카페에서 나왔었다. 하물며 엘리베이터는 언제 사람이 탈지 알 수 없다. 불안한 마음에도 불구하고 입술을 핥고 빨아대는 그로 인해 몸이 긴장으로 굳어졌다. 언제부턴가 그의 키스는 부드럽기 보다 거칠었다. 그녀를 집어삼킨다는 말이 더 정확했다. 서주는 호 흡곤란이라도 찾아올 것 같아 태강의 가슴을 팡팡 쳤다.

입술을 뗀 태강은 여전히 욕망이 들끓는 눈으로 서주를 보았다.

"오빠 정말, 공개된 장소에서 키스 안 한다고 약속했잖아."

그 말에 당황한 듯 서주를 보는 태강의 눈동자가 흔들렸다. 지 난번 카페에서 퍼부은 키스로 인해 서주가 단단히 삐쳤던 걸 왜 잊어버렸을까? 하지만 이건 다 제 탓이 아니다. 그를 몰아붙이는 건 남서주다.

"기억 안 나."

"정말!"

태강이 다시 얼굴로 다가온다. 잡아먹을 듯한 눈빛을 한 채. 바짝 긴장한 서주는 뒷걸음질 쳤다.

"왜…… 왜. 거기서 멈춰."

육식동물이 초식동물을 잡아먹을 듯 나른한 눈빛으로 태강은 서주를 보았다. 도망쳐봐야 손바닥 안이다.

"남서주."

그가 낮게 으르렁거렸다. 더욱 긴장한 서주는 몸을 떨었다.

"왜, 왜?"

에잇. 당황하면 지는 건데, 그의 눈빛 앞에선 어쩔 수 없이 당황하게 된다. 언제쯤 이런 상황에 당황하지 않을지. 연희가 끌려다니지 말란 말이 이런 뜻을 내포하고 있었나.

"안 되겠다."

띵 소리와 함께 멈춰 선 엘리베이터에서 내린 태강은 서주의 손을 잡아끌었다. 프런트에서 룸을 달라는 그를 보며 서주는 머릿속이 멍해졌다. 연말이라 빈 룸도 없었다. 안도하려던 찰나 하나 남은 스위트룸을 달라고 말한 후 망설임 없이 카드를 내미는 그를 보며 당황했다.

"……오빠."

"왜?"

서주는 태강에게 손짓으로 고개를 숙이길 권했다. 태강이 서주의 눈높이에 맞춰 고개를 숙였다.

"너무 비싸. 스위트룸이라니. 일출 보러 간다고 했잖아."

"일출 볼 거야."

피식 웃은 그는 고개를 돌려 카드를 받아 들고 망설이는 서주의 손을 끌고 룸으로 올라갔다. 서주는 엘리베이터 안에서 발을 동동 굴렸다. 자신이 생각했던 시뮬레이션에 이런 상황은 없었다. 입술을 잘근잘근 깨물었다.

그것을 본 태강의 손이 서주의 입술에 닿았다.

"깨물지 마. 내 것에 생채기 내지 마."

나른하게 훑는 손끝이 뜨거웠다. 도망갈 곳이 없다. 그것을 인식하자, 서주의 머릿속은 금방이라도 폭발할 듯 맹렬히 충돌했다.

엘리베이터는 왜 이렇게 빨리 움직이는 거야.

엘리베이터가 도착하자 태강은 서주를 안아 들었다. 바둥거리는 그녀를 단단히 안은 그가 낮게 으르렁댔다.

"으악! 오빠 뭐야. 내려줘."

"도망갈 생각했잖아. 내가 지금 널 도망가게 둘 것 같아?"

앞만 보고 있던 태강이 제 생각을 언제 읽은 걸까. 아니! 지금 그게 문제가 아니다. 이대로 룸으로 끌려 들어가면…… 그와 자야 한다. '처음인 여자, 남자들은 싫어한다더라' 그 말 때문에 서주는 몇 번이나 혼자 야동을 보기도 했다. 그러나 지금은 그조차도 말끔히 머릿속에서 지워진 지 오래다.

머릿속이 새하얗게 비워졌다. 일단 침착하자.

"오빠. 무슨 도망을 간다고 그래."

"흐음. 도망갈 생각, 진짜 안 했어?"

"그렇다니까. 그러니까 내려줘."

"그렇단 말이지."

믿을 순 없지만, 룸 앞이니 태강은 서주를 내려놓았다. 그 순간, 서주는 엘리베이터로 뛰었다.

저럴 줄 알았지. 피식 웃은 태강의 나른한 눈길이 서주를 향했다.

"지금 오면 용서해준다."

"뭐를?"

"거짓말한 거."

서주는 눈동자를 데굴데굴 굴렸다. 그가 원하는 게 무엇인지 아는데, 아직은 마음의 준비를 하지 못했다. 일출을 보러 가면서 마음의 준비를 할 생각이었는데. 곧장 끌려온 룸 앞에 서주는 도망칠 수밖에 없었다.

"거짓말은 오빠가 먼저 했지. 일출 보러 간다면서 룸으로 올라오는 게 어딨어!"

태강은 헛웃음을 터트렸다. 나름 반박하는 그녀가 그저 귀여울 따름이다.

"거짓말한 적 없어. 바다가 아니어서 그렇지, 여기서도 충분히 일출은 볼 수 있지. 3초 준다. 내가 너 잡으면 오늘 잠 못 자. 뭐, 나야 아무래도 상관없지만 남서주는 곤란하지 않을까?"

그녀는 불안한지 눈동자를 요리조리 굴렸다. 그가 다가올수록 서주는 한 걸음씩 뒤로 물러났다. 집요한 그의 시선이 그녀를 붙들었다. '도망칠 곳은 없어!' 그렇게 말하는 눈빛이었다.

"3."

잇새로 뇌까리는 숫자가 음산하게 들렸다.

"2."

성큼, 그의 긴 다리가 어느새 그녀의 앞에 다 와간다. 서주의 등이 차가운 벽에 닿았다. 손을 뻗어 엘리베이터 버튼을 눌렀다. 태강의 음성이 낮게 가라앉았다.

"1."

가까이 다가온 태강은 벽을 짚어 그녀를 가뒀다. 고양이가 쥐를 궁지에 몰듯 도망칠 곳 없는 서주가 그의 단단한 품에 갇혔다. 그는 그녀의 이마를 툭 건드린다.

"기회를 줬는데 도망치지 않은 건 너야. 이 조그마한 머리로 도망칠 생각밖에 없지."

"뭐, 뭘 도망친다고 그래?"

도망친 적 없다는 듯 그녀의 말에 그는 코웃음을 쳤다.

"지난번에 10초 줬을 때, 네가 3초 만에 도망갔잖아. 인사도 없이!"

그래서 이번엔 3초만 줬다. 도망치지 못하게. 3초도 길었지만, 마음의 준비를 하라는 나름의 배려였다. 3초면 얼마나 큰 배려를 한 것인가.

"그, 그건……."

"우리에게 시간은 많아. 밤은 길고."

태강은 서주를 어깨에 둘러멨다. 그와 동시에 드레스가 확 올라갔다. 그녀는 어떻게서든 드레스 자락을 움켜쥐며 아래로 내리려 바둥거렸다. 태강은 바르작거리는 그녀의 엉덩이를 아프지 않게 때렸다.

"움직이지 마. 떨어지면 다쳐."

"내려주면 되잖아."

"널 어떻게 믿고!"

서주는 입을 꾹 다물었다. 그러는 사이 룸 안으로 휘적휘적 걸어 들어간 태강이 곧장 침실로 향했다. 침대 위에 그녀를 내려놓고는 나른하게 웃었다. 그 웃음이 왜 사악하게 보이는 걸까? 제 눈이 잘못된 건가 싶어 그녀가 눈을 비볐다.

태강이 여유롭게 입고 있는 옷을 벗었다. 와이셔츠 단추를 풀던 그의 손길이 분주하게 움직인다. 그 모습을 눈에 담은 서주는 두려움이 엄습해 침대 끝으로 슬금슬금 몸을 움직였다. 시트를 말아 쥐며 몸에 휘감았다.

"드레스 안 벗어?"

생선을 앞에 놓은 고양이처럼 나른한 미소를 띤 그는 여유로워 보였다. 옷을 벗은 그가 단숨에 침대 위로 올라왔다.

"뭐, 내가 벗겨줄게."

서주는 벌떡 몸을 일으켰다. 냉큼 침대 아래로 내려간 그녀가 소리쳤다.

"씻고 올게!"

욕실로 추정되는 문을 향해 뛰어서 벌컥 안으로 들어갔다. 그리고 욕실 바닥에 아무렇게나 주저앉은 서주는 망연자실했다. 문밖에선 태강의 웃음소리가 들려온다.

"미쳤지! 미쳤지! 이제 어떻게 해."

사고는 마비되고 이성은 저만치 달아났다. 태강만 만나면 이런다. 그가 제게 무슨 마법을 부린 건지, 생각이란 걸 도무지 할 수가 없다. 탕, 탕. 욕실 문을 두드리는 소리가 들려왔다.

"씻기는 하는 거야? 물소리도 안 나는데."

이 남자가 정말! 서주는 냉큼 물을 틀어놓고 거울 속에 비친 모습을 보았다. 초조한 듯 입술을 잘근잘근 씹었다.

생각하란 말이야! 남서주.

자신을 자책해봐도 멍한 머릿속은 그대로. 일단 최대한 샤워를 느릿느릿하게 마친 서주는 난감해졌다. 드레스를 다시 입을 수도 없고, 그렇다고 홀딱 벗고 나갈 수도 없지 않은가.

"미치겠네, 정말!"

커다란 수건을 몸에 칭칭 감은 서주는 심호흡을 하고 욕실 문을 열었다. 곧장 진득한 시선이 따라붙는다.

"다 씻었어?"

"응, 오빠도 씻어."

남서주 여유롭네? 이게 남서주의 매력이었지. 두려워하면서도 대범하게 씻으라는 말을 하고. 피식 웃은 태강은 몸을 일으켜 서주의 앞에 섰다.

"너 지금 그 말, 남자한테 무슨 의미인지 알아?"

"무, 무슨 의, 의미가 있다고, 그…… 래?"

"내가 씻고 나올 때까지 그 의미를 생각해봐."

욕실로 들어가는 태강을 보고 서주는 깊은 한숨을 토해냈다. 먼저 자는 척이라도 해야 할까. 서주는 재빨리 젖은 머리를 말리고 침대에 누웠다. 시트를 머리끝까지 뒤집어쓰고는 눈을 감았다. 모든 감각이 욕실을 향해 열려 있었다. 떨어지는 물소리가 뚝 끊기고 욕실 문이 열렸다.

"자는 거야?"

서주는 아무런 말도 하지 않았다. 아니, 할 수 없었다. 가슴이 100미터를 전력 질주한 듯 숨 가쁘게 뛰어댔다. 한껏 예민해진 감각은 그가 침대로 걸어오는 소리를 잡아냈다. 입술을 잘근잘근 깨물었다. 시트가 들리고 날카롭게 자신을 보는 시선이 느껴졌다.

"정말 잠든 거야?"

그가 어떤 표정을 하고 있는지 모른다. 눈을 뜨고 싶지 않다. 사랑하는 사람과 잠자리를 하는 게 나쁜 게 아니다. 그걸 알면서도 두려움도 같이 느껴졌다. 훅, 코끝으로 자신과 같은 샴푸 향이 풍겨왔다. 잠든 상태로 몸을 뒤척이는 척, 서주는 등을 돌려 누웠다.

빠직. 태강은 이마를 찡그렸다. 자는 척하는 건 알겠는데, 등은 돌리지 말지. 그냥 두려고 했는데 등 돌린 모습이 마음에 들지 않아 태강은 서주를 끌어안았다. 그는 그녀의 정수리에 얼굴을 묻고 뜨거운 숨을 토해냈다.

"너 왜 이렇게 귀엽냐."

흠칫, 잘게 몸을 떠는 게 느껴졌다. 커다란 수건을 돌돌 말고 있어도 뽀얗게 드러난 어깨와 쇄골이 자극적이었다. 입술을 내려 어깨를 깨물었다. 그녀가 바들바들 떨었다. 등을 쓰다듬으며 괜찮다고 다독였다.

"서주야."

아무런 말도 할 수 없었다. 맨살에 느껴지는 숨이 뜨거웠다. 등을 어루만지는 손길이 조심스러웠다. 어느새 수건은 그의 손에 의해 바닥으로 떨어졌다. 그는 품 안에 바스러뜨릴 듯이 그녀를 끌어안았다. 얼마나 품에 안고 싶었는지 그녀는 절대 모를 것이다. 그녀를 볼 때마다 이성은 저만치 달아나버리고 만다.

"오, 오빠."

서주의 음성이 가늘게 떨렸다. 가슴으로 스멀스멀 올라오는 그의 손을 잡았다. 욕망 어린 눈동자가 허공에서 부딪쳤다.

"쉬이, 괜찮아."

어린아이를 달래듯 그는 말했다. 그런데도 그의 손을 움켜잡은 서주의 손이 떨어질 생각을 하지 않았다. 그의 미간이 모였다. 태강은 단숨에 서주의 위로 올라갔다. 진득한 욕망이 넘실대는 눈동자가 보인다. 눈을 돌리려 했지만, 그가 얼굴을 감쌌다. 오로지 침대 위 서로의 시선만이 날카롭게 서로를 탐색했다.

"왜, 왜? 내려가."

"넌 태평하게 이 상황에서 내려가란 소리가 나와?"

"그, 그럼. 오빠가 그러고 있으니까 잘 수가 없잖아. 일출도 보러 안 갔으면서."

그놈의 일출! 일출!

태강은 일출을 보러 가자고 말한 걸 뼈저리게 후회했다. 맨살을 훤히 드러내는 옷을 입지 말든가! 파티장에 가는 것조차 간신히 참아냈건만 뽀얀 나신을 드러내고 있으면서 태평한 서주를 보니 승부욕이 발동한다.

"오빠가 잠 못 잔다고 말했지."

서주가 무슨 말도 못하게 태강이 입술을 삼켰다.

핥고, 빨고, 입술을 물어뜯었다. 이건 키스가 아닌, 그저 말 그대로 물어뜯는 것이다. 난폭하다. 그런데도 그의 키스에 길들여져버린 것인지, 난폭한 키스가 정신을 혼미하게 만든다. 키스는 거친데 몸을 어루만지는 손길은 한없이 부드러웠다. 모르고 있었던 감각들을 태강이 일깨웠다. 녹진하게 몸이 흐물흐물 녹아내린다.

"……서주야."

이름을 부르는 그의 음성이 애틋해 이대로 그에게 몸을 맡기고 싶다. 처음을 사랑하는 그에게 주는 것도 나쁘지 않을 것 같다. 서주는 떨려오는 마음을 감추며 그의 얼굴을 감싸 키스로 화답했다. 떨어진 입술에 서주는 그와 시선을 맞추며 속삭였다.

"……오빠."

"으응."

조금은 탁한 음성이 흘러나와 서주는 침을 꿀꺽 삼켰다.

"그, 그게……"

그가 다정스럽게 머리를 쓰다듬었다. 떨리는 마음을 숨긴 서주는 자신이 한 결심을 전하려 입을 달싹였다.

"……아프게 하지 않을 거지?"

"내가 서주 아프게 하는 거 봤어?"

서주는 고개를 도리도리 저었다. 태강의 입매가 부드럽게 휘어졌다. 그의 입술이 다시 입술로 다가와 그녀는 고개를 살짝 비켰다.

"정말. 정말 아프게 안 하는 거지?"

"자, 그럼 손가락이라도 걸어."

서주는 조심스럽게 손가락을 내밀었다. 그의 손가락과 자신의 손가락을 걸고는 교차된 손가락에 그가 입맞춤을 했다.

"사랑해, 서주야."

그 고백에 서주는 가슴이 뭉클해졌다. 사랑한다는 말이 이렇게 감미로울 수 있을까. 생각에 빠져 있는데, 그의 입술이 손가락을 시작으로 곳곳에 키스를 퍼부었다. 달콤한 식사를 하듯이, 손이 닿지 않은 곳이 없을 정도로.

부드러운 키스가 주는 생경한 감각에 세포들이 일제히 곤두서는 기분이 들었다. 그와 함께 태강을 믿지만, 두려움도 몰려왔다. 서주는 다급히 그의 손을 잡았다.

"오, 오빠. 아무래도 안 되겠어."

태강의 미간이 찌푸려졌다. 이미 달아오를 대로 달아오른 자신은 어떻게 하란 말인가. 이미 달콤한 그녀를 보았는데.

"무서운 거야?"

"……으응."

태강은 서주의 옆에 누워 그녀를 끌어안고 무서워하는 그녀를 토닥였다.

"서주가 싫다고 하면 안 할 거야. 그러니까 무서워하지 마. 나는 네가 무서워하는 거 싫어."

그가 낮게 속삭이는 말에 두려웠던 마음마저 점차 사라졌다. 한없이 부드러운 그의 손길에 서주는 그의 품으로 파고들었다.

"이러면 곤란한데."

순식간에 위치가 바뀌고 태강은 서주의 위로 올라갔다. 그녀가 무서워하고 두려워하면 참으려고 했다. 그렇지만, 품으로 파고든 사랑스러운 그녀를 보고 어떻게 참을 수 있나.

태강은 그녀의 이마, 눈, 코에 차례대로 키스했다. 부드러운 그녀의 여린 살결들이 들끓는 욕망을 부추겨 마음이 다급해진다.

서주는 부드럽게 어루만지는 손길에 긴장했던 마음이 차츰 풀렸다. 그리고 곧 낯선 감각이 몰려왔다. 지금 느끼는 고통도 그와 하나가 되는 길이었다. 조금 더 닿고 싶어지는 마음에 서주는 그의 목에 팔을 둘렀다.

사랑을 나누는 행위가, 마음이 닿는 행위가, 이토록 아름다울 수 있는 걸까. 책에서 본 것과 영화에서 본 것과는 다르다. 무엇이 다르냐고 물어도 경험해보지 않은 미지의 세계를 어떤 말로도 표현할 수가 없었다. 휘몰아치는 그로 인해 서주는 전신이 산산이 부서지는 것 같았다. 이성은 어디론가 사라지고 본능만이 남아 서주는 태강에게 매달렸다. 새로운 감각에 눈앞이 아득해졌다.

어느새 두 사람은 하나로 호흡했다. 자신에게 매달리는 서주를 보며 태강은 희미하게 웃었다. 잔뜩 흐트러져 달콤한 숨결을 쏟아내는 그녀에게 입을 맞췄다.

"사랑한다. 남서주."

온종일 팽팽히 긴장했던 몸이 녹진하게 풀어졌다. 서주는 귓가에 윙윙대는 소리를 들으며 정신이 아득해졌다.

고른 숨을 내쉬며 잠든 서주를 보며 태강은 허탈해졌다. 아직 자신은 채우려면 멀었는데. 가만히 그녀의 젖은 얼굴을 쓰다듬으며 부드럽게 웃었다.

내 여자, 내 것, 평생 함께할…….

5장. 같은 듯 다른 온도 차

해가 바뀌고 봄을 알리듯 새싹들이 파릇파릇 돋아났다. 결국 올해 일출은 보지도 못하고 호텔에서 하루 종일 시달렸다. 시달렸다고만 말하기엔 조금 미안하지만.

그 후 그는 더 바빠졌다. 무슨 회사 일은 혼자 다 하는지, 그래도 어쩌겠는가. 그런 주태강이 미치도록 좋은걸. 그는 회의를 하러 가는 틈틈이 전화를 걸어 목소리를 들려준다. 전화를 끊을 때엔 항상 사랑한다고 속삭였다. 보고 싶어 죽겠다는 말을 할 때엔 웃음이 나왔다. '보고 싶으면 오시지요' 이렇게 말했더니 놀린다고 발끈하는 그가 귀여웠다. 자신보다 한 뼘은 더 큰 그가 귀여울 수 있다니. 살면서 요즘같이 행복한 적은 없었다.

그와 함께한다면 이 행복은 영원하겠지. 침대에 누워 은은하게 맴도는 커피 향을 맡은 서주의 입매가 부드럽게 휘어졌다.

"일어난 거야?"

커피 잔을 들고 침대로 걸어오는 태강을 보며 서주는 손을 뻗었다. 익숙한 듯 그는 그녀의 입술에 입을 맞췄다. 그는 금요일 밤 퇴근하자마자 서주를 납치하듯 아파트로 데려왔다.

"양치 안 했는데."

"그래도 달기만 한걸. 체력 좀 기르자. 날도 이제 많이 풀렸으니까 운동하자, 운동."

"으! 운동은 싫어. 오빠가 밤에 안 괴롭히면 되잖아."

태강은 서주의 코를 아프지 않게 꼬집었다.

"괴롭히는 거야? 사랑해주는 거지."

서주는 침대에서 몸을 일으키며 욕실로 걸어갔다.

"사랑 두 번만 하면 아주 내 몸이 남아나지 않겠어. 일하는데 꼬시기나 하고."

"남서주, 우리 솔직해지자. 너도 싫지 않았잖아. 싫으면 지금 말해. 이제 안 꼬실게."

"퍽이나! 주태강 씨가."

서주는 혓바닥을 쏙 내밀고는 욕실로 들어갔다. 태강은 쓴웃음을 지었다. 서주가 말하는 괴롭힘이란 건 있을 수도 없는 일이다. 열심히 사랑해주는 거지, 그게 어떻게 괴롭히는 게 된단 말인지. 거기에 바쁘다 보니 함께할 수 있는 주말만을 자신이 얼마나 기다리는데. 일주일에 한 번 보니 얼굴만 보고 있을 순 없지 않은가. 사랑하는 사람을 옆에 두고 어떻게 얼굴만 보고 있나.

씻고 나오는 서주를 보고 태강은 신음성을 터트렸다.

"오늘 나가지 말자. 그냥 집에서 맛있는 거 해 먹고 놀자."

"오빠! 우리 매번 집에서만 데이트한 거 알아? 이번 주말에는 밖에서 데이트한다고 했잖아. 남들처럼 영화도 보고 맛있는 것도 먹고 그러고 싶다고."

이번엔 양보하지 않겠다는 듯 서주는 단호하게 말했다. 그러곤 화장대에 앉아 젖은 머리를 말렸다. 제법 길어진 머리는 어깨를 훌쩍 지나 있었다. 거울 속으로 태강을 힐끗 보니 뭐가 불만인지 뿌루퉁한 얼굴을 하고 있다.

그런 얼굴 하면 또 마음 약해지잖아. 주태강 씨야.

침대에서 몸을 일으킨 태강은 서주의 뒤에 섰다. 그녀의 어깨에 입을 맞추고는 고개를 들어 시선을 마주했다. 그녀가 꼼짝하지 못할 애처로운 눈빛으로.

"집에 있자. 바깥에 나가서 데이트하는 것도 좋지만 오빠는 오랜만에 만난 우리 서주 얼굴도 많이 보고 있고 싶어."

그 말에 서주는 곰곰이 생각에 빠졌다. 오랜만에 만난 그와 서로 얼굴을 보고 있는 것도 나쁘지 않다. 그가 제안한 것도 나쁘진 않지만, 오랜만에 데이트도 즐기고 싶어 고민이 되었다. 그러는 사이 태강의 휴대폰이 울렸다.

"전화부터 받으세요. 주태강 씨."

"너 요즘 너무 기어올라. 주태강 씨가 뭐야. 오빠라고 하라고."

"전화, 안 받을 거야?"

몸을 돌려 탁자 위에 휴대폰을 든 태강은 전화를 받았다. 전화를 받는 그의 표정이 미세하게 굳어간다. 거울 속으로 그의 다채로운 표정 변화를 힐끔힐끔 보던 서주는 한숨을 삼켰다. 전화를 끊은 태강은 난감한 표정으로 서주를 본다.

"누구 전화기에 그래?"

난감하다. 연말 파티가 지난 후, 태강의 어머니 민애는 틈만 나면 만나는 사람을 데리고 오라고 성화였다. 누가 민애에게 서주 얘기를 한지는 안 봐도 훤했지만. 인사를 시키는 건 문제가 아니다. 하지만 민애는 이경을 제 짝으로 말했던 전적이 있으니 서주를 데리고 가면 그녀가 상처받을 일이 생길지도 모른다. 그래서 미루고 미뤘건만.

"어머니."

"집에 오라고 하셔?"

"응."

"그럼 가봐. 나는 괜찮아."

"같이 오래, 너랑."

놀란 듯 서주의 눈동자가 커졌다.

"같이 갈래? 네가 불편하면 안 가도 돼."

그녀를 생각하며 괜찮다고 말했지만, 같이 가고 싶다. 남서주를 제 여자라고 못 박고 싶으니까. 그래야 이경을 제 짝으로 말하지 않을 테니.

서주는 자신을 바라보고 있는 태강과 시선을 맞추었다.

그의 부모님께 인사를 가는 건 부담스럽다. 제 처지를 생각하면, 그의 짝으로 가당치도 않다는 건 알고 있다.

"오빠 부모님이 나 안 좋아하실 텐데."

태강은 다정하게 서주의 어깨를 감쌌다.

"뭘 안 좋아하신다고. 내가 만나는 사람이 누군지 궁금해하시는 거야."

"그래도……."

그녀가 불편해하는 건 싫다. 세상 그 누구보다 예쁘고 사랑스러운 서주가 슬퍼하는 건 보고 싶지 않다.

"네가 불편하면 가지 않아도 돼. 내겐 그 무엇보다 네가 먼저야. 네 생각이 제일 중요한 거고."

자신을 먼저 생각해주는 태강을 보니 그의 부모님을 뵙고 싶다는 생각이 슬그머니 고개를 들었다. 태강이 어떤 환경에서 자랐는지도 궁금했다. 연희나 형찬의 집에 놀러 갔을 때 느꼈던 안락함을 그의 집에서 느낄 수 있을까? 거기에 자신은 그에게 턱없이 부족하지만, 그의 부모님께 그의 여자로 인정받고 싶은 마음도 생겨났다.

"같이 갈게."

"나 때문이라면 안 그래도 돼. 난 네가 불편해하는 거 싫거든."

"아니야. 오빠 부모님인데, 나도 만나뵙고 싶어."

활짝 미소 짓는 서주가 어여뻤다. 불편하게 생각할 수도 있을 텐데 자신을 위해 가겠다고 하는 그녀가 사랑스럽다.

"그럼 네가 불편해하는 모습 보이면 바로 나올 거야."

서주는 생긋 웃으면서 작게 고개를 끄떡였다. 서주는 그의 부모님께 잘 보이고 싶은 마음에 정성스레 화장을 하고 머리를 손질했다. 준비를 마치고 집을 나와 태강과 함께 그의 부모님 집으로 향했다.

도심을 벗어나 달리는 차에서 서주는 가슴이 미칠 듯이 뛰었다. 태강은 손을 뻗어 서주의 손을 잡았다.

"불안해하지 마. 분명 부모님도 널 좋아하실 거니까."

고아인 자신을 좋아해주실까? 불안감이 엄습했다. 서주가 불안한 마음을 다스리는 사이 어느덧 목적지에 도착했는지 전원주택 단지 안으로 들어선 차는 정원이 예쁜 주택 앞에 멈췄다.

"내리자."

차에서 내린 태강은 서주의 옆에 섰다. 서주는 자신의 손을 잡고 걸음을 옮기는 그를 붙잡았다.

"잠시만. 마음의 준비를 하고."

"못 살겠다. 분명 좋아하실 거야. 긴장하지 마. 그리고 언제든 네가 불편해하는 기색 보이면 바로 나올 거야. 그러니까 떨지 마."

깊게 심호흡을 한 서주는 고개를 끄덕였다. 태강이 초인종을 누르고 열린 문으로 들어갔다.

"안녕하세요. 남서주라고 합니다."

"어서 와요. 저는 태강이 엄마예요."

그의 어머니는 고고한 자태를 뽐내는 백합처럼 우아하고 아름다운 사람이었다. 거실에 앉아 집을 두리번거리던 태강은 물었다.

"아버지는요?"

"약속 있어서 나가셨어."

민애는 미소를 머금고 서주를 보았다. 수수한 그녀의 모습이 마음에 든다. 무엇보다 이제껏 태강이 여자를 만나지 않아 걱정이었는데 이렇게 떡하니 참한 여자를 데려와주니 기뻤다.

자신을 유심히 바라보는 시선에 서주는 가시방석에 앉아 있는 것 같았다. 그녀는 자꾸만 머릿속에 나쁜 생각들이 떠올랐다. 서주는 애써 몽글몽글 피어나는 생각들을 몰아냈다.

민애는 찻잔을 들어 한 모금 마시곤 내려놓았다.

"남서주 씨, 부모님은 뭐 하세요?"

"부모님은 안 계십니다. 고아원에서 자랐거든요."

서주의 말 한마디에 거실에는 팽팽한 긴장감이 감돌았다. 자신을 훑어보는 시선이 날카로워졌다. 발가벗겨지는 기분. 이런 기분은 어릴 때 고아원에서 수도 없이 느꼈었다. 입양을 위해 찾아오는 어른들은 아이들을 세워놓고 물건을 사 가듯 골랐었다. 그때의 비참했던 기분을 다시 느끼게 될 줄이야.

몇 초가 수백의 시간처럼 흐른 거 같다. 꾹 다물고 있던 민애의 입이 열렸다.

"……고아란 말이에요?"

"……네."

지금 하나뿐인 자신의 아들이, 부모가 누군지도 모르는 고아를 만나고 있단 말인가. 민애는 가슴속이 날카로운 무언가로 그어지는 것 같았다. 그녀의 시선이 자연스레 태강이 잡고 있는 서주의 손으로 향했다. 결벽증처럼, 누가 만지는 것도 싫어하는 태강이었다. 아무렇지 않게 서주의 손을 잡고 있는 걸 보니 머리가 지끈거려온다. 하지만 금세 안색을 바꾸고 온화한 미소를 머금은 민애가 물었다.

"우리 태강이는 어떻게 만났어요?"

"친구 소개로 만났어요."

"어머니, 뭐가 그렇게 궁금하신 거예요?"

"얘가 이래요. 그럼 네가 만나는 아가씨인데, 이 엄마가 궁금한 건 당연한 거지. 서주 씨, 제가 물어보는 게 불편하진 않죠?"

"그럼요. 말씀 편하게 하세요."

"차차 놓을게요."

그 후로도 시시콜콜한 일상의 대화가 오고 갔다. 서주는 민애의 물음에 성심성의껏 답했다. 그런 와중에도 태강을 바라보는 민애의 눈빛이 따뜻함을 느낄 수 있었다. 자신에게도 엄마라는 사람이 있으면 그의 엄마처럼 이렇게 자상할까. 한 번도 '엄마'라는 존재에 대해 깊게 생각해보지 않았다. 왜 그가 부러워지는 걸까. 난생처음 '엄마'가 갖고 싶어졌다.

태강은 뜻밖에 민애와 대화를 매끄럽게 이어가는 서주를 보며 흡족한 미소를 지었다. 어디에 데려다놔도 잘 적응할 것 같다. 오면서 내내 불안해하던 그녀는 막상 일을 마주하면 예상과 다른 모습을 보이곤 했다. 그런데도 이제 그만 일어나야겠다. 황금 같은 주말을 여기서 다 보낼 순 없었다.

"그만 가보겠습니다."

"벌써 가려고? 아버지 오시는 거 보고, 저녁도 먹고 가지."

"오늘도 어머니 성화에 못 이겨 온 겁니다. 약속 있어요."

민애는 아쉬움이 가득 담긴 얼굴을 했다.

"서주 씨, 그럼 다음에 또 놀러 와요."

"네. 초대해주셔서 감사드립니다."

민애에게 인사를 건네고 두 사람은 집을 나섰다.

그의 어머니를 만나고 한 달이 흘렀다. 다람쥐 쳇바퀴 굴러가듯 똑같은 하루하루. 달라진 게 있다면 그와 함께하고 싶어 오랫동안 한 주말 아르바이트를 그만뒀다. 하지만 이젠 주말에도 그를 보기가 힘들어졌다. 그는 얼마 전, 과장으로 승진하고 전략기획실로 부서를 옮겨갔다. 그래서 더 바빠졌지. 다시 주말 아르바이트를 시작할까 하다가 관뒀다.

대청소라도 해야겠다. 서주는 누워 있던 몸을 일으켜 집을 헤집었다. 침대 시트를 벗겨 욕조에 담그고 책장의 책을 전부 꺼내 다시 정리했다. 커튼도 떼어내 다른 것으로 갈았다. 빨래를 하고 대청소를 했는데도 시간은 오후 1시. 항상 주말은 그와 함께해 시간이 어떻게 갔는지도 몰랐는데, 혼자 있으니 시간이 안 간다. 자신을 귀찮게 하더라도 그가 옆에 있었으면…… 그에게 너무 길들었나 보다. 누군가에게 길들여진다는 게 싫었는데. 습관이 참 무섭다. 그가 없으니 쓸쓸함이 배가 된다.

톡 창을 열어 아침에 톡을 한 내용을 훑어보고 사진첩을 열어 그와 함께 찍은 사진들을 보았다. 사진 찍는 걸 지극히 싫어하는데도 태강의 성화에 못 이겨 찍은 사진들을 보니 입가에 미소가 감돈다. 사진을 보는 서주의 눈동자가 애틋해졌다.

"보고 싶다. 주태강 씨야."

일주일에 한 번은 만나야 할 거 아닌가. 이젠 심술이 슬그머니 고개를 든다. 최근엔 데이트다운 데이트도 한번 못했다. 남들이 다 하는 영화를 본다든지, 팔짱을 끼고 거리를 배회한다든지, 맛집을 찾아간다든지. 요즘은 제가 연애를 하는 건지도 모르겠다. 사랑하고, 사랑받고 있다는 걸 확인하고 싶은데. 서주는 톡의 프로필을 변경했다.

[그리움이 사무치는 날.]

문구를 적고 나니 태강이 더 그리워진다.

그리움……. 누군가를 그리워하다니.

어릴 때는 저를 낳아준 '엄마'라는 존재가 분명 어딘가에 있지 않을까 스스로를 위로하면서도 다른 아이들이 부모님 얘기를 할 때면 얼마나 부러웠나. 돈 많이 벌면 찾아온다고 했다며 해맑게 웃던 그 아이에게 저는 뭐라고 했던가.

'그 말을 믿어? 핑계일 뿐이야. 널 키우기 싫어서 고아원에 버린 거야.'

날카로운 가시 같은 아이가 저였다. 상대방이 상처받는 말을 아무렇지 않게 하는. 울어버린 그 아이 때문에 밤늦도록 손을 들고 벌섰다. 사실은 몹시 부러웠다. 누군가를 기다릴 수 있는 그 아이가. 저는 누가 낳았는지도, 왜 버려졌는지도 모르는데.

그 아이는 늘 고아원 입구를 서성이며 오늘이면 올까, 내일이면 올까 부모님을 그리워했다. 하지만 돈을 많이 벌어 오겠다는 아이의 부모님은 끝끝내 찾아오지 않았고, 아이는 메말라갔다. 그때 알게 됐다. 지독한 그리움이 얼마나 사람을 좀먹어가는지. 그래서 서주는 결심했다. 저는 누군가를 그리워하는 일 따위 하지 않을 것이라고.

그랬던 저가 그리워한다. 그의 목소리를, 그의 품을, 그의 숨결을, 주태강이라는 한 남자를…….

"미쳐가나 보네, 정말."

서주는 태강에게 보고 싶다고 톡을 보냈다. 그러곤 연희라도 만나려 전화를 걸었다.

-이야! 이게 누구야! 연애한다고 친구들은 버려둔 우리 남서주 양 아니야.

"빈정거리는 거야?"

-소인이 어찌 빈정거리겠습니까?

삐친 게 확실하다. 태강을 만나느라 연희나 형찬과 격조한 건 사실이니까.

"미안. 언니가 맛있는 거 사줄게."

-오늘은 태강 씨 안 만나나 봐? 나한테 할애할 시간이 다 있고.

"미안하다고!"

수화기를 통해 쿡쿡 웃는 연희의 웃음소리가 들려온다.

-그럼 오늘은 쭈야 벗겨먹어야겠네. 오피스텔 앞으로 갈게.

전화를 끊은 서주는 외출 준비를 서둘렀다. 외출 준비가 끝나갈 때쯤 연희에게 도착했다는 연락이 왔다. 서둘러 내려가 연희의 차에 올랐다.

"어디 보자. 귀한 쭈야 얼굴."

"구연희."

"사실이잖아. 형찬이도 아마 그럴걸. 번역본만 메일로 주고받고 만나지는 못했다고 하던데."

"형찬이 연애하니까. 괜히 너나 나 만나다가 상대 여자가 싫어할지도 모르잖아. 그러다가 헤어지기라도 해봐. 공형찬의 히스테리를 어떻게 감당해?"

"그렇지? 찬이, 그게 한 번 히스테리 부리면 은근히 노처녀 히스테리보다 심하지."

그 말에 동의하며 서주는 고개를 끄덕였다.

"근데, 너 머리 안 불편해?"

"불편해."

"근데 왜 그렇게 길렀어?"

"오빠가 머리 못 자르게 해서."

연희가 운전하면서 미친 듯이 웃어댔다. 학교 다닐 때도 긴 머리는 싫다던 서주가 남자 때문에 불편함을 감수하고 있다니 웃기지 않는가.

"그만 웃어!"

"그럼 안 웃기냐? 태강 씨 때문에 자르지도 않고 기르고 있다는데, 내가 안 웃을 수가 있어?"

"오늘 머리 정리 좀 할까?"

"아서라. 그러다가 태강 씨가 자른 거 알면 난리 칠걸. 남자들, 의외로 자기 여자 헤어스타일도 간섭해. 허락 안 받고 자르면 단단히 화낼걸?"

만나야 화내는 태강을 보기라도 하지. 코웃음을 친 서주는 창밖으로 고개를 돌렸다.

연희는 근처에 있는 카페로 차를 몰았다. 두 사람은 카페로 들어가 커피를 주문하고 마주 앉았다.

"자, 이제 얘기해봐."

"뭘?"

"남서주가 왜 이렇게 풀이 죽었는지."

오랜 친구는 이래서 좋은가 보다. 말하지 않아도 기분이 어떤지 알아채는 걸 보면.

"그냥."

"누굴 속이려고. 그런다고 내가 속을 것 같아? 태강 씨 때문이야? 톡에 프로필도 '그리움이 사무치는 날'이라고 해놓고. 무슨 일이야?"

"아니, 나는 회사 생활은 안 해봤잖아. 회사는 원래 주말도 없이 일해?"

"풉. 하하하. 미치겠다. 남서주, 지금 설마 태강 씨 못 만나서 그런 거야?"

연희가 배를 잡고 웃는 통에 민망해졌다. 카페가 떠날 정도로 웃어 사람들의 이목이 쏠린다. 창피해진 서주는 고개를 숙였다.

"그만 좀 웃지. 다 쳐다보잖아."

"킥킥. 내가 지금 안 웃고 배기겠냐? 천하의 남서주가 남자 때문에 질투라는 걸 다 하고 있는데? 그것도 다른 여자도 아니고 일에."

"그게 더 문제라니까. 하다 하다 이젠 일에도 질투해야 해? 내가 생각해도, 요즘은 내가 미친 것 같아."

"그렇다고 자책까지 할 필요 없어. 그나저나 태강 씨 그렇게 바빠?"

서주는 빨대를 빙빙 돌리다 커피를 쪽 빨아 마셨다.

"응. 난 요즘 내가 연애를 하고 있나 싶다."

사랑에 홀딱 빠진 서주를 보니 흐뭇해진다. 평생 연애 한 번 못 하고 늙어 죽을 줄 알았는데. 이상하게 어릴 때부터 서주는 누군가를 만나는 걸 주저했다. 어쩌면 어렴풋이 자신이 고아라서 경계를 하는 건지도 모른다고 생각했다. 그랬던 서주가 연애를 하고, 누군가를 사랑한다. 그것만으로 크나큰 발전이 아닐 수 없다.

"회사로 찾아가보지."

"바쁜데 방해할까 봐. 주말도 없이 일하는 사람이니, 연락도 너무 늦게 와. 언제부턴가 내가 온종일 오빠 연락 기다리며 휴대폰만

들여다보고 있더라. 내가 미친 게 틀림없어."

"단단히도 빠졌네."

그러게. 쓴웃음이 나온다. 정말 주태강이란 남자에게 단단히도 빠졌다. 그걸 알면서도 멈출 수 없다. 그를 사랑하는 제 마음의 종착역은 어디일까. 종착역이 있긴 할까? 그나마 연희를 만나 수다를 떨고 나니 시간이 제법 흘러 있었다.

"찬이 요즘 만나는 사람이랑은 잘돼가고 있대?"

"그러게. 이 새끼도 잘돼가는지 통 연락이 없어. 어떻게 친구 아니랄까 봐, 둘 다 연애하더니 연락 두절은 기본이야. 연락해볼까?"

"됐어. 주말인데 애인이랑 있으면 어떻게 해? 잠만, 전화 온다."

서주는 핸드백에서 진동이 느껴졌다. 얼른 휴대폰을 꺼내 전화를 받았다.

"여보세요?"

-남서주 씨 휴대폰 맞나요?

"제가 남서주입니다. 누구시죠?"

-태강이 엄마예요.

"아, 안녕하세요."

-서주 씨 시간이 될 때 만났으면 하는데, 언제 시간 괜찮아요?

"저는 언제라도 괜찮습니다, 어머님. 편하신 시간, 말씀해주시면 제가 찾아뵐게요."

-그럼 내일 집으로 찾아올 수 있어요?

"네, 내일 찾아뵐게요."

연희가 전화를 끊은 서주를 게슴츠레한 눈으로 보았다.

"누구야?"

"오빠 어머니."

"태강 씨 어머니가 널 왜 보자고 하셔?"

"글쎄."

연희는 걱정이 담뿍 담긴 얼굴로 서주를 보았다. 이상하게 예감이 좋지 않았다.

"흐음. 지난번에 태강 씨 집에 같이 갔었다고 했지?"

"응. 오빠 어머님 만나고 왔었어."

서주는 상처를 받으면 절대 겉으로 표현하지 않고 속으로 삭이는 스타일이라 더 걱정이었다.

"그만 일어나야겠다."

"그래."

카페를 나와 연희와 헤어진 서주는 집으로 향했다.

그 시각 태강은 몇 시간 째 회의 중이었다. 주머니에 넣어둔 휴대폰에서 진동이 느껴져 서류를 내려놓았다.

"5분만 쉬었다가 하죠."

회의하던 직원들이 사무실을 나가고서야 태강은 넥타이를 느슨하게 풀었다. 주머니에 든 휴대폰을 꺼내 확인하니 발신자는 서주였다.

[보고 싶다. 당신.]

"나도. 네가 보고 싶다."

출시를 앞둔 제품에 문제가 생겼다. 할 수 없이 회사는 비상에 걸렸고, 주말에도 나와서 일을 해야만 했다. 승진을 한 건 좋지만, 갑자기 전략기획실이라니. 아이러니한 상황이 아닐 수 없다. 거기에 이경은 왜 같은 부서로 온 건지. 이게 다 이경의 농간이겠지. 처음엔 받아들일 수 없어 인사부를 찾아갔었지만, 헛수고였다. 부모님의 그늘이 아닌, 제 능력으로 올라갈 수 있는 곳까지 올라가고 싶었는데.

배경화면으로 지정해둔 서주의 사진을 보는 태강의 눈동자가 아련해졌다. 벌써 며칠째 그녀를 만나지 못했다. 회사를 그만둘 수도 없고. 무엇 때문에 이렇게 일하고 있는가.

느슨하게 풀었던 넥타이를 고쳐 맸다. 나갔던 직원들이 하나둘 회의실로 들어왔다. 그 후 한 시간 정도 더 회의하고 사무실로 돌아온 태강은 모든 기운을 소진한 듯 태강은 의자에 주저앉았다.

힘들다, 정말. 미치도록.

일이 힘든 거라면 그나마 나았다. 서주를 못 보니 온종일 날이 선 상태다. 그녀와 통화를 하면 더 참기 힘들 것 같아 될 수 있으면 전화도 걸지 않았다. 간간이 나누는 톡만으로도 미치게 그리운데. 휴대폰을 열어 그녀의 프로필 문구를 본 태강의 표정이 일그러졌다.

[그리움이 사무치는 날.]

"넌……. 하아."

깊은 한숨을 토해냈다. 당장에라도 만나러 갈까? 하지만 책상 위에 놓여 있는 서류들이 발목을 잡는다. 커프스단추를 풀어 소매를 걷은 그는 자세를 잡고 서류를 검토했다.

저녁 10시가 돼서야 회사를 나온 태강은 곧장 서주의 오피스텔로 향했다. 겹겹이 쌓인 피곤함은 서주를 보고 나면 다 풀릴 것이다. 액셀을 밟고 있는 발에 힘이 들어갔다. 오피스텔 앞에 도착한 태강은 휴대폰을 꺼내 서주의 번호를 눌렀다.

-여보세요.

"오빠야. 뭐 해?"

-일.

퉁명스럽게 나온 말에 숨을 삼켰다. 화가 났겠지. 백 번의 말보다 직접 만나서 얼굴을 보여주는 게 나을 것 같아 보고 싶다는 톡에 답장도 안 해줬으니.

"집 앞인데 올라가도 돼?"

수화기를 통해 우당탕 넘어지는 소리가 들려온다. 덜렁대긴. 태강은 피식 웃었다.

-집 앞이야?

"그래. 넘어졌어?"

-아, 아니야. 올라와.

전화를 끊은 태강은 차에서 내렸다. 뛰는 걸음이, 그녀에게 가는 길이 이렇게 감정을 복받쳐 오르게 만들 줄이야. 단숨에 도착한 그는 초인종을 눌렀다. 문이 열리고 그녀가 눈앞에 있다. 태강은 손을 뻗어 서주를 끌어안았다.

"윽, 숨 막혀."

"참아."

서주는 바스러뜨릴 듯 세게 안아오는 그를 마주 안았다. 얼마나 그리웠던 그의 품인가. 눈물이 날 것 같다.

나는 당신이 그리웠나 보다.

"들어가자. 이러고 있다가 사람들이 보면 어떡해."

태강은 서주를 안아 들고 집 안으로 들어갔다. 소파에 앉아 무릎 위에 그녀를 앉히고 목덜미에 얼굴을 묻었다. 그리웠던 그녀의 향기. 이제야 살 것 같다.

"간지러워. 회사에서 지금 나온 거야?"

"응. 오빠 안 보고 싶었어?"

"치, 보고 싶다고 톡 보냈었잖아. 답장도 안 해놓고."

태강은 목덜미에 묻은 고개를 들어 서주와 시선을 마주했다.

"미안."

"미안하다는 말 들으려고 한 말은 아닌데. 오빠 바쁜 거 아는데, 뭐."

화를 낼 법도 한데 이해해준다. 그래서 더 미안해지는 마음을 알까. 태강은 그녀의 입술에 가볍게 입을 맞췄다.

"이번에 출시하는 제품에 문제가 생겼어."

"전화로 얘기했었잖아. 뭘 또 얘기해. 괜찮다니까."

그녀가 배시시 웃으며 품으로 파고들었다.

"오빠, 안 피곤해?"

"조금."

"그럼 집에 가서 쉬어."

어떻게 집에 가란 말이 이렇게 쉽게 나오니. 그립다던 말이 거짓말 같잖아.

"여기서 자고 가야겠다. 우리 서주 꼭 끌어안고."

태강은 웃음을 터트리는 서주를 안아 나란히 침대에 누웠다. 그녀를 품에 안고 잠들 수 있게 등을 어루만졌다. 금세 고른 숨을 내쉬는 서주를 내려다보며 그의 입가에 옅은 미소가 감돌았다.

새벽녘 눈을 뜬 서주는 그의 넓은 가슴을 보며 배시시 미소를 지었다. 그에게 가라고 말을 했지만 사실은 그리웠던 그의 품에 안겨 잠들고 싶었다. 나른하게 미소 지은 그녀는 태강의 심장에 손을 올려보았다. 규칙적으로 뛰는 심장 소리가 손끝으로 전해졌다. 한참 동안 심장 소리를 듣던 서주는 아침을 하기 위해 몸을 일으켰다. 그 순간, 태강이 그녀를 품 안으로 끌어당겼다.

"조금 더 자자."

나른한 숨결이 정수리에 쏟아졌다. 서주의 입매가 부드럽게 휘어졌다.

"안 돼. 지금 밥해야 오빠 밥 먹여서 출근시키지."

"밥보다 널 안고 더 자고 싶은데."

서주는 고개를 들어 그의 입술에 가볍게 입을 맞췄다.

"일어나요, 주태강 씨. 밥 차릴 테니까 씻고 와."

"밥보다 널 안고 더 자고 싶다니까."

"그래도 안 돼. 난 오빠 밥 먹이고 싶단 말이야."

그의 엉덩이를 톡톡 두드리고는 몸을 일으켰다. 주방으로 향하는 동안 그의 따가운 시선이 느껴졌지만 무시했다. 쌀을 씻어 밥을 얹혀놓았다.

"오빠 빨리 씻어. 어제 오빠 와서 일 못한 거해야 한다고."

"단호박!"

부스럭거리며 일어나 욕실로 들어가는 소리가 들린다. 입가에 잔잔한 미소가 생겨났다. 오랜만에 온 그에게 따뜻한 밥 한 끼 해주고 싶은 마음을 왜 몰라줄까. 시원한 콩나물국을 끓이고 밑반찬을 접시에 덜어 식탁에 올렸다.

"음. 맛있는 냄새난다."

"어서 앉아."

서주는 밥을 퍼 식탁에 마주 앉았다. 이런 평범한 시간이 그리웠는지, 괜스레 눈시울이 뜨거워진다.

"우리 같이 살래?"

"밥이나 드시죠. 주태강 씨."

"너 요즘 꼬박꼬박 주태강 씨라고 하고, 마음에 안 든다."

"밥이나 먹으라고."

구시렁거리던 태강은 다시 밥을 먹었다. 바쁘니까 같이 있을 시간이 줄어들어 같이 살자고 한 건데, 또 장난으로만 듣는다.

식사가 끝나고 서주는 출근하는 그를 배웅했다.

"전화할게. 뽀뽀."

고개를 살짝 숙이는 그의 입술에 입을 맞췄다. 배시시 웃는 그를 향해 손을 흔들었다. 철컥. 그가 나가고 다시 혼자가 되었다. 어젯밤 갑작스럽게 온 그가 고작 몇 시간 머물러 있었을 뿐인데 적막감이 몰려온다. 고개를 저은 서주는 씻으러 욕실로 들어가 외출 준비를 마치고 집을 나섰다.

지난번 왔던 태강의 집 앞에 선 서주는 깊게 숨을 들이켰다. 초인종을 누르고 열린 문으로 발을 들여놓았다. 여기 오기까지, 그에게 말을 할까 하다가 관뒀다. 안 그래도 바쁘고 피곤한 그인데, 신경 쓰게 만들고 싶지 않았다.

"어서 와요. 오는 데 힘들진 않았나요?"

"네."

도우미가 차를 내오고 나서도 민애는 서주를 바라보고만 있었다. 무슨 말이라도 해줬으면 하는데 선뜻 무슨 말을 해야 할지 몰라 서주는 손을 그러쥐었다.

"태강이와는 여전히 잘 만나고 있나요?"

"네."

지난번 받았던 호의적인 태도는 단순히 제 착각이었나 보다. 날카롭게 느껴지는 시선에 마음이 서걱거린다.

"이런 말 하기 미안한데, 자식 가진 부모 마음이니 이해해줬으면 좋겠어요."

모골이 송연해진다. 민애를 바라보는 서주의 눈동자가 일렁였다. 들고 있던 잔을 내려놓고 두 손을 마주 잡았다.

"네, 말씀하세요."

"우리 태강이와 결혼까지 생각하는 건 아니길 바라요. 서주 씨도 알다시피 태강이는 우리에게 하나뿐인 아들이에요. 그 아들이 잘되길 바라는 게 부모 마음이에요. 서주 씨도 부모가 돼보면 알 거예요. 태강이와 가벼운 연애만 해줬으면 좋겠어요."

가벼운 연애……. 태강과 결혼까지는 생각해보지 않았다. 아니, 무심코 생각했던 적은 분명 있었을지 모른다. 그런데도 자신의 처지를 너무 잘 알고 있기에 욕심내지 않았다. 태강이 잘되길 바란다고 말하면서 연애만 하라는 민애의 말을 이해 못하는 건 아니지만, 억울했다. 부모를 선택하고 태어날 수도 없는데. 눈시울이 뜨거워져 입술을 세게 깨물었다.

"태강 씨와 결혼은 한 번도 생각하지 않았어요."

"다행이네요. 이런 말 해서 미안해요."

"아니에요. 어머님 마음 충분히 이해해요."

거짓말. 어떻게 이해해. 자식도 없는 저가, 부모도 없는 저가. 거짓말이 술술 잘도 나온다. 결국은 그와 저의 끝은 이별인가. 문득 그런 생각이 들어 서주는 애써 떠오른 부정적인 생각을 몰아냈다. 그래도 그와 연애는 해도 된다고 했다. 그와 평생 연애를 할 수도 있는 일이다. 다른 생각은 하지 말자. 스스로 자위하면서도 마음이 허허로워지는 건 어쩔 수 없는 일이었다.

"오늘 우리 만남, 태강이는 몰랐으면 해요."

"……알겠습니다."

민애는 착잡한 심경으로 바들바들 떠는 서주를 보았다. 금방이라도 울 것 같은 얼굴, 세게 그러쥔 손이 하얗게 변한 게 보인다.

"오늘 와줘서 고마워요."

민애의 말에 서주는 공손히 인사를 하고 밖으로 나왔다. 강렬하게 내리쬐는 햇살이 뜨거웠다. 눈물이 날 것처럼 슬픈데, 피부에 닿는 햇볕이 따끔거렸다. 금세 이렇게 다른 생각을 할 수 있다는 것이 신기해 그녀의 입가에 씁쓸한 미소가 지어졌다.

여름이 끝나가고 있었다. 그의 어머니를 만난 후에도, 변한 거 없는 일상이었다. 아침에 일어나 여느 때와 같이 커피를 내리고 휴대폰을 들어 태강에게 톡을 보냈다. 커피머신에서 울리는 소리에 소파에서 주방으로 걸음을 옮기던 서주는 순간 중심을 잃고 휘청였다. 요즘따라 머리가 지끈거리며 두통이 잦았다. 늦은 시간까지 번역을 해서인지 피로감도 쉽게 가시지가 않았다. 찬장에 올려둔 소염 진통제를 꺼내 한 알 먹은 서주는 식탁 위에 있는 달력을 보았다. 생리할 때가 되어선지 아랫배도 조금 불룩하게 불러오는 것 같다. 두통이 가시자, 서주는 내린 커피를 머그컵에 부어 소파에 앉았다.

그는 여전히 바빴고, 간간이 늦은 시간 통화를 했다. 그가 오기를 기다리고, 가끔은 데이트도 즐겼다. 모든 건 그대로인 일상인데 마음은 서걱거린다. 며칠 전, 무심코 본 달력에 태강을 만난 지 1년째 되는 날이 얼마 남지 않았다는 사실을 깨달았다. 그와 저는 이대로 얼마나 더 만날 수 있을까? 1년, 2년, 3년……? 고개를 내저었다.

짧으면 어때. 마음을 다해 사랑하면 됐지. 그래, 그거면 돼. 그거면…….

처음부터 알고 있었다. 태강과 결혼은 당연히 안 될 것이란 걸. 그저 가볍게 만나다 언젠가 끝날 사이. 근데 왜 자꾸 욕심이 생길까. 바보 같은 마음임을 알면서도 욕심이 난다. 서주는 이내 머릿속에 떠오른 생각들을 몰아냈다. 슬픈 생각을 할수록 우울해지니까, 늘 해오던 대로 하면 된다. 언제 그렇게 복잡하게 생각하며 살아왔다고. 지금은 주어진 하루하루를 뜻깊게 보내면 된다. 그가 손가락에 끼워준 반지를 물끄러미 바라보며 서주는 싱숭생숭해진 마음을 갈무리했다. 손끝으로 반지를 매만지다 불쑥 그와 커플링을 새로 하고 싶어졌다. 서주는 휴대폰을 들어 태강에게 톡을 보냈다.

[오빠 오늘은 만날 수 있는 거지? 할 말 있는데.]

톡을 보낸 지 얼마 지나지 않아 전화가 걸려왔다.

-우리 서주가 할 말이 뭘까?

"만나보면 알겠지요? 오라버니."

-에잇, 궁금해서 일도 못한다고. 말해줘.

"싫어. 만나서 할 거야."

-그럼 7시까지 갈게. 저녁 먹자.

"먹고 싶은 건?"

-오늘은 외식하자. 맛있는 거 사줄게.

"우리 주태강 씨가 뭘 사주시려나."

수화기를 통해 웃음소리가 들려온다. 자연스레 그의 웃는 얼굴이 떠올라 미소가 지어졌다.

-혼나야겠다. 또 주태강 씨라고 하고. 뭐 먹고 싶은지 생각해둬. 이따가 보자.

전화를 끊은 서주는 옷장 앞에 서서 뭘 입을지 고심했다. 가슴이 뛴다. 그를 만난다는 것만으로도.

서주와 통화를 끝낸 태강은 피식 웃음 지었다. 언제 들어도 감미로운 그녀의 목소리는 자신의 마음을 따스하게 물들여준다. 그것도 잠시, 태강은 노크 소리에 풀어졌던 표정을 갈무리했다. 문이 열리고 이경이 안으로 들어왔다.

"무슨 일입니까? 백 팀장."

"그런 눈으로 볼 필요 없잖아. 결재받으러 들어왔다고."

또각또각 하이힐 소리가 바닥을 울린다. 서주와 통화를 하고 좋아졌던 기분이 다시금 가라앉았다. 태강은 이경이 건네준 서류를 검토했다. 불쑥 고개를 숙인 이경이 톡톡, 서류를 두드렸다.

"오빠, 오늘 같이 밥 먹자."

고개를 든 태강의 서늘한 시선이 이경에게 닿았다.

"약속 있습니다. 그리고 백이경 팀장, 돌머리입니까? 오빠라는 호칭, 반말, 모두 하지 말라고 말했는데 여전히 하시네요."

울긋불긋 변하는 이경의 얼굴이 눈에 들어왔다. 그런데도 독설은 끊이지 않았다.

"그리고 그 옷, 회사가 무슨 술집입니까? 훤히 다 드러나는 옷을 입고, 역겨운 화장품 냄새나 풍기시려면 앞으로 제 방에 결재받으러 들어올 때는 최 대리나 이 대리를 시키십시오."

"오빠! 어, 어떻게 내게 그런 말을……."

"비련의 여주인공 흉내는 딴 데 가서 하시고, 이 서류는 다시 작성해서 최 대리나 이 대리 보내세요."

태강은 무심한 눈으로 이경에게 서류를 던졌다. 서류를 손에 든 이경이 바들바들 떨었다. 금방이라도 울 것 같은 얼굴을 하고서.

"나가보세요."

이경이 사무실을 나가는 소리가 나서야 태강은 고개를 들었다. 백이경에게 악감정은 없었다. 자신의 승진에 관여하지만 않았다면. 학창시절에도 부모님은 그가 아버지를 따라 법대에 가길 원했다. 하지만 태강은 부모님의 그늘이 아닌 스스로의 힘으로 무언가를 해내고 싶었다. 그래서 경영학을 공부했고, 당당히 우수한 성적으로 입사했다. 스스로 올라갈 힘은 충분히 있었다. 그랬는데…….
이경이 망쳐놓았다.

회사에 돌고 있는 소문을 모르는 것도 아니다. 백이경의 약혼자 주태강. 누가 누구의 약혼자란 말인가. 그래서 더 차갑게 대했다. 태강은 가볍게 고개를 젓고 다시 서류를 보았다. 퇴근 시간이 다 돼갈 때쯤, 책상 위에 올려둔 휴대폰이 울렸다. 민애였다.

"여보세요."

-태강이니? 오늘 저녁에 아버지가 식사하자고 하신다. 시간 되지?

"약속 있습니다."

-약속? 아버지가 중히 하실 말씀도 있으시대. 그 약속은 다음으로 미루면 안 되겠니?

어쩐다. 서주와 약속이 있는데.

"아버지가요?"

-그래.

"알겠습니다. 어디로 가면 되죠?"

-지난번에 갔던 고담이라는 한정식집 알지? 거기에서 7시에 보자꾸나.

"네,

전화를 끊은 태강은 난감한 표정을 지었다. 서주도 할 말이 있다고 했는데. 시간을 확인하고 태강은 서주에게 전화를 건다.

-응, 오빠.

"어쩌지. 오늘 저녁은 다음으로 미뤄야 할 것 같아."

-일이 많은 거야?

"아니, 아버지가 할 말이 있으시다고 해서. 미안해서 어쩌지?"

-아니야. 괜찮아.

"미안해. 내일 주말이니까 이따 부모님 뵙고 갈게."

-응.

풀이 죽은 목소리다. 깊은 한숨을 내쉰 태강은 끊긴 휴대폰을 들여다보았다. 왜 매번 서주에게 미안한 일만 생기는지 모르겠다. 이따가 가서 풀어줘야겠다. 태강은 시간을 보고 어질러진 책상을 정리했다.

고담 한정식에 도착한 태강은 직원의 안내를 받아 룸으로 들어갔다. 룸 안으로 들어서자마자 그의 미간이 찌푸려졌다.

"왔니?"

"네."

"이경이 여기 왜 있습니까?"

이경의 시선이 민애를 향한다. 자연스레 태강의 시선도 맞은편에 앉은 민애를 향했다.

"같이 식사하려고 불렀다."

"앉아라. 그렇게 서 있지 말고."

진혁의 말에 태강은 어쩔 수 없이 이경의 옆에 앉았다. 마음에 들지 않는다. 지난번 민애에게 서주를 소개해줬는데도 이런 자리를 만들다니.

"이경이는 어째 점점 예뻐지는 것 같아요. 안 그래요? 여보."

"그렇군. 이젠 제법 숙녀 티가 나고."

"감사해요. 아저씨, 아줌마."

진혁이 나란히 앉아 있는 태강과 이경을 보며 흡족한 미소를 지었다.

"두 사람, 잘 어울리는 것 같죠?"

"그러게. 이경이는 우리 태강이 어떠냐?"

이경이 태강을 한 번 보고는 새침하게 대답했다.

"저는 어릴 때부터 오빠 좋아했어요."

"태강이는?"

"무슨 말씀이 하고 싶으신 거예요? 아버지."

"둘이 만나보거라. 너도 늦은 나이가 아니잖아. 결혼해야지."

"지난번에도 말씀드렸습니다. 결혼은 아직 생각 없다고. 그리고 이경이는 단 한 번도 동생 이상으로 생각해본 적 없습니다."

태강은 민애를 쳐다보면서 말을 이었다.

"결혼한다면 지난번에 어머니께 인사시켜드렸던 서주와 할 것입니다. 다시는 이런 자리 만들지 않으셨으면 좋겠습니다."

놀란 듯 진혁의 눈동자가 커지더니 민애를 향하는 게 보였다. 그렇다면 이 자리는 진혁이 아닌 민애가 만든 자리다. 거기에 이경이 한몫 거들었겠지.

"네 엄마에게 인사시킨 아가씨가 있었느냐?"

"네."

단조로운 대답에 민애의 표정이 하얗게 질려갔다. 진혁의 서늘한 시선이 민애를 향하는 걸 본 태강은 몸을 일으켰다.

"그럼 먼저 일어나보겠습니다."

꾸벅 인사를 한 태강은 룸을 빠져나왔다. 밖으로 나오자 서늘한 밤바람이 피부를 스쳤다.

서주가 보고 싶다. 미치도록.

"오빠!"

주차장으로 걸어가던 걸음을 멈추고 뒤를 돌아보자 다급히 뛰어오는 이경이 보였다.

"이렇게 가면 어떻게 해? 밥은 먹고 가도 되잖아."

"네가 이 자리 만든 거니?"

"그, 그건……."

"백이경. 잘 들어. 두 번 말하는 거 싫으니까. 너 나한테 여자 아니야. 나한테 여자는 지난번 네가 파티에서 본 서주뿐이야. 그러니까 꿈도 꾸지 마. 너랑 결혼할 일은 없을 테니까."

눈물을 글썽이는 이경을 서늘한 눈으로 보던 태강은 등을 돌렸다.

"그 여자! 고아라면서!"

역시나 예상에서 한 치도 빗나가지 않는다. 어머니는 어디까지 얘기를 한 걸까. 그것도 본인 얘기도 아니면서. 태강은 살짝 고개만 돌려 이경을 보았다.

"고아든 뭐든, 그게 너랑 무슨 상관이야."

"아줌마, 아저씨가 고아를 며느리로 받아들이실 거 같아?"

"너랑 상관없는 일이야. 주제넘게 나서지 마."

차갑게 일갈한 태강은 걸음을 옮겨 차에 올랐다. 짜증이 났다. 서주가 고아인 게 무슨 죄라도 된단 말인가. 혹시라도 민애가 서주에게 무슨 말을 했을까 봐 조바심이 일었다. 숨을 고른 태강은 차에 시동을 걸었다.

너에게 간다, 지금.

서주는 태강과의 전화를 끊고 소파에 힘없이 주저앉아 있었다. 취소된 약속 때문에 들떴던 기분이 가라앉았다. 늘 이런 식이었다. 그에겐 저가 제일 먼저일 수 없는 걸까. 왜!

서주의 시선이 자연스럽게 침대 위에 놓여 있는 원피스로 향했다. 자조적인 웃음이 나왔다. 태강이 오랜만에 밖에서 맛있는 걸 사주겠다고 했다. 그와 약속을 잡은 이후부터 오랜만에 보는 태강에게 예쁘게 보이고 싶어 옷장을 열어 옷이란 옷은 다 꺼내놓고 한 시간을 고심해도 고르지 못하다가 결국 그중에 하나를 겨우 골라 침대 위에 내려놓았다. 원피스를 보며 그와 오랜만에 데이트를 할 수 있다는 생각에 설레었는데……. 약속이 취소됐다.

이깟 게 다 뭐라고.

괜한 원피스에 화풀이하듯 옷장에 쑤셔 넣었다. 한 번씩 감정
기복이 심해졌다. 이유는 단순했다. 자신에게 그는 1순위인데, 그
에게 자신은 1순위가 아닌 거 같아서. 바쁜 그를 기다려야 하는 것
도 저고, 이해해야 하는 것도 저다. 도대체 왜 그래야 하는 건데!
사랑은 혼자서 하는 건가? 보고 싶고 그리워하는 것도 혼자 해야
해? 왜 참아야 하는데?

그의 어머니가 떠올랐다. 고상한 척, 우아한 척하며 상처가 되는
말을 쏟아냈다. 태강과 가벼운 연애만 하라던 그 말이 목에 가시처
럼 걸렸다. 그 끝에 바보같이 생각해본 적 없다고 말하는 비겁한
자신이 있었다. 비겁하다, 정말.

그럼 결혼은 그와 하지 않겠습니다. 어머님이 원하시는 대로 가
벼운 연애만 평생 하겠습니다.

그 말이라도 해볼걸. 왜 당연하다는 듯 받아들였을까. 자신이 이
렇게 나약했던가. 아무것도 해보지 못하고 아프기 싫은 자신의 이
기적인 마음이 먼저였다.

그를 사랑한다면서! 왜! 왜!

단 한 번도 겉으로 표현하지 못한 감정들이 삐죽삐죽 솟아났다.
거칠어진 호흡을 가다듬고 밥을 먹기 위해 주방으로 갔다. 외식하
자는 그의 말에 밥도 하지 않았기에 찬장에서 햇반 하나를 꺼내
전자레인지에 데우고, 냉장고에서 김치를 꺼냈다. 데워진 햇반에
물을 붓고 김치와 밥을 먹는다. 태강이 있을 때와는 대조적인 차림
이었다. 입으로 꾸역꾸역 밥을 밀어 넣었다.

그때 초인종 소리가 울려 수저를 내려놓고 현관으로 갔다. 인터

폰 안에 비친 태강을 보자 방금까지 치솟았던 못난 감정들은 사라지고 금세 서주의 얼굴이 환해졌다.

주태강 중증, 남서주.

입꼬리를 올려 웃은 서주는 재빨리 문을 열었다.

"늦게 올 줄 알았는데."

태강은 안으로 들어오며 서주의 허리를 감쌌다.

"뭐 하고 있었어?"

"밥 먹고 있었지. 오빠 밥 먹었지?"

"아니, 안 먹었는데. 같이 먹을까?"

"왜 밥도 안 먹었어? 아버지 만난다고 하더니."

"그냥."

난감해졌다. 밥도 반찬도 만들지 않았는데.

"오빠, 잠시만 기다려. 밥해줄게."

"밥 먹고 있었다며? 그냥 네가 먹는 거에 숟가락이랑 밥만 주면되지."

"그게……."

성큼성큼 서주를 감싸고 있던 팔을 푼 태강은 주방으로 걸어갔다. 식탁 위 단출한 차림을 보고 그는 인상을 썼다. 옆에서 그의 눈치를 보며 서주가 무슨 말을 하려 했지만, 태강은 그녀를 지나쳐 옷장으로 걸어갔다. 옷장을 열어 카디건을 꺼내 서주의 어깨에 걸쳐준 그가 말했다.

"나가자, 밥 먹으러."

서주의 손을 움켜잡고 그는 거침없이 집을 나섰다. 서주는 놀란 얼굴로 그를 보았다.

"오빠, 왜 그래? 금방 밥하면 되는데."

"몰라서 물어?"

되물어오는 그를 보니 숨이 막혔다. 그가 오는 걸 기다리기만 하는 자신이 초라했다. 아무것도 하지 못하고 주태강이란 한 남자만을 기다리는 자신이. 그런데……. 서운해야 할 사람이 누구인데 왜 그가 이토록 화난 얼굴을 하는 걸까?

"모르니까 묻잖아. 오빠야말로 오랜만에 약속해놓고 다른 일로 취소했으면서, 갑자기 왜 이러는 건지 모르겠어."

오랜만에 그녀를 볼 생각에 조금이라도 빨리 오고 싶었다. 아버지가 하실 말씀이 있다는 말만 안 했었어도. 한정식집에서 그런 상황을 연출될 거라고는 상상도 못 했다. 그랬는데, 자리를 벗어나 서주를 위로해주려 온 이곳에서 초라하게 식사를 하는 그녀를 보니 가슴이 미어졌다.

"나는……. 아니다."

태강의 서늘한 시선이 서주에게 닿았다. '너를, 어쩌면 좋을까……. 내가 오지 않으면 항상 혼자서 이렇게 식사했어?' 묻고 싶은 말이 입 안을 맴돈다. 번역 일로 낮과 밤이 바뀌기 일쑤면서 식사라도 제대로 챙겨 먹어야지, 왜 그녀는 스스로를 챙기지 않는 걸까. 안타까운 마음과 동시에 그런 그녀에게 충분히 신경 써주지 못한 미안함과 약속까지 지키지 못한 미안함이 울렁울렁 목구멍을 메웠다. 태강은 격해지는 감정을 감추기 위해 눈을 느리게 감았다, 떴다.

"밥하면 시간 오래 걸리잖아."

"뭐가 오래 걸려. 금방 하는데."

"남서주! 넌 정말!"

서주에게 화를 낼 일이 아니었다. 바쁘다는 핑계로 이제껏 무심했던 자신에게 화를 내도 부족했다.

"소리는 왜 질러?"

"너, 지금까지 나 안 오면 이렇게 밥 먹은 거야?"

"그게 지금 이렇게 화를 낼 일이야?"

"남서주!"

불같이 화를 내는 그를 이해할 수 없다. 왜 이렇게 화를 내는 걸까. 서주는 도무지 답을 찾을 수가 없었다. 태강과 대화를 더 나누다 보면 분명 이제껏 서운했던 감정들이 복받쳐 오를 것 같다. 그에게 절대 보이고 싶지 않은 모습이었다. 서주는 손을 그러쥐었다.

"밥은 다음에 먹자. 오빠 잘 가."

서주가 등을 돌려 집으로 걸어갔다. 그 뒷모습을 보며 마른세수를 한 태강은 뛰어가 그녀의 팔을 억세게 잡았다.

"밥 먹자고 했잖아."

"오빠가 지금 이렇게 화를 내는데 밥을 어떻게 먹어?"

민애와 이경이 한 일이 떠올라 격해진 감정이 가라앉지 않았다. 서주를 보면 물어봐야지 했던 말 대신 화를 내는 자신에게 분노가 치솟는다. 그는 눈을 감았다, 떴다.

"그때 나랑 같이 어머니 만난 후에, 나 없을 때 어머니 만난 적 없어?"

미세하게 균열을 일으키는 서주의 얼굴이 눈에 들어왔다.

"오빠 어머니를 내가 오빠 없이 만날 일이 있어?"

거짓말. 네 눈이 지금 거짓이라고 말하고 있잖아. 사실이라면 왜 그렇게 흔들리는 눈동자를 하는 건데?

"진짜야?"

그는 무슨 말을 듣고 온 걸까. 저랑 만나지 말라는 말을 듣고 와
서 이렇게 화를 내는 걸까. 더 길게 얘기하면 혹시라도 그의 어머
니와 한 약속을 지키지 못할 것 같다.

"진짜야. 배고프다. 밥 먹으러 가."

애써 자신을 달래는 그녀를 보니 가슴이 서걱거렸다. 미안함이
생겨났다. 그녀에게 더 잘해야겠다는 생각이 들었다. 태강은 서주
를 감싸 안고 오피스텔을 벗어나 제일 유명한 음식점으로 향했다.

"어디까지 가는 거야?"

"곧 도착해. 오늘 맛있는 거 사준다고 했잖아."

고풍스러운 분위기를 자아내는 음식점 앞에 차를 멈췄다. 차에
서 내린 태강은 서주의 손을 잡았다. 안으로 들어가 적당한 자리에
앉은 그는 1등급 한우를 주문했다.

"오빠, 여기 비싼 거 아니야?"

"이 오빠 못 믿어? 이 정도 사줄 능력은 충분히 되거든."

잊고 있었다. 올 초, 그 비싼 스위트룸을 아무렇지 계산하던 그
를. 그날을 생각하니 얼굴이 화끈거린다. 사랑을 속삭이며 서로를
탐하던…….

"얼굴은 또 왜 빨개져?"

"뭐가 빨갛다고."

"야한 상상 했지?"

"뭐가 야한 상상 했다고 그래."

태강은 붉어진 서주의 볼을 꼬집었다.

"엉큼쟁이 남서주. 맨날 야한 상상이나 하고. 오늘 실컷 먹여놓고 주말 내내 그 상상에 보답해야지."

"무슨 상상을 했다고 그래."

태강은 피식 웃었다. 직원이 가져다준 한우를 불판에 올려 굽기 시작했다. 구워진 고기를 서주의 입에 넣어줬다. 입 안 가득 고기를 오물오물하는 모습이 예쁘다.

"으바도 머거."

"입에 든 거는 다 먹고 말해."

천천히 입에 든 음식물을 꼭꼭 씹어 삼킨 서주는 태강을 보았다.

"나만 주지 말고 오빠도 먹으라고. 줘봐. 내가 구울게."

"남서주, 또 그런다. 이런 거 남자가 하는 거야. 넌 그냥 맛있게 먹어주기만 하면 돼."

항상 자신을 먼저 챙기는 그를 보며 서주의 입가에 부드러운 미소가 걸렸다.

자꾸 잘해주지 마. 욕심나잖아, 당신.

6장. 아직도 사랑하는데

며칠 후 주말, 태강은 서주를 만나는 대신 집을 나와 본가에 들렀다. 민애가 서주를 만나 더는 아픈 말을 하지 않았으면 했다.

"서주와 결혼하겠습니다."

"안 돼."

한 발자국도 양보 못하겠다는 듯 서로를 바라보았다. 가만히 태강과 민애를 바라보던 진혁이 말했다.

"그 아이, 한번 데리고 오너라."

"여보!"

"당신도 그 정도만 해. 태강이가 결혼하고 싶다잖아."

"어떻게 부모가 누군지도 모르는 아이를 태강이 짝으로 받아들여요?"

"어머니!"

진혁은 지끈거리는 머리를 짚었다. 태강을 이경과 짝지어주고 싶었던 마음이 없었던 것도 아니다. 한정식집에서 태강이 다른 여자 이름을 말하기 전까진 그랬다. 태강의 마음을 알고 진혁은 욕심을 접었지만, 자신과 다르게 민애가 한 일들을 집에 와서 들었을 땐 정말 몇 십 년을 살 맞대고 살아온 사람이 맞나 싶었다.

　현직에 있을 때 누누이 보았다. 사람의 욕심은 끝도 없다는 걸. 거기에 부모가 자식에게 갖는 욕심은 부모라는 이름 아래 절대적으로 끝이 없다는 것도. 그 욕심의 끝이 부모와 자식 사이의 연을 끊더라도 끝날 줄 모르는 경우까지. 부모 자식 간의 사이가 결국은 남보다 못한 사이로 지내는 걸 몇 번이나 보았는데, 한평생을 믿고 살아야 할 민애가 아들에게 욕심을 부리고 있었다.

　민애의 마음을 모르는 것도 아니다. 하지만 사람 마음이란 건 강요한다고 되는 게 아니다.

　"당신에게 누누이 말했어. 부모가 없는 건 그 아이 탓이 아니야. 사람 됨됨이만 보자고. 근데 애당초 당신은 고아라는 소리에 색안경을 끼고 봤잖아. 태강이가 데리고 오면 이번엔 색안경 끼지 말고 봐. 그러고 나서 결정지어도 늦지 않아."

　"여보…… 당신까지."

　"그만! 태강이 너도 가보거라. 그 아이 시간 될 때 같이 오고."

　"네, 아버지."

　태강이 나간 후, 민애는 좌절하듯 소파에 주저앉았다. 자신의 욕심이라는 건 알고 있었다. 하지만 어렵게, 어렵게 가진 태강이었다. 결혼하고 나서 임신이 되지 않아 시댁의 괄시 속에서도 꿋꿋이 버텼다. 지인들이 한 번씩 왜 아이를 갖지 않느냐는 소리를 할 때에도 애써 웃어 넘겼다. 그 수많은 시간을 마음 졸이고, 졸이면서 가졌던 아이가 태강이다. 그런 태강이 번듯한 집안의 여자와 결혼하길 바라는 게 잘못은 아닐 것이다.

"나는 절대 허락 못해요."

진혁은 민애를 바라보며 깊은 한숨을 내쉬었다.

"당신은 태강이를 그렇게 몰라?"

"태강이를 알아서 이러는 거예요. 태강이가 나한테 어떤 자식인데."

"그 자식이 당신 때문에 아파하는 건 안 보여?"

"태강이에게 든든한 배경이 되어줄 여자와 결혼시키고 싶다고요. 이왕이면 태강이를 단단히 받쳐줄 그런 집안 여자와 결혼시키고 싶어요."

"태강이가 능력이 없는 것도 아니잖아. 그리고 우리가 가진 것만으로도 태강이는 충분해. 뭘 그렇게 욕심을 부려. 욕심이 화를 부른다는 옛말도 몰라?"

"그래도……."

"이 얘기는 그만하지. 피곤하군."

진혁이 소파에서 일어나 서재로 들어갔다. 민애는 자신의 마음을 몰라주는 두 사람 때문에 울컥해 눈물이 흘러내렸다.

밖으로 나온 태강은 차에 올랐다. 민애가 서주를 따로 만났다는 확신이 없었다면 느긋하게 할 생각이었다. 하지만 자신에게도 그렇게 강경한 어머니가, 서주에겐 얼마나 아픈 말들을 했을까……? 서주가 태어나자마자 고아가 되고 싶었을까. 그녀 탓도 아닌데, 그 이유로 헤어지길 강요하는 민애를 이해하고 싶지 않았다.

머릿속이 아찔해진 태강은 답답함에 넥타이를 느슨하게 풀었다. 까맣게 어둠이 내린 도로가 밀려오고 있었다. 이 어둠을 뚫고 가면 꼭 서주가 있을 것 같다.

사랑하는 남서주가.

사람들이 드문드문 앉아 있는 카페에 클래식한 음악이 흐르고 있었다. 우아하게 앉아서 서주를 바라보는 시선이 날카로웠다.

번역본을 막 메일로 보냈을 때, 민애에게 전화가 왔다. 약속 장소로 오는 내내 오늘은 또 얼마나 아픈 말을 쏟아내시려는지, 넌덜머리가 났다. 욕심내지 않겠다고 분명히 말했는데. 오늘은 지난번 파티에서 본 여자까지 함께였다. 백이경이라고 자신을 소개했던 여자와.

"우리 태강이와 결혼할 아이예요."

웃으면서 태강이 저 여자와 결혼한다고 말한다. 태강을 욕심내지 않으려 했다. 그의 어머니가 지난번 정중히 부탁해서. 세상 그 누구보다 사랑하는 태강의 어머니가 한 말이라서.

그런데…… 왜 이렇게 잔인하세요.

"우리 구면이죠. 반가워요."

이경은 태연하게 반갑다고 인사한다. 무슨 자리인 줄 알면서, 뻔뻔했다. 헛웃음이 나올 것 같아 서주는 입술을 꾹 깨물었다. 생긋 웃으며 저를 보는 두 사람이 역겹게 느껴진다. 더는 참고 싶지 않다. 다른 누구에게도 그를, 태강을 보내고 싶지 않다. 다들 욕해도 욕심내야겠다.

"어머니."

자신의 입에서 나온 말이라고 믿을 수 없을 만큼 고저 없는 음성이 흘러나왔다.

"어머니라는 호칭, 불쾌하구나."

그 말에 아랑곳하지 않은 서주는 차분히 말했다.

"어머니. 저는 분명히 어머니께 태강 씨와 결혼까지 생각하진 않는다고 말씀드렸어요. 근데 저한테 왜 이렇게 잔인하세요?"

"그, 그건……."

당황한 민애가 말을 더듬었다. 이렇게 당돌하게 얘기할 줄 몰랐겠지. 서주는 이경을 쳐다보며 물었다.

"태강 씨가 백이경 씨와 결혼이라도 한대요?"

우물쭈물대는 이경을 대신해 민애가 말했다.

"우리 태강이는 내 말이라면 다 듣는다. 네가 빠져주기만 하면 돼."

"그럼 이 자리에 태강 씨도 부를게요. 태강 씨가 저 아닌 백이경 씨를 선택한다면 제가 깔끔하게 물러날게요."

서주는 가방에서 휴대폰을 꺼냈다. 민애의 얼굴이 파리해져가는 게 보인다.

그는 이 상황을 모르겠지. 아아, 내 사랑 주태강 씨. 당신 어머니가 이런 분이시란 걸 당신은 모르겠지. 당신 정말 불쌍해.

민애는 금방이라도 태강에게 전화를 걸 것 같은 서주를 향해 비수를 꽂았다.

"지금 날 협박이라도 하는 거니? 보고 배운 게 없으니 네가 그 모양인 게지. 이런 걸 가르쳐줄 부모가 없으니."

날카로운 무언가로 가슴이 베여나가는 것 같다. 가장 아픈 부분을 건드리는 민애를 보며 서주는 쓴웃음을 지었다. '고아' 평생 자신을 따라다닐 족쇄. 그래서 그동안 누군가를 만나는 걸 꺼렸다. 이런 상황들이 오는 게 싫어서. 제 탓도 아닌 일로 죄인이 된 것처럼 비참해지는 게 싫었다.

"네. 전 부모가 없어서 그렇다 치더라도, 어머니가 태강 씨와 결혼할 사람이라고 말하는 백이경 씨는 많이 배워서 애인 있는 남자라는 걸 버젓이 알면서 어머니가 부른다고 이 자리에 같이 나온 거예요?"

시뻘겋게 변하는 이경의 얼굴을 본 민애는 서주를 향해 차갑게 일갈했다.

"감히! 어디서 막말을 하는 거야? 애가 누군지 알고!"

'네까짓 게, 감히' 이런 얼굴을 하고 있는 민애를 향해 서주는 환하게 웃었다.

"누구긴요? 남의 남자를 자신과 결혼한다고 생각하는 여자죠. 태강 씨 마음과는 상관도 없이. 어머니도 그러시는 거 아니에요. 저도 좋은 부모님 밑에서 태어나고 싶었다고요. 제 의지로 할 수 없는 일을 가지고 이런 식으로 상처 주실 거라고는 생각해보지 않았어요. 그리고 이제 어머니가 하신 말씀 들어드리고 싶지 않아요."

이렇게까지 하고 싶지 않았다. 왜 가만히 있는 자신을 자극하는 걸까…….

"못된 것! 너 같은 게 감히 우리 태강이 짝으로 가당키나 하니? 네가 이러니 네 부모가 널 고아원에 버린 거야. 태강이와 당장 헤어져!"

말 한마디가 날카로운 칼보다 더 매섭다. 인간의 겉과 속, 양면을 본 것 같다. 고귀한 마나님 같던 그의 어머니는 추악했다. 약자의 상처를 아무렇게나 후벼 파는.

"싫습니다. 하실 말씀 다 하셨으면 그만 일어나보겠습니다."

서주는 더는 마주하고 싶지 않아 가방을 들었다. 자리에서 일어나 정중히 인사를 하고 허리를 꼿꼿하게 폈다.

"어디서 어른 말도 덜 끝났는데 먼저 일어나! 당장 앉지 못해?"

"저는 어머니가 원하시는 대답 못드려요. 태강 씨와 헤어지기 싫습니다."

서주는 손에 든 가방을 세게 그러쥐고 뒤를 돌았다. 카페 입구로 걸음을 옮겼다. 한순간이라도 더 있다간 무너질 것 같아서. 저는 왜 안 되느냐고 울고 매달릴 것 같아서.

"저, 저게!"

"아줌마! 남서주 씨!"

뒤에서 들리는 소리를 무시했다. 빠른 걸음으로 카페를 나왔다. 눈물이 날 것 같다. 왜 이렇게 가슴이 먹먹해지는 걸까.

그가 보고 싶다.

서주는 휴대폰을 꺼내 태강에게 전화를 걸었다.

-응, 서주야.

"오빠, 안 바쁘면 지금 볼 수 있어?"

-우리 서주, 오빠 보고 싶구나.

"응, 보고 싶어."

갈가리 찢긴 마음이 그의 목소리에 다시금 좋아진다. 그때 다급히 뛰어오는 소리와 함께 자신을 부르는 소리가 들렸다.

"남서주 씨!"

서주는 휴대폰을 귀에 대고 뒤를 돌았다. 이경이 뛰어오는 모습이 보인다.

-누가 부르는 거야?

"이렇게 가면 어떻게 해요? 아줌마 말씀 덜 끝났는데."

-남서주. 무슨 말이야? 아줌마라니!

왜 이렇게 어질어질한 걸까. 하늘이 빙글빙글 도는 것 같다. 정신을 차려! 남서주. 그가 아는 게 싫었잖아.

"오빠, 아무것도 아니야."

-아무것도 아니긴! 지금 어디야! 오빠가 갈게.

"아니래도. 다시 전화할게."

-서주야! 남서주!

그가 부르는 소리를 외면하고 종료 버튼을 눌렀다. 서주의 서늘한 시선이 이경에게 닿았다.

"무슨 일이에요?"

"남서주 씨만 떠나주면 돼요. 그럼 태강 오빠도 아줌마와 싸울 일 없어요. 아줌마와 오빠, 지금까지 정말 잘 지냈어요. 남서주 씨가 둘 사이를 엉망으로 만든 거예요. 태강 오빠 떠나만 준다면 보상은 제가 충분히 할게요."

돈을 줄 테니 떠나란 소린가. 드라마나 영화에서 보던 일이 지금 일어나고 있었다. 눈앞에서. 서주는 어이없어 피식 웃었다.

"백이경 씨는 돈이 많은가 봐요. 그래서 태강 씨 어머니가 결혼시키려 하는 거고요? 돈으로 사람을 살 수 있다고 생각해요? 그런데 억만금을 준다 해도 제가 태강 씨를 떠나는 일은 없어요. 그러니까."

잠시 숨을 고른 서주는 천천히 한 글자씩 또박또박 말했다.

"백이경 씨가 그만 포기하세요."

"아줌마가 끝까지 허락하지 않으실 거예요."

"그건 백이경 씨가 관여할 일이 아니에요. 태강 씨와 제가 알아서 할 일이니 주제넘는 짓 하지 마세요. 그럼."

서주는 등을 돌렸다. 이경과 잠깐의 대화를 나누는 동안 휴대폰이 미친 듯이 울렸다. 보나 마나 태강일 것이다. 끊겼다, 다시 울리는 전화를 받았다.

-어디야! 남서주!

"오빠 회사 앞으로 갈게."

전화를 끊은 서주는 지나가는 택시를 탔다. 태강의 회사 이름을 말하고 가만히 눈을 감았다.

무슨 짓을 한 걸까. 그를 낳아주신 어머니께. 마음은 왜 이리 서걱거리는 걸까……. 나는 오늘따라 당신이 왜 이렇게 아픈 거죠?

태강은 초조하게 휴대폰을 손에 쥐고 사무실을 서성였다. 회사에 있을 시간에 서주는 보통 톡을 보냈다. 평소와 다르게 걸려온 전화에 가슴이 철렁했는데, 보고 싶다고 속삭이는 목소리가 마음을 따스하게 물들였다. 그리고 들리는 말에 심장이 널뛰기 시작했다.

주먹을 움켜쥐었다. 당장에라도 그녀를 잃게 될까 봐. 회사 앞으로 오겠다는 그녀의 말에 곧장 로비를 지나쳐 도로 앞을 서성였다. 지켜주지 못한 것 같아서 마음이 무너진다. 수많은 칼날이 가슴에 내리꽂혔다. 택시에서 내리는 서주가 보였다. 단숨에 달려가 그녀를 끌어안았다.

"회사 사람들이 보면 어쩌려고 이래."

네가 아픈데 그게 무슨 상관이야.

"보면 어때. 내 여자, 내가 안고 있는데."

"홋, 오빠도 내가 보고 싶었구나. 오빠 냄새 좋다."

그녀가 장난기 가득한 음성으로 품에 파고든다. 아픈 마음이 조금이라도 치유되길 바라며 있는 힘껏 끌어안았다. 태강은 서주를 안아 들고 주차장으로 향했다. 평소 같으면 금방이라도 내려달라고 했을 그녀가 오히려 목을 휘감고 안겨왔다. 차에 그녀를 태우고 회사를 벗어났다. 운전하는 내내 그녀의 손을 꼭 잡았다.

다른 생각 하지 마. 나랑 헤어질 생각도 하지 마.

아파트 앞에 차를 멈추고 태강은 서주를 다시 안아 들었다. 집으로 들어와 그녀를 품에 안은 채 소파에 앉았다. 그녀와 시선을 맞추었다.

"서주야. 어머니가 뭐라고 하셨어?"

가슴에 얼굴을 묻고 있던 서주는 고개를 들어 새까만 눈동자에 오롯이 태강을 담았다. 서주는 희미하게 웃으며 물었다.

"오빠. 내게도 가족이, 부모님이 있었으면…… 그랬으면 달랐을까……?"

쿵. 세차게 뛰던 심장이 멎는 것 같았다. 숨을 쉴 수가 없었다. 민애는 서주의 가장 아픈 부분을 건드렸나 보다. 자신이 알던 어머니는 그럴 분이 아닌데. 뭔가 말을 해야 하는데 입이 떨어지지 않는다. 그때 그녀가 가만히 자신의 입술에 입술을 맞대어왔다.

"사람들은 참 이기적이야. 난 오빠를 욕심내지 않겠다고 말했는데."

무슨 말을 하는 걸까. 태강은 머릿속이 멍해졌다. 자신을 욕심내지 않겠다는 말에 벌을 주듯 그녀의 입술을 잘근 깨물었다.

"아야! 오빠. 근데 나, 오빠 욕심낼래."

처음 만났을 때, 말했잖아. 나는 너만이 욕심낼 수 있다고. 바보 남서주. 잊어버린 거야?

처음으로 그녀가 먼저 키스해온다. 그녀의 얼굴을 타고 흘러내린 눈물이 입 속으로 들어왔다. 서주가 자신을 만난다는 이유로 상처받았다. 입술을 떼고 흘러내리는 눈물을 닦아주고 싶은데, 그녀는 끈질기게 입술을 부딪쳐왔다. 태강은 힘겹게 그녀를 떼어내고 얼굴을 두 손으로 감싸 흘러내린 눈물을 손끝으로 닦아냈다.

"주책없다, 나. 왜 이렇게 눈물이 나지?"

애써 웃으려는 얼굴을 보니 가슴에 피멍이 드는 것 같다. 그녀를 끌어안고 나직이 속삭였다.

"내가 네 가족이 되어줄게. 내가 네 부모가 되어줄게."

흔들리는 그녀의 눈동자가 보인다. 서주가 태강의 허리를 감싸며 가슴에 얼굴을 묻는다. 그녀의 숨결이 고스란히 전해졌다.

"오빠, 나 졸려. 나 좀 안고 재워줘."

태강은 서주를 안아 들어 침대로 향했다. 팔베개를 해주며 그녀가 잠들 때까지 등을 토닥였다. 그녀가 베고 있는 왼팔의 와이셔츠가 젖어든다. 그녀가 흘린 눈물만큼 민애에 대한 미움이 커졌다.

다음 날 태강은 일도 제쳐두고 회사에서 조금 일찍 나와 본가로 왔다. 도무지 참을 수가 없었다. 지난번 찾아왔을 때에도 서주와 결혼하겠다고 말했다. 진혁이 서주를 데려와보라고 했는데도 민애는 서주를 따로 만나 상처를 줬다. 서주는 부모만 없을 뿐이지,

어디 가서 싫은 소리 들을 여자가 아니다. 무엇보다 태강은 그녀를 사랑하는 마음을 이제 멈출 수가 없다.

"도대체 왜 그러신 거예요?"

"그새 그 아이가 네게 고자질을 한 거니? 걔가 그래. 부모가 없으니 제대로 가르쳐줄 사람이 없어서."

태강은 고개를 숙여 거칠어지는 호흡을 골랐다. 그러지 않으면 아무리 어머니라도 격해진 감정을 고스란히 내보일 것 같았다. 그는 고개를 들어 민애와 시선을 맞추고 단호하게 말했다.

"어머니. 서주에게 한 번만 더 상처 주는 말 하시면 저 어머니 안 봅니다."

"뭐?"

"서주에게 상처 주지 마시라고요."

"지, 지금! 고작 고아인 그 아이 때문에 널 낳고 키워준 이 엄마를 안 본다는 소리야?"

태강은 소파에서 내려와 무릎을 꿇었다.

"제발요, 어머니. 서주가 고아인 게 서주 탓 아닌 거 아시잖아요. 배경만 보지 마시고 서주 자체를 봐주세요. 이렇게 부탁드릴게요."

"내가 널 어떻게 키웠는데! 고작 그런 별 볼 일 없는 여자 때문에 지금 무릎을 꿇는 거니?"

"어머니, 제발요."

태강은 간절하게 빌고 빌었다. 복잡한 눈으로 바라보던 민애는 태강을 지나쳐 방으로 들어갔다.

끝내 대답 없이 들어가버린 민애가 야속했지만, 그래도 서주를 놓는 일 따위 못한다. 그녀가 혹여 자신과 헤어질 생각이라도 할까 봐 무서웠다.

그녀가 없는 제 삶은 의미가 없을 테니까.

그 후로 태강은 쉽사리 서주를 허락하지 않는 민애 때문에 바쁜 시간을 쪼개가며 본가를 찾았다. 그럴 때마다 완강한 민애를 보며 몇 번을 좌절하면서도 자신의 뜻을 굽히지 않았다.

그렇게 덧없는 시간만이 흘러가고 있었다.

또 한 번의 해가 바뀌고 제법 시간이 흘렀다. 여름이 지나고 가을이 성큼 다가오고 있었다.

봄이 지나고 여름이 가면 가을이 오고 겨울이 오듯이.

드문드문 지나가는 차들 속에 서주는 오도카니 이방인같이 서 있었다. 그의 부모님 집 앞을 매일 찾아왔다. 단 한 번도 자신을 들여주지 않는 대문을 하염없이 바라보다 돌아오는 게 일상이 되었다. 벌써 몇 달 째인지, 몇 번째인지 세어보지 않았다.

그의 어머니는 생각보다 완강했다. 자신이 해결하겠다고, 기다리라고 말하던 그가 겪고 있을 고충을 생각하면 이런 것쯤은 아무것도 아니었다. 언젠간 봐주시겠지. 마음을 알아봐주시겠지. 가끔은 포기할까 싶은 마음이 스멀스멀 피어오르기도 했다. 하지만 저가 지쳐가는 만큼 그도 지쳐가는 거겠지.

땅거미가 내려앉을 때가 돼서야 서주는 발길을 돌렸다. 오늘도 실패였다, 그의 어머니를 만나는 일은. 어떤 날은 찬물을 가져와 자신에게 뿌리던 그의 어머니였다. 어떤 날은 욕설을, 악담을 퍼부었다. 또 어떤 날은 울며불며 제발 태강을 포기해달라고 매달리기도 했다.

그깟 사랑이 뭐라고 이렇게 모두가 힘들어해야 할까.

그럴 때마다 든 생각이었다. 그럼에도 불구하고 태강을 놓는 일, 못한다. 아마 자신이 죽어야 놓지 않을까…….

마음이 지쳐가는 만큼 몸도 지쳐가는지 컨디션도 엉망이었다. 늦게까지 번역 작업을 하지 않는데도 피로감이 예전보다 심해졌다. 얼마 전엔 진통제로도 듣지 않는 두통과 아랫배의 통증으로 병원을 찾았었다. 초음파 검사를 했을 때 의사가 난소에 물혹이 생겼다고 했다. 그래서 간단한 검사를 하고 돌아왔다. 오늘 결과를 들으러 병원에 가야 한다. 아침부터 분주하게 움직이던 서주는 거울에 비친 제 모습을 보고 한숨을 내쉬었다. 피죽도 한 그릇 못 얻어먹은 몰골이다. 이래서 태강이 며칠 전 그렇게 걱정을 했나 보다. 그러는 자신도 까칠한 얼굴을 하고 있었으면서.

깊게 숨을 들이켠 서주는 집을 나왔다. 병원으로 가는 버스를 타고 창밖을 바라보는 그녀는 길가에 떨어진 낙엽을 보며 마음이 공허해졌다. 초라하게 바닥을 날아다니는 낙엽이 꼭 자신의 마음 같아 쓸쓸해졌다. 도착을 알리는 안내 방송이 아니었다면 우울한 생각으로 마음까지 같이 슬퍼졌을 것 같다.

버스에서 내려 병원으로 들어간 그녀는 진료실 앞 의자에 앉았다. 기다리는 동안 휴대폰을 꺼내 태강과 함께 찍은 사진을 보며 우울해지는 마음을 달랬다. 서주는 자신을 부르는 간호사의 목소리에 휴대폰을 가방에 넣고 진료실 안으로 들어갔다.

"남서주 씨."

차트를 넘겨보는 의사의 표정이 어두워 서주는 불안함이 몽글 피어올랐다.

"문제가 생긴 건가요?"

"초음파상으론 난소에 종양이 생긴 것으로 의심됩니다. 아무래도 대학 병원으로 내원하셔서 정밀 검사를 받아보시는 게 좋을 것 같습니다."

"네? 대학 병원이요?"

"난소암으로 의심됩니다."

서주는 자신이 무슨 말을 들었는지 믿을 수 없어 되물었다.

"……난소암이요?"

"네. 지금은 의심되는 것이니 빨리 대학 병원으로 가셔서 정밀 검사를 받아보세요."

진료실을 어떻게 나왔는지 모르겠다. 병원을 벗어나 벤치에 아무렇게나 앉은 서주는 실성한 사람처럼 웃었다. 근래 들어 피로감을 느끼고 두통과 생리통처럼 아랫배가 조금 아팠을 뿐이다. 두통은 번역을 하면서도 컨디션이 저하되면 종종 있었던 일이다. 최근에는 태강과 헤어짐을 종용하는 민애 때문에 컨디션이 안 좋은 것이라 여겼을 뿐인데…….

어떻게 자신이 난소암에 걸릴 수 있단 말인가. 별다른 통증도 없었다. 아프지 않고도 난소암에 걸릴 수 있는 것인가. 어떻게…….
서주의 두 눈에서 눈물이 한 방울 볼을 타고 흘러내렸다.

시간이 어떻게 흘렀는지 모르게 멍하니 집에 틀어박혀 있었다. 믿기지 않은 그 말을 받아들이기까지 시간이 걸렸다. 그럼에도 의사가 한 말만이 머릿속을 부유했다. 오진일 수도 있다. 대학 병원에 가서 자세히 검사를 해보면 그만이다.

서주는 며칠 후, 대학 병원을 찾았다. 검사를 하고 결과를 기다리는 시간이 초조함을 동반했다. 오진일 수도 있다고 생각하면서도 불안한 마음을 어쩌지 못해 손을 꽉 움켜쥐었다. 검사 결과를 들으러 가는 길, 떨리는 가슴을 주체할 수 없었다.

"수술하고 항암치료 시작합시다. 남서주 씨."

"……암이라는 말씀이시죠?"

"네. 난소암의 경우 개복을 해봐야 정확한 병기는 알 수 있지만, 검사 결과 2기로 가늠됩니다. 수술하면 얼마든지 생존할 수 있습니다."

병원에 오기 전, 난소암에 대해 검색을 하고 왔다. 마음의 준비 또한 나름대로 하고 왔다고 생각했는데, 교수의 입에서 그 사실을 확인하니 가슴이 세차게 뛰었다.

"수술이나 항암치료를 하지 않으면 살 수 없나요?"

"보통 난소암인 경우 5년 동안 생존한다고 학회에 알려져 있습니다. 남서주 씨 같은 경우 사진상으로 확인하기엔 2기로 보이니 생존 확률은 60퍼센트 정도입니다. 이대로 치료를 하지 않으면 생존 확률이 떨어지고 얼마 살지 못합니다. 그래도 난소암은 다른 암에 비해 항암 치료가 잘 듣는 암이라 크게 걱정 안 하셔도 됩니다. 무엇보다 빠른 치료가 중요합니다."

"2기면 아이는 앞으로 가질 수 없나요?"

교수가 차트를 훑어본다. 서주는 입 안이 바짝 말라오고 손끝이 떨려왔다.

"미혼이시네요. 자궁 안에 암이 전이되었다면 자궁 적출까지 해야 합니다. 전이가 많이 되지 않았다면 임신을 해야 하는 미혼인 경우 한쪽 난소라도 살려두며 최대한 많은 암세포를 제거하는 경우도 있습니다."

임신이…… 불가능할 수도 있다. 서주는 떨려오는 몸을 간신히 추슬렀다.

"생각할 시간을 주세요."

"하루라도 빨리 치료를 시작하는 게 중요합니다."

"일단은, 다시 오겠습니다."

어떻게 진료실을 나왔는지 모르겠다. 환자복을 입은 사람들이 스쳐 지나간다. 소독약 냄새에 구역질이 났다. 화장실로 뛰어간 그녀는 변기를 부여잡고 헛구역질을 했다.

왜 제게 이런 일이 생긴 걸까……. 그를 욕심냈다고 벌이라도 받는 걸까? 눈물이 솟구쳤다. 자신이 얼마나, 무엇을 그렇게 잘못했다고 이런 병을 준 걸까?

마음을 독하게 먹으려 해도 무너지는 가슴을 어쩌지 못했다. 한참을 울던 서주는 몸을 일으켜 화장실을 나왔다. 병원 밖으로 나오니 화창하게 내리쬐는 가을볕이 눈부셨다. 자신의 아픈 몸과는 상관없이.

집으로 돌아온 서주는 곧장 형찬에게 전화를 걸어 당분간 일을 맡지 않겠다고 말했다. 마지막 번역본을 보내고 의자에서 일어나 창가로 다가간 서주는 높다란 빌딩, 지나가는 자동차들, 미니어처처럼 보이는 사람들을 바라봤다. 미세먼지로 뿌연 하늘도 보인다. 오피스텔 아래로 시선을 둔 그녀는 태강을 떠올렸다. 그에게 아프다는 말을 하면 어떻게 될까.

아프다고, 아니다. 어떻게 아픈 것을 그에게 말할 수 있을까.

불쑥불쑥 나타나는 이율배반적인 마음이 문제였다. 그를 내려놓지 못하면서, 내려놓고 싶다. 그에게 아프다고 얘기할까 수도 없이 생각했다. 망설임의 끝은 결국 그에게 말할 수 없다는 결론을 내렸다. 아이를 가질 수 없을지도 모른다. 난소암은 예후가 좋지 않고 재벌 위험도 큰 암 중에 하나였다.

무엇보다 그의 아이를 낳아주지 못한다는 사실이 서주를 망설이게 했다. 가족이 되어주겠다는 그였다. 아픈 걸 알게 되어도 그는 분명 자신을 떠나지 않을 것이다. 그것을 알면서 그를 붙잡는 건 알량한 이기심일 뿐이다. 그리고 아픈 자신을 보며 슬퍼할 그를 볼 자신이 없었다. 연민으로 제 옆에 있게 될 그를 보고 싶지 않았다. 그는 얼마나 더 못난 저 때문에 아파해야 할까? 더는 그의 초췌한 얼굴도, 아파하는 모습도 보고 싶지 않다.

서주는 가만히 눈을 감았다가 떴다. 세상은 그대로다. 저는 이렇게 아픈데. 아마 저 하나쯤 없다고 세상이 멈추진 않을 것이다. 입안이 썼다.

마침 울리는 벨 소리에 책상으로 다가가 전화를 받았다.

-남서주, 번역본 받았어. 정말 당분간 일 쉴 거야?

"응, 쉬고 싶어."

-일 중독 남서주가 일을 쉬겠다니 믿을 수가 없다. 무슨 일 생긴 건 아니지?

형찬의 걱정스러운 목소리를 듣고 서주는 담담한 음성으로 말했다.

"무슨 일이 있을 게 뭐가 있어. 그동안 너무 열심히 일한 거 같아서 당분간 쉬고 싶을 뿐이야. 여행도 가고 싶고."

-그럼 다행이고. 아, 나 결혼 날짜 잡았어. 윤영이가 너랑 연희 보고 싶어 해. 연희는 시간 많다고 그랬고, 넌 언제 시간 돼?

"연희랑 얘기하고 시간 잡을게."

-그래.

전화를 끊은 서주는 흘러내리는 눈물을 훔쳐냈다. 형찬의 결혼 소식에 태강이 떠올랐다. 이제는 아픈 자신의 곁에 그를 붙잡아둘 수 없다.

하지만 그에게 어떻게 헤어지잔 말을 해야 할까? 이별은 분명 사람을 아프게 한다. 그래도 그가 아프지 않았으면 좋겠다. 저가 이별을 말하더라도.

그리고 그에게 이별을 말하기 전까지 딱 하루만 더 그의 여자로, 그를 사랑하는 마음을 마음껏 말하고 싶다. 손에 쥐고 있는 휴대폰의 잠금 패턴을 풀었다. 그와 함께 찍은 사진이 제일 먼저 눈에 들어온다.

침대에 나란히 누워 그의 팔을 베고 찍은 사진.

그때 그가 뭐라고 했더라…….

'우리는 이렇게 나란히 침대에 누워 있고, 저쯤에 우리 서주 닮은 예쁜 딸이 문을 열고 들어오는 거야.'

'그게 뭐야? 난 오빠 닮은 아들이 문 열고 들어왔으면 좋겠는데.'

'그럼 오빠가 열심히 봉사해서 한 번에 이란성 쌍둥이 만들어줄게. 어때? 지금부터 노력해볼까?'

'으악! 하지 마. 간지러워.'

떠오른 추억에 눈물이 난다. 얘기하고 싶다. 이렇게나 아프다고,

그러니까 제발 옆에 있어달라고. 그의 번호를 누르는 손이 떨려왔다. 그의 번호 여덟 자를 누르고 심호흡을 했다. 신호음 소리에 가슴이 뜀박질한다.

-응, 서주야. 또 무슨 일 생긴 거야?

온통 내 걱정뿐인 이런 당신에게 어떻게 아프다고 말을 해.

"오빠."

-응.

"오늘 만날 수 있어?"

-어쩌지? 프로젝트 때문에 아무래도 오늘 집에 못 들어갈 것 같은데.

"그렇구나. 지금도 바쁘겠네. 일해."

-미안해. 대신 이번 프로젝트 끝나면 서주한테 할 말 있어. 오빠 없다고 밥 제대로 안 챙겨 먹으면 화낼 거야.

"알았어. 바쁠 텐데 어서 끊고 일해."

다행이다, 당신이 바빠서. 그래서 내가 아프다고 당신에게 말을 할 틈도 없어서, 정말 다행이야.

하루가 멀다 하고 그에게 내달려 가는 마음, 그러면서도 주저앉고 마는 자신. 한없이 몰려오는 모순적인 생각들이 그녀를 뒤흔들었다. 집안을 훑어보면 그가 머물렀던, 사랑을 속삭였던 자리를 볼 때마다 가슴이 아팠다. 그렇게 며칠이 흘렀는지도 모른 채 밤 12시가 훌쩍 지난 시간, 그의 전화를 받았다.

프로젝트는 성공적으로 끝났으니 만나자고. 그 프로젝트 때문에 2주간 그를 만나지 못한 건 다행이었지만 이제 그를 만나게 되면 밀려오는 수많은 감정을 참아내며 그에게 이별을 말해야 한다는 생각에 한숨도 이룰 수 없었다.

새벽녘부터 내리는 비가 유리창을 세차게 때렸다. 내리는 비가 꼭 제 마음 같다. 집으로 데리러 오겠다는 태강에게 레스토랑에서 보자고 했다. 좋아하지도 않는 크림파스타가 먹고 싶다고.

씻고 나온 서주는 화장대에 앉았다. 정성 들여 화장을 하고 머리를 손질했다. 옷장을 열어 연한 하늘색 H 라인 원피스를 입었다. 준비를 마치고 거울 앞에 서서 웃는 연습을 했다. 마지막 모습으로 아픈 모습은 보여줄 수 없으니까. 거울 속에 비친 제 모습을 보며 입가에 자조적인 미소가 지어졌다. 그에게 어떤 모습으로 비춰지든 오늘만큼은 세상에서 가장 나쁜 년이 되는 것이다. 그에겐 분명 마른하늘에 날벼락 같은 이별일 테니까.

준비를 마친 서주는 깊은 한숨을 내쉬며 형찬에게 전화를 걸었다.

"2시까지 데리러 와줘."

-서주야, 이렇게까지 해야 해?

"응."

수화기를 통해 형찬이 깊은 한숨을 내쉬는 소리가 들린다. 그럴수록 서주는 무너지려는 마음을 다잡았다. 서주의 부탁을 받고도, 그동안 형찬은 끝까지 말렸다. 당하는 상대가 얼마나 큰 상처를 받는지 아느냐고.

"꼭 와줘. 부탁이야."

-정말, 나는 너와 십년 넘게 친구인데도 네 마음을 모르겠다. 네가 지금 하려는 게 주태강 씨한테 얼마나 상처가 될지 생각해봤어?

생각은 수도 없이 했다. 가뜩이나 고아라는 이유로 그의 어머니는 저를 싫어하는데, 아픈 저로 인해 부모와 등을 지게 할 순 없다. 무엇보다 수술하고, 항암 치료를 받더라도 얼마나 오래 살 수 있을지 알 수 없다. 시한부 인생이나 다름없는 자신이 어떻게 그의 곁에 있을 수 있을까? 그 지옥 같을 시간으로 태강을 데려가고 싶지 않다.

"그냥 와줘. 내가 처음이자 마지막으로 하는 부탁이야."

──……알았다, 2시까지 갈게.

서주는 거울 속에 비친 제 모습을 점검하고 오피스텔을 나섰다. 레스토랑에 먼저 도착해 적당한 자리에 앉았다. 그는 아직 오지 않았다. 잠시 숨을 고른 서주는 태강을 기다리며 그와의 첫 만남을 떠올렸다. 그때도 그는 저보다 늦었었는데. 처음 그를 만났을 때의 생각이 떠오르자 잠시 긴장이 풀어져 슬며시 미소 지어졌다.

그래도 그가 늦게 와서 다행이다. 1초라도 더 그의 여자일 수 있으니까.

5분 늦게 온 그와 식사를 하고 디저트로 커피를 시켰다. 그와 하는 마지막 식사. 먹은 음식이 소화되지 않는지, 명치끝이 아파온다. 서주는 창밖으로 고개를 돌려 유리창을 두드리는 비를 보았다. 세차게 퍼붓는 비가 마음에도 퍼붓는 듯했다. 아팠다, 몹시도.

"서주야."

창밖을 바라보던 서주는 시선을 돌려 태강을 보았다. 이젠 볼 수 없을 사랑하는 그를…….

"창밖에 뭐라도 있어?"

"장마도 아닌데 비가 많이 내려서."

"우리 오랜만에 만나는 거잖아."

"오빠가 바빴으니까."

"미안해. 회사에 급하게 처리해야 할 프로젝트가 있었어."

"그랬겠지. 오빠는 항상 바빴으니까."

말을 마친 서주가 다시 고개를 돌려 창밖을 바라보았다. 그런 서주의 손을 잡은 태강이 나지막이 읊조렸다.

"미안해. 화난 거야? 그래도 우리 2주 만에 보는데, 얼굴 보고 얘기해야지. 나 너 많이 보고 싶었단 말이야. 어디 가고 싶은 곳 없어? 우리 주말에 여행 갈까? 지난번에 남해 가고 싶다고 했잖아."

자신의 눈치를 보며 그는 지키지도 못할 약속을 한다. 애를 쓰는 그 모습이 가라앉아 있던 수많은 감정들을 다시 들끓게 해 서주는 잡힌 손을 빼냈다.

"여행, 가고 싶지 않아."

그가 다시 손을 잡아온다. 따스하다. 그의 마음처럼.

"화난 거야? 오빠가 잘못했어. 다시는 서주 혼자 두지 않을게."

"그 말, 지금까지 몇 번이나 했는지 알아? 한 번도 지키지 않았잖아. 항상 나보다 일이 먼저였잖아."

풀이 죽은 태강을 보니 가슴이 먹먹해진다. 시간을 끌어봐야 좋지 않다. 어차피 말해야 하는 이별이다. 그럼에도 불구하고 조금만, 조금만……. 이기적인 마음이 고개를 든다. 차오른 눈물이 흐를까 서주는 시선을 돌려 창밖을 바라봤다. 레스토랑의 문이 열리고 닫힐 때마다 은은하게 퍼지는 비 냄새와 창문을 두드리는 빗소리, 잔잔하게 퍼지는 쇼팽의 'Nocturnes, Op. 9'이 귓가를 간질였다.

"오늘······."

"오빠."

서주가 그와 동시에 입을 열었다.

"먼저 말해."

그를 바라보는 시선이 올곧았다. 커피 잔을 매만지던 손을 멈추고, 서주는 입을 열었다.

"우리 헤어져."

놀란 듯 커진 그의 눈을 보니 마음이 편치 않았다. 하지만 해야만 한다.

"무슨 말이야?"

"말 그대로야. 오빠에게 헤어지자고 말했어."

"아무리 화나도 헤어지자는 말을 하면 어떻게 해?"

자신의 말을 믿지 않는 그에게 서주는 코웃음을 치며 대꾸했다.

"화나서 하는 말 아니야. 오빠에게 진심으로 헤어지자고 말하는 거야."

"헤어져야 하는 이유가 뭐야?"

"오빠를 더는 사랑하지 않아."

"······."

초점이 없는 눈으로 멍하니 저를 바라보는 태강이 보인다. 서주는 차분한 음성으로 입을 열었다.

"그럼 먼저 일어나볼게."

자리에서 일어나 가방을 드는 그녀의 팔목을 태강이 잡아 세웠다. 서주는 시선을 내려 태강을 바라봤다.

"날 사랑하지 않는단, 네 말은 믿을 수가 없어."

"믿든 안 믿든 그건 오빠 사정이야. 나는 더 이상 주태강을 사랑하지 않아."

"그 이유는 내가 이해할 수 없어. 다른 이유를 말하라고!"

자신을 바라보는 그의 눈동자가 일렁인다. 그 모습에 미련한 감정이 툭 튀어나와 금세 눈물이라도 쏟을 것 같아 서주는 이를 악물었다.

"다른 사람을 사랑해."

"하! 그 말을 지금 나보고 믿으라는 소리야?"

태강의 음성이 커졌다. 레스토랑 안 드문드문 앉아 있던 사람들의 시선이 두 사람을 향했다. 어느새 레스토랑을 가득 채우며 울리던 피아노곡은 이루마의 'The Days That'll Never Come(돌아오지 않을 그날)'이 흘러나오고 있었다. 서주는 잡힌 손을 빼내며 싸늘하게 일갈했다.

"나는 오빠가 아닌 다른 사람을 사랑하고 있어. 그 사실은 변하지 않아."

말을 마친 서주는 태강을 뒤로한 채 레스토랑을 빠져나갔다. 한 치 앞도 내다볼 수 없을 만큼 세차게 비가 퍼붓고 있었다.

"서주야"

그녀는 고개를 들어 자신의 앞에 선 형찬을 바라보았다.

"응. 시간 맞춰 와줘서 고마워."

"괜찮은 거지?"

서주는 형찬을 보며 어색한 미소를 지었다. 그 미소가 너무 슬펐는지 그는 아무 말도 하지 않고 우산을 씌워준다. 주차된 차로 걸음을 옮기는데 자꾸만 몸이 떨려왔다. 그때 형찬에게 의지해 건는 서주의 어깨를 태강이 잡아 돌린다. 그녀의 흔들리는 두 눈동자가 그를 향했다.

"남서주."

태강이 잇새로 뇌까리는 목소리가 고저 없어 음산하게 들린다.

그녀가 걸음을 멈추고 뒤를 돌아 태강을 바라보았다.

"이제 내 말을 믿겠어?"

제발, 내가 하는 연극을 믿어줘.

짧은 숨을 토해낸 그를 보며 서주는 또다시 등을 돌렸다. 태강이 멀어지는 서주의 팔을 잡았다.

"네 옆에 있는 남자가, 남서주가 사랑한다는 사람이야?"

서주는 잡힌 팔에서 그의 손을 떼어냈다.

"응. 남서주는 주태강이 아닌 공형찬을 사랑해."

"아니잖아! 어떻게 내가 아닌 다른 사람을 사랑할 수 있어?"

태강은 세차게 서주를 끌어안았다. 속절없이 끌려가 안긴 품은 미치도록 따뜻했다. 다시는 안기지 못할 그의 품…….

"아니잖아, 서주야. 아니라고…… 말해줘."

당신은 왜 못된 말을 하는 내게 이렇게 애절하게 매달리는 걸까…….

서주는 그의 품에서 벗어나려 버둥거렸다. 옆에 있던 형찬이 힘겹게 태강을 떼어냈다.

"이러지 마세요. 서주가 싫다고 하잖아요."

그가 다시 한 번 서주에게 손을 뻗자 그녀는 한 걸음 뒤로 물러나며 형찬의 뒤로 숨었다.

"하……."

"이러지 마. 내가 사랑하는 사람은 형찬이야. 우연이라도 오빠와 만나고 싶지 않아."

마지막 힘을 다해 말한 서주는 형찬의 어깨에 기대어 힘겨운 걸음을 옮겼다.

제발, 더는 잡지 마, 오빠. 금방이라도 거짓말이라고, 그게 아니라고 말하고 싶어지니까.

집으로 돌아온 태강은 젖은 옷을 벗지도 않고 욕실로 들어갔다. 샤워기 아래 가만히 서 숨을 골랐다.

무슨 말을 듣고 온 걸까……?

2주 전만 해도 사랑을 속삭이던 그녀였다. 아니다, 드문드문 주고받았던 톡에서조차 사랑한다고 말했었다.

어디서부터 잘못된 것일까?

두 달 전, 부모님이 서주와의 결혼을 승낙했다. 기나긴 시간 끝에 서주를 향한 마음을 인정해주신 것이다. 얼마나 기뻤는지 모른다. 반지를 준비해놓을 무렵, 마침 서주가 남해 여행을 제안해서 거기에서 프러포즈할 생각이었다. 그러나 여행을 가기 직전 느닷없이 새로운 프로젝트에 대한 업무가 내려졌다. 할 수 없이 남해 여행은 미뤄졌으며 태강은 일을 마무리해놓고 프러포즈를 할 생각이었다.

그런데 프러포즈하려고 만난 오늘, 서주는 이별을 말했다. 분노가 치솟았다. 움켜쥔 주먹을 벽으로 내리꽂았다.

믿을 수 없다. 거짓말이다. 어떻게 그래? 어떻게…… 말간 얼굴로 너는 이별을 말하니?

여전히 눈앞에 형찬과 사라지던 서주의 모습이 아른거린다. 태강은 그대로 집을 뛰쳐나왔다. 서주의 오피스텔 앞에 도착한 그는 거칠어진 호흡을 골랐다. 초인종을 눌렀지만, 굳게 닫힌 문은 열리지 않아 도어록을 올려 비밀번호를 눌렀다. 곧 잠금 해제 소리와 함께 문이 열렸다. 창가에 서 있는 서주가 보인다. 등을 돌려 자신을 볼 법도 한데 움직임이 없다.

"남서주."

그제야 그녀가 고개를 돌려 그를 본다.

"초인종을 눌러도 문을 열어주지 않으면 그냥 돌아가는 거예요. 주태강 씨."

태강은 헛웃음을 터트렸다.

"내가, 내 여자 집에 들어오는데, 열어주지 않는다고 돌아갈 거라 생각한 거야?"

"주태강 씨, 착각하나 본데, 우리 세 시간 전에 이별했어요. 남남이라고요. 지금 주태강 씨는 남의 집에 무단 침입을 한 거예요. 그만 가주세요. 경찰에 신고하기 전에."

분명 눈앞에 있는 여자는 사랑하는 남서주가 맞다. 그런데 전혀 다른 얼굴, 다른 목소리를 하고 있다. 태강은 끓어오르는 화를 삭이기 위해 주먹을 움켜쥐었다.

"세 시간 전에 이별을 말한 사람은 남서주야. 하지만 난 받아들이지 않았어. 그러니 우린 이별한 거 아니야."

"전 주태강 씨와 이별했다고요. 당신이 받아들이든 말든 상관없이, 주태강 씨와 이별했어요."

바로 앞까지 다가온 태강은 서주를 죽일 듯 노려보았다. 그의 손이 그녀의 입술을 쓸었다.

"이 입에서 다시는 나와 이별했다는 말이 나오지 않게 해야겠군."

서주가 그의 손을 쳐내자마자, 뜨거운 입술이 닿았다.

"무, 무슨…… 읍."

앙다문 입술을 세게 깨물어 벌어진 틈으로 그가 들어왔다. 밀어내려는 그녀를 옴짝달싹 못하게 끌어안았다. 한 마리의 맹수가 초식동물을 잡아먹듯 그의 키스는 거칠고 잔악했다. 짝! 날카로운 파열음이 공기를 갈랐다. 돌아간 고개를 바로 한 태강은 서주를 보며 조소했다.

"다시는 헤어지자는 거지 같은 소리 하지 마."

"당신과 나는 헤어졌어요. 그러니까 다시는 이딴 짓 하지 마세요."

그는 그녀의 가녀린 어깨를 잡았다.

"아니! 남서주, 내가 죽든 네가 죽든, 둘 중 하나가 죽지 않는 이상 우리는 절대 못 헤어져!"

"형찬이를 사랑해요. 곧 결혼할 거예요."

"……뭐?"

그녀를 잡고 있는 태강의 손에서 힘이 빠져나갔다.

"어떻게……."

서주는 현관으로 걸어가 문을 활짝 열었다.

"그만 가주세요. 형찬이 올 거예요."

잔인하다, 끝까지. 2년 동안 사랑한 여자가 지금 눈앞에 있는 여자가 맞는지 의심될 지경이다. 태강은 고요히 서주를 보았다. 그를 바라보는 얼굴에 일말의 감정도 읽을 수 없다.

"정말…… 결혼…… 해?"

"네."

태강은 서주를 보며 미친 듯이 웃었다. 실성한 듯 웃는 그를 그녀는 고요히 바라봤다. 태강이 찾아올 줄 알았다. 이렇게 빨리 올 줄은 몰랐지만. 태강은 한 걸음에 서주의 앞에 섰다.

"언제?"

"다음 달……."

태강은 그녀의 입에서 흘러나올 무서운 말이 듣기 싫어 다급히 소리쳤다.

"남서주, 넌 최악이다."

차갑게 일갈한 태강은 서주를 지나쳐 오피스텔을 나섰다. 철컥, 등 뒤로 문이 닫히고 서주는 무너지듯 주저앉았다. 떨리는 몸을 들키지 않기 위해 얼마나 노력했는지 모른다. 손을 들어 그의 입술이 닿았던 입술을 매만졌다. 그의 체취는 여전히 남아 마음을 아프게 한다.

"……약해지지 마. 잘한 거야."

그럼에도 서걱거리는 마음이 그녀의 마음을 세차게 할퀴어댔다. 서주는 현관 앞에 주저앉아 하염없이 울었다.

그와 이별한 지 일주일째. 그가 한 마지막 말이 가슴에 박혀 서주를 끊임없이 괴롭게 했다.

'남서주, 넌 최악이다.'

잘한 일이라고 자신을 스스로 다독여봐도 마음이 아팠다. 얼음

장처럼 차가운 그의 얼굴이 가슴을 후벼 팠다. 온종일 불도 켜지 않은 채 침대에 등을 기댄 채 오도카니 앉아 있었다. 무너지지 않으려 수도 없이 다짐하고, 다짐했는데, 무너졌다. 그가 곁에 없다는 것만으로.

그때 다급히 울리는 초인종 소리에 그녀의 시선이 느릿하게 현관으로 향했다. 앉아 있던 몸을 일으켜 인터폰에 비친 그의 모습을 보았다. 가만히 숨을 죽였다. 현관으로 걸어가 현관문에 손을 올렸다. 마음은 당장에라도 문을 열고 그의 품에 안기고 싶다.

"남서주!"

현관문을 두드리는 소리가 귓가에 울려 퍼졌다. 눈물이 볼을 타고 흘러내렸다.

"제발, 남서주. 오빠가 심하게 말해서 미안해. 얼굴 보고 다시 얘기하자."

쿵, 쿵. 문을 두드리는 소리와 함께 들려오는 그의 간절한 음성이 마음을 아프게 했다.

"서주야! 남서주! 제발……."

털썩, 문에 기대고 앉은 그의 기척이 들려왔다. 애절한 그의 목소리가 마음을 울린다.

"듣고 있는 거지. 오빠가 우리 서주에게 정말 미안해. 잘못했어. 너 외롭게 혼자 둔 것도 미안하고, 좀 더 사랑해주지 못해서 미안해. 근데 서주야. 네가 없으니까 숨을 쉴 수가 없어. 오빠 좀…… 살려주라."

흐느낌이 새어 나갈까 봐 서주는 입을 틀어막았다.

'왜 이렇게 아프게 해요. 당신뿐이었던 나도 당신을 놓고 살고

있잖아요. 제발, 더는 당신이 아프지 않았으면 좋겠어요.'

그녀는 가슴을 부여잡고 하지 못할 말을 삼켰다. 그는 매일 찾아왔다. 하루도 빼지 않고 열리지 않는 문을 두드렸다. 그는 오늘 있었던 일을 조용히 속삭이고, 사랑한다는 말을 잊지 않고 말하다 돌아가곤 했다.

그의 방문은 2주를 넘어섰다. 그는 언제쯤 이 의미 없는 짓을 그만둘까. 그가 그만두길 바라면서 은근히 그를 기다리는 자신을 발견할 때마다 서주는 조소했다. 완벽한 그에게 남서주는 그저 오점일 뿐이다. 그가 끝내지 못한 일을 끝내야겠다. 서주는 연희에게 전화를 걸었다.

"연희야."

-응, 쭈야. 무슨 일 있어? 목소리 너무 안 좋은데.

"무슨 일은. 잠깐 봤으면 해. 내가 회사 앞으로 갈게."

-알았어. 앞에 와서 전화해. 내려갈게.

외출 준비를 서둘러 오피스텔을 나섰다. 연희의 회사 근처 카페에 들어서고 10분쯤 후, 연희가 카페에 들어왔다.

"뭐야, 쭈야. 살이 왜 이렇게 빠진 거야?"

화장으로 가린다고 가렸지만, 표가 날 것이 분명했다. 그와 이별한 후 제대로 먹지도, 자지도 못했으니까. 결국은 자신이 놓았으면서, 스스로도 아무것도 할 수 없을 만큼 메말라갔다.

"헤어졌어."

"뭐?"

"오빠랑 헤어졌다고."

"왜?"

서주는 씁쓸하게 웃었다.

"힘들어서. 오빠 어머니가 반대하는 거, 더는 못 참겠더라. 네가 그랬잖아. 계속 반대하면 그만두라고. 세상에 남자는 많다며?"

"미치겠네. 남서주."

"그런 표정 짓지 마. 헤어지라고 할 때는 언제고."

"지금 네 몰골을 봐. 너 곧 죽을 것 같은 얼굴로 간신히 버티고 있는 것 같아."

서주는 조용히 연희를 바라봤다.

"죽을 것 같아. 지금도."

심장 부근을 가리키며 서주는 말을 이었다.

"여기가 숨도 못 쉬게 아파. 근데 있잖아, 연희야. 나 더는 못하겠어."

"하, 남서주. 태강 씨와 도망이라도 가. 부모님 반대, 그까짓 게 다 뭐야. 사랑하잖아. 사랑하는데 왜 헤어져."

사랑하는데, 여전히 그를 사랑하는데. 놓을 수밖에 없었다. 그 이유를 말하면 너는 어떤 얼굴을 할까……?

"사랑해서 헤어지는 거야."

"기가 막힌다. 남서주, 사랑해서 헤어지는 건 결국 자기 편하자고 가져다대는 핑계일 뿐이야. 상처받기 싫어서. 사랑하면 같이 이겨내야지. 사랑하는데 왜 헤어져."

이겨낼 수 있을 것이라 생각했다. 주어진 시간이 많았다면.

"아파, 내가."

놀란 듯 커다래진 연희의 눈동자가 보인다.

"……무슨 말이야? 네가 아파?"

서주는 고요히 고개를 끄덕이며 희미하게 웃었다.

"어디가 아픈 건데?"

"암이래."

연희의 표정이 삽시간이 굳어지는 게 보였다.

"암이라고? 장난치지 마. 그런 장난 재미없다."

"장난이면 좋겠어, 나도. 근데 사실인걸. 이런 내가 오빠 옆에 어떻게 있을 수 있어?"

"무슨 암인데? 아니다, 병원은?"

"난소암이야."

서주는 아무런 말도 하지 못한 채 눈만 깜빡이고 있는 연희의 손을 잡았다.

"어떻게…… 네가 암이야. 다른 병원 가보자."

"다 가봤어."

연희의 두 눈에서 쉴 새 없이 눈물이 방울져 떨어졌다. 고요히 바라보던 서주도 눈시울이 뜨거워져 입술을 깨물었다.

"우리 서주, 불쌍해서 어떻게 해. 어떻게……. 흐흡."

"그러니까 연희야. 태강 오빠 연락 오면 넌 나 어디 있는지 모른다고 해줘."

"지금 태강 씨가 걱정이야? 흑, 네가 아픈데, 태강 씨가 무슨 상관이야."

훌쩍이며 하는 말에 서주는 희미한 미소를 지었다.

"당분간 네 오피스텔 좀 쓸게. 오빠가 집으로 찾아오는 것도 보기 싫고, 오빠 목소리도 그만 듣고 싶어. 오빠가 자꾸 집으로 찾아와서 힘들다."

"……병원부터 가자."

연희가 서주의 손을 잡아끌고 카페를 나섰다. 곧장 서주가 다니는 병원으로 간 연희는 의사에게 설명을 듣고는 망연자실하듯 서주를 끌어안고 또다시 폭풍 오열을 터트렸다.

7장. 사랑이 숨긴 말들

아무 일도 없었던 듯 날이 밝았다. 아침에 눈을 뜬 태강은 서주에게 톡을 보냈다.

[나 일어났어. 우리 서주는 자고 있겠지? 번역한다고 날 새지 말라니까, 안 듣지. 일어나면 연락해. 사랑해, 서주야.]

씻고 나와 출근을 서둘렀다. 회사에 도착해 늘 똑같이 일했다. 변한 건 하나도 없다. 단지 울리지 않는 휴대폰만 그 자리에 있었다. 톡을 아무리 보내도 '읽지 않음' 표시가 사라지지 않았다. 수도 없이 전화를 걸어도 신호만 갈 뿐 받지 않는다. 서주의 생각에 보던 서류를 내려놓은 태강은 다시 톡을 보냈다.

[서주야, 남서주. 오빠 정말 힘들다.]

겨울이 성큼 다가와 날씨가 제법 쌀쌀해졌다.

서주가 사라졌다.

집으로 찾아갔지만, 굳게 닫힌 문과 바뀐 도어록 비밀번호로 오피스텔 안에 들어갈 수도 없었다. 문에 귀를 대어보았지만 인기척도 없었다. 경비에게 물어보았더니 집을 내놓았다고 한다.

이 추운 날 그녀는 어디로 사라진 걸까……?

동영에게 연희의 번호를 물었다. 종이에 적어둔 연희의 번호를 보고, 또 보았다. 전화할까 말까 망설이며 마지막 날 보았던 서주의 모습을 떠올렸다. 결혼을 앞두고 있다더니, 그래서 사라진 걸까? 정말 자신을 두고 다른 남자와 결혼을 하는 걸까. 그녀가 한 말이 사실일까 봐, 그래서 겁이 난다. 여전히 숨을 쉴 때마다 그녀는 제 안에 자리해 아프게, 괴롭게 하니까.

태강은 키패드를 눌러 연희의 번호를 눌렀다 지웠다를 반복하다가 휴대폰을 내려놓았다. 답답함이 밀려온다. 그녀가 이별을 얘기할 때까지, 다른 남자를 사랑할 때까지 어떻게 모를 수가 있었을까. 바쁘다는 이유로 그녀에게 소홀했던 자신의 탓이다. 조금 더 신경 쓰지 못하고, 조금 더 배려하지 못한 자신 탓.

여전히 그녀를 사랑한다. 그래서 아프다. 죽을 것처럼 아프다. 숨조차 제대로 쉬고 있는지 모를 정도로. 두 달…… 서주가 곁에 없는 시간. 모든 건 그대로인데, 남서주만 없다. 눈을 감아도, 눈을 떠도 생생히 눈앞에 그려지는데. 여전히 일을 마치고 오피스텔 앞으로 찾아가면 그녀가 반겨줄 거 같은데.

그의 상념을 깨우듯 진동이 울렸다.

"……여보세요."

-요즘은 왜 집에 안 오니? 금방이라도 서주라는 아이, 데려올 것처럼 그러더니.

"조금 바빠서요. 아버지는 별일 없으시죠?"

-집에만 있는데 무슨 일이 생길 게 뭐 있다고.

"주말에 들를게요."

-그럴래? 그럼 백화점에 들러서 시계 주문해둔 것 좀 찾아오너라.

"그럴게요. 주말에 봬요."

전화를 끊은 태강은 의자 깊숙이 몸을 기대며 손에 들고 있는 휴대폰을 보았다. 키패드를 눌러 서주와 주고받은 톡을 보았다. 여전히 남아 있는 사랑을 속삭이던 언어들이 가슴을 후벼 판다.

"나는 여전히…… 널 사랑하는데, 그래서 이렇게 아픈가 보다."

짙은 그리움이 묻어나는 말을 뱉으며 태강은 기댄 몸을 바로 했다. 그리고 이내 체념한 듯 책상 위 어지럽게 널린 서류들을 보기 시작했다.

주말이 되기 전 태강은 진혁의 심부름을 하기 위해 백화점을 찾았다. 에스컬레이터를 타고 시계 매장으로 향했다.

"주진혁 씨가 주문해둔 시계 찾으러 왔습니다."

매니저가 시계를 가지러 간 사이 태강은 무심히 매장을 훑었다. 그때 한 커플이 그의 눈에 들어왔다. 순식간에 심장이 차게 식었다. 서주가 결혼한다고 말했던 공형찬이 다른 여자와 매장에서 시계를 고르고 있었다.

"자기, 우리 예물 시계는 이거로 하자."

"그래. 우리 윤영이가 마음에 들면 나도 마음에 들어. 이거로 보여주시겠어요?"

가까이 갈수록 들리는 대화 소리에 그의 이성이 끊어졌다. 그는 곧장 형찬을 향해 주먹을 날렸다. 퍽. 순식간에 매장 안이 아수라장으로 변했다.

　"어떻게 서주를 두고!"

　그에게 깔린 형찬이 벗어나려 발버둥 칠수록 그의 주먹은 무자비했다. 뒤늦게 달려온 안전 요원 몇이 속수무책으로 맞고 있는 형찬에게서 태강을 떼어냈다.

　"주태강 씨. 이게 무슨 짓입니까?"

　"몰라서 물어? 서주를 두고 어떻게 다른 여자와 예물을 봐! 서주와 결혼한다면서!"

　형찬은 머릿속이 복잡해졌다. 서주의 부탁으로 말을 해줄 수는 없었지만 앞에 있는 이 남자가 불쌍하게 느껴졌다. 하지만 서주는 아프다. 미련하기 짝이 없는 행동일지라도 그래서 그를 놓았다고 했다. 태강에게 말을 하자는 연희와 제게 서주는 말을 하는 순간 자신은 사라져버리겠다고 했다. 그렇게 할 수밖에 없는 서주의 인생이 너무 불쌍해서, 연희와 얼마나 울었던가.

　"이것 보세요. 형찬 씨와 결혼할 사람은 서주 씨가 아닌 저예요."

　태강은 형찬을 죽일 듯이 노려보았다.

　"하! 기가 막히네. 서주는 당신이 다른 여자와 결혼하는 걸 알고 있어?"

　"주태강 씨가 상관할 일이 아닙니다. 두 사람, 그때 헤어지지 않았습니까? 오늘 맞은 건 저도 주태강 씨에게 못할 짓을 했으니 그냥 넘어가겠습니다."

　형찬이 윤영의 어깨를 감싸 매장을 나갔다. 가만히 사라지는 두 사람을 보던 태강은 곧장 백화점을 나와 서주의 오피스텔로 향했다. 서주의 오피스텔에 도착한 태강은 초인종을 누르고, 문을 두드렸다.

"남서주! 문 열어!"

굳게 닫힌 문은 열리지 않았다. 태강은 휴대폰을 꺼내 서주의 번호를 눌렀다. 신호만 가고 받지 않자 이번엔 연희의 번호를 눌렀다.

-여보세요.

"연희 씨, 주태강입니다."

-네, 태강 씨. 오랜만이네요.

그는 심호흡해 들썩이는 숨을 골랐다.

"연희 씨. 서주, 어디 있습니까? 아니, 서주 어디 있는지 알고 있습니까?"

-서주에게 두 사람, 헤어졌다고 들었어요.

마지막 희망이라 생각했던 연희가 단호하게 거절하자 몸이 떨려왔다. 헤어짐. 그녀와의 이별을 다른 사람에게 듣는다는 건 생각보다 가슴을 욱신거리게 하였다.

"헤어지지 않았어요. 연희 씨, 제발 서주 어디 있는지 알려줘요."

-제가 알려드릴 수 있는 게 아닌 것 같아요. 그리고 서주 찾지 않는 게 서로에게 좋을 거예요. 그럼 저는 이만 바빠서 끊을게요.

끊어진 휴대폰을 내려다보는 태강의 표정이 일그러졌다.

어떻게 찾지 않아. 어떻게 헤어져.

조금은 이른 아침, 서주는 외출 준비를 서둘렀다.

"어디 간다고?"

"오피스텔 사겠다는 사람이 나왔어."

"그래?"

서주가 고개를 끄덕이며 옷을 마저 입었다.

연희는 오리털이 든 패딩을 들고 와 서주에게 입혀주며 단단히 여몄다.

"수술 날짜 잡아놓고 감기라도 걸리면 안 되니까."

"네가 내 엄마 같아."

"그럼, 누누이 말했잖아. 내가 네 엄마 할 거라고. 찬이는 네 아빠 하고."

"풉. 뭐야, 그게. 완전 웃겨."

목도리까지 둘러주며 연희가 활짝 웃었다.

"됐다. 일 보고 일찍 들어와서 쉬어."

"잔소리쟁이."

입술을 삐죽인 서주는 손을 흔들고 집을 나섰다. 오피스텔 쪽은 오랜만에 가는 길이라 더 긴장되었다. 오피스텔 앞에서 태강과 나눈 추억들이 여전히 머릿속에 맴돌았다. 택시에서 내려 오피스텔 근처에 있는 부동산으로 들어갔다.

"안녕하세요."

인사를 하고 부동산 아주머니를 따라 칸막이 안으로 들어간 서주는 칸막이 안에 느긋하게 앉아 있는 태강을 보고 그대로 몸이 굳었다.

"왜 이렇게 서 있어요? 앉아요. 좋은 가격에 사겠다는 분 찾는다고 내가 얼마나 힘들었는데."

옆에서 아주머니가 하는 말이 하나도 들리지 않았다. 오로지 눈앞에 있는 태강에게 온 신경이 쏠렸다. 그리웠던 그의 향기가 고요하던 마음에 돌을 던졌다.

"아가씨, 어서 앉아요."

"잠시만, 잠시만요."

서주는 뒤돌아서 부동산을 나왔다. 오랜만에 그를 봤다는 이유만으로 심장이 세차게 뜀박질을 시작했다. 가슴에 손을 올려 숨을 고른 그녀는 재빨리 도로가에 섰다. 벗어나야 했다. 태강에게서, 아주 멀리.

태강은 택시를 잡으려는 그녀의 손목을 잡아 돌려세웠다. 물결치듯 흔들리는 서주의 두 눈동자가 보인다.

"우리 할 얘기가 있는 것 같은데."

"저는 주태강 씨와 할 얘기 없어요."

코웃음을 친 태강은 낮게 으르렁거렸다.

"할 말이 없다?"

"네, 할 말 없어요. 이거 놔줘요."

"결혼…… 했어?"

"네. 그러니까 그만 놔줘요."

그녀가 왜 거짓말을 하는지 그 이유를 알아야 했다.

"거짓말. 넌 끝까지 거짓말을 할 생각인가 보네."

"거짓말 아니에요. 그만 놔요. 주태강 씨와 저는 헤어졌어요. 두 달도 더 지난 일이에요."

"아니지, 남서주. 우리는 헤어진 적 없어."

서주는 그에게 잡힌 손목을 빼내려 안간힘을 썼지만 그럴수록 더 옥죄어오는 악력에 미간을 찌푸렸다. 그녀는 깊은 한숨을 내쉬었다.

"주태강 씨가 원하는 게 뭐예요?"

"대화. 그리고 네가 왜 내게 거짓말을 하는지, 그 이유."

심장이 미칠 듯이 폭주했다. 차분해지자고 수없이 마음을 가라앉혀봤지만 가까이서 느껴지는 그로 인해 쉽지 않았다.

"이거 놓아줘요. 그 대화라는 거, 할 테니까."

순순히 서주의 손목을 잡고 있던 손을 풀었다. 대신 태강은 그녀의 손을 단단히 잡았다. 주차해둔 차까지 간 그가 차 문을 열어 그녀를 태웠다.

"저는……."

운전석에 오른 태강이 서주를 힐끗 보았다.

"얘기는 조금 이따가."

서주 쪽으로 몸을 기울인 태강이 안전띠를 당겨 채워주었다. 가까이서 느껴지는 그녀의 숨결에 욕망이 들끓었다.

"여전히 네 심장은, 내가 가까이 가면 빨리 뛰어."

"그, 그건……."

"붉어지는 얼굴도 그대로야. 이렇게 가까이에서 내 눈을 피하지 않는 것도 그대로고."

그런 네가 나와 이별을 할 수 있을 리가 없잖아. 이렇게 몸이 내게 반응하는데. 뒷말은 삼켰다. 서주가 또다시 제게서 도망치는 것은 보기 싫으니까.

"미안한데, 나부터 살자."

태강은 그녀의 얼굴을 감싸고 입술에 가볍게 입을 맞췄다.

"……!"

"이제 살 것 같다."

"이게 무슨 짓이에요!"

태강은 그제야 만족스러운 듯 차에 시동을 걸어 아파트로 향했다. 가는 내내 그의 입가엔 부드러운 미소가 걸려 있었다.

알려주지 않는다고 해서 서주를 찾지 못할 태강이 아니었다. 그는 집을 산다고 부동산에 연락을 취했다. 물론 서주가 오지 않거나 다른 사람과 같이 올 수도 있었지만, 그것은 전혀 문제가 되지 않았다. 서주를 볼 가능성이 있다는 것만으로 가슴이 얼마나 뛰었는지 모른다. 부동산 문이 열리고 그녀의 목소리가 들렸을 때, 가슴이 찌르르 울렸다. 멈췄던 심장이 다시 뛰었다. 죽이고, 죽였던 마음이 널뛰었다.

서주는 곁눈질로 그를 보았다. 살이 부쩍 빠져 날카로운 그의 인상이 두드러졌다. 그럼에도 생각보다는 잘 지낸 것 같아 다행이란 생각이 들었다. 그에게 무슨 말을 해야 할지 머릿속은 엉켜들었지만, 이렇게라도 그를 볼 수 있어서 다행이라는 생각에 쉽사리 그를 뿌리칠 수도 없었다.

태강의 아파트에 도착해 주차를 마치고 집으로 올라왔다. 그는 멀뚱히 서 있는 서주를 소파에 앉히고 물었다.

"커피?"

여유로운 그의 모습이 호텔에서의 첫날밤을 떠올리게 하였다. 그때와 마찬가지로 여전히 자신은 독 안에 든 쥐가 된 꼴이었다.

"물 한 잔이면 돼요."

주방으로 간 태강은 우유를 데워서 거실로 가져와 서주의 앞에 내려놓고 맞은편에 앉았다.

"……고마워요."

"별말씀을."

어색한 공기가 흘렀다. 우유 잔을 매만지던 서주는 가슴이 답답해졌다. 무슨 말이라도 했으면 하는데, 그도 자신도 서로를 바라볼 뿐 먼저 입을 열지 않았다.

"할 말이 뭐예요?"

"왜 거짓말을 한 거지?"

"저는 주태강 씨에게 거짓말한 적 없어요."

끝까지 거짓말을 하지 않았다는 서주의 말에 태강은 주먹을 움켜쥐었다. 그러지 않으면 애써 참아온 그리움이 폭발해 금방이라도 서주에게 윽박지를 것 같았다. 그렇게 되면 대화는 무산되고 말겠지.

"공형찬은 너와 결혼하지 않았어."

그녀를 바라보는 그의 눈동자는 일말의 망설임도 없었다.

"왜 그를 사랑한다고 거짓말을 한 거지? 내가 그렇게 네게 필요하지 않은 사람이었어? 거짓말로 날 떼어낼 만큼?"

잔을 들고 있는 서주의 손끝이 미세하게 떨렸다. 그를 떠나야 하는 이유. 아픈 자신의 옆에 둘 수 없었다. 그가 자신 때문에 아파하지 않았으면 하는 바람이었다.

"서주야. 무슨 말이라도 해. 도대체 왜 그런 거짓말을 한 거야?"

확신을 가지고 물어오는 말에 더는 숨길 수가 없다. 느리게 눈을 감았다가 뜬 서주는 입을 열었다.

"형찬이와 결혼한다는 말은 거짓말이었어요. 그건 인정할게요.

하지만 다른 건 거짓말하지 않았어요."

그를 볼 자신이 없었다. 조금 더 마주하고 있다간 무너질 것 같아 서주는 소파에서 몸을 일으켰다.

"주태강 씨와 할 얘기, 더는 없어요. 그만 가볼게요."

걸음을 옮기는 서주를 잡아당겨 품에 가뒀다. 누구의 심장인지 모를 만큼 쿵, 쿵 뛰는 심장 소리가 크게 울렸다.

"서주야. 도대체 무엇 때문에 네 마음을 숨기는 거야."

여전히 따스한 그의 품에 마음이 아려왔다. 그를 잊으려 했던 모든 순간들이 그저 꿈같았고, 아늑하기만 한 그의 품이 감춰뒀던 수많은 감정을 수면으로 떠오르게 했다. 금방이라도 눈물을 쏟을 것 같아 서주는 입술을 잘근 깨물었다.

"숨기는 거 없어요. 더는 힘들어서 그만하고 싶을 뿐이에요."

"오빠가 더 잘할게."

서주는 울고 싶은 심정을 숨기려 더 덤덤한 표정을 지었다.

"아니요. 주태강 씨가 더 잘한다고 달라지는 건 하나도 없어요. 제 마음에서 이미 주태강 씨를 내려놓았어요. 다시 무언가를 하고 싶지 않아요."

사랑을 속삭이던 입술로 아픈 말을 한다. 그녀가 주태강 씨라고 하는 그 말이 왜 이리 듣기 싫은 걸까. 그녀와의 거리를 말하는 것 같아 가슴이 아팠다.

"제발……. 서주야. 오빠에게 마지막이라고 생각하고 기회를 줘."

간절하게 말하는 그 음성이 서주의 마음에 작은 파문을 던졌다. 두 달 동안 괜찮아졌다고 생각했는데 아니었나 보다. 여전히 그의 목소리와 코끝을 간질이는 그의 향기가 마음을 흔들었다. 마음은 그를 붙잡고 싶어도, 이성은 치열하게 놓으라고 아우성쳤다. 그렇게나 독하게, 모질게 대했는데 그는 왜 이렇게 아프게 하는 걸까. 얼마나 더 모질어져야 하는 걸까…….

태강의 품에서 빠져나온 서주는 고요히 시선을 맞췄다.

"미안해요."

그의 얼굴이 절망적으로 변했다. 억눌러온 마음이 자제력을 잃고 들끓었다. 태강은 서주의 어깨를 세게 움켜잡았다.

"내가 뭘 그렇게 잘못했는데!"

"주태강 씨는 잘못한 거 없어요. 제가 잘못한 거예요. 당신을 사랑했던 것부터."

자신을 사랑했던 마음까지 부정하는 말에 그는 믿을 수 없다는 표정을 지었다.

"지금…… 날 사랑했던 걸 후회한다는 거야?"

그녀가 힘없이 고개를 끄덕인다. 태강은 서주의 어깨를 흔들며 소리쳤다.

"너한테…… 우리가 함께한 2년은 아무것도 아니었어?"

종잇장처럼 흔들리는 몸 때문에 어지러웠다. 이번만 무사히 넘기면 다 끝난다. 서주는 흐트러지는 마음을 다잡았다.

"저는 그 2년을 제 인생에서 지우고 싶어요!"

그녀가 부정한다. 우리가 사랑한 시간을……. 믿을 수 없었다.

"……뭐라고?"

"제 인생에서 삭제하고 싶다고요! 당신과 사랑한 그 시간을!"

그러면 덜 아플 테니까요.

입 밖으로 절대 낼 수 없는 말을 서주는 속으로 삼켰다.

태강은 마음이 차게 식었다. 온몸이 다 아파온다. 어떻게 자신과 사랑한 그 시간을 통제로 삭제하고 싶다고 하는 걸까……?

"도대체 왜! 왜 나랑 사랑한 시간을 다 지우고 싶은 건데?"

그가 내뱉는 말 한 마디, 한 마디가 가슴을 후벼 파다 못해 쓰라리게 만들었다. 잊을 수 있다. 아니, 잊은 척하며 살아갈 수 있었다. 아픈 시간도 지나고 나면 다 추억으로 남을 테니까.

"지쳤으니까요. 당신을 사랑한다는 이유로 그동안 참아온 모든 것들이."

"너한테는 이별이 그렇게 쉬워?"

그를 사랑한 것을 후회한 적은 없다. 이별이 쉬웠던 적도 없다. 이별이 쉬웠다면 그의 어머니를 찾아가 그렇게 매달리지도 않았을 것이다. 태강을 바라보는 서주의 일렁이던 눈동자가 무언가 결심한 듯 고요해졌다.

"당신 어머니가 내게 뭐라고 했는지 알기나 해? 고아라는 이유로 내게 백이경 씨를 데려와서 주태강 씨, 당신과 결혼할 사람이라고 당신에게서 떠나라고 했어."

"……뭐라고?"

"그것뿐만이 아니야. 당신이 늘 바쁠 때, 나는 당신 어머니께 조금이라도 인정받고 싶어서 찾아갔어. 하지만 그때마다 온갖 욕설과 함께 문전박대 당했지. 추운 겨울날 찬물을 가져와 내게 뿌리기까지 하셨어. 그런데도 참았어. 그런데도 내가 참았다고! 당신을 사랑한다는 이유로!"

태강의 얼굴이 하얗게 질려갔다. 까맣게 모르고 있었다. 민애가 서주에게 한 일들을. 혼자만 힘들면 될 거라 생각해 일을 마치면 지친 몸을 이끌고 그녀를 얻기 위해 늦은 밤에도 매일같이 본가에 찾아갔었다. 그리고 허락을 받았다. 그랬는데……. 자신의 앞에서의 행동과 서주에게 한 행동이 달랐던 것이다.

"이런 내게 뭘 더 하라고! 이런 내가 당신과 뭘 더 할 수 있어! 자그마치 1년이야. 내가 당신 어머니께 그런 수모와 모욕을 당한 시간이. 더는 못하겠어. 더는 하기 싫어! 더는……."

서주는 말을 끝맺지 못하고 주저앉아 울분을 터트렸다. 주마등처럼 스치고 지나가는 모욕적인 순간들이 비수처럼 가슴으로 날아들었다. 가슴에 묻어뒀던 말들을 입 밖으로 꺼내고 나니 서러움이 배가 된다.

"이렇게 잡지 않았으면 좋았잖아. 이렇게 잡지 않았으면 내가 당신에게 아픈 말을 하지 않아도 됐잖아……."

그녀가 이렇게 아파하고 있는 줄 몰랐다. 자신의 가슴을 부여잡고 오열하는 서주를 내려다보며 태강의 눈에서 소리 없는 눈물이 흘러내렸다. 태강은 무릎을 꿇고 앉아 자신의 가슴을 치고 있는 그녀를 끌어안았다.

나는 네게 무슨 짓을 한 거니?

심장이 너덜너덜해졌다. 어떤 위로의 말을 건네야 할지 알 수 없었다. 다 자신의 탓이다. 저가 무능해서 벌어진 일이다. 어머니를 믿은 자신의 잘못이다. 누구의 탓도 아니었다.

"내가 다 잘못했어, 서주야. 지켜주지 못해서 미안해."

귓가에 울리는 목소리가 아득해졌다. 서주는 금방이라도 쓰러질 듯 위태로운 몸으로 태강에게서 벗어나려 버둥거렸다.

"이제 와서 그런 말이 다 무슨 소용이야. 이제 와서……."

"미안하다. 미안하다, 서주야."

"미안하면 그만해. 더는 오빠와 함께하고 싶지 않아."

더는 자신과 함께하지 않는다는 말에 심장이 욱신거렸다.

"조금만, 조금만 서주야. 다시는 네가 아픈 일은 만들지 않을게. 네가 없으면…… 나는 살 수가 없어. 한 번만 더 날 믿어주면 안 되겠니?"

서주는 눈물범벅이 된 얼굴을 들어 태강과 시선을 마주했다. 그녀는 힘겹게 입을 열어 마음에도 없는 말을 했다.

"내가…… 더는 오빠 옆에 있고 싶지 않아."

멀어지려는 그녀를 잡을 수가 없었다. 그녀가 무슨 수모를 당했는지 눈으로 보지 않아 얼마나 상처받았는지 감조차 되지 않았다. 그럼에도 불구하고 서주를 놓을 수 없다. 그녀가 이토록 아파하고 있는데도…….

"어머니 문제는 내가 해결할게. 한 번만, 마지막으로 딱 한 번만 날 믿고 기다려줘."

"그만하자, 오빠. 우리 더는 주변 사람들 아프게 하지 말자. 오빠 어머니도 오빠를 사랑해서 그러시는 거야."

금방이라도 눈앞에서 신기루처럼 사라져버릴 것 같아 태강은 서주를 꽉 끌어안았다.

"나는 네가 없으면 안 돼. 네가…… 없으면 안 돼."

그의 애절한 목소리가 마음을 울린다. 당신과 나는 그저 사랑을 한 것뿐인데 왜 이렇게 아픈 걸까…….

"내가 더 잘할게. 서주야. 그러니까 옆에 있어줘."

이러면 내가 당신에게 어떻게 해야 해? 내가 어떻게 해. 못된 말만 내뱉은 내가 어떻게…….

"미안해."

"네가 미안해야 할 일 아니야. 내가 못나서 그래."

애절한 목소리가, 코끝을 감도는 그의 체취가 그동안 그리웠던 마음을 부추긴다. 그의 곁에 있으라고. 그가 없는 시간 동안 허무함과 허탈감이 내내 그녀를 괴롭혔었다. 그의 빈자리는 생각보다 컸다. 수십 번씩 내달려 가고 싶은 마음을 내리눌렀지만 생각의 끝에는 언제나 태강이 있었다. 가슴이 아려와 서주는 그의 목에 팔을 둘렀다.

"……오빠 곁에 있어도 되는지 모르겠어."

귓가에 나직이 속삭이는 서주의 목소리가 애틋해서 눈물이 날 것 같았다.

"너만 내 곁에 있을 수 있어. 서주야."

"……."

서주는 말없이 태강의 품속으로 파고들었다. 눈을 감았다. 그를 사랑하는 마음이 그리움이 되어 끝내 넘쳐흘렀다. 이런 내가 어떻게 당신을 놓아. 어떻게 당신을 보지 않아.

보고 싶은 마음을 모른 척 꾹꾹 참아왔음에도, 오늘 그의 심장 소리가 아프게 가슴을 적셨다.

태강은 품 안에서 눈을 감고 고른 숨을 내쉬는 서주를 침대에 눕혔다. 돌아가겠다는 그녀를 붙잡았다. 이대로 보내면 정말 마지막일 것 같아서. 영영 볼 수 없을 것 같아서. 울어서 부은 눈이, 앙상하게 마른 몸이 가슴에 생채기를 남긴다. 침대에 서주를 눕히고 걸터앉은 그는 몸을 일으켜 욕실로 들어갔다. 수건을 적셔 눈물 자국이 남아 있는 서주의 얼굴을 닦아냈다. 민애가 서주에게 한 행동을 들을 때는 정말 심장이 터질 것 같았다. 일을 마치고 찾아간 자신에게는 서주를 받아들일 것처럼 말했었다.

'이 엄마는 우리 아들 아픈 거 보기 싫으니까 그 아이, 받아들이마.'

민애는 분명 그렇게 말했었다. 자신을 안심시켜놓고 서주에게 그런 짓을 저질렀다. 그녀가 받았을 고통과 상처가 떠올라 마음이 어지럽다. 자신이 이렇게 무능했었나. 내 여자 하나 지키지 못할 만큼.

지난 두 달간 그녀가 없는 자신은 산송장과 다름없었다. 그 지옥으로 다시 들어가고 싶지 않다. 이번엔 무슨 일이 있어도 서주를 지킬 것이다. 모든 것을 다 잃게 되더라도 남서주 하나만 곁에 있으면 된다.

눈을 감고 그녀의 얼굴을 손끝으로 만져보았다. 반듯한 이마를 지나 부은 눈, 그 아래 자리 잡고 있는 코, 앙증맞은 붉은 입술을 몇 번이나 매만지며 머리로 기억하고 가슴에 새겼다. 간지러운지 서주가 태강의 손이 지나간 자리를 문질렀다. 그 작은 행동 하나에도 태강은 마음이 울컥했다. 예전에도 같이 잠을 잘 때면 서주의 얼굴을 매만지곤 했다. 그때마다 그녀는 간지럽다고 까르르 웃으며 하지 말라고 했었다.

그때는 참 행복했었는데……. 변함없는 서주의 반응이 새삼스러워 코끝이 찡해지고 눈시울이 뜨거워졌다. 태강은 몸을 일으켜 욕실로 들어갔다.

서주는 얼굴을 매만지던 손길이 사라진 걸 느꼈다. 그의 조심스러운 행동 하나에도 가슴이 먹먹해졌다. 죽을힘을 다해 그와 헤어졌는데, 결국 그대로다.

헤어질 수 없는 사이.

그래도 아프다는 얘기까지는 차마 할 수 없었다. 그의 어머니가 한 행동들을 얘기한 것만으로 태강의 새하얗게 질려가는 얼굴을 보니 입이 떨어지지 않았다.

"일어난 거야? 더 자지."

어느새 욕실에서 나온 그가 물었다. 서주는 누워 있던 몸을 일으켰다.

"그만 가봐야 해."

태강의 얼굴이 금세 시무룩하게 변했다.

"지금 어디 있는 거야?"

"연희 집에."

"연희 씨 집에서 나와서 이리로 들어와."

"아니. 여기보다는 연희 집이 더 편해."

두 달 만에 만난 그녀는 자신이 편하지 않나 보다. 씁쓸해졌다.

"그럼 며칠만이라도 여기 있어줘. 같이 있고 싶어."

애처로운 그의 음색에 서주는 저도 모르게 고개를 끄덕여버렸다. 그제야 환하게 밝아진 그의 얼굴이 눈에 들어왔다.

"뭐 하고 싶은 거 없어?"

"글쎄. 지금은 연희에게 전화부터 해줘야 할 것 같아."

"그래. 연희 씨한테 전화해. 배고프지? 오빠가 맛있는 거 해줄게."

주방으로 가는 태강을 보며 서주는 가방을 가져왔다. 휴대폰을 꺼내 연희의 번호를 눌렀다.

-어디야? 전화는 왜 안 받고!

"미안, 미안."

-지금 미안하다는 소리가 나와? 얼마나 걱정했는지 알아? 혹시라도 어디서 쓰러지기라도 했을까 봐 미치는지 알았다고.

걱정했을 연희를 떠올리니 미안함이 피어올랐다. 힐끗 주방을 한 번 바라본 서주는 손으로 휴대폰을 가리며 작은 목소리로 말했다.

"미안해. 근데 나 당분간 못 들어갈 것 같아."

-뭐? 남서주! 너 진짜 이럴래? 지금 어디야? 수술까지 며칠 남지도 않았어. 컨디션과 몸 관리부터 해야 한다고.

"태강 오빠와 같이 있어."

수화기 너머로 아무 말도 들리지 않았다. 놀랐을 것이다. 연희에겐 태강과 다시는 보지 않겠다고 말했었으니까.

"수술 전까지는 갈게. 나 걱정하지 말고. 또 전화할게."

연희의 대답도 듣지 않고 전화를 끊었다. 서주는 휴대폰을 내려놓고 주방으로 걸어갔다. 요리를 하는 그의 등을 보며 코끝이 찡해졌다.

"오빠. 뭐 하는 거야?"

"야채죽."

"고소한 냄새난다. 기대해도 되지?"

태강이 고개를 돌려 싱긋 웃었다.

"그럼, 오빠 솜씨 못 믿는 거야?"

"지난번처럼 다 태우면 안 돼."

"그건 좀 잊어달라니까! 말도 안 듣지."

두 달 만인데도 어느새 스스럼이 없이 예전 그대로의 모습이었다. 그것이 싫지 않아 서주는 가슴이 먹먹해졌다. 어쩌면 서로에게 상처 입혔던 시간을 애써 감추고 싶은 건지도 모른다.

의자에 앉아 가스레인지 앞에 서 있는 그를 가만히 보았다. 앞으로의 일이 걱정되어 마음이 무거워졌지만, 지금은 아무것도 생각하지 않기로 했다. 다른 생각은 잠시 미뤄뒀다. 지금은 그저 그와 함께 있을 수 있다는 것만으로도 됐다. 조금은 괜찮지 않을까? 조금은 그와 함께하는 이 시간을 즐기고 싶다. 다시 오지 않을 이 소중한 시간을……

밤새 그녀를 품에 안고 잤다. 그녀가 챙겨주는 아침을 먹고 태강은 가기 싫은 얼굴로 서주를 보았다.

"빨리 갔다가 올 테니까, 어디 가면 안 돼."

"알았다니까."

"진짜 어디 가면 안 돼."

벌써 몇 번째 당부하는지 모르겠다. 그를 불안하게 만드는 게 무엇인지 알 것도 같아 서주는 똑같은 답을 몇 번이고 되뇌었다.

"어디 안 가고 오빠 올 때까지 여기서 기다리고 있을게."

기다리겠다고 말하는데도 불안했다. 찾지도 못하는 곳으로 숨어버릴까 봐.

"빨리 올게."

서주는 뭉그적거리는 그의 등을 떠밀었다. 태강은 결국 한 걸음만 겨우 움직인 채 움직이지 못하고 서주를 품으로 당겨 안았다.

"얼른 가. 그래야 일찍 오지."

그제야 태강이 서주를 품에서 놓았다.

떨어지지 않은 발걸음을 떼는 그를 향해 서주는 손을 흔들었다. 철컥, 문이 닫히고 서주는 베란다로 걸어갔다. 주차장을 벗어나는 그의 차가 보인다. 그가 떠나고 홀로 남아, 어제 있었던 일을 곰곰이 다시 생각하던 서주의 얼굴이 어두워졌다. 어쩌자고 그의 어머니 얘기를 다 해버린 걸까. 응어리져버린 마음은 털어놓고 나서도 편치가 않았다. 그를 믿지 못하는 건 아니다. 그는 제 인생의 전부였고, 하나뿐인 유일한 사람이다. 어떻게 믿지 않을까.

하지만 수술이 잘못될 수도 있다. 혹시 수술이 잘되더라도 항암 치료를 받다가 잘못될 수도 있다. 암이 재발할지도 모르고. 그럼에도 불구하고 그와 함께하고 싶다. 조금 더 가까이에서 그를 느끼고 싶고, 조금 더 가까이에서 서로의 숨결을 나누고 싶다.

사랑을 받고, 사랑을 하고. 그렇게 하고 싶다. 지금은.

"슬픈 생각은 그만해. 지금은 그저 그의 곁에 잠시라도 머물 수 있는 거로 충분하니까."

찬바람이 뺨을 스쳐 지나간다. 춥지 않았다. 그의 공간에, 그와 잠시나마 함께할 수 있다는 것만으로.

태강은 회사에 들러 휴가를 신청하고 본가로 향했다. 운전하는 내내 민애를 마주했을 때 흥분하지 않기 위해 마음을 다스려야 했다. 본가에 도착해 주차를 마치고 초인종을 눌렀다. 안으로 들어오는 태강을 보며 민애가 고개를 갸웃거렸다.

"이 시간에 웬일이야? 회사 있어야 할 시간 아니니?"

"어머니께 드릴 말씀이 있어서 왔어요."

"우리 아들이 엄마에게 할 말이 뭘까?"

활짝 웃으며 말하는 민애를 보며 태강은 손을 그러쥐었다. 소파에 마주 앉으며 그는 어떤 말부터 꺼내야 할지 잠시 고심했다.

민애는 자신을 바라보는 태강의 시선이 이질적으로 느껴져 불안함이 밀려왔다.

"어머니."

한참을 민애를 바라보던 태강이 낮은 목소리로 불렀다.

"그래."

"왜 그러셨어요?"

"무엇을 말이냐?"

"서주에게 왜 그러셨어요?"

차분하게 한 자 한 자 뱉는 태강의 모습이 낯설었다. 민애는 고작 그런 별 볼 일 없는 여자 때문에 자신의 소중한 아들이 이러는 게 마음에 들지 않았다.

"뭘 어쨌다고 이러는 거야? 비록 마음에 들지 않았지만, 결혼 허락했잖아."

결혼 허락……. 태강은 차오르는 분노를 내리눌러야만 했다. 하지만 자신의 어머니였다. 이성을 잃어봐야 득 될 게 없었다.

"어머니. 마지막으로 묻는 거예요. 서주에게 왜 그러셨어요?"

"나는 네가 무슨 말을 하는지 모르겠구나."

"그럼 다르게 물을게요. 서주와의 결혼, 정말 허락하신 거예요?"

민애의 흔들리는 눈동자가 보인다. 그것만으로도 서주의 말이 사실임을 증명하는 셈이었다.

"왜? 그 애와 헤어지기라도 했니?"

"아니요. 이번 달 안으로 결혼 진행하겠습니다."

"뭐?"

민애의 얼굴이 파리해져갔다. 태강의 표정이 너무 단호해 금방이라도 서주와 결혼을 할 것 같았다.

"서주와 이번 달 안에 결혼하겠습니다."

"너무 일러. 결혼이 무슨 애들 장난인 줄 알아? 준비할 게 얼마나 많은데."

"준비할 거 하나도 없습니다. 교회에서 소박하게 결혼식 올리고 지금 사는 아파트에서 같이 살면 됩니다. 그것도 안 되면 혼인신고만 하고 합치겠습니다."

"안 된다. 네가 뭐가 부족해서. 도둑 결혼도 아니고, 그런 결혼은 허락할 수 없어."

허락할 수 없다는 말에 태강은 기가 막혔다.

"어머니가 허락을 해주시면 좋겠지만, 허락을 안 하신다고 해서 못할 결혼이 아닙니다. 어머니."

"뭐라고? 주태강!"

민애의 외침에 태강은 느긋하게 대꾸했다.

"네, 어머니."

"내가 널 어떻게 키웠는데!"

"이렇게 잘 키워주셨죠."

"그런데! 그런 결혼을 하겠다고?"

"네. 그래야 어머니가 다시는 서주를 아프게 하지 않을 테니까요."

"나는 그 아이를 아프게 한 적 없어."

딱 잡아떼는 민애를 보니 참고 참았던 분노가 들끓었다. 주먹을 움켜쥔 태강은 음산하게 읊조렸다.

"어머니가 서주에게 하신 행동들을 몰라서 참는 거 아닙니다. 어머니라서, 하나뿐인 어머니라서 참는 거예요."

"도대체 그 아이가 네게 무슨 말을 한 거니?"

"서주는!"

태강은 민애에게서 시선을 떼지 않고 말을 이었다.

"아무런 말도 하지 않았어요. 더는 어머니에게 실망하게 하지 마세요."

"지금 실망이라고 말했니? 내가 네게 실망한 건! 어디서 그런 아이를 데려와서 결혼을 시켜달라고 해!"

"그래서 그러셨어요? 제 앞에서는 허락한다고 말씀하시고 서주에게는 헤어지라고 하셨어요?"

"걔가 그러디? 내가 헤어지라 했다고?"

두 사람 사이의 공기가 팽팽하게 당겨졌다. 한 치의 양보도 없이 서로를 바라보는 시선이 날카로웠다.

"아니요. 서주는……."

어제 그녀가 가슴을 치며 무너지던 모습이 눈앞에 아른거려 말을 잇지 못했다. 눈시울이 뜨거워진다.

"왜 말을 못해! 그 애가 그런 아이야. 내 앞에서는 금방이라도 너와 헤어질 것처럼 말하고, 네게는 내 욕을 한 게지."

"어머니!"

"어디서 엄마한테 소리를 질러! 내가 널 그렇게 가르쳤니? 그애를 만나고 네가 이리 된 게야. 당장 헤어져!"

이제야 확실해졌다. 서주가 얼마나 아팠을지 짐작조차 되지 않았는데, 가슴이 아프다 못해 갈가리 찢기는 것 같았을 서주의 마음이 느껴졌다.

"어머니는 처음부터 허락하지 않으셨던 거예요. 말로만 절 안심시키셨어요. 뒤로는 서주에게 헤어짐을 종용하시고."

민애는 오히려 화가 났다. 제 앞에서는 태강과 헤어지겠다고 말해놓고 뒷공작을 펼친 서주가 못마땅하다. 남서주란 아이만 없으면 이렇게 태강과 얼굴을 붉힐 일도 없었을 것이다. 단 한 번도 제 앞에서 큰소리를 낸 적이 없는 태강인데. 민애는 애처로운 얼굴로 태강의 손을 잡았다.

"이 엄마 마음을 그렇게도 모르겠니? 태강아, 엄마가 이렇게 부탁할게. 그 아이와 헤어져주면 안 되겠니?"

태강은 민애에게 잡힌 손을 빼내며 무릎을 꿇었다.

"어머니, 제가 이렇게 부탁할게요. 저 서주 없으면 못 살 것 같아요. 두 달간 서주가 곁에 없었던 것만으로도 죽을 것 같았어요. 어머니가 이번 한 번만 절 봐주세요."

"이경이가 싫다면 다른 아이라도 괜찮아. 그 아이만 아니면 돼."

간절히 빌고 빌었다. 어머니가 제 마음을 알아주기를. 그런데 서주는 끝까지 안 된다는 민애의 말에 태강은 이성이 뚝 끊어졌다.

"어머니 허락을 받고 결혼하고 싶었지만, 허락 못하신다니 더는 허락받으러 오지 않겠어요."

"그게 무슨 말이니?"

"어머니 허락, 필요 없다고요. 건강하세요."

태강은 정중히 인사를 건넸다. 민애는 가슴이 철렁 내려앉았다. 현관으로 걸음을 옮기는 태강을 향해 소리쳤다.

"태강아! 주태강!"

그는 민애의 부름을 뒤로하고 그대로 집을 나섰다.

그와 아무 일도 없었던 듯 지냈다. 마치 이별은 하지도 않았던 것처럼. 아침에 일어나 밥을 먹고 온종일 침대에서 뒹굴었다. 그러다가 배가 고프면 밥을 하라고 서로에게 미루기도 했다. 만화방에 가서 만화책을 빌려와 보기도 하고, 아파트 앞 공원에서 산책도 했다. 소파에서 꼼짝도 않고 그의 무릎에 누워 개그 프로를 시청하기도 했다. 그야말로 평화로운 일상이었다.

다시 오지 않을 시간처럼, 서로가 옆에 있는 것을 끊임없이 확인했다. 서로를 향한 욕망을 숨기지도 않았다. 사랑을 속삭이고 사랑을 나누고, 끝을 알고 있는 사람들처럼 끊임없이 서로를 갈구했다. 2년간의 연애 때보다 더 서로를 사랑하는 마음을 솔직하게 표현했다.

태강은 서주의 등을 어루만지며 조심스럽게 물었다.

"오늘은 드라이브 갈까?"

"음, 아니. 냉장고에 먹을 거 없던데 장 보러 가자."

"그럴까?"

서주는 그의 몸 위에 엎드려 있던 몸을 일으켰다.

"씻고 올게."

태강은 서주를 끌어당기며 으르렁거렸다.

"오빠 몸 위에서 먼저 일어나지 말라고 했지. 말을 안 들어."

"씻고 싶어. 오빠 몸에 열 많이 나서 나까지 땀난단 말이야."

"같이 씻을까? 씻겨줄게."

"됐네요, 주태강 씨."

서주는 고개를 들고 입술을 삐죽였다. 태강은 삐죽 튀어나온 그녀의 입술을 베어 물었다. 벌어진 입안을 헤집으며 야릇한 키스가 이어졌다.

"너 일부러 그러는 거지? 오빠한테 키스받고 싶어서."

"뭘 일부러 그래?"

"오빠가 '주태강 씨' 이렇게 부르지 말고 '오빠'라고 하라 했는데 심심하면 '주태강 씨' 이러기나 하고."

"주태강 씨에게 주태강 씨라고 하지. 흥!"

태강은 서주를 끌어안으며 나직이 속삭였다.

"네가 '주태강 씨'라고 할 때마다, 거리감이 느껴진단 말야. 주태강 씨라고 부를 때마다 키스할 거야."

서주는 입술을 삐죽이며 태강에게서 벗어났다. 태강은 욕실로 들어가는 그녀를 따라 느긋하게 몸을 일으켰다. 욕실 문고리를 돌려 잠긴 걸 확인하곤 피식 웃었다.

"남서주, 말도 안 듣지. 이미 볼 거 다 본 사이에 뭘 그렇게 숨긴다고 문을 잠가."

욕실 안 칫솔꽂이에 나란히 꽂혀 있는 두 개의 칫솔을 보는 서주의 입가엔 미소가 걸렸다. 언제까지 이어질지 알 수 없는 아슬아슬한 사이라지만 그래도 지금은 그저 이 행복함이 오래 가기만을 바라고 바랐다. 양치를 하고 샤워까지 마친 그녀가 욕실을 나왔다. 그러자 단숨에 태강이 달려와 서주의 목덜미를 깨물었다.

"으읏!"

목덜미에서 입술을 뗀 태강은 나른하게 웃었다.

"예민해, 남서주."

"씻고 오세요, 주태강 씨. 장 보러 가야죠."

서주는 태강의 엉덩이를 톡톡 두드렸다. 그가 도망가려는 그녀를 품에 가두며 나직이 읊조렸다.

"윽, 남서주. 이런 도발은 언제든지 환영한다고 했지."

태강은 웃으면서 서주를 안아 들었다. 당연하다는 듯 태강의 허리에 다리를 감고는 서주는 두 손을 들며 항복의 표시를 취했다.

"여기서 더는 힘들어. 배도 고프다고. 벌써 몇 번째인지 알지?"

"이런 자세로, 그런 말 하는 거 좀 양심에 찔리지 않아?"

"그래도 안 돼. 정말 힘들다고. 게다가 우리 오늘도 장 보러 안 가면 시켜 먹어야 해. 나 시켜 먹는 음식 싫어."

탄식 어린 신음성을 내뱉은 태강은 서주를 내려놓았다.

"그럼 장부터 보고 와서, 실컷 먹여놓고 잡아먹어야지."

"빨리 씻기나 해!"

욕실로 들어가는 그를 보며 서주는 외출 준비를 서둘렀다. 만화책도 반납해야 하고, 할 일이 많았다. 씻고 나온 태강이 외출 준비를 끝내고 두 사람은 아파트를 나섰다. 대여점에 들러 만화책을 반납하고 마트에 도착했다. 태강이 카트를 끌고 서주는 이것저것 담았다.

"너무 많이 사는 거 아니야?"

"이게 뭐가 많아. 우리가 3일 동안 먹은 걸 보면, 이걸로는 아마 이틀도 못 버틸걸?"

"그런가?"

"당연하지. 잘 생각해보라고. 주태강 씨야."

키득키득 웃은 서주는 눈동자를 굴리며 군만두를 시식하는 곳으로 뛰어갔다.

"같이 가야지, 남서주."

서주는 시식 접시에 있는 군만두를 하나 찍어 다가온 태강의 입으로 쏙 넣어주었다.

"어때? 괜찮아?"

군만두를 굽고 있는 아주머니가 두 사람을 보며 물었다.

"부부 맞죠? 색시가 신랑을 잘 챙기네."

그에 서주의 얼굴이 불그스름해졌다. 태강은 그런 서주를 힐끗 보더니 넉살좋게 너스레를 떨었다.

"그렇죠? 우리 색시가 이렇게 절 잘 챙긴다니까요. 아주머니, 만두 한 봉지 주세요."

만두를 받아서 카트에 담은 태강은 서주의 허리를 감싸고 자리를 벗어났다.

"못 살아. 별로 맛없었는데. 비싸기만 하고. 속았어, 완전."

"속으면 좀 어때? 나는 우리 서주가 먹여줘서 맛만 좋더라."

마트를 몇 바퀴 더 돌고 두 사람은 아파트로 향했다. 그와 보조를 맞춰 걸음을 옮기면서 서주는 간밤에 그가 꺼낸 말을 떠올렸다. 멋진 프러포즈가 아니라 미안하다는 말과 함께 반지를 끼워줬었다. 거기에 대한 답은 아직 하지 않았다. 여전히 그의 어머니는 자신을 받아들이지 않았다. 그래서 미안하다는 말도 덧붙였었다. 서주는 태강의 팔짱을 끼며 말했다.

"오빠, 나는 지금 이대로도 괜찮아."

"무슨 말이야?"

"오빠가 어젯밤에 한 결혼하자는 말. 나는 지금 이대로도 괜찮다고."

"뭐가 괜찮아. 내가 안 괜찮아."

"그래도……."

태강이 걸음을 멈추고 서주의 두 눈을 보며 단호하게 말했다.

"부모님 축복받는 결혼식까지 해주진 못해. 그래도 날 믿고 네가 따라와줬으면 좋겠어. 그렇게 해줄 거지?"

그가 결혼하자는 말에 마음이 흔들렸다. 아프다는 말도 아직 하지 못했는데. 지금이 아니면 영영 말을 못 할 것 같은 생각에 서주는 그와 시선을 맞추며 입술을 달싹였다.

"오빠, 할 말이 있는데……."

"태강아!"

그를 부르는 익숙한 음성에 서로를 바라보던 두 사람이 고개를 돌렸다. 가까이 다가오는 민애를 보며 서주는 태강의 뒤로 주춤거리며 물러났다. 태강은 괜찮다는 듯 그녀의 손을 꼭 잡았다. 다시는 놓지 않겠다는 듯, 다시는 아프지 않게 하겠다는 듯.

"어머니."

민애는 금세 두 사람에게 다가왔다. 태강의 뒤로 숨어 있는 서주를 보니 부아가 치밀었다.

"결국은 그래, 네 뜻대로 이 아이와 살림이라도 차린 거니?"

3일 전, 그렇게 간 태강이 걱정되어 찾아오는 길이다. 아파트에 올라갔다가 깜짝 놀랐다. 같이 살고 있는 듯 집안 곳곳에 있던 여자의 흔적들. 태강이 집에 와서 하고 간 말이 허언이 아니었다는 것을 알게 되었다. 어떻게 낳은 아들인데! 어떤 마음으로 키운 아들인데!

태강은 민애의 말에 대꾸도 하지 않은 채 서주의 손만을 꽉 움켜잡았다.

"저 아이가, 널 낳아준 이 어미보다 소중한 거니?"

그는 고개를 들어 민애를 보았다. 자신의 마음을, 진심을 알아주길 바라며 그는 한 자 한 자 힘을 주며 말했다.

"어머니, 서주가 없으면 살 수가 없어요. 숨이 쉬어지지 않아요. 제발 서주를 있는 그대로 봐주세요."

서주의 흔들리는 시선이 태강을 향했다. 가슴이 무너졌다. 자신이 뭐라고, 그가 이런 모습을 보여야 하는 걸까.

"이게 다 너 때문이야. 태강이와 헤어지면 아무 문제없었을 거 아니냐? 엄마와 아들 사이를 갈라놓아도 유순부지."

"어머니, 서주 잘못이 아니에요. 서주한테 제발 그러지 마세요. 차라리 저한테 하세요."

끝까지 서주를 감싸는 태강을 이해할 수 없었다. 어떻게 키운 아들인데. 이깟 별 볼 일 없는 여자 하나 때문에 부모의 뜻을 거스를 수가 있는지. 단 한 번도 태강은 제 뜻을 거스른 적이 없었다. 그런데 서주를 만나고 달라졌다.

그놈의 서주! 서주! 도대체 저 아이가 뭐라고!

좌악! 민애의 손이 그대로 태강의 뺨을 내려쳤다.

날카로운 파열음이 서주의 가슴에 박혔다. 놀라서 눈을 깜빡거리던 그녀의 두 눈에 눈물이 그렁그렁 매달렸다. 예전 카페 앞에서 그와 민애의 사이에 자신만 빠지면 나빠지지 않을 거라던 이경의 말이 떠오르면서 눈물이 차올랐다. 자신만 사라지면 그만이다. 자신만 없으면…….

서주는 눈을 감았다. 어차피 자신은 얼마나 살 수 있을지 모른다. 며칠 후에 있는 수술을 받다가 죽을 수도 있다. 어쩌면 이대로 그와 끝내는 게 그를 덜 아프게 할지도 모르겠다. 고아로 크면서 부모가 없어서 겪어야 했던 아픔들. 얼마나 단란한 가정을 가지고 싶었는지 모른다. 겉으로 내색하지 않고 꽁꽁 숨겨뒀던 마음인데, 그가 저를 선택함으로써 그 소중한 '가족'이라는 것을 등지게 할 수 없었다. 자신과 똑같은 아픔을 그가 겪게 하고 싶지 않다.

"제가 포기할게요."

이 시간이 빨리 지나갔으면 좋겠다. 더는 그의 아픈 모습을 보지 않도록.

놀란 태강의 시선이 서주를 향했으나 서주는 덤덤히 다시 되뇌었다.

"제가 포기할게요. 어머니."

"이제야 생각을 고쳐먹은 거니? 아니면, 내 앞에서 그리 말하고 뒤로는 또다시 태강이를 만나려고?"

"어머니!"

서주는 흘러내리는 눈물을 닦아내고 아프게 웃었다. 그에게 잔인하게 이별을 말해야 하는 지금. 처음 하는 이별도 아닌데 가슴이 난도질당하는 것 같았다. 울렁울렁 올라오는 격한 감정들을 누르고 서주는 더 덤덤히 말했다.

"오빠, 미안해. 우리는 안 될 것 같아. 나, 더는 하고 싶지 않아."

"……서주야."

"그만하자, 우리. 우리 때문에 여러 사람 아프게 하는 거 그만하자."

태강이 서주를 잡으려 손을 뻗었지만, 그녀는 한 걸음 멀어지며 슬픈 미소를 지을 뿐이었다.

"어머니, 그동안 힘들게 해드려서 죄송해요."

서주는 뒤를 돌았다. 더 이상 그를 보고 있다간 떠나지 못할 것 같았다.

"안 돼! 서주야!"

그가 부르는 소리를 뒤로한 채, 서주는 그곳을 벗어났다.

8장. 당신이 없는 시간

3일 만이었다. 그와 마주하기까지의 시간은.

먼저 그를 놓았다. 그에게 상처주는 말을 하고서도 갈가리 찢기듯 마음이 아팠었다. 처음 이별했을 때, 다시 그를 만났으면 안 되었다. 그랬더라면 그가 다시 아플 일은 없었을 것이다. 함께하고 싶었던 이기적인 마음으로 그 짧은 시간 그에게 더 큰 상처를 준 것이다.

민애에게 뺨까지 맞으면서도 굽히지 않던 그를 보고 깨달았다. 결국 자신은 그의 곁에 있으면 안 되는 거라고. 결국 또다시 아픈 말을 되뇌어야 하는 자신이 경멸스러웠다. 그를 위하는 길이 무엇인지 알면서도 같이 하고 싶은 마음이 더 컸을지도 모른다. 조금 더…… 조금 더, 라는 이기적인 마음. 간사했다. 헤어지기를 바라면서, 헤어지기 싫은 마음. 이중적인 마음이 지독히 괴롭혀댔다.

서로를 바라보는 얼굴은 무덤덤했다. 감정을 배제한 얼굴. 익숙한 듯 익숙하지 않은 그런 얼굴이었다. 하지만 서로를 바라보는 눈빛만은 애틋하다 못해 절절했다.

"먼저 연락을 줄 거라고 생각 못 했어."

"오빠를 다시 만나고 싶었어. 한 번은 봐야 하잖아. 그래도 사랑했던, 사람과의 끝을 그렇게 내는 건 예의가 아닌 것 같아서."

그녀가 활짝 웃으며 '사랑했던' 이 말에 힘을 준다. 이별에 예의가 어디 있단 말인가. 생살을 도려내는 듯한 아픔만 자욱하게 남을 텐데. 아파트 앞에서 민애와의 일이 있고, 태강은 그녀가 한 말을 수도 없이 생각했다. 행복한 미소만을 짓게 해주고 싶었다. 웃는 그녀의 미소를 지켜주고 싶었는데……. 슬픈 미소를 짓는 그녀를, 울고 있는 그녀를 보며 나약한 자신만을 발견했다. 제 여자 하나 지키지 못하는. 그녀가 아프지 않았으면 한다. 그러려면 그녀가 마음 편히 떠날 수 있도록 자신이 놓아야 하는 거겠지. 심장이 죽어버리더라도.

서주야, 오늘따라 나는 네가 왜 이렇게 아픈 거니?

태강은 아픈 가슴을 숨긴 채, 덤덤히 말했다.

"그래."

절대 놓지 않겠다던 그가 현실을 완벽히 직시했나 보다. 가슴 한쪽에 묵직한 통증이 느껴졌다. 결국 그에게 아무것도 바라지 못할 처지라는 걸 알면서, 사랑 하나로 그를 붙잡는 건 알량한 이기심이고 자만이다. 무거운 침묵이 이어졌다. 이것이 끝임을 알고 만났다. 그럼에도 그를 조금 더 보고 싶은 이기심이 꼿꼿하게 고개를 든다.

"오빠가 다른 사람, 당분간은 만나지 않았으면 좋겠어."

자신을 바라보는 무덤덤한 표정의 태강을 보며 그녀는 덤덤히 말을 이었다.

"금방 다른 사람 만나서 사랑에 빠지고 결혼하면 나와 한 사랑은 아무것도 아닌 게 될 것 같으니까."

"……그래. 너도."

짧은 말만 하는 그가 낯설었다. 처음 만났을 때도 저런 단답형의 대답은 하지 않았었다. 제 기억이 잘못되지 않은 한은 말이다. 서주는 태강을 흔들림 없이 바라보았다. 그를 보는 것만으로 가슴이 아팠다. 원치 않았던 이별이었다. 그걸 알면서 할 수밖에 없는, 그런 이별은…… 세상에 없다. 아프기 싫은 모순적인 마음이 맹렬히 고개를 치켜들었다.

태강을 보던 시선을 비껴 카페 안을 둘러보았다. 간간이 앉아 있는 사람들과 카페 문을 열고 들어오고 나가는 사람들, 스피커를 통해 흘러나오는 이루마의 'River flows in you'의 피아노 선율. 잔잔한 호수처럼 평화로운 지금, 왜 그와 이별을 얘기해야 하는 걸까. 어쩌다 우리가 이런 식으로 마주 보고 있는 걸까. 항상 나란히 앉아 같은 곳을 보았었는데.

쓸쓸해진 서주는 자신의 맞은편에 앉은 태강에게 시선을 주었다.

"그럼 먼저 일어나볼게."

"같이 일어나. 오빠도 들어가야 해."

태강과 나란히 카페를 나왔다. 그에게서 나는 민트 향이 미세하게 코끝을 간질인다. 가슴이 시큰거렸다. 아마 바람결에 민트 향이 맑아지는 날은 태강을 떠올릴 것 같다.

그가 고개를 숙여 귓가에 나지막이 속삭였다.

"남서주가 아프지 않았으면 좋겠다."

심장에 스며든 간절한 말이 덤덤했던 마음을 소용돌이치게 만들었다. 그가 먼저 등을 돌렸다. 그를 만나고 처음 있는 일이었다. 먼저 제게서 등을 돌리는 일은. 멀어지는 그를 보며 서주는 입술을 깨물었다. 소리 없는 눈송이가 하나씩 흩날리기 시작하는 날, 태강과 완전히 이별했다.

다음 날 서주는 병원을 찾았다. 병원 특유의 소독약 냄새가 진동했다. 잔뜩 긴장한 얼굴로 환자복을 입고 있는 서주가 연희와 형찬을 보았다.

"막상 수술한다니까 무서워진다."

"한숨 푹 자고 나오면 끝나 있을 거야."

병원으로 오면서도 덤덤하던 서주가 무섭다고 말했다. 연희는 붉어진 눈가를 감추려는 듯 서주를 꼭 끌어안았다.

"그래. 남서주는 언제나 씩씩하잖아. 연희 말처럼 한숨 푹 자고 나오면 돼."

형찬의 말에 고개를 끄덕인 서주는 병원에 들어오기 전 인화해 온 사진을 들여다보았다. 태강과 함께 찍은 사진. 그의 웃는 얼굴에 가만히 입을 맞추고 마치 그가 듣고 있는 것처럼 속삭였다.

"보고 싶다, 오빠. 내가 힘낼 수 있게 응원해줄 거지?"

그 모습을 보던 연희는 등을 돌렸다. 기어코 참았던 눈물이 터져 나왔다. 민애가 고아라서 반대한다고 했을 때, 헤어지라고 말했다. 그때부터 말라가는 서주를 보면서 태강을 소개한 자신을 자책했다. 나오려는 한숨을 삼킨 연희는 흘러내린 눈물을 훔쳐냈다.

"남서주 씨, 수술실로 옮길게요."

간호사가 다가와 수술을 알렸다. 그녀는 활짝 웃으며 형찬과 연희의 손을 잡았다.

"나 수술 끝나면 삼겹살 사줘."

"뭐야? 우리 서주, 서민 입맛은 여전해. 수술 끝나고 나오면 한우 사줄게."

"정말이지? 연희야, 네가 증인이다."

수술실로 가는 내내 애써 서주는 활짝 웃었다. 자신 때문에 아파할 두 사람이 조금이라도 편해지길 바라면서. 그러면서도 이 순간 태강이 몰라서 참 다행이란 생각이 들었다.

서주는 10시간의 수술을 마치고 중환자실에서 꼬박 하루를 더 지낸 후에야 병실로 옮겨졌다. 서주의 두 눈동자가 누군가를 찾듯 두리번거렸다.

"고생했어. 수술 잘됐다고 의사 쌤이 말해주더라."

"응."

서주의 입에서 메마른 음성이 흘러나왔다. 그러곤 누군가를 찾듯 눈동자를 굴렸다.

"이제 항암치료만 잘 받으면 될 것 같아."

서주는 미세하게 코끝을 맴도는 민트 향에 눈을 감았다. 꿈인가? 환하게 웃는 태강의 품에 안겨 그의 향기를 맡은 것도 같은데. 꿈과 현실의 모호한 경계선에 있는 것 같았다. 눈꺼풀을 무겁게 든 서주는 자신을 보고 있는 연희와 형찬을 보았다.

"마취가 아직 덜 깼나 봐. 왜 자꾸……."

서주는 입을 다물었다. 태강이 여기 올 리가 없지. 자신이 아픈 건 끝까지 말하지 못했는데.

"한숨 더 자."

"목마른데."

"아직 아무것도 못 먹어. 가스가 나와야 미음이라도 먹지. 잠시만 있어봐."

연희는 얼른 정수기로 다가가 거즈에 물을 묻혀 살며시 서주의 마른 입술을 축여주었다.

"좀 괜찮아?"

"응. 지금 몇 시쯤 됐어?"

"밤이야. 밤 10시."

"그렇구나."

"그만 말하고 다시 자."

서주의 무거운 눈꺼풀이 다시 내려갔다. 잠든 서주를 보던 연희는 고개를 돌려 형찬을 보았다.

"결혼 준비로 바쁜 애가 하루 종일 병원에 있으면 윤영 씨가 싫어할 거야."

"너 혼자 괜찮겠어?"

"응. 그리고 내가 왜 혼자야. 서주랑 있는데."

형찬이 잠든 서주를 힐끗 보았다.

"그럼 나 먼저 갈게. 고생해. 무슨 일 생기면 전화하고."

"응, 어서 가."

연희는 잠든 서주의 손을 잡았다. 조심스럽게 손등을 쓸어내렸다.

하루가 더 지났다. 여전히 서주의 코끝을 맴도는 민트 향은 꿈이 아니었다. 꿈이라면 이렇게 선명하게 계속 맡아질 리가 없다.

"민트 향이 계속 나."

"민트 향?"

"응. 어디서 나는지 모르겠어."

"무슨 냄새가 난다고 그래? 나는 맡아지지도 않는데."

"아니야. 정말 난단 말이야."

연희는 무슨 말인지 모르겠다는 얼굴로 서주를 보았다.

"안 나거든. 아직 마취가 덜 깬 거 아니야?"

"정말인데. 민트 향, 태강 오⋯⋯."

말을 잇지 못한 서주가 문득 입을 다물었다. 태강의 이름을 입 밖으로 꺼내면 안 될 것 같았다. 겨우 참고 있는 그리움이 넘쳐흐를 테니까.

"무슨 말이야? 태강 씨?"

"아니야."

연희는 활짝 웃으며 서주의 손을 잡았다.

"자꾸 나지도 않는 민트 향 얘기 하지 말고. 있지, 쭈야. 수술 진짜 잘됐고, 너 완치하면 임신 할 가능성도 있대. 기적이지?"

연희를 보는 서주의 시선이 흔들렸다. 기대하지 않았었다. 인터 넷으로 검색했을 때, 난소암에 대해 올라온 사례들이 희망적이지 않았기 때문에. 재발의 위험도, 위험이지만, 수술을 하면 자궁을 적출할 수도 있다고 했다. 그래서 수술 전 의사에게 오래 살고 싶다는 한마디만 했었다. 오래 살아서 조금이라도 더 태강의 모습을 멀리서나마 지켜보고 싶으니. 그럴 수 있다면 자궁은 적출해도 상관없다고 했었다.

그런데…… 아이를 가질 수도 있다.

서주는 가만히 배에 손을 올려보았다. 여기에 사랑하는 사람의 아이를 가질 수도 있다. 또다시 태강이 떠올랐다. 완치가 되어 태강과 행복할 수 있을까? 문득 든 생각이 그녀의 마음을 어지럽게 만들었다. 어쩌면, 완치된다면 태강의 옆에 갈 수도 있겠다. 그의 옆에……. 부모님의 반대는 주어진 시간이 많다면 얼마든지 기다릴 수 있다.

"왜 말이 없어?"

아련해진 서주의 눈동자가 원래대로 돌아왔다.

"암세포는 다 제거했대?"

"응. 눈에 보이는 건 다 제거했대."

서주는 눈을 깜빡거리며 연희를 올려다보았다.

"근데 기대하지 않을래. 지금은 빨리 완치되길 바라고 싶어. 임신은 나중에 생각할래."

"그래. 우리 쭈야는 언제나 잘 해냈으니까, 이번에도 그럴 거야."

서주는 희미하게 미소를 지었다.

"형찬이 결혼식 준비는 끝나가지?"

"응."

"결혼식 기대된다. 웨딩드레스 입은 윤영 씨도 기대되고."

"결혼식에 가면 볼 텐데, 뭐."

"쭈야. 퇴원하고 말이야. 항암치료 끝나면 우리 여행 가자."

"응, 여행. 생각만 해도 설렌다."

가만히 연희의 말을 듣던 서주는 아랫배에 통증이 느껴져 미간을 찌푸리다 눈을 감았다.

또 하루가 흘러갔다. 잠에서 깨면 맡아지는 민트 향 때문에 기분이 엉망이다. 그를 보고 싶은 마음이 그리움이 되어 넘쳐흐른다. 병원 특유의 소독약 냄새보다 더 짙어진 민트 향. 연희는 맡아지지 않는다는 그 민트 향.

민트 향…… 태강에게서 나던 민트 향…….

보고 싶다. 주태강, 당신.

결국 머릿속에 떠오른 생각은 태강을 떠올리게 하고 견디지 못할 만큼의 보고픔이 넘쳐흘렀다. 그때 노크 소리와 함께 문을 열고 회진을 도는 교수와 의사가 들어왔다.

"남서주 씨, 오늘 기분은 어때요?"

"괜찮아요."

"개복 후에 보니 2기 말에서 3기로 진행 중이었지만, 다행히도 한쪽 난소와 자궁을 살릴 수 있었습니다."

이미 연희에게 들은 말을 교수의 입을 통해 다시 확인하자, 심장이 빠르게 뛰었다.

서주는 조심스럽게 교수를 보며 물었다.

"아이는 가질 수 있는 거예요?"

"완치가 되고 암이 재발하지 않으면 임신 시도를 해볼 수 있습니다. 그러려면 남서주 씨가 잘 견뎌줘야 하겠죠?"

희망적인 말을 들으며 서주의 입가에 나른한 미소가 생겨났다.

"퇴원은……."

"퇴원은 아직 이릅니다. 이제 수술한 지 사흘 지났어요. 그럼 내일 회진 때 봅시다."

수술한 부위를 드레싱 해준 교수와 의사가 나가고 서주는 연희를 보았다.

"그만 가봐. 나 혼자 있을 수 있어."

"퇴원할 때까지 있을게."

서주는 고개를 저었다.

"너한테 너무 민폐 끼치는 것 같아서 그래. 나 때문에 회사 못 간 지 좀 됐잖아."

"휴가 냈어."

"내가 불편해서 그렇다고."

단호한 표정을 짓는 서주를 보며 연희가 깊게 한숨을 내쉬었다.

"혼자 있을 수 있어?"

"입원하기 전에 간병인 알아봤어. 연락하면 올 거야."

"못 살겠다, 내가. 그럼 저녁에 다시 올게."

"응. 고마워, 연희야."

"뭐가 고마워. 우리 사이에. 그럼 쉬고 있어. 저녁에 올게."

연희가 병실을 나가고 서주는 눈을 감았다. 볼을 타고 꾸역꾸역 참았던 눈물이 흘러내렸다.

난소암이라는 말을 들었을 때, 우울했다. 그런데 잘 치료하면 임신을 할 수도 있다는 말이 생기를 불어넣는 것 같다. 한 가지 희망이 생겨버렸다. 어쩌면 그의 곁에 갈 수 있을지도 모른다는 희망. 태강의 여자로 살 수 있을지도 모르겠다. 여전히 남아 있는 민트 향이 마음을 어지럽힌다. 태강이 보고 싶어졌다. 그가 다정하게 불러주는 '서주야'라는 자신의 이름이 듣고 싶어졌다. 그에게 아프다고 어리광을 부리고 싶어진다. 오래오래 살아서 그의 곁에 가고 싶다. 그의 아이를 낳고, 그와 가족이 되고 싶다.

태강은 거울 속에 비친 제 모습을 보며 입매가 삐뚤어졌다. 서주를 위한 일이라고 했지만, 정작 자신을 위한 일인지도 모른다. 생각하지 않으려 해도 그날 일이 떠올랐다. 제 앞에서 민애가 서주에게 한 거친 행동과 폭언들이. 태강은 그날 일을 떠올리며 스스로에게 자조했다.

날 선 눈이 거울 속의 자신을 향했다.

"머저리 새끼."

욕지기가 치밀었다. 태강은 그대로 거울로 손을 뻗었다. 와장창! 유리 파편이 욕실 전체로 흩어졌다. 피가 흐르는 손등을 감흥 없는 눈으로 보던 태강은 샤워를 하고 욕실을 나섰다.

회사에 출근해 일을 하면서도 그는 문득문득 멍해졌다. 아무렇지 않은 척하기 위해 애썼지만, 미소가 사라진 그의 얼굴은 서주를 만나기 전 일만 하던 일 중독 주태강으로 돌아가 있었다. 어쩌면 그때보다 더 지독히 일만 했다. 무언가에 매달리지 않으면 죽기라도 하는 것처럼.

오늘 역시 서류를 보던 태강은 서류 사이 아른거리는 그녀의 얼굴 때문에 자리에서 일어나 사무실을 나섰다. 옥상으로 올라와 아무도 밟지 않는 새하얀 눈을 밟았다. 그가 지나갈 때마다 뽀드득 소리를 만들었다. 새하얀 도화지 같던 곳이 그의 발자국으로 망가졌다. 눈밭에 남겨진 발자국을 느른한 눈으로 보던 태강의 눈동자가 일렁였다.

잘 살고 있던 남서주를 망친 것은 자신이다. 무채색이었던 그녀를 자신의 색으로 물들여놓고 방치했다. 싫은 내색도 하지 않고 항상 바쁜 자신을 이해해주던 그녀였다. 거기에 익숙해져 '괜찮을 거다. 원래 서주는 이해해줬으니까' 그렇게 생각했을지도 모른다. 조금 더 세심하게 살피지 못한 자신 탓이다. 그녀가 받았을 아픔을 외면한 대가로 지금 이렇게 아픈 거겠지.

아픈 것도 사치다. 서주를 생각하면 자신은 아파할 자격도 없다. 태강은 욱신거리는 가슴을 움켜쥐었다. 서주와 헤어지고 느껴지는 묵직한 가슴속 통증조차 서주의 흔적이라 생각하며 즐기고 있었다. 심장을 도려냈으니까 당연한 것이다. 눈밭 위에 하나만 나 있는 발자국을 보며 태강은 눈가가 뜨거워졌다.

'오빠, 여기에 오빠 발자국과 내 발자국이 그대로 찍혀 있다.'

'당연하지. 우리 둘이 걸어왔는데.'

'다음 해에도 발자국을 남기며 오빠와 걸을 수 있을까?'

'그럼, 서주가 원하면 언제든지. 오빠가 내년에도 눈 많이 내리게 해달라고 빌게.'

해맑게 웃는 서주의 얼굴과 환청처럼 들리는 목소리가 귓전에 울려 퍼졌다. 눈을 감았다. 그러면 그녀가 제 옆에 있는 것 같아서.

"여기 있었네."

상념을 깨운 목소리에 태강은 인상을 썼다. 감은 눈을 뜬 그는 눈앞에 있는 이경을 보았다.

"무슨 일이야?"

"그렇게 까칠하게 말할 필요 없잖아. 이번에 독일에서 열리는 가전박람회, 참석할 거지?"

"그게 너랑 무슨 상관이야?"

"오빠가 간다면 나도 같이 가려고."

"그럼 난 안 간다. 이 부장님이랑 가든지."

무심한 눈길로 이경을 보던 태강은 한마디를 남기고 걸음을 옮겼다. 이경이 재빠르게 태강의 팔을 잡았다. 더러운 게 묻었다는 듯 태강은 세차게 이경을 뿌리쳤다. 휘청거린 그녀가 바닥에 주저앉았다.

"오빠!"

고막을 찌르는 앙칼진 음성에 태강은 싱긋 조소했다.

"내 몸에 손대지 마."

차갑게 일갈한 태강은 옥상을 내려왔다. 이경의 손이 닿았던 겉옷을 벗어 쓰레기통에 처박아놓고도 찜찜함이 가시지 않는 것 같았다. 그는 더 날카로워졌다. 서주가 아닌 다른 누군가가 자신의 몸에 닿는 게 견딜 수 없었다.

태강은 자리에 앉아 책상 위에 있는 봉투를 뚫어질 듯 보았다. 봉투 옆에 놓아둔 휴대폰이 진동으로 부르르 떨었다.

"여보세요."

-찾았습니다. 지금 보시겠습니까?

"네."

태강은 전화를 끊고 곧장 사무실을 나와 약속 장소로 향했다.

그리고 며칠 후, 태강은 사직서를 들고 회장실을 찾았다. 최 회장은 진혁과도 친분이 있는 사이다.

"주 과장, 이렇게까지 해야겠어?"

"네. 사표 수리해주십시오."

"다른 곳에서 스카우트 제의 온 거라면 지금 받는 연봉보다 더 올려주겠네. 다시 한 번 재고의 여지는 없는가?"

"그만두겠습니다."

단호한 태강의 말에 최 회장의 표정이 좋지 않았다.

"이경이 때문인가?"

"아닙니다. 백 팀장과는 상관없이 그만 쉬고 싶어서 그런 겁니다."

"쉬고 싶다니, 더 붙잡을 수가 없겠구먼. 허허."

"그럼 나가보겠습니다. 인수인계는 빠른 시일 내에 하도록 하겠습니다."

태강은 소파에서 일어나 반듯하게 인사를 건넸다.

"다시 돌아오고 싶으면 언제든 돌아오게."

희미하게 웃은 태강은 회장실을 나왔다. 갑갑하게 목을 죄어오던 넥타이를 느슨하게 만들고 엘리베이터에 올랐다. 사무실로 돌아온 그는 창가에 섰다. 우뚝 솟아 있는 빌딩들을 무심한 눈으로 보았다. 언제나 부모님을 실망시켜드리지 않는 아들이고 싶었다. 제힘으로 무언가 해내길 바라는 꿈. 능력 없는 남자가 되기 싫었다. 그런데 그 꿈은 산산이 부서져 내렸다. 언제나 부모님 그늘이 도처에 도사리고 있었고, 제 인생을 휘두르려는 어머니가 있었다. 일을 아무리 잘해도 다 부질없는 것이다.

사랑하는 여자 하나 지키지 못했으니까.

쓴웃음이 지어졌다. 눈을 감았다. 연희에게 서주의 일을 들은 것이 잔영처럼 떠올랐다.

아파트에서 민애를 만나고 서주는 가버렸다. 녹슨 칼로 생살을 찢으면 이런 아픔이 느껴질까. 이대로 서주를 놓을 수 없는 마음에 동영에게 연희의 집을 물어 곧장 달려왔다. 그러면서도 집 앞을 서성일 수밖에 없었다. 슬픈 얼굴을 하고 덤덤히 말하던 서주가 떠올라서.

태강이 생각에 빠져 있을 때 연희의 목소리가 들려 고개를 돌렸다.

"태강 씨가 여기 어떻게……."

"동영이한테 물어봤습니다. 서주, 만나고 싶어서 왔습니다."

연희는 난처한 얼굴로 입술을 깨물었다. 지금 태강이 서주를 만나면 그녀는 또 무너질지도 모른다. 수술이 얼마 남지 않았다. 컨디션을 최상으로 끌어올리는 게 더 중요한 시기였다.

"만나지 않는 게 좋을 것 같아요."

"꼭 만나야 합니다."

연희는 움직일 생각을 하지 않는 그를 보며 주변을 두리번거렸다. 서주가 볼까 싶어 연희는 태강을 끌고 카페로 들어갔다.

"태강 씨는 여전히 서주를 사랑하나요?"

초조한 기색이 역력한 얼굴로 자신을 본다. 연희는 입술을 달싹이려다 말았다. 서주를 생각하면 태강에게 아무 말도 할 수 없었다.

"연희 씨, 서주가 없는 세상은 생각해본 적이 없어요. 오로지 제 세상엔 서주뿐입니다. 그러니까 제발, 서주를 만나게 해주세요."

"서주는 이미 상처를 많이 받았어요."

태강은 가슴속 깊은 곳에 있는 두려움이 몰려와 손을 그러쥐었다.

"……마지막이라도 좋으니까, 서주를 만나고 싶어. 서주가 받은 상처를 모르는 게 아닙니다. 서주를 아프게 하기 싫은데, 서주가 아픈 게 보기 싫으면 놓아야 하는데 쉽게 놓아지지가 않습니다. 제가 이렇게 부탁드릴게요. 서주를 만나게 해주세요."

연희는 여전히 서로를 놓지 못하고 사랑하는 두 사람을 보니 가슴이 아팠다.

"서주는 태강 씨가 알게 되는 걸 원치 않아요. 그렇지만 저는 태강 씨가 알아야 할 것 같아요. ······서주가 아파요."

태강의 미간이 모아졌다. 그러쥐고 있던 손에는 뼈마디가 도드라질 정도로 힘이 들어갔다.

"서주가 아프다니, 그게 무슨 말입니까?"

"서주가 많이 아파요. 그래서 저는 태강 씨가 서주 안 만났으면 좋겠어요."

"어디가, 아프다는 겁니까?"

"암이에요."

믿을 수 없는 말이다. 어떻게 서주가 암이야. 거짓말. 태강은 다시 물었다.

"뭐라고요? ······암?"

연희를 바라보는 그의 눈동자가 한없이 갈피를 잃고 흔들렸다. 욱신거리던 심장이 무슨 말을 들었는지 감당하기도 전.

"난소암이에요."

난소암이라고 연희가 말했다. 감당할 수 없을 만큼 몸이 떨려왔다. 3일 동안 함께 있었는데도 몰랐다니.

연희는 망연자실한 얼굴을 하고 있는 태강을 보며 말을 이었다.

"태강 씨가 서주를 위한다면 지금은 서주 앞에 나타나지 마요. 곧 수술이에요. 수술 날짜 잡혀 있는데 컨디션 나빠지면 안 돼요. 제가 이렇게 부탁할게요."

연희는 태강을 안타깝게 바라보다가 몸을 일으켰다.

"그럼 부탁 들어줄 거라 믿고 그만 가볼게요."

연희가 가고 난 후에도 태강은 꼼짝도 할 수 없었다. 그렇게 사랑한다고 했는데, 아무것도 몰랐다. 그녀가 아픈 것도, 수술을 앞두고 있다는 것도. 초점 없는 눈이 어디를 향하는지 알 수 없었다. 태강은 몸을 일으켜 저만치 걸어가고 있는 연희를 붙잡았다.

"수술 날짜가 언제입니까?"

"3일 후예요."

"서, 서주. 지금 제가 만나면 많이 힘들어할까요?"

"아마도."

연희를 잡고 있는 태강의 손에 힘이 빠져나갔다. 그녀를 위하는 일, 그것을 해야 했다. 이제껏 제 감정만을 앞세워 그녀를 상처 입혔다. 다시는 그녀가 상처받지 않도록 죽을힘을 다해 참아야 했다. 자신이 나타나면 그녀가 아플 테니까.

그는 떨리는 몸을 간신히 추슬러 연희에게 물었다.

"서주 수술까지, 찾아가지 않을게요. 하나만 알려줘요. 병원이 어디예요?"

"······대한 대학 병원이에요."

태강의 감은 두 눈에서 눈물이 흘러내렸다. 눈을 뜨고 흘러내린 눈물을 닦아낸 그는 책상 위에 있는 개인 용품들을 상자에 담았다. 그녀와 찍은 사진을 상자에 담으며 태강은 작게 중얼거렸다.

"내가 네게 갈 때까지, 조금만 기다려."

상자를 들고 미련 없다는 듯 사무실을 나와 집으로 돌아왔다. 늦은 시간, 연희의 전화를 받은 태강은 서주가 입원해 있는 병원으로 향했다.

태강은 잠든 서주를 지켜보다가 새벽녘에서야 병원을 나왔다. 그녀는 진통제를 맞지 않으면 잠을 잘 수 없을 만큼 고통스러워한다고 했다. 가슴이 답답했다. 그녀와 대화를 나누고 싶다. 그런데도 그녀가 깨어 있는 시간에는 옆에 있을 수가 없다. 그녀를 지금은 지켜줄 수 없을 테니까. 매일 밤 서주의 손을 잡고 간절히 빌었다.

'제발 서주에게 더는 아픈 일이 없게 해주세요. 우리가 함께하는 그날까지 서주가 많이 아프지 않게 해주세요.'

창밖에 밝아오는 저 해처럼 서주에게도 따뜻한 햇살이 비추기를.

오늘이 마지막 출근이었다. 인수인계는 잘 마무리했고, 팀원들에게 인사만 하고 나오면 된다. 회사로 가는 길, 전화가 울렸다.

"여보세요."

-당장 집으로 와.

"회사 가는 길입니다."

-그만둔 거 알고 있으니까 당장 와.

이경이 짓이 틀림없었다. 그렇게 경고를 했는데.

"아직 인수인계가 덜 끝나 회사에 출근합니다."

-내가 회사로 가? 아니면 네가 올래?

"어머니, 회사로 찾아오실 만큼 큰일이 없는 걸로 압니다만."

쌕쌕거리는 민애의 숨소리가 수화기를 통해 들렸다. 어차피 한 번은 겪고 넘어가야 하는 일이다.

"지금 가겠습니다."

전화를 끊은 그는 차를 돌렸다. 본가에 도착해 주차를 마치고 안으로 들어가자마자, 날이 선 목소리가 울려 퍼졌다.

"도대체가! 그 잘 다니던 회사는 왜 그만둔 거니?"

민애를 고요히 바라보던 태강은 귀찮은 듯한 목소리를 내었다.

"쉬고 싶어서요."

"그럼 본가로 들어와."

"싫습니다."

"쉬고 싶다면서? 그런데 왜 싫다는 거야?"

"쉬면서 여행 다닐 생각입니다."

진혁은 조용조용 말하는 태강을 그저 바라보고만 있었다. 저런 표정의 태강은 단 한 번도 본 적이 없었다. 언제부턴가 태강이 엇나가기 시작했다. 아마 그것은 민애가 서주라는 아이에게 한 행동들 때문일 것이다.

"그런데 어머니, 또 이경입니까? 저 회사 그만둔 걸 말한 사람이."

"그게 지금 중요한 게 아니잖아."

"제겐 중요한데 말입니다. 어머니, 언제까지 이경이에게 저에 대해 묻고, 들으실 겁니까? 이경이가 그렇게 마음에 들면 이경이를 딸로 들이시지 그러셨습니까?"

"무, 무슨 그런 말을 하는 거야? 이경이는 어릴 때부터 가깝게 지낸 집의 딸이야. 연락하고 지내도 하등 이상할 게 없는."

"연락하고 만나셔도 상관없죠."

태강은 고요히 웃었다. 그 웃음이 어딘지 섬뜩하게 보일 정도였다.

"어머니, 그런데 말입니다. 이경이와 저를 자꾸 엮으시는 건 문제가 되지 않겠습니까? 결혼은 하지 않겠다고 말씀드렸는데."

"누가 당장 결혼하라고 했니? 도대체 이경이는 왜 마음에 들지 않는다는 거니?"

"이경이를 원하시는 건 어머니 욕심일 뿐입니다."

"내가 무슨 욕심을 부렸다고 그러니?"

태강은 눈을 감았다. 차오르는 수많은 감정들이 가라앉기를 바라면서.

"얘가, 말을 해. 내가 무슨 욕심을 그렇게 부렸다고 그래?"

제발, 심한 말을 하지 않게 해주시지. 어머니의 끝도 없는 욕심이 절 이렇게 죽어가게 하는데도 모른 척하시다니요.

"서주를 사랑한다고, 인정해달라고 말하던 제게 어머니는 서주만은 안 된다고 하셨죠. 그 이유도 서주가 고아라서. 서주가 고아가 되고 싶어서 고아였겠습니까? 서주를 놓고 제 심장은 죽었어요. 어머니 눈에는 제가 지금 제대로 살아가고 있는 것처럼 보입니까?"

새하얗게 질려가는 민애의 얼굴이 눈에 들어온다. 하지만 어머니의 안색보다는 갈가리 찢겨버린 자신의 심장이, 조각난 가슴이 아프게 찔러왔다.

"그깟 가진 거 없는 아이가 뭐가 그렇게 좋다고!"

태강은 아프게 웃었다. 여전히 서주를 부정하는 민애를 보니 결심은 더 확고해졌다.

"어머니는 제 심장을 도려냈어요. 아직도 그걸 모르고 계시니 차라리 다시는 찾아오지 않겠습니다."

짝! 날카로운 파열음과 함께 태강의 고개가 돌아갔다. 그는 얼얼해진 뺨을 매만졌다.

"당장 나가! 어디서 널 낳아준 엄마한테 함부로 말하는 거야! 우리도 너 같은 아들 필요 없다."

놀란 민애가 자신의 입을 가리며 진혁에게 소리쳤다.

"여보!"

진혁은 가까이 다가오지도 못한 채 떨고 있는 민애를 보았다.

"당신도 그만해. 내가 그렇게 그만하라고 말했는데 당신, 여전히 서주라는 아이를 괴롭혔지. 태강이 마음 같은 거 보지도 않은 당신도 잘한 거 하나도 없어."

태강은 진혁과 민애를 바라보다가 입을 열었다.

"건강히 지내십시오. 아버지, 어머니."

태강은 정중히 인사를 건네고 집을 나왔다. 뒤에서 애처롭게 부르는 민애의 말을 무시했다. 곧장 차에 올라 그곳을 벗어났다. 이제 다 끝이다. 끝. 너에게 갈 수 있다. 도려낸 심장을 찾으러 갈 시간이다. 병원으로 차를 몰며 태강은 가슴이 미친 듯이 뛰었다. 운전하며 아버지와 마주했던 날을 떠올렸다. 최 회장을 만나기 전날이었다.

룸으로 되어 있는 일식집에 먼저 도착한 태강은 룸으로 안내받았다. 진혁을 기다리며 초조해지는 마음을 다잡았다. 조바심 나는 마음에 물을 몇 잔을 들이켰는지 모른다. 문이 열리고 진혁이 안으로 들어왔다.

"내가 늦은 거니?"

"아닙니다. 제가 조금 일찍 도착했습니다."

까칠해진 태강의 얼굴을 보니 마음이 좋지 않았다. 민애 말로는 서주라는 아이와 헤어졌다고 들었는데.

"식사는?"

"주문했습니다."

잠시 후, 서버가 안으로 들어와 주문한 요리들을 내려놓았다. 사케 주전자를 든 태강이 잔을 채웠다. 두 사람은 말없이 식사를 시작했다. 식사가 끝나갈 때쯤, 태강은 수저를 내려놓고 무릎을 꿇었다.

"아버지, 도와주세요. 서주가 아니면 안 되겠어요."

무릎을 꿇고 고개를 숙인 태강을 보는 진혁의 눈이 짙어졌다.

"꼭 그 아이여야겠니?"

태강은 고개를 들어 진혁을 보았다. 자신의 심장을 쥐어짜듯 그는 간절한 목소리를 내뱉었다.

"어머니 때문에라도 서주를 놓으려고 무던히 노력했어요. 그런데 안 돼요. 서주가 없으니까 여기가 아파서 견딜 수가 없어요. 숨을 쉴 수가 없어요."

진혁은 민애의 마음도, 태강의 마음도 이해가 돼서 착잡해졌다. 가슴을 움켜쥔 태강을 보니 눈가가 시큰거렸다.

"제발요. 아버지가 도와주세요. 어머니를 설득할 길이 없어요."

"네 엄마가 그러는 거, 너 잘되라고 하는 거란 걸 잊지 않았으면 좋겠구나."

"알고 있어요. 그래서 죽을힘을 다해 놓으려고 했어요."

진혁은 눈을 감았다. 더는 힘겨워하는 태강을 볼 수가 없었다. 가슴이 찢겨나가는 것 같았다. 민애를 설득했지만, 서주라는 아이는 절대 며느리로 받아들일 수 없다고 했다. 그리고 그건 아마, 이경이 매일같이 찾아와서 더 그런 것일지도 모른다. 이대로 둔다면 결국은 태강과 민애 사이는 돌이킬 수 없는 사이가 되고 말 것이다.

"어떻게 할 생각이야?"

"서주가 많이 아파요. 서주를 보살피며 살고 싶어요. 함께하고 싶어요."

"아프다고?"

"네, 많이 아파요. 그래서 더는 서주를 혼자 두고 싶지 않아요. 부모가 없는 서주에게 부모가 되어주고 싶고, 외로운 서주의 곁을 지키고 싶어요."

연민일지도 모른다. 사랑하는 사이를 갈라놓으려 할수록 불길이 번지듯 사랑은 더 커지기만 할 뿐이다.

"그 아이가 아파서 생기는 네 연민일 수도 있지 않으냐?"

"연민이라면 이렇게 옆에 없다는 것만으로 숨이 안 쉬어질 리가 없어요. 죽을 것 같아요."

한 자 한 자 힘겹게 내뱉는 태강의 말이 가시처럼 박혀들었다. 힘겨운 사랑을 하는 아들도, 아들에 대한 욕심을 버리지 않는 민애도 가여웠다.

"그 아이와 떠날 생각이니?"

"네."

단호한 대답에 진혁은 크게 숨을 들이켰다. 이미 결정을 다 해놓은 상태로 도와달라는 말이었다.

"내가 뭘 도와주면 되겠니?"

태강의 눈동자가 일렁였다. 어머니와 연을 끊겠다는 소리를 어떻게 꺼내야 할까.

"뭘 그렇게 망설여. 내가 도와줘야 할 게 뭐야?"

"서주와 떠날 수 있게 도와주세요."

룸 안에는 침묵이 이어졌다. 누구 하나 입을 열지 않았다. 무거운 공기가 팽팽하게 당겨졌다.

"지금 부모와의 연을 끊겠다는 소리야?"

"떠날 수 있도록 도와주세요. 서주가 낫고 나면 찾아볼게요."

안 된다고 말해도 떠날 것이 분명하다. 34년을 키운 아들을 모를 리가 없었다. 처음 태강이 연애를 한다고 했을 때, 조금 더 적극적으로 민애를 말렸다면 이렇게까지 되진 않았을지 모른다. 뒤늦게 후회를 해도 이미 엎질러진 물은 주워 담을 수 없다. 하나뿐인 아들을 영영 잃을 수는 없다.

"떠날 수 있게 도와주마. 단, 조건이 있다. 한 달에 한 번이라도 네가 어디서 살고 있는지 연락을 줘야 한다. 무슨 일이 생기더라도 연락을 끊어선 안 돼. 지켜줄 수 있겠니?"

"……네."

"아프게 해서 미안하구나. 그래도 네 엄마를 조금만 이해해주었으면 좋겠구나."

수많은 감정들이 수면으로 떠올랐다. 서주를 향한 마음을 인정해준 진혁이 고마우면서도 이렇게밖에 할 수 없어 미안해졌다. 눈시울이 뜨거워졌다.

"제가 죄송합니다."

태강은 떠오른 잔상을 몰아냈다. 그동안 매일 밤, 늦은 시간이면 대한 대학 병원을 찾았다. 진통제를 맞아야 잠들 수 있다는 서주의 손을 잡아주고 식은땀을 흘리는 몸을 닦아냈다. 한 번씩 통증이 찾아오는지 찌푸리는 얼굴을 보면 가슴이 아팠다. 대신 아파줄 수만 있다면, 그런 생각을 수도 없이 했었다.

하지만 이제 모든 준비는 끝났다. 그녀만 곁에 두면 된다. 대한 대학 병원이 눈앞에 보인다.

9장. 마주 보는 사랑 하자

서주는 병원 복도를 걸어 다니면서 조금씩 운동을 시작했다. 입원한 지 2주가 되었다. 몸은 많이 회복되었다. 한 번씩 찾아오는 통증만 아니면 컨디션도 나쁘지 않았다. 하지만 단 하나, 힘든 게 있다면 매일 짙어지는 민트 향 때문에 그와 헤어진 사실이 실감 나지 않는 일이었다. 여전히 그가 옆에 있는 것 같다. 그가 너무 그리웠지만 그래서 더 열심히 긍정적인 생각을 하기로 했다. 만약 그가 곁에 있었다면 자신이 아파하는 모습을 보고 슬퍼할 테니까.

어울리지 않게 슬퍼하지 마.

매일 수백 번씩 되뇐 말이다. 그런데도 어쩌다 한 번씩 감정 기복이 심해지곤 했는데, 수술 후유증일 것이라 생각하면서도 우울함은 좀처럼 가시지 않았다. 그리고 그 우울함은 병실 창밖으로 내리는 눈을 바라볼 때 조금 더 깊어졌다. 원체 겨울에 눈 내리는 날을 좋아했다. 밖으로 나가 내리는 눈을 맞고 싶은 마음이 강렬히 솟구쳤던 적이 한두 번이 아니었다. 그것이 더 우울하게 만들었다. 그렇지만 이제 퇴원을 하면 내리는 눈을 맞을 수도 있다. 어제 팔에 꽂고 있던 링거 바늘도 뽑고, 달고 있던 피 주머니도 제거했다. 퇴원을 하면 제일 먼저 눈밭을 걷고 싶다. 하지만 눈밭을 걷는다고 하면 연희가 바르르할 게 분명하다.

"근데 오늘 퇴원한다 했는데 왜 이렇게 안 오지?"

데리러 오겠다는 연희가 감감무소식이었다. 휴대폰을 꺼내 연희의 번호를 눌렀지만 신호만 갈 뿐 전화를 받지 않았다. 그때 노크 소리와 함께 간호사가 안으로 들어왔다.

"이건 퇴원하고 드실 약이고, 일주일 후에 항암치료 시작하시는 거 선생님께 설명 들으셨죠?"

"네. 수납하러 가면 되나요?"

"수납 끝났는데요."

"네?"

"수납 끝나서 퇴원하시면 됩니다."

연희나 형찬이 왔나 보다. 수납 먼저 하고 엘리베이터 안이라 전화를 못 받았던 걸까. 서주는 환자복을 벗고 옷을 갈아입었다. 침대에 앉아 연희가 오길 기다렸다. 지갑에 넣어둔 태강과 함께 찍은 사진을 꺼냈다. 2주간 하도 만져 닳아버린 사진을 조심스럽게 쓸어내렸다.

"오빠, 나 수술도 잘 받았고 이제 퇴원한다. 오빠도 잘 지내고 있는 거지?"

사진을 보며 입가에 희미하게 미소가 지어졌다. 그가 보고 싶은 마음이 커져버렸는지 미세하게 맡아지던 민트 향이 더욱 짙어지고 있었다. 눈을 감았다. 더 오래 그의 향기를 맡고 싶어서.

그때 나지막이 병실을 울리는 구두 소리와 잊은 적 없던 익숙한 체취가 느껴졌다. 꿈이라고 하기엔 이렇게 가까이서 숨결이 느껴질 리가 없다. 눈을 감고 있는 서주의 얼굴 위로 음영이 드리워졌다. 속눈썹이 파르르 떨려왔다. 눈으로 확인하지 않아도 태강이 왔음을 심장이 먼저 알아챘다. 익숙한 그의 향기를 알아본 가슴이 세차게 뛰었다.

그의 입술이 가볍게 이마에 닿았다 떨어졌다. 눈물이 볼을 타고 흘렀다. 흘러내린 눈물을 따라 그의 입술도 같이 닿는다. 이윽고 그가 입술에 입을 맞춘다. 서주는 번쩍 눈을 떴다. 1센티미터도 떨어지지 않고 맞닿아 있는 태강이 보인다. 가만히 입술만 맞닿고 있었다. 밀어내야 하는데, 되지 않는다. 감정이 복받쳐 눈물이 계속 흘러내렸다.

그는 나직이 속삭였다.

"내 심장을 찾으러 왔어."

쿵. 심장이 곤두박질쳤다. 무언가 말을 하려 입술을 달싹여봤지만 그의 뜨거운 입술이 입술을 베어 물었다. 한없이 부드러운 키스가 이어졌다. 그는 밀어내려는 그녀의 손을 잡아 자신의 목을 끌어 안게 한다. 자신의 마음을 전하기라도 하듯 그의 입맞춤은 심장을 아릿하게 만들었다.

밀어낼 수조차 없게, 감정을 내보이게.

차오른 눈물이 의지와 상관없이 넘쳐흘렀다. 뿌옇게 변해버린 시야 사이 그의 모습이 흐릿해졌다. 그의 조심스러운 손길이 눈물을 닦아낸다.

"여긴 어떻게 알고 온 거야?"

그의 한쪽 입술 끝이 슬쩍 올라가며 미소를 지었다.

"네가 있는 곳, 그곳에 내가 있는 게 당연하잖아."

"우리는 헤어졌어."

그의 슬픈 미소를 보며 서주는 치닫는 감정에 가슴이 욱신거렸다.

"헤어짐은 또 다른 만남의 시작이야. 그건 너와 내가 다시 만날 수 있다는 말이기도 해."

그의 말에 서주는 또다시 눈가에 눈물이 그렁그렁 맺혔다.

"나는……."

태강은 서주를 품으로 당겨 안았다. 그녀가 무슨 말을 할지 듣지 않아도 알 것 같았다. 울렁울렁 물결치듯 치미는 수많은 감정들이 마음을 아리게 해 가슴이 미어졌다.

"서주야, 네가 아무 말 안 해도 알고 있어. 내가 네 곁에 있으면 이제 아프지 않을 거야."

통증이 끝도 없이 일어났었다. 진통제를 맞지 않으면 잠들기도 힘들었었다. 그런데 왜 지금 그가 하는 말이 사실처럼 들릴까?

몸이 아파서 오는 통증보다 그가 옆에 없어서 오는 통증이 더 심했었다. 죽고 싶다는 생각을 수도 없이 했다. 자신 하나 없어진다고 달라지지 않는 세상이니까. 오래 살아봤자 통증과 고통 속에서 몸부림쳐야 한다면, 그게 다 무슨 소용일까? 모든 걸 내려놓고 싶었던 적이 한두 번이 아니었다. 하지만 그럴 때마다 느껴지던 그의 향기가 꺾이려는 의지를 다잡게 했었다.

태강은 서주를 품에서 놓고 손을 내밀었다.

"가자, 서주야. 오빠와 함께."

태강이 내민 손을 물끄러미 바라봤다. 손을 뻗어 잡으려는 순간, 그의 어머니가 떠올랐다. 자신이 아픈 걸 알면 더 반대하시겠지. 그의 손을 잡으려던 손이 허공에서 멈췄다.

"오빠와 함께 갈 수 없어."

그 한마디에 태강의 얼굴엔 쓸쓸함이 번져나갔다. 알고 있었다. 남서주가 쉽사리 제게 오지 않을 것을. 알고 있었으면서도 자신을 밀어내는 그녀를 보니 가슴이 욱신거렸다.

"왜?"

서주는 태강을 보며 떠오른 부정적인 생각들과 교차되는 수많은 감정들을 누르며 입을 열었다.

"우리는 이대로 이별하는 게 맞아."

그의 얼굴이 순식간에 굳어졌다. 눈동자가 눈에 띄게 동요하는 게 보인다. 그럼에도 잡을 수 없다.

"일단은 나가자. 너 쉬어야 할 거 아니야."

"택시 타고 갈게."

깊게 한숨을 내쉰 태강은 서주의 손을 잡고 단호한 음색으로 내뱉었다.

"집까지 데려다줄게. 그것까지 못하게 하지 마."

병원을 나와 차에 타고 운전을 하면서도 태강은 서주를 곁눈질했다. 무슨 말이라도 해야 하겠는데, 쉽사리 입이 떨어지지 않았다. 혹시라도 그녀가 밀어낼까 봐. 오늘은 그저 만난 것만으로, 대화를 나눌 수 있었다는 것만으로도 충분했다.

태강은 조용히 연희의 집 앞에 차를 멈췄다.

"들어가서 푹 쉬어."

자신에게 묻고 싶은 것이 많을 텐데 강요하지 않고 순순히 물러나는 그를 보니 코끝이 찡해진다.

"응. 데려다줘서 고마워."

"어서 들어가."

차에서 내린 서주는 미련 없다는 듯 출발하는 차를 물끄러미 바라봤다. 멀어지는 차는 꼭 그가 제게서 완전히 멀어지는 것처럼 보였다.

끝……. 주태강과 남서주는 끝.

머릿속에 들어찬 생각이 심장을 아리게 만들었다. 입술을 잘근 깨문 서주는 집으로 들어갔다.

서주가 아프다는 걸 알고 난 후, 태강은 서점에 들러 암에 대한 서적들을 사 왔다. 그 어느 때보다 열심히 난소암에 관련해 공부했다. 암을 극복한 사례들을 보며 고개를 끄덕였다.

서주를 반드시 낫게 할 것이다.

항암치료를 시작하면 부작용이 따를 것이다. 항암치료에 도움을 줄 수 있는 음식을 찾아보았다. 꽃송이버섯을 발효시킨 발효 현미 버섯은 현미 강과 젖산균이 있어 체내 흡수율이 높인다는 글을 보고 당장 발효 현미 버섯을 사 왔다. 시간을 확인한 태강은 주방으로 가 생강차를 보온병에 담아 집을 나섰다. 연희의 집에 도착한 그는 휴대폰을 꺼내 서주의 번호를 눌렀다.

-여보세요.

"집 앞인데, 내려와."

차에서 내려 서주가 나오길 기다렸다. 곧 모습을 드러내는 그녀를 보며 인상을 썼다. 지금은 한겨울이었다. 이런 날씨에 몸도 성치 않으면서 목도리는 어디다가 빼놓고 나온 건지.

"무슨 일이야?"

그는 서주의 말에 대답하지 않았다. 자신의 목에 감겨 있던 목도리를 풀어 서주의 목에 꽁꽁 싸매곤 손을 내밀었다.

"좀 걷자."

마음이 아팠었다. 어제 그렇게 돌아가기에, 그가 다시는 오지 않을 줄 알았다. 그런 그가 집 앞이라고 내려오라고 했을 때, 사실은 뛸 듯이 기뻤다. 서주는 태강이 내민 손을 물끄러미 바라보다가 잡지 않고 먼저 걸음을 옮겼다. 싸늘한 바람이 볼의 살갗을 스치고 지나갔다. 뒤에서 그의 걸음 소리가 일정한 간격으로 들려왔다.

"간밤에 통증은 없었어?"

"응."

그 말 이후, 두 사람은 말없이 걸음을 옮겼다. 서주가 앞에 걷고, 태강은 조용히 그녀의 뒤를 따랐다. 서주는 공원에 다다라 햇빛이 비치는 벤치에서 걸음을 멈췄다.

"걷는 거, 힘들어?"

걱정스러움이 담뿍 담긴 음성에 서주는 가만히 고개를 가로저었다. 벤치에 앉아 여전히 서 있는 그를 올려다보았다.

"오빠가 왜 이러는지 모르겠어."

무언가 생각하는 듯한 태강은 희미하게 웃었다.

"네가 한 말 기억해?"

"내가 한 말?"

"응. 너 말고 다른 사람 만나지 말라면서."

왜 뒤에 말은 다 잘라먹고 그 말만 하는 걸까?

"당분간이라고 했잖아."

"그 당분간 널 만나려고."

나른하게 웃는 그의 얼굴이 훅, 한 번에 가슴으로 스며들었다. 그가 옆에 있는 게 좋으면서도 가슴을 서걱거리게 한다.

"언제까지?"

"글쎄?"

아주 오랫동안이겠지. 너와 처음 함께한 그날부터, 우리는 하나로 연결된 운명이었으니까.

"오빠, 가만 보면 이상한 거 알아?"

"뭐가?"

"우리가 사귈 때, 오빠는 늘 바빴어. 그래서 이렇게 대낮에 데이트한 적은 많이 없잖아. 헤어지고 나서 대낮에 오빠와 마주하니까 뭔가 이상해."

그것 때문에 태강 역시 얼마나 미안했는지 그녀는 모를 것이다. 그때 조금 더 잘해줬더라면, 조금 더 신경 썼더라면 그녀가 아프지 않았을까? 태강은 목도리를 칭칭 감아 얼굴만 내놓은 서주를 물끄러미 보았다.

"그게 왜 이상해. 나 이제 백수라서 대낮에 자주 볼 거야."

놀란 듯 커다래진 눈, 찬바람에 붉게 상기된 볼이 귀엽다.

"입 맞추면 화낼 거야?"

눈만 깜빡이는 그녀를 보고 태강의 한쪽 입매가 비스듬히 올라갔다.

"하면 안 돼?"

퍼뜩 정신을 차린 서주는 손을 들어 입을 막았다. 금세 실망감이 서린 그의 얼굴이 눈에 들어왔다.

"우리 사이를 정확히 모르겠어."

태강과 사이를 단정 짓기가 모호했다. 헤어졌으니 연인 사이라고 말할 수도 없다. 그런데 스킨십을 하는 건 좀 이상했다.

"무슨 사이였으면 좋겠는데?"

"음……. 모르겠어. 우리는 아무 사이도 아니잖아. 솔직히 오빠가 이렇게 찾아오는 이유도 모르겠어."

등을 굽혀 서주와 시선을 맞추던 그는 웃음을 터트렸다. 저 작은 머리는 자신을 밀어낼 생각만 하는 건가 보다. 이렇게 그녀를 찾아오는 건 여전히 사랑하기 때문인데.

"왜 웃는 거야?"

퉁명스럽게 내뱉는 그녀의 말에 웃음을 멈추고 태강은 다시 시선을 마주했다.

"그럼 안 웃어? 이렇게 찾아오는 이유도 모르겠다고 하지, 아무 사이도 아니라고 하는데."

"그럼 우리가 무슨 사인데?"

"내가 남서주를 열렬히 짝사랑해서 쫓아다니는 사이."

"풋."

서주는 저도 모르게 웃음을 터트렸다. 태강이 열렬히 짝사랑한다는 말에 웃음이 나면서도, 왜 가슴이 저릿해지는 걸까. 여전히 그가 사랑하는 여자는 남서주뿐일까?

"왜 웃어?"

"짝사랑한다는 말, 주태강 씨랑 안 어울려."

부스스 웃어버린 태강은 서주를 보았다.

"그럼 짝사랑하지 않게 마주 보는 사랑 하자. 어때?"

"싫어."

망설임도 없이 나온 답에 태강은 숨을 크게 들이켰다. 쉽지 않을 것이다. 꽁꽁 닫혀버린 그녀의 마음을 다시 열기는.

"그럴 줄 알았어. 근데 안 추워?"

고개를 살짝 끄덕인 서주는 몸을 일으켰다.

"그만 들어가야겠다."

먼저 발길을 돌리는 서주를 태강은 나직이 불렀다.

"서주야."

"응."

"항암 1차 끝나면 우리 여행 가자."

지난번처럼 휴가를 쓴 게 아닌가? 그는 정말 회사를 그만둔 건가? 서주는 무슨 대답을 해야 좋을지 몰라 물끄러미 그를 응시했다.

"보여줄 곳이 있어."

곤란하다는 듯 서주는 미간을 찌푸렸다.

"보여줄 곳?"

"응."

그녀는 간절한 눈빛을 보내는 그를 물끄러미 바라보다가 입을 달싹였다.

"……생각해보고."

서주는 멈췄던 걸음을 옮겼다. 태강은 올 때와 마찬가지로 그녀의 뒤를 따랐다. 가만히 앞서 가는 그녀를 응시하며 한 번씩 솟구

치는 감정을 내리눌렀다. 서로의 숨결을 고스란히 느끼며 지금 이 시간이 지속되길 바랐다. 잔잔한 호수 같은 이 시간이.

"들어가볼게."

"잠깐만."

태강은 서둘러 차에서 보온병과 발효 현미 버섯을 꺼냈다.

"이거 받아."

"뭔데?"

"건강에 좋은 거. 구역질 날 땐 보온병에 든 생강차 마시고, 옆에 상자에 든 건 하루에 한 번씩 챙겨 먹어. 면역력 높여줄 거야."

서주의 눈동자가 잠시 일렁였다. 자신을 걱정하는 마음이 고스란히 전해졌다. 가슴이 뭉클해진다.

"고마워."

"고마우면……."

태강이 다가와 가볍게 그녀의 이마에 입을 맞추고 멀어졌다. 서늘한 이마에 닿았던 뜨거운 입술이 얼굴을 붉게 만들었다.

"됐다. 고마워하니까 나도 선물을 받은 거야. 어서 들어가."

울컥하는 감정이 눈물이 되어 흘러나오려 해 곤란했다. 고요히 자신을 응시하는 서주를 보며 태강은 먼저 뒤돌아섰다. 차에 올라 시동을 켜고 그곳을 벗어났다. 사이드미러로 그녀를 보며 태강은 이를 악물었다. 가슴속에 응어리진 수많은 감정이 고개를 추켜세울 때마다 죽을힘을 다해 참아야 했다.

멀어지려는 그녀를 너무 잘 알아서.

그는 매일 같은 시간에 찾아왔다. 유명한 한정식집에 데려가 밥을 사주기도 하고, 산책을 하기도 했다. 정말 말 그대로 평화로운 나날이었다. 아픈 몸만 아니라면 더없이 행복한 시간이 아닐 수 없었다. 이런 행복이 지속될 수만 있다면 암세포와 싸워 꼭 이겨내고 싶다. 교수에게 말한 대로 오래오래 살고 싶다.

연희는 생각에 빠져 있는 서주를 물끄러미 보았다. 아침부터 내내 그녀는 멍한 상태로 허공을 응시하고 있었다.

"무슨 생각 해?"

"널 어떻게 요리할까? 그 생각."

"뭐야? 왜? 내가 무슨 잘못을 했다고."

"태강 오빠한테 말한 거, 너지?"

연희가 한 걸음 물러섰다. 그 반응만으로 연희임이 확실해졌다.

"나 아니야!"

"그럼 형찬이야?"

"쭈야, 누가 말했으면 어때. 어차피 태강 씨도 알게 될 일이었어. 내가 동영 오빠한테 말했거든. 너 아픈 거."

연희는 쪼르르 달려와 팔을 붙잡고 애교를 부리고 시작했다.

"응? 어차피 나쁘지 않잖아. 태강 씨도 매일 찾아와서 너랑 만나고. 이게 누이 좋고 매부 좋고, 도랑 치고 가제 잡고, 일거양득이라는 거지."

"말이나 못하면."

"안 사라질 거지?"

"확 사라질까 보다!"

"쭈야. 네가 그때 태강 씨를 못 봐서 그래. 난 사람 하나 죽어나는지 알았어. 그래서 할 수 없이 말했다고."

아마 그랬을 것이다. 태강이라면…….

"사람 하나 살리는 셈 치자. 솔직히 너도 태강 씨 다시 만나니까 혈색도 좋아지고 다 좋잖아."

말이 없는 자신을 향해 연희가 조잘조잘 말을 이었다. 더 곤란해지게 만들어볼까. 그런 생각이 들었다가 이내 서주는 고개를 가로저었다. 결과적으로 태강을 다시 볼 수 있어서 좋은 건 사실이었다. 예전처럼 연인은 아니지만, 지금처럼 만나는 것만으로도 나쁘지 않았다.

그를 볼 때마다 가슴이 서걱거리는 걸 뺀다면.

"그래. 좋다, 좋아. 근데 나는 불안해. 또다시 오빠를 아프게 할까 봐."

"아마 네가 태강 씨에게서 멀어지면 그게 태강 씨를 더 아프게 하는 거 아닐까?"

"그래도, 항암치료받다가 내가 잘못되기라도 하면? 만약 난소암이 재발이라도 하면?"

그 말에 연희는 바르르거렸다. 서주가 느끼는 불안함을 모르는 것도 아니다. 하지만 긍정적인 생각만 해도 모자랄 판에, 그녀는 한 번씩 슬픈 말을 뱉어낸다.

"남서주! 그런 부정적인 생각 그만해."

"그럴 수도 있잖아."

불안했다. 항암치료를 앞두고 오만 가지 생각들이 아가리를 벌리고 시커먼 파도처럼 덮쳐왔다.

"안 되겠네. 태강 씨한테 전화해서 당장 오라고 해야지."

서주는 전화를 걸려고 휴대폰을 빼 든 연희의 손을 붙잡았다.

"그러지 마. 오빠 지금도 나 때문에 많이 힘들 거야. 회사도 그만 둔 거 같았어."

놀란 듯 연희의 눈동자가 커다래졌다.

"진짜?"

서주는 힘없이 고개를 끄덕였다.

"대단한 지극 정성이다. 태강 씨한테는 남서주가 전부인가 봐."

나한테도 주태강이 전부야.

입을 달싹여 말을 하려다 말았다. 태강이 만날 때마다 세뇌하듯 하는 말이 있었다.

'남서주를 열렬히 짝사랑해.'

거기에 자신은 대답하지 않았다. 태강이 저를 사랑하는 마음보다 더 그를 사랑하지만, 그의 어머니를 떠올리면 쉽사리 손을 잡을 수가 없었다. 그가 내민 손을 붙잡으면 다시 겪어야 할 일들이 아직은 자신이 없다. 그를 이 세상에 있게 해준 어머니를 더 미워하게 만들 수도 없다.

짝! 연희가 대답이 없는 서주의 눈앞에 손뼉을 쳤다.

"왜?"

"무슨 생각 하기에 말이 없어?"

"……넌 사랑이 뭐라고 생각해?"

"사랑? 서로 좋아 죽고 못 사는 그런 거?"

참 연희다운 답이었다. 이것저것 재지 않는 연희가 가끔 부러웠다. 하지만 서주의 현실엔 사랑만으로 살 수 없는 게 분명 존재한다. 그것을 사랑으로 극복할 수 있을까? 여러 사람을 아프게 하고 둘만 좋으면 그만인 게 사랑일까?

"또, 또 쓸데없는 생각 하고 있지? 형찬이가 그랬잖아. 넌 생각이 너무 많아서 탈이라고. 가끔은 본능에 맡기는 것도 나쁘지 않아. 하고 싶은 대로 하면서 살아. 어차피 한 번 사는 인생이야."

어쩌면 그럴지도 모르겠다. 한 번 사는 인생, 사랑하는 사람과 같이 살고 싶은 마음이 저라고 왜 없을까?

"난 무섭다. 가끔 내가 정말 본능에 맡겨서 하고 싶은 대로 할까 봐. 그래서 오빠를 힘들게 할까 봐."

"아마 태강 씨는 힘들다고 생각 안 하고 있을걸?"

그래서 문제였다. 그는 밀물처럼 밀려 들어와 빠지지 않고 가슴에 박혀버린다. 뽑아버릴 수도 없는 가시처럼.

"그게 문제지. 나보다 좋은 사람 만나서 아이 낳고 알콩달콩 살아야 하는 사람인데 나한테 시간을 허비하고 있으니."

연희는 자세를 고쳐 앉아 진지한 표정을 지었다.

"남서주. 너 사실대로 말해봐. 만약 태강 씨가 매일 네게 오던 걸음을 멈췄어. 그리고 다른 여자가 태강 씨 옆에 섰어. 그러면 넌 어떨 것 같아?"

싫다. 머릿속에 그려지는 상상만으로도 지독한 통증을 동반했다. 가슴이 욱신거려 서주의 숨이 조금 거칠어졌다.

"표정만 봐도 알겠네. 싫잖아. 그런데 왜 자꾸 밀어내기만 해?"

"모르겠어, 잘. 어떤 게 현명한 방법인지."

"태강 씨를 믿고 끝까지 가봐. 그 끝에 뭐가 기다리고 있을지는 가보지 않았으니 아무도 몰라. 가보지도 않고 지레 겁먹을 필요 없어. 이래도 후회하고 저래도 후회한다면 가보고 나서 후회하는 게 나아."

연희 말대로일지도 모르겠다. 그런데도 선뜻 그의 손을 마주 잡기엔 현실이 벅찼다.

"참 나. 남서주가 언제부터 이렇게 나약한 인간이 되셨을까."

비꼬는 말은 아니었다. 예전의 자신은 이렇게 나약하지 않았으니까.

"그러게."

서주는 짧게 답하며 씁쓸하게 웃었다.

자욱한 안개가 한 치 앞을 분간하기 힘들 게 만든다. 길을 찾기 위해 이리저리 걸음을 옮기던 태강은 안개 속에서 희미한 사람의 형체를 보았다. 심장이 뜀박질을 시작했다.

"서주니?"

앞에 있는 사람은 물음에도 걸음만 옮겨갈 뿐 대답이 없었다. 다급해진 마음에 뛰었다. 서주인지 아닌지 확실치 않았지만, 놓치면 평생을 후회할 것 같았다. 게다가 눈을 비비고 다시 볼수록 서주임이 확실해졌다. 어디로 가는지 뒤도 보지 않고 걸음만 옮기고 있었다.

"서주야!"

몇 번을 불러도 그녀는 뒤를 돌아보지 않았다. 그가 뛰어가는 만큼 멀어지는 그녀였다. 전력 질주를 하고 있었지만 절대 가까워지지 않았다. 나루터가 보이기 시작했다. 마음이 급해졌다. 태강은 있는 힘껏 그녀를 불렀다.

"남서주!"

그제야 뒤를 돌아본다. 희미하게 미소 짓는 서주를 보고서야 다행이라는 안도감이 들었다.

"서주야. 어디 가는 거야? 이리 와."

가만히 고개를 젓던 그녀는 나루터에 정착된 배에 오르기 위해 줄을 선다.

"안 돼! 서주야, 오빠 두고 어디 가는 거야?"

배를 타기 위해 줄을 선 사람들이 줄어들수록 심장이 폭주하듯 뛰었다.

"서주야! 남서주!"

간신히 배에 오르기 전 다다라 그녀를 붙잡았다. 뒤돌아보는 얼굴이 하얀 백지장 같았다. 잡고 있는 어깨가 싸늘하게 식어 있었다. 그녀는 가만히 어깨에 올려진 손을 떼어내고는 고요히 미소 짓는다. 그러곤 걸음을 옮겨 배에 오른다. 갑판을 밟고 선 그녀를 향해 손을 뻗었지만 그 순간 그녀를 잡아당기는 손이 어디선가 툭 튀어나왔다. 죽을힘을 다해 그녀를 제 쪽으로 잡아당겼다. 툭. 미끄러지듯 잡고 있는 손을 놓쳤다. 그녀의 몸은 순식간에 낯선 손에 의해 멀어졌다.

"안 돼! 서주야!"

단말마의 비명을 내지른 태강은 잠에서 깼다. 눈앞에 보이는 익숙한 풍경에 현실임을 인식했다. 다행이다. 현실이 아닌 꿈이라서. 깊은 한숨을 내쉰 태강은 고개를 돌려 시간을 확인했다.

오전 11시. 식은땀으로 온몸이 축축하게 젖어 있었다. 불길함이 엄습해왔다. 그는 씻을 생각도 하지 않고 휴대폰부터 찾았다. 서주의 번호를 누르는 손이 미세하게 떨려왔다.

-여보세요.

"어디야?"

-잠깐 나와 있어.

아침부터 어디를 갔다는 말인가. 연일 한파가 몰아치고 있는데.

"아침부터?"

-응. 항암치료 전에 해야 할 일이 있어서.

"오빠가 갈게. 어디야?"

-사거리 쪽에 있는 사진관.

"지금 갈게. 조금만 기다려."

전화를 끊은 태강은 서둘러 외출 준비를 서둘렀다. 아파트를 나와 서주에게 가면서도 꿈 때문인지 찝찝함이 남아 머리가 지끈거렸다. 서주가 말한 사진관 앞에 도착한 그는 단숨에 사진관으로 올라갔다.

"서주야."

"오빠 왔어?"

"응. 근데 사진관은 왜 온 거야?"

서주는 희미하게 웃더니 사진관 사장에게 인사를 건넸다.

"그럼 잘 부탁할게요. 완성되면 전화해주세요."

"네."

서주는 자신을 보고 있는 태강을 향해 손을 내밀었다.

"됐다. 가자, 오빠."

서주가 무사한 것을 확인하고 사진관을 나오면서도 내내 찝찝함이 가시지 않았다. 태강은 걸음을 옮기는 서주를 붙잡았다.

"사진관에 왜 온 거냐니까?"

"사진관에 왜 왔겠어? 사진 찍으러 왔지."

"무슨 사진?"

그녀는 사진 찍는 걸 그다지 좋아하지 않는다. 연애를 하는 동안에도 사진을 찍자고 몇 번을 졸라야 겨우 찍던 그녀였다. 서주의 얼굴에 대답을 망설이는 게 역력히 드러났다. 그게 더 그의 신경을 날카롭게 자극하고 있었다.

"왜 말을 못 해? 무슨 사진 찍으러 왔냐니까!"

"왜 소리를 지르고 그래?"

가뜩이나 그녀를 잃어버리는 꿈을 꿨다. 그래서 한껏 신경이 예민해진지도 모르겠다. 태강은 굳어진 표정을 풀었다.

"소리 지른 건 미안해. 간밤에 잠을 설쳐서 예민해졌나 봐. 사진 찍는 거 싫어하는 네가 아침부터 사진관에 있으니까 의아해서 그래."

어떻게 말을 해야 할지 몰랐다. 항암치료를 하기 전, 영정 사진을 찍어놓고 싶었다. 인터넷을 검색해보니 항암치료를 받다가 죽는 경우도 있다고 적혀 있었다. 사례일지 모르지만 그 경우가 제게 해당되지 않는다는 보장이 없으니 준비해둔 것일 뿐인데, 사실대로 말하면 태강이 화를 낼 것 같았다.

"항암치료 시작하면 머리카락 다 빠질 테니 난생처음으로 길러본 머리, 자르기 전에 찍어둔 거야."

덤덤하게 하는 말이 왜 사실이 아닌 것처럼 들리는지 모르겠다. 미세하게 떨리는 그녀의 눈동자 때문인가 보다. 거짓말도 못하면서.

"사실이야?"

그녀의 눈동자가 일렁인다. 태강은 서주를 옥박지르지 않기 위해 손을 그러쥐었다.

"그, 그럼. 사실이지."

"……거짓말. 남서주는 거짓말도 못하면서 매번 거짓말을 하려고 들어."

서주는 숨을 크게 들이마셨다. 이 상황을 어떻게든 피하고 싶은데 잘 안 될 것 같았다. 그의 집요한 눈동자가 온몸을 낱낱이 해부하듯 훑어보고 있다.

"무, 무슨 거짓말을 했다고 그래."

"그럼 말은 왜 더듬는 건데?"

"그건 오빠가 집요하게 물어오니까 그렇지."

"네가 거짓말을 해서 그런 거 아니야. 뭐, 네가 말 안 해준다면 사진관에 올라가서 네가 무슨 사진 찍었는지 물어보고 올게. 잠깐 기다려."

서주는 금방이라도 사진관으로 올라가려는 태강을 붙잡았다. 어차피 알게 될 거, 그냥 말해야겠다.

"영정 사진 찍었어."

그 한마디로 태강의 눈앞에 간밤에 꾼 꿈이 재생되었다. 자신이 손을 놓쳐 서주가 배에 오르던 모습이.

"……뭐?"

"영정 사진 찍었다고. 이제 속이 시원해?"

태강의 가슴이 무너졌다. 그 꿈이 사실인 양, 금방이라도 일어날 일처럼 현실로 다가왔다.

서주는 말없이 태강을 바라봤다. 그게 더 무섭게 느껴졌다. 점점 일그러지는 그의 표정이 화가 났음을 알리고 있었다.

"영정 사진을 네가 왜 찍어?"

잇새로 짓이기듯 뱉어내는 말이 가슴에 비수를 꽂는 것 같다. 왜 알면서 묻는 걸까. 만약을 위한 대비를 했을 뿐이다.

"항암치료받다가 잘못될 수도 있잖아."

태강은 마른세수를 했다. 서주의 불안한 마음을 모르는 건 아니다. 서운한 마음과 함께 혼자 그동안 얼마나 외롭고 아팠으면 장례식조차 자신의 손으로 준비한다고 말하는 걸까. 그녀를 향한 안타까운 마음이 그의 가슴을 저몄다.

"서주야, 잘못되긴 누가 잘못 된다고 그래."

"잘못될 수도 있잖아. 사람 일은 모르니까."

그녀가 안쓰러우면서도 지난밤의 꿈이 다시 머릿속에 가득 들어찼다. 이성적인 판단을 할 수 없을 만큼 금방이라도 눈앞에 그녀가 사라질 것만 같아 두려웠고, 살 생각부터 하지 않는 그녀가 미웠다. 가슴이 무거운 돌덩이를 얹은 듯 옥죄어온다.

깊게 숨을 들이켠 태강은 물끄러미 그녀를 응시했다.

"네 마음을 모르는 건 아니지만 살려고 노력하는 것부터 생각할 수는 없는 거야?"

"만약을 위해 준비하는 것뿐이야."

만약. 그 만약이 왜 그녀는 자신에게 해당된다고 생각하는 걸까. 가슴이 아려와 태강은 숨이 멎는 것 같았다. 그는 흔들리는 눈동자로 서주를 보았다.

"너한테 나는, 주태강은 아무것도 아니야?"

절망감이 뒤섞인 그의 얼굴이 눈에 들어왔다. 이래서 말을 하지 않으려 한 것인데.

"나는……."

또 밀어내겠지. 또! 태강은 서주의 말을 잘랐다.

"남서주, 널 사랑해서 아픈 나는 안 보여?"

"아프면 그만두면 되잖아. 내가 오빠한테 나 사랑해달라고 했어?"

마음에도 없는 말을 뱉으며 서주는 가슴이 찢기는 것 같았다.

"너 진짜……."

태강은 말을 끝까지 잇지 못했다. 복받쳐 오르는 감정이 인내심을 점점 한계치에 다다르게 한다. 말간 얼굴로 내뱉는 서주의 말은 아릿한 통증을 가져왔다.

"그만둬? 널 사랑하는 이 감정을 그만두라고? 진심으로 하는 말이야?"

"어."

온몸에 피가 거꾸로 솟아오르는 것 같다. 이렇게 온몸이 아플 정도로 남서주를 사랑하는데, 그녀가 없으면 이제는 살 수가 없는데.

"너 진짜 못됐다. 그래, 그만둬줄게. 널 사랑하는 거. 그만둘 테니까……."

태강은 성큼 차도로 다가갔다. 빠른 속도로 움직이는 차들에 금방이라도 몸을 던질 듯 위태롭게 섰다. 태강은 슬픈 얼굴로 서주를 눈에 담으며 미소를 지었다.

"지, 지금 뭐 하는 거야?"

"그만둬달라면서. 내가 널 사랑하는 거."

여전히 위태롭게 서 있는 그의 모습이 서주의 망막에 새겨졌다.

애가 탔다. 그녀는 입술을 세게 깨물었다.

"이리 와."

태강은 고개를 내저으며 소리쳤다.

"난! 주태강은, 남서주를 사랑하는 거 그만두려면 죽어야 끝나. 나한테 널 사랑하는 걸 그만두라는 건 죽으라는 거야."

그의 애절함이 마음을 적시고 아프게 한다. 도대체 자신이 어떻게 하길 바라는 걸까? 태강에게 해줄 수 있는 게 없다.

"오빠, 이러지 마."

태강은 코웃음을 치며 한 발자국, 차도로 다가갔다.

"제발…… 이러지 마."

"남서주는 꼭 그래. 내가 원하는 대답은 항상 잘 안 해. 그래도 네가 미치도록 좋았어. 처음 봤을 때부터 아마 네게 끌렸나 봐. 그렇게 키워간 마음이었어. 그렇게 사랑한 마음이라고!"

얼마나 더 마음을 내보여야 그녀가 스스로 걸어올까…… . 그의 얼굴에 씁쓸함이 번졌다.

"그런 내게 넌 그만두라고 말했지. 내가 죽길 바라듯이!"

"아니야…… . 아니라고…… ."

"그럼 도대체 왜 그러는 거야? 왜 널 사랑하는 걸 그만두라는 거야!"

서주의 두 눈에서 눈물이 주르륵 흘러내렸다. 그를 아프게 할까 봐, 놓아주려했는데. 그는 왜 이렇게 아파하는 걸까?

"오빠가 나 때문에 아프게 될까 봐! 오빠 어머니와 오빠 사이가 나 때문에 더 나빠질까 봐 나는 무서워. 나 하나만 포기하면 다 행복해지잖아. 내가…… 그리고 내 처지를 봐. 얼마나 살 수 있을지 모르는 내가, 무엇을 욕심낼 수 있겠어!"

서주는 울먹이며 힘겹게 속마음을 내비쳤다. 그의 모습이 흘러내린 눈물로 뿌옇게 흐려졌다. 가슴이 찢길 듯이 아파 심장을 도려내고 싶어졌다.

울면서 바닥에 주저앉아버린 서주에게 한걸음에 다가온 태강은 그녀를 부둥켜안았다.

"미안해, 미안해."

"이런 내가 오빠를 어떻게 욕심내? 오빠 닮은 아이를 낳아줄 수 있을지 없을지도 모르는 내가……."

서주는 그의 가슴을 손으로 때리면서 벗어나려 했다. 그럴수록 그의 단단한 품에서 벗어나기는커녕 단단히 밀착될 뿐이었다.

"내가 미안해. 내가 서주 마음 너무 몰라줬다. 미안해. 울지 마."

"오빠가 왜 미안해."

태어나자마자 고아가 된 것도, 이렇게 아픈 것도 그의 잘못이 아닌데. 다 저가 못나서 그런 건데.

"네 마음을 몰라줬으니까."

사과하는 그의 말을 들으며 서주는 눈물이 쉴 새 없이 쏟아져 내렸다. 미칠 것 같았다. 가슴이 에일 듯이 아프다. 신이 있다면 왜 제게 이런 시련을 주신 건지 따지고 싶었다.

"그만 울어. 제발. 서주야, 그만 울어."

태강은 애간장이 다 녹을 지경이었다. 가뜩이나 좋지 않은 몸 상태로 이렇게 울다가는 탈진할지도 모른다. 그녀를 아프게 한 자신을 자책하며 그는 서주를 안아 들었다. 빠른 걸음으로 조수석 문을 열어 조심스럽게 그녀를 내려놓았다. 곧장 운전석에 탄 그는 히터를 올리고 서주를 보았다. 여전히 눈물을 흘리고 있다. 가늘게 떨리는 몸이 안쓰러웠다. 태강은 서주를 끌어 안아 등을 토닥이며 쓸어내렸다.

"오빠가, 다시는 안 그럴게. 다시는……."

태강은 끝까지 말을 잇지 못했다. 꾹꾹 눌러 참았던 눈물이 새어 나왔다. 입술을 깨물었지만, 흘러내린 눈물은 멈추지 않았다. 추운 날씨만큼이나 마음이 시렸다.

"미안하다."

떨려오는 태강의 목소리에 서주는 손을 들어 그의 얼굴을 만졌다. 손끝에 전해지는 물기로 태강이 울고 있음을 알렸다. 가슴이 아프다는 말로도 다 표현하지 못할 만큼 아렸다.

"우리는 왜 이렇게 아픈 거야……. 우리는…… 왜 이렇게 아파야 하는 거야."

그러게, 서주야. 우리는 왜 이렇게 아파야 하는 걸까…….

10장. 함께하기에 소중한 나날

　태강은 침대에 누워 눈만 말똥말똥 뜨고 있는 서주와 이마를 맞대었다. 어제 연희 집으로 가겠다는 서주를 아파트로 데려왔다. 한시도 떨어져 있고 싶지 않다. 그녀가 혼자 또 나쁜 생각을 할까 봐 무서운 게 더 정확하다.

　"열은 내린 거 같고, 몸은 괜찮아? 기분은? 배는 안 고파?"

　걱정스러움이 담뿍 담긴 얼굴로 물어오는 그를 보며 서주의 입가에 잔잔한 미소가 생겨났다.

　"풋. 하나씩 물어야지. 열이 날 리가 없잖아. 추운 데 있어서 미열이 있었을 뿐이었는데. 기분도 나쁘지 않고, 아니 오히려 오빠랑 같이 있으니까 더 좋아. 배는 조금 고파."

　"잠시만 기다려."

　태강이 걸터앉은 침대에서 일어나려 하자, 서주는 재빨리 그의 허리를 감싸고 파고들었다.

"오빠 무릎 베고 조금 더 있을래. 오빠 냄새도 좋고."

창문으로 들어온 햇살이 침대에 있는 두 사람에게 쏟아졌다. 태강은 가만히 흘러내린 서주의 머리를 귀 뒤로 넘겨주었다.

"오늘은 뭐 할 거야? 하고 싶은 거 없어?"

"미용실 가려고."

"오빠가 잘라줄까?"

"그런 것도 할 수 있어?"

그의 얼굴이 장난기 가득한 아이처럼 변했다. 길게 늘어져 있는 머리카락을 손으로 만지며 왼손으로 가위 모양을 하고는 자르는 시늉을 한다.

"이렇게 하면 되는 거 아닌가?"

"못 미더운데. 내 머리 이상하게 만들려고."

"어! 오빠를 못 믿으면 누굴 믿으려고?"

"주태강 씨를 못 믿으면 남서주가 누굴 믿어?"

"그렇지."

누군가 욕심이라고 손가락질을 하더라도 그의 곁에 머물기로 정했다. 앞으로 더 큰 시련이 다가오더라도 함께라면 다 이겨낼 수 있을 것 같았다. 서로의 솔직한 마음을 모두 털어놓은 지금, 앞으로 그와의 이별은 절대 없을 것 같다. 그도, 자신도 서로가 없는 삶은 의미가 없다는 걸 확인했으니까.

"오빠. 근데 이거 무슨 냄새야?"

"아!"

탄성을 내지른 태강이 조심스러운 손길로 서주를 내려놓고 주방으로 달려갔다. 항암 작용에 효과적이라는 말을 듣고 브로콜리를 넣은 토마토 수프를 끓이는 중이었다. 가스레인지 불을 재빨리 껐지만, 타버렸는지 탄내가 집 안에 퍼지기 시작했다.

"윽! 냄새! 뭐야? 오빠 또 뭘 올려놓고 깜빡한 거야."

"나가 있어. 다시 끓여야겠다."

머리를 긁적이던 태강이 분주하게 냄비를 개수대로 옮겼다.

"뭐 하고 있었는데?"

그의 얼굴이 잔뜩 미안함으로 번졌다.

"토마토 수프. 아침으로 먹으려고 했는데, 조금만 기다려. 금방 다시 해줄게."

"같이하자."

"내가 해주고 싶어서 그래. 씻고 나오든지."

혓바닥을 쏙 내민 서주는 태강의 옆에 섰다.

"같이해. 또 태우면 어떻게 해? 그러다가 아침이 아닌 점심으로 먹게 되는 거 아니야?"

서주가 냉장고에서 재료 꺼내서 수프를 다시 끓였다. 가스레인지 앞에 서 있는 그녀의 등 뒤에 선 태강이 서주의 허리를 감쌌다.

"이렇게 있으니까 우리 꼭 부부 같아."

"부부는 무슨! 난 오빠 동생 할 건데."

"그런 게 어디 있어? 오빠가 동생 이렇게 안는 거 봤어?"

"응, 본 적 있어. 형찬이…… 악!"

태강은 서주의 목덜미를 깨물었다.

"다른 남자 이름 말하지 마. 네 입에서 남자 이름은 내 이름만 나와야지."

으르렁거리는 태강을 보니 골려주고 싶은 생각이 스멀스멀 올라왔다.

"나 담당하는 교수님도 남자고, 엉덩이에 주사 놓아주는 간호사도 가끔 남자 간호사가 왔는데."

"뭐? 지금 다른 남자가 네 엉덩이를 봤단 말이야?"

"응."

간결한 대답에 태강은 부글부글 끓는 속을 다스리며 서주의 목덜미를 지분거렸다. 주사를 맞기 위해 보여준 것일 뿐인데도 화가난다.

"간지러워, 오빠."

"우리 서주한테선 좋은 향기만 난다. 달콤한 향기. 취해버릴 것같아."

수프를 휘휘 젓던 서주는 살짝 고개를 틀어 태강의 입에 입을 맞췄다.

"나는 오빠한테서 나는 민트 향이 더 좋아. 접시. 다 된 거 같아."

태강은 서주를 안아 들어 의자에 앉혔다.

"자! 우리 서주는 여기 앉아 있어. 오빠가 담아올게."

서주는 눈을 데굴데굴 굴려 태강의 움직임을 쫓았다. 그러다 문득 보여줄 곳이 있다고 했던 말이 떠올랐다.

"오빠."

토마토 수프를 접시에 담아 들고 오는 태강은 서주를 응시했다.

"오빠가 보여줄 곳 있다고 했잖아. 거기 사진 있어?"

"사진?"

"응. 어딘지 궁금해서. 오빠가 말한 뒤로 내내 궁금했어."

"그럼 항암치료 잘 받고 가자. 그때 보여줄게."

토마토 수프가 담긴 접시를 서주의 앞에 내려놓았다. 그녀의 맞은편이 아닌 바로 옆자리에 앉아 수저를 드는 그녀를 응시했다.

"어때? 괜찮아?"

"내가 했으면 다 맛있지. 오빠보다 내가 음식 솜씨는 더 좋으니까."

"나 요리 학원이라도 다닐까?"

"왜?"

"우리 서주 맛있는 거 해주려고 그러지."

저를 향한 그의 마음은 깊이를 가늠할 수 없는 깊은 심해 같다. 만약, 아프지 않았다면 그와 어떤 사이로 흘러갔을까? 끝끝내 반대하는 그의 어머니로 가볍게 연애만 하다 헤어짐을 선택했을까?

"오빠."

"응?"

"오빠 어머니 말이야."

태강의 얼굴이 굳어졌다. 민애의 얘기를 어떻게 해야 좋을지 모르겠다. 진혁이 허락을 하긴 했지만, 민애와의 인연을 끊은 것을 서주가 알게 된다면 많이 미안해할 것이다.

"어머니?"

"응. 오빠 어머니가 나 되게 싫어했는데, 근데 나는 오빠 어머니 마음을 알 것 같아."

무엇이든 완벽한 그에게 자신은 어울리지 않았다. 민애가 한 말이 머릿속에서 지워지지 않았다.

'서주 씨, 내게 태강이 말고 자식이 하나라도 더 있었다면 이렇게까지 하진 않았을 거예요.'

그래서 자신을 인정해주지 않는 민애를 미워할 수만은 없었다.

"그래서 오빠를 놓으려고 했는데."

태강은 아프지 않게 서주의 이마에 꿀밤을 줬다.

"또, 또! 오빠 놓는다는 말 하지. 아마 서주 때문에 오빠가 먼저 죽을지도 몰라."

"왜?"

눈을 동그랗게 뜬 서주를 보며 태강은 그녀의 고개를 돌렸다.

"식사부터 마저 해."

고개를 끄덕인 서주가 수프를 다시 떠먹었다. 맛있게 먹는 모습을 보며 태강의 입매가 부드럽게 휘어졌다. 식사를 마치고 생강차를 머그잔에 부어 소파에 나란히 앉았다. 서주는 태강의 어깨에 머리를 기대고, 그는 서주의 어깨에 팔을 둘러 손끝으로 그녀의 어깨를 매만졌다.

"이제 말해봐. 왜 나보다 오빠가 먼저 죽어?"

"네가 날 놓는다고 할 때마다 수명이 단축되는 것 같아. 긴장감도 적당히 있는 게 좋은데, 남서주는 매 순간 긴장하게 하거든."

"그게 뭐야."

부스스 웃는 서주의 입가에 태강은 가볍게 입을 맞췄다.

"오빠가 네게 온 신경이 집중되어 날이 선 상태라는 거야."

"치, 나도 오빠가 날 떠날까 봐 무서운데."

"네가 날 떠나지 않는 이상 내가 먼저 떠나는 일은 없어. 근데 네가 날 떠나면 거기가 어디든 끝까지 따라갈 거야."

가슴이 뭉클해진다. 어디든 함께……

어디든 함께 따라오겠다는 그의 말이 가슴에 스며들었다. 철저히 혼자였던 지난날, 상처받기 싫어서 마음의 문을 닫고 살았다. 그런데 태강을 만난 이후 달라졌다. 그와 함께하고 싶은 마음이 간절해질수록 겁이 났다. 수십 번씩 이래도 괜찮을까, 그를 만나도 될까, 그런 마음이 들 때마다 마음이 공허해졌다. 아프고 난 뒤에는 먼저 이별을 말해놓고도 그를 볼 수 없을까 봐 두려웠다.

서주는 왼손으로 태강의 손을 잡았다.

"오빠를 떠나지 않을 거야. 항암치료를 앞두고 있어서 두렵기도 하지만 오빠가 이렇게 옆에 있으면 치료도 잘 받을 거고, 어딘지 모르겠지만 오빠가 보여주겠다는 곳도 꼭 같이 갈 거야."

태강의 입가에 잔잔하게 미소가 어렸다.

"당연하지. 그리고 서주야, 우리 어머니 신경 쓰지 않았으면 좋겠어. 물론 신경은 쓰이겠지만, 이제 네게 지난번처럼 그렇게 하지는 못하실 거야."

서주가 의아한 듯 고개를 들어 그를 보았다.

"아버지가 어머니한테 화내셔서 이제 다시는 못 그럴 거야."

"……오빠 아버지?"

"응. 어머니가 아버지한테는 꼼짝 못하셔. 아버지가 매번 져주시지만 한 번 화내면 무서우시거든."

네 마음이 조금이라도 편해졌으면 좋겠어. 사실을 알게 되는 것보다 모르고 지나가는 것도 좋겠지.

다시 그의 어깨에 머리를 기댄 서주는 눈을 감았다. 평화로운 지금, 다른 생각은 하고 싶지 않다. 그저 지금 주어진 시간에 행복을 느끼면 되는 거다.

"미용실은 언제 갈까?"

"오후에."

태강은 서주의 정수리에 입을 맞추고 그녀가 편하게 기댈 수 있게 어깨를 감쌌다.

오후에 두 사람은 집을 나와 미용실로 향했다. 태강은 서주가 머리 자르는 걸 가만히 소파에 앉아 지켜보았다. 이윽고 머리를 다 자른 서주와 미용실을 나왔다. 그는 미용실을 나온 이후 어색한지 연신 짧아진 머리를 매만지는 서주를 보았다.

"예뻐."

"정말 예뻐?"

"응."

"오빠는 긴 머리 좋아하잖아."

"아니야. 너 처음 봤을 때도 이렇게 단발머리 아니었던가?"

운전하며 소개팅한 날을 떠올리던 태강의 입가에 미소가 진하게 배였다. 허둥지둥 커피를 사러 가던 모습을 떠올리며 미소는 어느새 웃음으로 바뀌었다.

"어, 오빠 왜 혼자 웃어?"

"아니야."

"뭔데? 뭐야? 말해줘."

"너, 우리 처음 소개팅한 날 말이야. 그때 왜 그랬어?"

고개를 갸웃거리던 서주는 무슨 말이냐는 듯 태강을 보았다.

"왜, 그때 있잖아. 나한테 커피 뭐 마실 거냐고 물어보더니 혼자 사러 갔잖아. 보통 남자들이 사러 가는데. 너 왜 그랬냐고."

"아, 그거? 그냥…… 남자가 사다 주길 바라고만 있는 여자는 아니라서?"

역시나 남서주다운 답이라 태강은 웃음을 터트렸다.

"왜 웃어?"

"내가 잠시 네가 아파서 착각했다. 어디로 튈지 알 수 없는 게 너라는 걸."

"그게 뭐야. 내가 어디로 튄다고 그래."

"너 어디로 튈지 알 수 없어. 내가 A라고 생각했던 일을 넌 항상 B라고 생각하고 행동하더라고."

입술을 삐죽 내민 서주는 차창 밖으로 시선을 던졌다. 앙상하게 마른 가로수들과 두꺼운 옷들을 입은 사람들, 김이 모락모락 나는 상점들이 스쳐 지나갔다.

"겨울이 빨리 지나가서 따스한 봄이 왔으면 좋겠어."

"원래 서주는 겨울을 더 좋아하지 않았나? 특히 눈 오는 날."

"눈 오는 날도 좋아했는데, 지금은 눈 내리면 밖에 나가지 못하게 하니까."

"내년 겨울에는 눈 내리는 날 밖에 나가게 해줄게."

창밖으로 고개를 돌리고 있던 서주는 태강을 보며 눈을 반짝였다.

"진짜? 진짜 내년에는 눈 내리는 날 밖에 나가게 해줄 거야?"

"그럼, 같이 눈사람도 만들고, 눈밭에 발자국도 남기고. 어때? 생각만으로도 좋지?"

"응!"

한 옥타브 높은 음성에 태강은 부스스 웃어버렸다. 그러는 사이 차는 아파트에 도착해 멈췄다. 차에서 내리려는 서주를 붙잡은 태강은 그녀의 목에 감겨 있는 목도리를 단단히 여며주었다.

"고마워."

촉. 가볍게 서주의 입술에 입을 맞췄다.

"내리자."

차에서 내려 집으로 올라온 태강은 보일러 온도부터 높였다. 두꺼운 외투를 벗고 목을 감고 있는 목도리를 풀어낸 서주는 태강을 뒤에서 안았다.

"두꺼운 외투 입고 있을 땐, 오빠를 안아줄 수가 없어서 속상해. 팔을 아무리 뻗어도 오빠를 감쌀 수가 없잖아."

"아직 바깥에 있다가 와서 외투도 차가워. 씻고 옷 갈아입으면 실컷 안아줘."

"지금도 안고, 이따가도 안고, 계속 안고 있으면 안 돼?"

"지금은 먼저 씻고. 같이 씻을까?"

"싫어!"

서주는 같이 씻자는 말에 한걸음에 태강에게서 멀어졌다. 아프고 난 뒤 살이 부쩍 빠졌다. 앙상하게 마른 몸을 보면 그의 마음이 아플 것이 분명하다.

"왜? 같이 씻지. 오빠가 잘 씻겨줄 수 있는데."

고개를 절레절레 저은 서주는 욕실로 걸어갔다.

"그럼 나 먼저 씻고 나올게."

욕실 문을 쾅! 소리 나게 닫는 서주를 보며 태강은 고개를 저었다. 안고 있을 때, 살이 빠진 몸이 확연히 느껴졌었다. 아무리 잘 먹여도 살이 오르지 않았다. 그래서 서주는 이전보다 부쩍 맨몸을 보여주기를 꺼렸다.

그녀가 느끼는 두려움과 공포를 알지 못한다. 하지만 자신도 그녀 못지않은 두려움을 느끼고 있었다. 서주가 잘못되기라도 한다면……. 태강은 생각을 멈췄다. 아니다. 서주는 무슨 일이 있어도 자신과 오래오래 행복하게 살게 될 것이다.

달깍. 욕실 문이 열리고 서주가 나왔다. 태강은 재빨리 다가가 머리를 감싸고 있는 수건으로 물기를 닦아냈다.

"내가 해도 되는데……."

말은 그렇게 하면서 몸을 기대온다. 피식 웃은 그는 소파에 그녀를 앉히고 천천히 물기를 닦아내고는 드라이어를 가져와 머리를 말렸다. 바싹 머리를 말리고 샤워가운을 걸치고 있는 서주를 나른하게 쳐다보았다.

"흠, 옷부터 입힐 걸 그랬어."

초롱초롱한 눈망울이 그를 향한다. 부스스 웃은 태강은 서주의 머리를 헝클었다.

"이러고 있는 서주는 섹시해 보여."

금세 볼이 발그레해지며 고개를 숙인다. 부끄러움도 많이 타면서, 한 번씩 도발하듯 보내오는 눈빛이 사람을 미치게 한다.

"내가 섹시해?"

태강의 호흡이 조금 거칠어졌다. 그녀가 아프고 나서 태강은 그녀를 품에 안고만 잤다. 말 그대로 안고만. 아픈 그녀를 덮칠 수는 없지 않은가.

"으. 서주 빨리 나아야겠어. 그때는……."

상상만으로도 몸에 열기가 오른다. 그녀의 몸을 잘 알고 있는 그것이 묵직하게 자신의 존재를 드러내려 하고 있었다. 태강은 서주의 목덜미를 지분거려 키스 마크를 남기고 몸을 일으켰다.

"씻고 올게. 녹차 다 우러났을 거야. 마시고 있어."

"응."

태강이 욕실로 들어가는 것을 본 서주가 드레스 룸으로 향했다. 지난번에 사놓은 수면 원피스를 입고 거실로 나왔다. 잔을 들어 녹차를 한 모금 마신 서주의 입가에 엷은 미소가 번졌다. 예전의 태강은 남서주를 앞에 두고 참을성이라고는 없었던 것 같은데 요즘의 태강은 많이 참고 있는 것이 느껴진다. 그것은 자신이 아파서겠지.

아프지 않았으면 좋겠다. 아픈 이 시간이 빨리 지나가서 그와 행복하게 살고 싶다. 휴대폰이 울려 서주는 생각을 멈췄다.

"여보세요."

-태강 씨랑 있으니까 좋아? 연락도 안 하고.

"미안. 오늘 미용실 가서 머리 자르고 왔거든. 저녁에 전화하려고 했지."

-머리 잘랐어?

"응. 2년 가까이 긴 머리 하고 있다가 자르니까 뭔가 많이 어색해."

-쭈야는 단발도 잘 어울리니까. 찬이 결혼식, 갈 거지?

그러고 보니 형찬의 결혼식이 다음 주 주말이었다. 사람이 북적거리는 곳이라 물어보는 거겠지.

"그럼, 찬이 결혼식 꼭 가야지."

어느새 씻고 온 태강은 소파에 앉아 서주를 끌어안았다. 그가 입 모양으로 누구냐고 물었다. 서주는 가만히 수화기를 막고 '연희'라고 말해줬다.

-그럼 부케는 네가 받을래?

"부케?"

-응. 내가 받을까 했는데, 나보단 태강 씨와 같이 살고 있는 네가 받는 게 낫지 않을까?

부케라……. 서주는 부케를 들고 있는 자신의 모습을 떠올렸다. 부케를 받고, 언젠가 자신도 신부가 되어 부케를 던질 날이 있을까. 만약 결혼을 한다면 태강 외에는 생각해본 적이 없다. 하지만 그와 결혼을 할 수 있을까? 태강은 신경 쓰지 않아도 된다 했지만, 그의 어머니가 잔상처럼 떠올랐다.

"받는다고 해."

그가 목덜미를 지분거리더니 작은 목소리로 속삭였다. 피부에 닿는 뜨거운 숨결이 솜털을 곤두서게 한다. 살짝 그의 머리를 손으로 밀어냈지만, 꼼짝도 하지 않는다.

-듣고 있어? 네가 받을 거지?

다시 들려오는 연희의 목소리에 서주는 생각을 멈췄다.

"그때 보고. 악!"

받으라고 말하라니 말을 듣지 않아 태강은 서주의 목덜미에 이를 박았다.

-쭈야, 무슨 일이야? 아픈 거야?

"아니야. 안 아파."

얼른 괜찮다고 말을 한 서주는 태강을 흘겨보았다. 뭐가 문제냐는 듯 그는 뻔뻔하게 가만히 입을 맞춰온다.

-휴, 난 또. 걱정했잖아. 그럼 모레 있을 항암치료 잘 받고, 전화해.

전화를 끊은 서주는 태강에게서 벗어나려 몸을 버둥거렸다. 그럴수록 단단하게 붙잡는 그였다.

"못 살아! 전화 받고 있는데 괴롭히면 어떻게 해."

"괴롭히는 거라니! 사랑해주는 거지."

뻔뻔하게 웃는 그를 보며 서주도 같이 웃음을 터트릴 수밖에 없었다.

다음 날, 아침을 먹고 뒷정리하는 그를 두고 주방을 나왔다. 베란다로 걸어간 서주는 가만히 문에 얼굴을 대었다. 유리문의 시원함이 기분을 좋아지게 만든다. 하지만 이내 가슴이 답답해지면서 막연한 두려움이 밀려왔다. 좋은 생각만 하려고 할수록 나쁜 생각도 함께 떠올랐다. '만약'이라는 생각이 계속해서 머릿속에 맴돌았다. 어느새 다가온 태강은 서주의 이마를 살짝 들어 손으로 감쌌다.

"왜 그래?"

"조금 답답해서."

"답답해?"

"응."

불안함. 두려움. 막연함. 복잡한 감정을 답답하다는 한마디 말로 일축해버렸다. 자신이 느끼는 감정을 그도 분명 고스란히 느끼고 있을 것이다. 한없이 미안해진다.

가만히 그녀를 안은 태강은 정수리에 입을 맞췄다.

"우리 서주는 이런 모습 안 어울려."

낮은 저음이 귓가에 울리더니 뜨거운 숨결이 쏟아졌다. 얼굴로 화르르 열기가 몰렸다.

"원래의 내 모습이 어땠는지 잘 모르겠어."

힘없이 중얼거리는 그녀의 말에 태강은 가슴이 아려왔다.

"명랑하고, 쾌활하고, 밝았지. 널 볼 때마다 빛이 나는 것 같았는데."

서주는 슬며시 고개를 돌려 그를 보았다. 입매를 부드럽게 휘며 물었다.

"내가 빛이 나?"

태강은 웃음을 꾹 참으면서 서주의 머리를 끌어당겨 품에 가뒀다.

"그걸 믿어?"

"치, 또 장난쳤어! 오빠 나쁘다."

"네가 빛나는 건 내 앞에서만이야. 다른 사람 앞에선 안 돼."

"됐네요, 주태강 씨."

"어, 또 주태강 씨라고 했어. 오빠가 주태강 씨라고 하지 말라고 했지?"

서주의 옷 속으로 손을 집어넣은 태강은 간지럽히기 시작했다. 까르르 웃는 서주의 얼굴은 어느새 밝아져 있었다. 항암치료 날이 가까워져올수록 그녀의 감정 기복은 심해져만 갔다. 두려움이 밀려오는 것이겠지. 그녀가 자신을 든든히 여길 수 있도록, 태강은 조금 더 살뜰히 서주를 살펴야겠다고 다짐했다.

"윽, 크크. 하지 마. 간지럽단 말이야."

"그렇게 웃지 말라니까. 이상해, 웃음소리."

간지럽히는 걸 그만둔 태강은 서주를 안아 들었다.

"꺅!"

"한두 번도 아닌데 매번 소리 지르더라."

"갑자기 높이가 높아져서 그렇지. 바보."

"오빠가 그렇게 바라볼수록 보고 싶은 사람이야?"

"말이나 못 하면."

소파에 길게 누운 태강은 서주를 몸 위에 올려놓았다. 자잘하게 태강의 얼굴에 입을 맞추던 서주가 돌연 입술에서 멈췄다.

"오빠. 근데 우리 이래도 괜찮을까?"

"우리가 이러는 게 뭔데?"

"이렇게 같이 살고 있어도 괜찮아?"

"그럼 너는 오빠 말고 다른 사람이랑 살려고 했어?"

"그건 아니지만……."

미묘하게 어두워지는 서주의 얼굴이 보였다. 딴생각을 하지 못하도록 태강은 그녀의 입술을 삼켰다.

"후후. 숨 쉬기 힘들다고."

"네가 자꾸 헛소리해서 그렇잖아. 아님 우리 서주는 오빠를 못 믿어?"

그를 믿는다. 주태강이란 남자는 끝까지 저를 지켜줄 것이다. 제 곁에서 영원히. 그의 입술에 살포시 입을 맞대고 중얼거렸다.

"남서주는 언제나 주태강을 믿지. 이제 딴말 안 할게. 미안해."

"그래. 미안하다는 말 대신 앞으로는 사랑한다고 해."

"사랑해. 주태강, 당신."

"오빠도 우리 서주 사랑해. 잠시만 있어봐."

태강은 서주를 조심스레 내려놓고 서재로 들어갔다. 필기구와 노트를 챙겨 다시 소파로 돌아온 그는 서주를 무릎 위에 올려놓았다.

"필기구는 왜?"

"항암치료 끝나면 하고 싶은 거 하나씩 적어보자."

"응."

여백의 노트를 보고 서주는 골몰했다. 생각만으로는 하고 싶은 게 수도 없이 많았는데 막상 적으려니 잘 생각이 나지 않는다.

"뭘 그렇게 생각해?"

"막상 적으려니까 또 생각이 안 나."

"그럼 오빠가 먼저 적을게."

펜을 든 그가 노트에 적어 내려가기 시작했다. 가만히 그가 쓴 걸 보던 서주의 얼굴은 발그레해졌다.

<1. 서주가 빨리 완쾌되었으면 좋겠다.

2. 서주와 함께 보금자리로 가고 싶다.

3. 서주를 마음껏 안고 싶다.

4. 서주와 함께 목욕하고 싶다.

5. 서주와 결혼식을 올리고 신혼여행을 가고 싶다.>

도저히 가만히 보고 있을 수가 없었다. 그가 적는 건 1번과 2번을 제외한 모든 게 야릇한 상상을 하게 만들었다.

"그만!"

"왜?"

뭐가 문제냐는 듯 말간 태강의 얼굴을 보니 할 말을 잃었다. 그럼에도 불구하고 그와 확실히 해둬야 할 문제가 있었다.

"오빠. 나는 앞으로 오빠 아이를 가질 수 없을지도 몰라. 그런데 나와 결혼해도 괜찮아?"

"아이는 있으면 좋겠지만 없어도 돼. 오빠는 우리 서주만 있으면 돼."

남자에게 아이란 존재는 특별하다는 말을 들은 적이 있다. 종족 번식을 위한 본능 같은 거라고 들은 것 같은데, 태강은 그마저도 필요 없다고 한다. 정말 그는 괜찮은 걸까……?

"음……"

태강은 손을 올려 서주의 눈을 가렸다.

"딴생각하지 말고. 서주야, 네가 없는데 아이가 다 무슨 소용이야? 안 그래? 너만 있으면 돼. 우리가 함께하면서 같이 늙어가는 게 중요한 거야."

"늙어서 외로워지면?"

올렸던 손을 내린 태강은 서주의 눈을 보며 단호한 목소리로 말했다.

"늙어서 외로울 리가 있어? 오빠 옆에 네가 있고, 네 옆에 오빠가 있는데. 둘만의 시간으로 충분히 행복하게 살 수 있어."

"정말 그럴 수 있을까?"

"요즘 세상에 아이를 낳지 않는 부부가 얼마나 많은데. 오히려 아이 때문에 헤어지는 부부도 많아. 그리고 이건 제일 중요한 말이니까 잘 들어."

태강이 제법 진지한 얼굴을 했다. 덕분에 서주 역시 잔뜩 긴장하며 그의 입에서 무슨 말이 나올지 초집중했다.

"나는 아이에게 널 뺏기는 건 싫어."

무슨 말인지 생각하려 그가 한 말을 머릿속으로 되뇌던 서주의 얼굴이 순식간에 붉어졌다. 멍해졌다. 그는 도대체……. 눈시울이 붉어지고 눈물이 금세 차올랐다.

태강은 그렁그렁 눈물을 매단 서주의 눈가를 지그시 눌렀다.

"울지 마. 바보같이. 왜 요즘은 눈물이 많아졌어. 오빠 속상하게."

서주는 태강의 품으로 파고들었다.

"오빠한테 한없이 미안하고, 한없이 고맙고 그래."

"당연한 거야. 우리 서주는 미안해할 것도 없고 고마워할 것도 없어. 내 곁에서 언제까지나 웃어주면 돼."

차오르는 눈물이 소리 없이 볼을 타고 흘러내렸다. 그의 마음은 깊은 바닷속 같다.

태강은 품 안에 쏙 들어온 서주의 등을 조심스럽게 어루만졌다. 그녀의 흐느낌이 잦아들자, 그는 서주의 얼굴을 감쌌다. 자잘하게 얼굴에 입을 맞춘 그가 서주의 고개를 돌렸다.

"자, 이제 하고 싶은 거 적어. 나는 더 적을 거 없어."

고개를 끄덕이며 펜을 받아 든 서주는 태강이 적은 노트 밑에 번호를 적고는 멀뚱히 바라보기만 했다. 서주는 무엇을 적을까 고심했다.

"우선은…… 음……."

<1. 하얀 눈밭에서 눈을 맞으며 뒹굴고 싶다.
2. 치킨과 피자, 햄버거를 마음껏 먹고 싶다.
3. 겨울 바다가 보고 싶다.>

"뭐야? 왜 나랑 하고 싶은 건 없어?"

"아직 세 개뿐이 안 적었거든."

다시 고개를 숙여 적으려는 서주를 보며 태강은 나른하게 웃었다. 서주가 3번째 적은 건, 그렇지 않아도 1차 항암치료가 끝나면 그녀를 데리고 겨울 바다를 보러 갈 생각이었다. 그녀와 2년간 연애를 하는 동안 내내 서주가 겨울 바다를 보고 싶다고 얘기했었는데, 한 번도 가보지 못했었다. 바쁘기도 했지만 자신이 시간이 될 때 서주가 마감에 쫓기면서 바다를 보러 가려고 할 때마다 시간이 어그러졌었다.

테이블에 올려놓은 태강의 휴대폰이 부르르 진동한다. 태강은 손을 뻗어 발신인을 확인하고는 서주를 아쉬운 듯 무릎에서 내려놓았다.

"전화받고 올 테니까 적고 있어."

"응."

서재로 향하는 태강을 힐끗 본 서주는 다시 노트에 하고 싶은 것을 적었다.

<4. 오빠와의 사랑 이야기를 써보고 싶다.

5. 오빠와 함께 오래오래 행복하게 살고 싶다.>

다섯 개를 적어놓고 서주는 배시시 웃었다.

태강과의 사랑 이야기.

그것을 쓴다면 진짜 한 편의 드라마가 아닐까? 생각할수록 웃음이 나온다. 그는 이걸 보면 뭐라고 말할까?

전화를 끊은 태강이 서재에서 나와 소파로 다가왔다.

"다 적었어?"

"응."

단숨에 달려온 그가 노트를 들고 보더니 심각한 얼굴을 한다.

"서주야. 우리 이야기, 글로 써보고 싶어?"

"응. 왜, 안 돼?"

"조금 부끄러운데. 오빠가 서주한테 잘못한 게 많으니까."

"그래서 쓰려는 건데."

혓바닥을 쏙 내민 서주가 소파에 드러누웠다. 태강이 얼른 그녀의 머리를 들어 무릎 위에 올려놓았다.

"한 권만 만들어서 우리만 볼 거지?"

"싫은데. 형찬이한테 말해서 많이 만들어달라고 할 건데."

"그건 안 돼. 내 얘기니까 나도 저작권이 있어. 한 권만 만들자."

"오빠 하는 거 봐서. 근데 나 졸려."

"침대로 가자. 편하게 자야지."

"여기서 이렇게 잘래."

머리카락이 흘러내려 서주의 얼굴을 가리자 태강이 조심스레 귀 뒤로 넘겨주었다. 유리창으로 들어온 오후의 햇살이 거실에 따스하게 내리쬐었다.

또다시 찾은 병원은 여전히 소독약 특유의 냄새가 미간을 찡그리게 했다. 안내에 따라 입원 절차를 마치고 병실로 올라왔다.

"오빠, 난 병원에서 나는 소독약 냄새가 싫어."

"그건 다른 사람도 마찬가지일걸. 병원 냄새 좋아하는 사람이 어디 있겠어?"

"치."

커튼 밖에 있던 태강은 고요히 웃었다. 필시 또 입술을 삐죽이고 있을 서주의 얼굴이 눈앞에 그려졌다.

"입술 또 삐죽이고 있지? 다 갈아입었어?"

환자복의 단추를 채우면서 서주는 고개를 가볍게 저었다.

"단추 채우고 있어."

"내가 채워줄까? 어제 붙인 산쿠소패취도 잘 붙어 있나 확인하고."

"됐거든요!"

빗장뼈와 가슴 중간쯤에 붙여놓은 산쿠소패취를 보던 서주의 눈이 부드럽게 휘었다. 구토가 심하면 어떡하냐는 서주의 걱정에 태강이 구토 예방을 해준다는 산쿠소패취를 가져와 붙여줬다. 온통 제게 집중되어 있는 그의 예민한 신경이 좋으면서도 미안함이 든다. 두어 번 얼굴을 아프지 않게 톡톡 두드린 서주는 얼른 환자복의 단추를 마저 채웠다.

"아직 멀었어?"

"다 됐어."

커튼을 걷어내고 다가온 태강은 서주의 이마에 입을 맞췄다.

"못 말려. 병원에서도 오빠 스킨십은 여전할 것 같아."

"당연하지. 그래서 1인실 잡았는데. 서주 아프면 내가 꼭 안아줘야 하니까."

좋으면서도 서주는 툴툴거렸다. 미안한 마음이 몽글몽글 피어오를수록 툴툴거림은 심해지는 것 같다. 그러면 안 된다는 걸 알면서도 어리광을 부리고 싶어진다. 그럼 그는 언제나 웃으면서 다 받아줄 테니까. 아프고 난 뒤 점점 애가 되어가는 것 같다. 누군가를 의지할 수 있다는 게 이렇게 좋은 건지 몰랐다. 아마 태강이 없었다면 절대 느끼지 못했을 감정이다.

"못 살아."

환자복을 입은 서주를 보며 울컥하는 마음이 들었다. 수술하러 갈 때 무섭지 않았냐고 물었을 때, 서주는 아무 생각이 없었다고 대답했다. 큰 수술을 앞두고 무섭지 않을 사람이 어디 있을까? 어떤 사람이든 자신이 '암'이라는 소리를 들으면 큰 충격을 받을 텐데 그조차도 그녀는 괜찮았다고 한다. 저를 걱정해서 괜찮다고 하는 것이겠지. 그래서 더 미안함이 생겨났다.

서주가 아플 때, 옆에서 힘이 되어주지 못하고 헤어지자는 그 말에 오히려 화를 냈었다. 얼마나 후회했는지 모른다. 자신의 어리석음으로 인해 그녀를 더 아프게 만든 것 같아 자책했다.

노크 소리와 함께 교수와 간호사가 들어왔다.

"남서주 씨, 그동안 몸은 괜찮았어요?"

"아랫배에 뭉근한 느낌이 들고 통증이 조금 있었는데 대체로 괜찮았어요."

"피검사를 하고 항암치료 시작할게요. 항암제인 탁솔과 카보플라틴에 관해선 설명 들으셨죠?"

"네."

교수는 다시 한 번 항암제인 탁솔과 카보플라틴에 관해 설명을 시작했다. 설명을 들으며 서주는 교수를 가만히 보았다.

"선생님. 부작용이 심하면 어떻게 하나요?"

"사람마다 개인차가 있긴 한데 부작용이 심하면 항암치료는 중단하게 됩니다."

"네."

"잘하실 거예요. 너무 걱정하지 마시고요."

웃으면서 말하는 교수를 보며 서주는 작게 고개를 끄덕였다. 주 삿바늘이 가느다란 팔에 꽂히고 수액이 들어왔다. 교수와 간호사 가 나간 후, 태강은 누워 있는 서주의 곁으로 다가왔다.

"괜찮아?"

"응, 그럼. 오빠 오늘 일 있다고 했잖아. 이제 가봐."

슬며시 입가에 미소를 짓던 태강이 그녀의 입술에 입을 맞췄다.

"빨리 올게. 한 시간 안에."

"응."

태강이 나가고 서주는 눈을 감았다. 여전히 잘하는 짓인지 모르 겠다. 그의 곁에 있는 것이, 어쩌면 그에게 고통을 주는 건 아닌지. 그가 없으면 안 되는 걸 알면서도 미안함이 든다. 그러면서도 '날 사랑한다는데 어때?'라는 이기심 또한 고개를 들었다.

불안해하는 제게 그는 언제나 듬직함을 보여준다. 혹시라도 자 신이 나약한 생각을 하게 될까 봐. 태강에게도 남서주가 없는 삶은 아마 일어날 수 없는 일일 것이다. 그래서 더 미안했지만, 그럴수 록 서주는 좋은 생각만 하기로 했다. 밀려드는 생각들을 몰아내려 고 서주는 태강이 건네준 사진을 들여다보았다.

바다가 보고 싶다는 그녀에게 그는 푸른 바다를 배경으로 찍은 사진을 줬다. 그의 팔짱을 끼고 백사장을 걷고 싶다. 밀려드는 파 도를 피해 도망도 가고 싶고, '나 잡아봐라'라는 유치한 장난도 하 고 싶다. 하고 싶은 건 끝도 없이 많이 생겨났다. 캠핑을 가서 그와 나란히 누워 밤하늘의 수많은 별을 구경하고 싶다. 태강이 오면 캠핑도 가고 싶다고 말해야겠다. 태강과 하고 싶은 것들을 생각하는 서주의 입가에 희미하게 미소가 걸렸다.

병원을 나온 태강은 근처에 있는 카페로 들어갔다. 먼저 와서 기다리고 있는 남자를 향해 다가간 태강은 맞은편에 앉았다.

"오셨어요?"

"네. 공사 진행 상태는 어느 정도 진행되었습니까?"

"거의 막바지입니다."

남자는 찍어온 사진을 태강에게 건넸다. 사진을 보던 태강의 입매가 부드럽게 휘어졌다. 서주와 함께 살 보금자리. 누구의 방해도 받지 않고 오롯이 함께할 수 있는 둘만의 공간.

"의뢰해주신 대로 채광이 거실 전체를 비추게 했고, 침실 천장은 유리로 해 채광이나 밤하늘 별도 잘 보이실 겁니다. 1층은 카페로 만들었습니다. 사진에서 보시는 것과 똑같습니다."

손에 들린 사진을 간추려 봉투에 넣은 태강은 남자를 보았다.

"감사합니다. 직접 내려가서 봐야 하는데 제 사정이 여의치가 않아서요."

"괜찮습니다. 전적으로 믿고 맡겨주셔서 오히려 저희가 감사하죠."

"내부 인테리어만 남은 상황입니까?"

"네."

"계속 수고해주세요."

남자에게 인사를 하고 태강은 카페를 나왔다. 서주만 무사히 치료를 마치면 모든 건 자신이 계획한 대로 흘러가고 있었다. 태강은 병원에 도착해 병실로 들어왔다. 눈을 감고 있는 서주를 보며 태강의 얼굴에 걱정이 스몄다.

"아픈 거야?"

감고 있던 눈을 뜬 서주는 배시시 웃었다.

"아니. 아직 수액 맞는 중. 피검사 결과 안 나와서."

"휴. 난 또 네가 아픈 줄 알았잖아."

"누구 만난 거야? 혹시…… 여자?"

풋, 웃음을 터트린 태강은 서주의 이마를 아프지 않게 톡 건드렸다.

"이 머리는 어떻게, 생각하는 게 이렇게 불건전할까?"

"치, 불건전하긴! 그건 오빠가 원인 제공을 한 덕이지."

나른하게 웃으며 팔짱을 낀 태강은 서주를 쳐다보았다.

"무슨 원인 제공?"

"뭐, 오빠는 싫다고 했지만 예전에 백이경 씨도 오빠 좋다고 따라다녔잖아. 이제는 내가 아프니까 오빠가 딴 여자 만날 수도 있지. 욕구불만 상태잖아. 주태강 씨, 당신."

태강은 쿡쿡 참던 웃음이 터져 나왔다. 안 웃으려야 안 웃을 수가 없다. 어떻게 생각하는 게 저렇게 귀여운지.

"왜! 왜 웃는 건데? 오빠도 내 말이 맞으니까 웃는 거야. 맞지?"

웃는 얼굴 그대로 태강은 서주의 얼굴 가까이 다가왔다.

"왜, 왜 이래. 저리 가."

"욕구불만 상태라서."

서주는 입을 앙다물었다. 욕구불만이라는 말은 왜 해서! 아침마다 그의 것이 허벅지에 단단하게 느껴져도 그는 아무 내색도 하지 않았다. 혼자 해결을 하는 건지, 어쩌는지.

붉으락푸르락 변하는 서주의 얼굴을 보며 태강의 입가엔 음흉한 미소가 생겨났다. 그는 느긋하게 머리카락을 손으로 쓸었다. 마른침을 꿀꺽 삼켜버린 서주의 눈동자가 불안하게 흔들렸다.

"오빠는 서주가 아파서 많이 참았는데, 안 참아도 돼?"

숨을 멈추고 그를 보았다. 그의 집요한 눈동자를 피할 수도 없이 시선을 단단히 붙잡는다. 손에서 땀이 나고 가슴이 두근두근 세차게 뛰었다.

그 순간 똑똑, 노크 소리와 함께 태강이 얼른 서주에게서 멀어졌다. 참았던 숨을 몰아쉬던 서주는 들어오는 간호사를 보았다.

"남서주 씨, 혹시 열나요?"

"아, 아니에요. 열 없어요."

간호사 뒤에 서 있던 태강은 나른하게 입술을 혀로 핥았다. 서주의 얼굴이 더 붉게 변해버렸다.

미치겠네, 정말!

"얼굴이 왜 자꾸 붉어지죠? 잠시만 열 좀 잴게요."

간호사가 주머니에서 체온계를 꺼냈다. 귀에 가져가 체온을 재는 걸 보고 서주는 태강을 향해 눈을 흘겼다. 태강이 어깨를 으쓱거리며 모른 척하자 분한 마음이 든다.

이게 다 누구 때문인데!

"열은 없네요. 근데 얼굴이 왜 이렇게 붉어졌지. 다른 데 불편한 곳 있어요?"

"없어요."

"그럼 항암제 탁솔 투여 시작할게요."

수액 옆에 자그마한 병이 하나 더 달렸다.

"구토감이 심해지면 말씀하세요."

"네."

간호사가 나가자마자 서주는 태강을 노려보았다.

"못됐어!"

"뭐가? 못됐어? 나는 그저 서주가 말한 대로 욕구불만 상태라서."

"끝까지!"

서주는 태강의 얼굴이 보기 싫다는 듯 등을 돌리고 누웠다. 가까이 다가온 그가 가만히 그녀의 등을 쓸어내리며 물었다.

"보여줄 거 있는데. 화 안 풀 거야?"

"흥! 말 안 해."

"안 보면 후회할 텐데. 우리 보금자리인데."

그제야 서주는 돌아누운 몸을 돌려 태강을 보았다. 태강이 주섬주섬 봉투에서 사진을 꺼내 서주에게 건넸다.

"여기는 어디야?"

"남해."

다시 사진을 보는 서주의 눈이 일렁였다. 남해는 그와 연애를 하는 동안 가보고 싶다고 말했었다. 그때마다 다음에, 다음에 하면서 미루기만 했는데 이제는 거기에서 그와 함께 살게 된다는 생각에 코끝이 찡해졌다.

"우리가 살 곳이야?"

"응. 항암치료 끝나면 갈 거야."

"1차 끝나고 가면 안 돼?"

"아직 공사 중이라서. 그리고 장거리는 힘들어. 네 몸에 무리 간다고."

사진에 얼굴을 묻을 듯 집중하는 서주를 바라보며 태강의 입가엔 희미하게 미소가 어렸다.

11장. 서로가 옆에 있어서

　입원한 지 하루가 지났다. 퇴원 절차를 수속하면서까지도 아픈 증상은 없었다. 오히려 태강이 자꾸 장난을 쳐서 항암제를 맞고 있는지도 몰랐다.

　"퇴원 절차 마쳤어? 항암치료 별거 아닌가 봐. 나 아무 증상도 안 나타나."

　태강은 서주가 기특한지 머리를 쓰다듬었다.

　"다행이다. 엄청나게 걱정했었잖아."

　배시시 웃은 서주는 환자복을 벗고 옷을 갈아입었다.

　"씻고 싶은데, 오늘은 목욕 힘들겠지?"

　"오늘은 내가 닦아줄게."

　"싫어. 연희 부를까?"

　"남서주, 연희 씨가 나보다 더 편해?"

쿡쿡 웃은 서주는 발을 들어 태강의 귓가에 나직이 속삭였다.

"다 오빠를 위해서지. 욕구불만 주태강 씨가 내 몸을 닦아주다가 흥분할까 봐."

귓불에 닿는 뜨거운 숨결만으로도 그의 몸은 충실하게 반응했다. 그런 말을 아무렇지도 않게……. 태강은 서주의 허리를 감쌌다. 고개를 숙여 얼굴 가까이 마주한 그가 낮게 으르렁거렸다.

"남서주의 도발은, 언제든지 받아줄 수 있는데."

은밀함을 담고 있는 시선에 소름이 돋아났다. 서주는 고개를 슬쩍 돌려버렸다. 그의 끈적이는 시선은 예나 지금이나 받아내기가 힘들다.

"나, 나는 환자거든. 암 환자."

"이렇게 보니까 많이 괜찮은 거 같은데. 어때? 오늘 밤?"

"모, 몰라. 아, 갑자기 현기증이 일어난다. 속도 조금 매슥거려. 우욱."

헛구역질하는 서주를 보며 태강은 얼른 그녀를 안고 있는 팔을 풀었다.

"괜찮아?"

고개를 숙여 토하는 시늉을 하던 서주의 입가에 미소가 번졌다. 그를 이겼다! 배시시 웃는 얼굴로 고개를 든 서주가 혓바닥을 쏙 내밀었다.

"집에 가자, 주태강 씨."

"장난쳤지?"

서주가 재빠르게 문으로 걸어갔다.

"무슨 장난! 진짜 좀 매슥거려. 빨리 집에 가서 쉬자."

피식 웃은 태강이 얼른 가방을 챙겨 서주를 뒤따랐다. 주차장으로 내려와 차에 오른 태강은 서주를 보았다.

"안전벨트."

"채워줘."

예전에는 무언가 요구하지도 않더니, 요새는 뻔뻔해져서 무언가 자꾸 해달라고 조른다. 조수석 가까이 다가가 안전벨트를 당기자, 그녀가 입술을 맞춰온다.

"고마워. 정말 오빠 말대로 오빠가 내 곁에 있어서 안 아픈가 봐."

"나는 네가 잘 버텨줘서 고마운데. 앞으로 남은 항암도 잘 버텨줘."

서주는 입매를 부드럽게 휘며 웃었다. 촉. 그가 몇 번이나 입술에 가볍게 입을 맞춰 가슴이 뭉클해졌다.

"오빠를 내게 보내준 하나님께 감사 기도라도 드려야 할까 봐."

"앞으로 오빠한테 잘해."

"이만큼 잘하면 됐지, 얼마나 더 잘해야 해?"

태강은 웃으면서 서주의 머리를 쓰다듬었다.

"지금보다 훨씬 더! 잘해. 알았지?"

"옙! 어서 출발!"

시동을 켜는 태강을 보던 서주는 고개를 돌렸다. 눈이 뻐근해지는 것 같아 서주는 눈을 감았다. 시간이 지날수록 매슥거리기 시작했고, 참아보려 했지만 차 특유의 냄새가 증상을 심하게 만들었다.

"오빠. 차 좀 잠시 세워."

"왜 그래?"

차를 급히 세우자, 서주는 문을 열고 내려 바닥에 구역질을 시작했다. 아침에 먹은 음식물을 그대로 토해버린 그녀는 쌕쌕 숨을 몰아쉬었다. 차에서 내린 태강이 재빨리 다가와 서주의 등을 쓸어내렸다.

"괜찮아?"

말할 힘도 없는지 서주는 손을 휘휘 저었다. 구토를 한 번 했을 뿐인데 온몸이 탈진한 듯 기운이 쭉 빠져버렸다. 태강이 내민 물병으로 입을 헹궈내고 몸을 일으키려는데 몸이 말을 듣지 않고 휘청거린다. 가볍게 서주를 안아 든 태강은 그녀를 조심스럽게 조수석에 내려놓았다.

"조금만 참아. 집에 가서 쉬자."

밤새 견딜 만했기에 힘들지 않게 지나가나 했더니, 그게 아니었나 보다. 운전석에 올라 집으로 향하면서도 태강은 서주를 살폈다. 힘든지 눈을 감고 있는 모습을 보니 마음이 울컥한다.

아파트에 도착해 서주는 밀려오는 현기증과 오심에 입을 틀어막았다. 그가 걱정할 것이 분명하다. 아픈 내색을 하고 싶지 않았는데 몸은 의지와 상관없이 가라앉고 있었다. 태강이 차 문을 열자 찬바람이 훅 불어와 매슥거림이 조금 나아졌다.

"괜찮아?"

서주는 힘없이 고개를 내저었다. 도저히 걸을 힘이 없었다. 뻑뻑해지는 눈 때문에 눈을 뜨기도 힘들다. 태강은 눈을 감고 있는 서주를 안아 걸음을 옮기며 나직이 속삭였다.

"많이 힘들어?"

"조금. 몸에 힘이 없고 손이 저려와."

"조금만 참아. 올라가서 주물러줄게."

힘없이 축 처져 있는 서주를 보며 태강은 몸이 달았다. 항암제의 부작용이 서서히 나타나고 있었다. 엘리베이터를 타고 곧장 집으로 온 그는 서주를 조심스럽게 침대에 내려놓았다.

"잠시만 있어."

주방으로 가 냉장고에서 생강차를 꺼내 컵에 따랐다. 금세 서주가 있는 침실로 들어가 그녀를 자신에게 기대게 했다.

"이거 먹어봐. 구토 증상 좀 가라앉을 거야."

생강 특유의 냄새가 코끝을 감돌았다. 서주는 얼른 코를 틀어막았다.

"윽, 냄새! 못 먹겠어."

그녀의 머리를 조심스럽게 쓸어내린 태강은 어떻게서든 조금이라도 먹이려 애썼다. 생강 특유의 냄새가 진하긴 하지만, 구토 증상은 완화시켜줄 수 있을 거라 생각했다.

"안 돼. 조금이라도 먹어."

"병원에서 처방해준 진토제 먹을게."

침대 옆 협탁에 컵을 내려놓은 태강이 다시 주방으로 가 생수를 가지고 왔다. 가방에서 처방받은 진토제를 꺼내 물과 함께 서주에게 내밀었다. 약을 먹은 서주는 울렁거리는 속을 달래려 침대 헤드에 몸을 기댔다. 태강이 재빨리 다가와 쿠션과 베개를 이용해 그녀의 등을 받쳤다.

"누워서 쉴게."

배게 하나를 쓱 내린 서주는 몸을 완전히 뉘였다.

"어서 누워. 내가 옆에 있을게."

끝도 없이 몸이 가라앉았다. 눈앞이 암전되는 것처럼 깜깜해지고, 근육통이 몰려왔다. 서주는 힘없이 손을 들어 자신의 팔을 주물렀다.

"근육통이 생긴 거야?"

"조금. 아프네."

힘없이 말하는 서주의 표정이 좋지 않아 태강의 얼굴엔 걱정이 스며들었다. 서주가 난소암이란 걸 알고 난 뒤, 암 환자들이 있는 인터넷 카페에도 가입했다. 정보 공유를 하기에 카페만큼 좋은 곳이 없었다. 거기서 보기론 항암치료를 시작했을 때, 3일째부터 5일째까지가 가장 힘들다는데 서주는 2일째부터 힘들어하고 있다. 개인차가 있겠지만, 무사히 지나가는 사람도 있기에 서주도 무사히 지나가길 바랐는데.

그는 침대에 걸터앉아 그녀의 팔과 다리를 주물러줬다.

"괜찮아. 오빠도 피곤하잖아."

"나는 괜찮아."

"고마워. 그리고 미안해."

"미안하다는 말 대신 사랑한다고 해야지."

서주는 희미하게 웃었다. 진토제를 먹고 구토 증상은 조금 완화되었다. 태강이 주물러주는 덕분에 근육통도 조금 나아지는 것 같았다.

"오빠, 1차 항암 끝나면 어디 가려고 했어?"

"바다. 겨울 바다 보러 가려고 했지. 보고 싶다고 했잖아."

"내가 이래서 못 가겠다. 그치?"

"조금 나아지면 가면 되지, 뭐가 걱정이야. 우리한테 시간은 많잖아."

서주는 희미하게 웃고는 태강의 얼굴을 눈에 새겼다. 이렇게 계속 아프다가 상태가 안 좋아지면 그를 보지 못하게 될까 무서워진다.

"나 캠핑도 가고 싶어. 한 번도 가본 적 없는데, 형찬이랑 연희가 그랬거든. 캠핑 가면 까만 밤하늘에 뜬 별이 정말 예쁘다고. 운 좋아서 별똥별 떨어지는 거 보면 소원도 빌고 싶어."

태강의 입가에 눈송이처럼 부드러운 미소가 걸렸다.

"너랑 단둘이 가는 캠핑도 재밌겠다."

그의 웃는 얼굴을 보니 가슴이 서걱거렸다. 자신을 바라보며 웃는 모습만 보고 싶은데, 치료가 끝날 때까지는 걱정스러운 얼굴을 더 많이 보게 되겠지. 눈물이 차오를 거 같아 서주는 눈을 감고 중얼거렸다.

"나 졸리다."

"어서 자."

서주는 태강을 향해 두 팔을 뻗었다.

"안아줘야지. 안아줘."

피식 웃은 태강은 서주의 옆에 누워 팔베개를 해줬다. 품 안에 있는 서주의 등을 토닥이며 작은 목소리로 자장가를 불렀다. 그가 불러주는 자장가를 들으며 참았던 눈물 한 줄기가 볼을 타고 흘러내렸다. 아프고 난 뒤엔 눈물도 많아졌나 보다. 등을 토닥이는 손길이 조심스러웠고 불러주는 노랫소리가 감미로웠다. 태강의 목소리가 점점 아득해졌다.

금세 고른 숨을 내쉬는 서주를 보며 그는 그녀를 반듯하게 눕히고 이마에 가볍게 입을 맞췄다. 태강은 서재로 가 노트북을 들고 나왔다. 잠든 서주를 보며 그는 테이블에 노트북을 내려놓고 검색을 시작했다. 몇 가지 물품을 주문한 그는 가입해둔 카페로 들어가 1차 항암 때에 나타나는 증상들을 다시 살펴보기 시작했다.

잠든 지 30분도 지나지 않아 서주는 눈을 떴다. 매슥거림은 덜해졌는데 온몸이 물먹은 솜처럼 무거웠다. 팔과 다리는 근육통으로 꼼짝도 못할 만큼 저리고 쑤셔왔다.

"……오빠."

노트북을 보던 태강은 단숨에 침대로 달려와 걱정스럽게 그녀를 바라보았다.

"아픈 거야?"

서주는 힘겹게 고개를 끄덕였다.

"온몸이 바늘로 콕콕 찌르는 것 같아."

"주물러줄게."

태강이 침대에 걸터앉아 안마를 시작했다. 얕은 신음을 흘리는 서주를 보며 태강은 울컥함이 치솟았다. 그녀 대신 자신이 아팠으면 좋겠다. 힘없이 늘어져 있는 그녀를 보는 마음이 편치 않았다. 해줄 수 있는 게 겨우 안마뿐이라니. 울컥함이 치솟아 눈가가 시큰거렸다. 태강은 느리게 눈을 감았다가 떴다. 자신이 울게 된다면, 그녀가 더 미안해하겠지. 가뜩이나 미안하다는 말을 입에 달고 사는데.

"매슥거리는 건 어때?"

"지금은 괜찮은 거 같아."

"속 괜찮을 때 뭐라도 먹어야 하는데. 잠시만 있어봐."

태강은 족욕기를 가져와 서주를 일으켰다. 베개와 쿠션을 세워 그녀가 편히 기댈 수 있게 만든 후, 족욕기의 전원을 올렸다.

"족욕하고 있어봐. 금방 밥해줄게."

"응."

따스한 물의 온도가 그의 마음 같다. 그에게 미안한 마음이 계속해서 생겨날 때마다 건강해지자고, 수도 없이 되뇌었다. 건강해지는 게 태강이 주는 큰 사랑에 답하는 것이다. 서주는 이 시간이 빨리 지나가기를 바랐다.

"잠든 거야?"

그의 향기가 코끝을 감돌았다. 감은 눈을 뜬 서주는 눈앞에 있는 태강을 보았다.

"아니."

"밥 먹자."

태강은 족욕기에서 서주의 발을 꺼내 물기를 닦아냈다.

"고마워."

그녀의 머리를 헝클며 태강은 싱긋 웃었다.

"고맙긴. 당연한 거야. 오빠는 남서주의 유일한 가족이니까."

주태강은 남서주에게 유일한 가족…….

울렁울렁 올라오는 격한 감정에 눈물이 차오를 것 같아 서주는 입술을 지그시 깨물었다.

"또 입술 깨문다. 내 거에 생채기 내지 마."

"내 몸인데 왜 오빠 거야?"

"잊었어? 넌 내 거라는 거."

"그럼 오빠는 내 거야?"

"그럼. 이러고 있다가 국물 다 졸겠다. 나가자."

태강은 서주를 부축해서 일으켰다. 침실을 나와 주방으로 가자, 식탁에 차려진 것을 본 그녀는 놀란 듯 눈을 동그랗게 떴다.

"이게 다 뭐야?"

"샤브샤브. 앉아."

"육수도 직접 낸 거야?"

"응."

소고기와 갖은 채소, 그리고 인덕션에 올려진 육수. 입이 쩍 벌어졌다. 태강이 원래 이렇게 세심한 사람이었던가.

"맛있겠다."

태강은 희미하게 웃었다. 그녀가 좋아하는 것만 봐도 기분이 좋아진다.

"많이 먹어. 그래야 살도 다시 오르지."

"응."

식사하는 내내 두 사람의 주변에 따스한 공기가 내려앉았다. 배부르게 먹고 난 서주는 식탁을 정리하기 위해 접시를 들었다.

"놔둬. 내가 할 거야. 서주는 누워서 쉴래?"

"이러다가 돼지 될 것 같아. 오빠 집에 오고 나서 나 아무것도 안 하고 공주처럼 지내는 거 같단 말이야."

"공주 맞잖아. 주태강의 하나뿐인 공주님."

그 말에 서주는 부스스 웃어버렸다. 태강이 냉장고에서 푸른 주스를 꺼내서 내밀었다.

"잘 마실게."

"응. 이번에 항암 부작용으로 통증 심하면 아바스틴 표적 치료제로 바꾸자."

"그건 너무 비싸."

"실비도 된다던데."

"그래?"

고개를 끄덕이는 태강을 보며 서주는 주스를 마셨다.

"그럼 보험사에 물어볼까?"

"응. 근데 나는 우리 서주가 안 아팠으면 좋겠어. 부작용도 적었으면 좋겠고. 돈이 문제가 아니잖아. 내가 그 정도 능력도 안 될까?"

"나는 싫어. 오빠한테 신세를 지는 것만 같단 말이야."

"신세라니."

"지금도 충분히 민폐 끼치는 것 같은데."

그녀의 입에서 나오는 말은 점점 태강을 서운하게 했다. 유일한 가족이라고 말했는데, 어떻게 저렇게 말을 할 수 있을까? 식탁을 정리하던 태강은 들고 있던 접시를 개수대에 담그고 서주 앞에 섰다.

"남서주."

차가운 그의 음성에 서주는 움찔, 몸을 움츠렸다.

"……왜?"

"네가 나한테 신세를 지고 민폐 끼친다고 생각하는 거야?"

"마, 맞잖아."

또박또박 대답하는 서주의 말에 태강은 주먹을 그러쥐었다. 화가 치민다. 마음을 몰라줘도 어떻게 이렇게나 몰라주는 걸까. 그는 등을 굽혀 그녀와 눈높이를 맞췄다.

"서주야. 나는 네가 그런 말을 하니까 속상하다. 정말 그렇게 생각한다면 빨리 나아서 나한테 잘하면 되겠지?"

눈물이 차오른다. 끝을 알 수 없는 치료와 재발의 위험 속에서 만약 자신이 잘못된다면 그의 노력과 수고는 다 무엇으로 보상할 수 있을까.

"또 울려고 한다."

서주는 팔을 벌렸다. 가만히 그녀를 품에 안아주는 태강이 서주의 등을 쓸어내렸다.

"미안해. 근데 나는 오빠한테 받기만 하는 거 같고, 아무것도 못하고 있으니까 내가 쓸모없는 인간처럼 느껴져서 투정 부렸나봐."

"그런 생각 하지 마. 어떻게 네가 쓸모없는 인간이야. 네가 존재하기 때문에 내가 있는 거야. 예전에 내가 바쁠 땐, 우리 서주는 항상 주기만 했잖아."

참으려고 입술을 깨물었지만, 그 말 한마디에 눈물이 왈칵 쏟아졌다. 등을 토닥이는 손길과 그의 향기, 가슴이 먹먹해져 흘러내린 눈물이 멈추질 않았다.

밤이 되자 몸의 통증은 점점 심해졌다. 눈을 뜰 수도 없을 만큼 눈이 시렸다. 바늘로 콕콕 온몸을 찌르는 듯한 통증과 울렁거리는 속, 귀에 물이 들어간 것처럼 윙윙거리는 소리가 들리는 것 같다. 서주는 눈을 감았다가 힘겹게 눈꺼풀을 들어 올렸다. 옆에서 자신을 보고 있는 그가 눈에 들어왔다.

"아픈 거야?"

"안 잤어?"

"응."

"그럼 오빠, 진통제랑 진토제 좀 줘……."

태강은 얼른 몸을 일으켜 테이블 위에 있는 진통제와 진토제, 물을 가져왔다. 조심스럽게 서주를 일으켜 기대게 한 그가 약봉지를 뜯어 그녀에게 내밀었다. 약을 받아먹고 물을 마신 서주를 뒤에서 안아 등을 어루만졌다. 그녀의 통증이 잦아들길 바라면서.

"괜찮아진 거 같아?"

서주는 대답 대신 고개를 끄덕였다. 몸에 힘이 하나도 없이 축 가라앉았다. 진통제를 먹고 조금 완화되었지만, 숨소리가 거칠었다.

태강은 주먹을 그러쥐었다. 이렇게 아픈 그녀에게 해줄 수 있는 것이 고작 이런 것뿐이라니. 스탠드 등을 켜놓은 방 안에 태강과 서주의 숨소리만 가득 찼다.

눈부신 햇살이 유리창을 통해 들어왔다. 통증 때문에 잠을 자지 못했다. 진통제를 먹은 그때 잠깐 좋아질 뿐, 나아질 기미가 보이지 않았다. 죽고 싶었다. 이렇게 아플 줄 알았으면 항암치료고 뭐고 다 그만두고 포기했을 것이다. 감은 눈 사이로 눈물이 흘러내렸다.

왜 이렇게 아픈 건데! 왜 이렇게…….

머릿속은 부정적인 생각들로 가득 들어찼다. 포기하고 싶다. 죽고 싶다. 이렇게 아픈데 살아서 뭘 해. 이걸 몇 번을 더 해야 할지 알 수도 없잖아.

악마의 속삭임처럼 자꾸만 누군가 속삭인다. 그만 포기하라고.

물먹은 솜처럼 무거운 몸을 어쩔 수 없었다. 눈을 감고 생각에 생각을 거듭하고 있는데 한 줄기 빛이 스며들었다.

"아직도 많이 안 좋은 거야?"

서주는 들리는 그의 걱정스러운 음성에 몰려왔던 생각들을 몰아내려 애썼다. 자신 때문에 노심초사하고 있는 그를 생각하면 부정적인 생각을 하면 안 된다.

눈을 뜨자. 남서주! 슬픈 생각 그만해. 부정적인 생각도 그만해. 날 사랑하는 오빠가 있잖아. 내 유일한 가족인 오빠가 있잖아.

서주는 힘겹게 눈꺼풀을 들어 올렸다. 햇살과 함께 환한 빛이 망막에 새겨진다. 빠르게 눈이 감겼다. 다시 눈을 뜨자, 그의 걱정스러운 얼굴이 들어왔다.

"걱정한 거야?"

태강은 작게 고개를 끄덕였다. 눈을 뜨는 것조차 힘겨워하는 그녀를 보면 애가 타 미칠 것 같았다. 이렇게 자신의 무능력함을 확인하는 것 같아서. 그녀의 아픔을 대신 해줄 수 있다면. 그랬으면 좋겠다.

서주는 태강의 허리를 감싸며 품으로 파고들었다.

"우리 서주, 오빠 안고 싶었구나."

태강은 안겨오는 서주를 꼭 끌어안았다.

"응. 조금 괜찮아졌을 때, 우리 오빠 많이 안고 싶어."

예쁜 말만 한다. 태강은 서주의 머리를 쓰다듬으며 부드럽게 웃었다.

너의 미소를 지켜주고 싶고, 건강해진 너를 품에 안고 싶어. 그러니까 서주야, 지금 힘들더라도 절대 포기하지 말자.

태강은 수없이 마음속으로 다짐하고 다짐했다. 약해지지도 말고, 슬퍼하지도 말고, 그녀가 기댈 수 있게 든든한 버팀목이 되자고.

시간의 개념이 사라진 것 같다. 낮인지 밤인지 알 수가 없다. 환하게 쏟아지는 햇살이 보기 싫어 블라인드를 쳐달라고 했다. 몸이 아파 죽을 지경인데 눈부신 햇살이 미치도록 싫었다. 눈을 뜨면 밝은 햇살 아래 자신을 걱정스럽게 바라보는 그의 얼굴이 망막에 새겨졌다. 그래서 눈을 감아버렸다. 걱정하는 그를 보는 게 못 견디게 싫었다.

손끝의 감각이 없어졌다. 손과 발이 퉁퉁 부어버렸다. 통증은 나아질 기미가 보이지 않았으며 외려 점점 심해지는 느낌이다. 분명 시간이 지나면 괜찮아진다던데 벌써 며칠째 이 상태였다. 아프다. 죽을 만큼.

그에게 더는 아픈 모습을 보이고 싶지 않아 혼자서 억지로 몸을 일으키다 휘청거리며 그대로 꼬꾸라졌다. 쿵, 커다란 소리에 놀라서 달려온 태강을 보며 눈물을 쏟아냈다. 그가 다시 침대에 눕혀주어 옆으로 누운 채 그가 들어간 욕실을 바라봤다. 시간이 갈수록 서주는 초조해졌고 눈앞에 태강이 보이지 않으면 더 큰 불안함이 피어올랐다.

아픈 저를 버리면 어떡하지. 아파서 칭얼거리는 저를 싫어하면 어떡하지. 하루에도 수십 번씩 떠오르는 생각들은 정확한 판단을 하지 못하게 이성을 갉아먹었다.

욕실로 들어간 태강은 물을 틀어놓고 소리 죽여 울었다. 내내 참아왔던 눈물이 결국 의지를 배반한 채 흘러내렸다. 아픈 그녀 앞에서는 절대 보여줄 수 없다. 심장을 녹슨 칼로 자르는 것 같다. 지금도 이렇게 아픈데, 끝까지 그녀가 아픈 걸 모르고 이별을 받아들였다면 저 고통은 그녀 혼자서 감당해야 했을 것이다. 함께할 수 있어 다행이지만 그와 동시에 옆에서 있어주는 것밖에 할 수 없다는 게 무기력하게 만들었다. 왜 그녀에게 해줄 수 있는 게 없는 걸까.

"머저리 새끼."

욕지기가 치밀었다. 잠깐이라도 그녀 곁에서 한눈을 팔아선 안 됐다. 이틀을 침대에서 꼼짝도 못했으니 일어나고 싶었을 거다. 가쁜 숨을 내쉬면서도 서주는 씻고 싶다고 했다. 젖은 수건으로 몸을 닦아주긴 했지만 샤워를 하고 싶었을 것이다. 태강은 찬물에 얼굴을 씻어내며 들끓었던 감정들을 차분히 삭였다. 마른 수건을 적셔 욕실을 나온 태강은 자신을 보고 있는 서주를 보며 웃었다.

"오빠 보고 싶었어?"

"응."

침대로 다가간 태강은 눈물에 젖은 그녀의 얼굴을 닦아냈다. 손끝이 떨려와 힘을 줬다. 까칠해진 피부와 메말라버린 입술이 가슴을 서걱거리게 한다.

"차갑진 않지?"

"응, 따뜻해. 오빠 마음처럼."

"누워 있기 싫으면 말하지 그랬어. 혼자 일어나는 거 아직은 무리일 거야."

"미안."

수건을 협탁 위에 올려놓은 태강은 서주의 얼굴에 자잘하게 키스했다.

"우리 서주 왜 자꾸 미안하다고 해. 사랑한다고 해봐."

"……사랑해."

서주를 바라보는 태강의 눈동자가 따스하게 물들었다. 그는 와락 그녀를 끌어안았다. 품 안에 안긴 야윈 몸이 가슴을 아프게 한다.

그의 심장 소리가 귓가에 울린다. 일정한 속도로. 그의 품은 언제나 똑같은 온도다. 안겨 있으면 스르륵 잠이 올 정도의 포근한 온도. 등을 어루만지는 손길도 그대로다.

"사랑해, 서주야."

귓가에 울리는 달콤한 말이 왈칵 눈물을 쏟아내게 만든다. 울면 안 되는데……. 서주는 입술을 지그시 깨물었다.

"빨리 시간이 많이 흘렀으면 좋겠다."

그러면 네가 아프지 않겠지. 네가 아프지 않을 만큼 시간이 흘렀으면 좋겠어. 근데 서주야, 오빠는 지금 이 시간도 소중해. 날 믿고 의지하는 네가 좋아.

서주는 태강의 품속에서 눈을 감고 중얼거렸다.

"나도."

희미하게 웃은 태강은 그녀를 안고 있는 팔에 더욱더 힘을 줬다. 이렇게 해서라도 그녀의 아픔을 나눌 수 있기를…….

유난히 햇살이 맑은 날이었다. 겨울치고는 바람도 포근하게 불어왔다. 태강은 테라스에 나와 밖을 내다보았다. 그리고 고개를 돌려 침대에 잠들어 있는 서주를 보았다. 항암치료를 받은 직후, 한동안 새벽녘까지도 잠을 이루지 못하던 서주는 시간이 지날수록 조금씩 잠을 자는 시간이 늘었다. 오늘따라 얼굴에 생기도 있어 보인다. 그의 눈매가 부드럽게 휘어졌다. 서주가 부스럭 움직였다. 얼른 방으로 들어간 그는 핫팩을 들어 자신의 손을 따뜻하게 했다. 차가워진 몸으로 서주에게 다가갔다가, 면역력이 떨어진 그녀가 감기라도 들면 큰일이다. 서주의 눈꺼풀이 바르르 떨려왔다. 핫팩을 내려놓은 태강은 침대에 걸터앉았다.

"일어났어?"

서주는 태강을 향해 손을 뻗었다. 피식 웃은 그가 몸을 숙여 그녀를 안았다. 흘러내린 머리카락을 귀 뒤로 넘겨주었다.

"오늘은 어때? 조금 나아진 거 같아?"

"응. 오늘은 정말 몸에 힘이 없는 것 빼고는 한결 나아."

서주는 안도의 한숨을 내쉬는 그를 물끄러미 바라보았다. 그는 참 많이 미안함이 들게 한다.

그가 없었다면 이렇게 심한 통증을 버틸 수 있었을까……?

"다행이다."

서주는 태강을 향해 희미하게 웃었다.

"걱정했지? 이제 좀 괜찮아지겠지?"

"그럼, 오빠가 찾아보니까 시간이 지나면 나아진다고 하더라. 그러니까 우리 절대 포기하지 말자."

"아, 내일이 형찬이 결혼식인데, 갈 수 있을까?"

"가고 싶어 했잖아. 부케도 받아야지."

"이 상태로 괜찮을까 싶어서."

"힘들면 내가 업고 갈까? 내일 컨디션 보고 움직이자."

"응."

태강은 품 안에서 꼼지락거리는 서주의 입술에 입을 맞추려 고개를 숙였다. 얼른 입을 틀어막은 서주가 웅얼거린다.

"안 돼. 양치 안 했다고."

"상관없어."

"가, 가글이라도 하고."

태강이 웃음을 터트리자, 서주의 얼굴이 붉게 달아올랐다. 그는 가만히 그녀의 머리를 쓸어내리며 속삭였다.

"서주한테 보여줄 게 있는데, 일어날 수 있겠어?"

"……보여줄 거?"

"응."

서주의 힘이 없는 몸을 태강이 부축했다. 문을 열기 전 그는 그녀의 눈을 가리며 귓가에 나직이 속삭였다.

"서주가 좋아해줬으면 좋겠다."

태강은 문을 열고 가리고 있던 손을 내렸다. 서주는 감은 눈을 뜨고 눈앞에 보이는 텐트를 보며 그를 올려다보았다.

"이게……."

"캠핑하고 싶다고 했잖아."

정말 캠핑장처럼 꾸며진 거실을 보며 가슴이 벅차올랐다. 눈물이 핑 도는 것 같아 서주는 입술을 지그시 깨물었다. 조심스럽게 발걸음을 옮겼다.

텐트 앞으로 놓여 있는 야외용 테이블과 의자를 지나쳤다. 텐트 앞에 선 그녀가 등을 굽혀 텐트의 지퍼를 내렸다. 그를 올려다보자, 그는 고개를 살짝 끄덕인다. 조심스레 텐트 안으로 발을 들여놓은 서주는 푹신하게 깔린 이불에 앉았다. 곧 그가 안으로 들어오고, 서주는 그의 무릎을 베고 누운 채 태강과 눈을 맞췄다.

"이렇게 빨리 캠핑을 할 수 있을 거라는 생각은 못 했어. 고마워, 오빠."

"마음에 들어?"

"응. 밤하늘의 별과 달은 다음에 봐도 되니까."

"별과 달도 볼 수 있어. 보고 싶어?"

서주가 고개를 갸웃거리자, 태강은 싱긋 웃으며 그녀를 무릎에서 내려놓았다. 텐트에서 나간 그가 암막 커튼을 쳐 빛을 차단했다.

"서주야."

그가 부르는 소리에 서주는 텐트 밖으로 고개를 내밀었다. 그의 손짓을 따라 고개를 든 그녀는 천장 가득 반짝이는 별과 달을 보며 눈시울을 붉혔다.

"이거…… 오빠가 한 거야?"

"응. 별도, 달도 보고 싶다고 했잖아. 별똥별 떨어지는 건 아니더라도 별은 보여주고 싶었어. 마음에 들어?"

텐트 밖으로 완전히 나온 서주는 반짝이는 별과 달을 보며 부드럽게 눈매를 휘었다. 그가 주는 사랑은 어떤 말로 표현할 수 없을 만큼 커다랗다. 그에 비하면 제가 하는 사랑은 한없이 초라해 보인다. 가족도 없는 제게 가족이 되어준 그였다.

"언제 이렇게 다 준비한 거야?"

"서주 자고 있을 때."

큰 선물을 받은 것 같다. 통증 때문에 내내 가라앉았던 기분이 다시금 좋아진다. 서주는 배시시 웃으며 작게 속삭였다.

"사랑해."

그의 입술이 조심스럽게 이마에 닿았다. 서주는 눈을 감았다. 밤하늘의 별이 우수수 쏟아져 내리는 것 같다.

마치, 그의 사랑처럼.

아침 일찍 일어난 서주는 전날보다 한결 몸이 좋아졌다. 약간의 어지럼증은 있지만 이 정도면 못 움직일 정도는 아니다. 그의 도움을 받아 샤워를 하고 화장대에 앉았다.

"마음에 안 든다."

침대에 나른하게 누워 있던 태강은 서주가 하는 혼잣말을 듣더니 고개를 갸웃거렸다.

"정말 마음에 안 들어."

서주는 거울에 비친 제 모습을 보더니 몇 번을 마음에 들지 않는다고 중얼거렸다.

"뭐가?"

"아파서 그런지 화장이 잘 안 돼."

"그럼 화장하지 마. 내 눈엔 네가 제일 예쁜데."

"결혼식에 민얼굴로 갈 순 없잖아."

겨우 화장을 한 서주는 립밤을 발라 화장을 마무리했다. 드레스 룸으로 들어가 원피스를 입은 그녀는 코트를 들고 방으로 들어왔다.

"그렇게 입고 갈 거야?"

"응."

"밖에 추워. 어젯밤에 눈 와서 길도 얼었을 텐데."

"길거리 돌아다닐 것도 아닌데 뭐. 차 타고 가서 예식 보고 돌아올 거니 괜찮아."

침대에서 몸을 일으킨 태강이 드레스 룸으로 들어가며 중얼거렸다.

"그래도 춥잖아."

금세 다시 온 그의 손엔 하얀색 패딩이 들려 있었다.

"이거로 입어."

"싫어. 그거 입으면 북극곰이야."

서주를 보는 눈초리가 가늘어졌다. 그녀는 아침부터 신이 났다. 컨디션이 괜찮다며 결혼식에 갈 수 있다고 들떠 있는 그녀의 마음을 모르진 않았다. 그렇지만 감기라도 걸리면 큰일이니 따뜻하게 입고 가야 한다.

"그럼 안 갈 거야. 빨리, 바꿔 입어."

입술을 삐죽 내민 서주가 패딩을 받아 들었다. 영 내키지 않는 얼굴로 그녀는 패딩을 입더니 그를 흘겨보았다.

"오빠는 슈트 입을 거잖아. 오빠랑 커플처럼 보이고 싶었는데……."

"누가 봐도 우린 커플로 보여. 옆에 딱 붙어서 다닐 건데."

"오랜만에 외출인데……."

포기하지 못하고 중얼거리는 서주를 보며 태강은 그녀의 이마에 가볍게 입을 맞췄다.

"오빠 말 잘 들어야 착한 어린이지."

입술을 쭉 내밀어 항의 표시를 하던 그녀는 어린이란 말 한마디에 표정을 굳혔다.

"내가 어린이?"

"그래. 키도 작아서 내 어깨까지도 겨우 오잖아."

"앞으로 오빠는 내 몸에 손대지 마."

"왜?"

"오빠는 어린이랑 키스하고 잠도 자고 그래? 그거 범죄야!"

웃음을 참는 얼굴로 태강은 숨을 삼켰다. 입술을 삐죽거린 서주는 그를 지나쳐 방을 나섰다. 재빨리 그녀를 붙잡은 그가 물었다.

"정말 손도 대지 마?"

"응. 어린이 몸에 손대는 건 범죄거든. 빨리 갑시다, 아저씨."

"헉. 아저씨?"

혓바닥을 쏙 내민 그녀가 걸음을 옮겼다. 뒤뚱거리며 걸어가는 그녀는 영락없이 하얀 북극곰을 연상케 했다. 결혼식장으로 가는 내내, 토라진 건지 창밖으로 고개를 돌린 서주를 힐끔거리던 태강은 피식 웃었다.

"오빠 좀 보지?"

"싫어요, 아저씨."

"삐친 거야?"

"아니!"

"그럼 얼굴 좀 보여주지?"

창밖을 보던 서주는 딱 1초 동안 얼굴을 보여주더니 다시 고개를 돌려버렸다. 하는 짓이 딱 초등학생이나 할 법한 행동이었다.

"그게 얼굴 보여준 거야?"

"운전이나 하세요. 아저씨."

"삐친 거 맞네, 맞아."

"안 삐쳤거든."

말은 그렇게 하면서 하는 행동은 '나 화났어요'였다. 무엇 때문에 토라진 건지 알고 있지만, 그런 서주가 귀여워 태강은 부러 내버려뒀다.

호텔에 도착해 차에서 내린 서주는 먼저 앞장서서 걸음을 옮겼다. 뒤늦게 따라온 태강이 등을 굽혀 그녀의 귓가에 나직이 속삭였다.

"너, 그렇게 가니까 진짜 북극곰이 걸어가는 것 같다."

"오빠!"

홱 고개를 돌린 그녀가 대뜸 소리를 지르고 눈을 흘겼다. 그녀의 어깨를 감싼 태강은 배시시 웃었다.

"그러다가 눈도 찢어지겠네. 못생긴 얼굴 더 못생겨지게."

또 시작. 그의 놀림은 어째 예나 지금이나 똑같은지. 거기에 적응 못 하고 발끈하는 자신은 무엇이란 말인가.

"언제는 내가 제일 예쁘다더니. 오빠 진심은 내가 못생겼단 거였지?"

"어떻게 알았지? 오빠 진심이 서주 눈에는 다 보여?"

쿵쿵 발을 크게 구르며 걸음을 옮기는 서주를 보고 태강은 슬며시 웃었다. 예전의 그녀를 보는 것 같아 기분이 좋아진다.

서주는 예식 홀 앞에 보이는 형찬에게 다가갔다.

"축하해."

"못 올 줄 알았는데. 와줘서 고마워."

"친구는 너랑 연희 둘뿐인데, 내가 안 오면 돼?"

"몸은 어때?"

"좋아졌어."

두 사람의 다정한 대화를 듣던 태강은 미간을 찡그렸다. 마음에 들지 않았다. 친구인 걸 알지만, 형찬도 결국 남자 아닌가. 비록 오늘 다른 여자의 남편이 되더라도.

"결혼 축하합니다."

"감사합니다. 우리 서주 잘 부탁할게요."

태강의 반듯한 눈썹이 꿈틀거렸다. 우리 서주라니.

"뭘 잘 부탁해! 내가 어린애냐?"

"넌 물가에 내논 아이 같거든."

"됐어. 쳇, 오나가나 다 어린이 취급이구먼. 연희 어딨어?"

"연희, 안에 들어가 있어."

"그럼 이따가 보자. 결혼 축하해."

"이따가 뵙겠습니다."

형찬의 부모님께도 인사를 건넨 두 사람이 예식 홀 안으로 들어왔다. 먼저 테이블에 앉아 있는 연희와 동영을 찾아 그 자리로 다가갔다. 인사를 나눈 네 사람이 마주 앉았다.

"몸은 괜찮아?"

"응, 좋아."

"좋아 보인다. 태강 씨가 잘해주는가 봐?"

그에 서주가 배시시 웃어 연희의 입가에도 미소가 지어졌다. 서주의 웃는 얼굴만으로도 그녀가 지금 행복하다는 건 알 수 있었다.

참 다행이다. 죽을 것 같던 친구가 행복해 보여서.

곧 시작될 식을 알리는 사회자의 말에 홀 안이 조용해졌다. 잔잔한 음악이 흐르고 신랑, 신부가 들어왔다. 서주는 약간의 어지럼증에 눈을 느리게 감았다. 살짝 고개를 젓는 그녀를 보고 태강은 귓가에 나직이 물었다.

"아파?"

"아니, 괜찮아."

"정말?"

재차 묻는 그를 향해 서주는 희미하게 웃었다. 심한 어지럼증이 아니었다. 그리고 무엇보다 형찬의 결혼식은 끝까지 지켜보고 싶다. 그녀는 그의 손을 잡았다.

"괜찮아. 걱정하지 마."

고개를 끄덕인 태강은 다시 예식이 진행되고 있는 곳으로 시선을 돌렸다. 예식이 끝나갈 때쯤 부케를 받을 사람은 앞으로 나오라는 말에 연희가 서주를 보았다.

"쭈야, 네가 받아."

"싫어."

연희는 할 수 없다는 듯 부케를 받으러 앞으로 나갔다. 가만히 연희를 보던 서주는 태강의 어깨에 머리를 기대었다.

"힘든 거야?"

"아니, 조금 어지러워. 이것만 보고 가야겠다."

"응."

그때 신부가 던진 부케가 방향을 틀어 연희가 아닌 서주에게로 날아왔다. 태강은 얼른 손을 뻗어 부케를 잡아 서주의 품에 안겼다.

"이제 큰일 났네, 남서주. 오빠한테 6개월 안에 시집와야겠다."

놀란 듯 서주의 눈이 윤영과 형찬, 연희에게로 향했다. 배시시 웃는 세 사람을 보며 어떻게 된 일인지 알 것 같아 서주는 웃음을 터트리고 말았다. 손에 들린 부케의 꽃향기가 코끝을 간질였다. 그 틈으로 옆에 있는 태강의 민트 향이 스며들었다. 서주는 부케를 다시 태강에게 내밀었다.

"오빠가 받아서 준 거니까, 오빠가 6개월 안에 장가가야겠는데?"

그 말에 태강은 피식 웃더니 서주의 머리를 헝클었다. 그러고는 아까부터 어지럼을 느끼는 서주를 걱정하며 친구들에게 인사를 건네고 예식장을 빠져나왔다.

그의 보살핌과 사랑으로 몸은 많이 좋아지고 있었다. 오히려 살이 찌고 있어 마음에 들지 않는다. 살만 찌워서 어쩌려는 거냐며 태강에게 툴툴거리니, 포동포동 찌워서 잡아먹을 거라고 그는 답하곤 했다.

며칠 전엔 두피가 엄청나게 아프더니 머리가 한 움큼씩 빠져버렸다. 그날 태강이 손수 바리캉을 가져와 머리를 밀어줬다. 머리를 밀고 나니, 두피의 통증이 사라졌다. 대신 빡빡 머리가 되어버렸지만.

가발은 언제 사다놓은 건지, 태강이 건네준 가발을 이리저리 써보았다. 죄다 긴 생머리 가발이었다. 투덜거리니, 단발을 하나 사다 주긴 했다.

쓰고 있던 가발을 벗어버린 서주는 침대에 누웠다. 손을 뻗어 그가 준 사진을 보는 그녀의 입매가 호선을 그렸다. 남해에서 살게 될 집이라고 했다. 그와 자신이 남해에서 살게 될 생활들이 벌써 기대된다.

그와 어떤 생활을 하게 될까……?

몇 번의 항암치료가 아직 남아 있지만, 그가 있다면 다 이겨낼 수 있을 것 같다. 태강의 신경이 온통 자신에게 쏠려 있는 것도 내심 마음에 든다. 예전의 그는 저보다 일이 먼저였으니.

그에게 미안하면서도 고맙고, 고마우면서도 미안하다.

한편 약속이 있어 외출한 태강은 한정식집에 도착해 안으로 들어갔다. 직원의 안내를 받아 룸으로 들어간 그는 진혁을 보고 인사를 건넸다.

"잘 지내셨습니까?"

"넌 잘 지냈나 보구나."

"네. 어머니도 잘 지내시죠?"

"그래. 널 만나러 간다는 걸 말리느라 혼났다. 이번에 호주에 있는 이모네 갈 생각이야."

"호주 이모님 댁에요? 이모님한테 무슨 일이 생긴 거예요?"

"아니, 여행이지. 오랫동안 못 보기도 했으니까. 그 아이는 괜찮아졌니?"

태강의 밝아진 얼굴을 보며 진혁의 입가에도 미소가 어렸다.

"네, 많이 좋아졌습니다."

"다행이구나."

진혁은 가지고 온 봉투를 태강에게 내밀었다.

"이게 뭐예요?"

"열어봐."

봉투 안에 들어 있는 통장을 꺼낸 태강은 진혁을 바라보았다.

"호주에 가면 오래 있을 생각이야. 그 아이와 떠나 생활하려면, 돈이 필요할 거 아니냐?"

통장을 열어 금액을 확인한 태강은 통장을 봉투에 넣어 진혁에게 다시 건넸다.

"받을 수 없습니다."

태강을 바라보는 진혁의 눈빛이 애잔해졌다. 끝까지 서주를 받아들이지 않는 민애로 인해 하나뿐인 아들에게 자신이 해줄 수 있는 건 물질적인 것뿐이라 마음이 편치만은 않았었다.

"이 아비의 마음이라고 생각하고 받아줬으면 좋겠구나. 네가 행복하면 그것으로 된 것이야."

부모님에게 한없이 미안한 마음이 생겨난다. 서주를 받아들여 주길 원했던 지난날, 그녀에게 상처를 준 부모님을 원망했었다.

"감사합니다."

"지금처럼 그 아이와 함께 찍은 사진도 꾸준히 보내줬으면 좋겠구나."

"네."

태강은 진혁과 식사를 하고 아파트로 돌아왔다. 그는 차에서 내릴 생각을 하지 않고 눈을 감았다. 지난 일들이 머릿속에 스쳐 지나갔다. 참 많은 일이 있었다. 그중에 제일 중요한 일은 서주를 만나 사랑한 일이다. 그녀를 만나지 않았더라면 지금도 여전히 일 중독 주태강으로 살고 있지 않을까.

그는 조수석에 올려둔 봉투를 내려다보았다. 거액이 들어 있는 통장. 그리고 진혁과 민애는 호주로 간다고 했다. 가기 전에 집으로 찾아뵙겠다니, 진혁은 올 필요 없다고 했다. 무엇 때문인지 알 것 같아 가겠다는 말을 더는 하지 않았다. 오래 생각하지 않고 그는 차에서 내려 집으로 올라왔다. 비밀번호를 누르고 안으로 들어가자, 서주가 현관문 앞에 서 있다.

"기다린 거야?"

"응. 비밀번호 누르는 소리에 뛰어왔지."

"뛰어다니다 넘어진다."

"매번 어린애 취급. 흥!"

입술을 삐죽이면서도 서주는 태강의 품으로 파고들었다.

"다음 주에 2차 항암 하러 가야 하는데, 걱정돼."

"잘할 거야."

머리를 쓰다듬던 손을 멈춘 태강은 서주를 안아 들었다. 촉. 가볍게 몇 번의 입을 맞춘 그는 드레스 룸으로 걸어갔다.

"이러고 가면 안 힘들어?"

"별로."

"살이 5킬로나 더 쪘다고."

"지금이 딱 보기 좋아. 예전에 너 얼마나 말랐었는데."

"치, 항암 하고 나면 또 빠질 텐데."

툴툴거리는 서주의 엉덩이를 아프지 않게 톡톡 친 태강은 드레스 룸에 들어와서야 그녀를 내려놓았다.

서주는 옷을 갈아입는 그를 물끄러미 바라봤다. 와이셔츠를 벗어 드러난 잔근육들을 보며 침을 꿀꺽 삼켰다.

"오빠, 진짜 궁금해서 묻는 건데."

"뭔데?"

"오빠 안 한 지 오래됐잖아. 어떻게 해결해?"

태강은 미간을 찌푸렸다. 지금 무슨 말을 들은 거지? 겨우 참고 있었는데, 이렇게 도발하는 그녀를 어떻게 해야 할까. 고개를 돌려 서주를 보자, 천진난만한 얼굴을 하고 있다.

"뭘 묻는 거야?"

"그, 그거……."

옷을 입으려던 걸 그만둔 태강이 벗은 몸 그대로 서주의 앞으로 다가왔다. 눈앞에서 그의 맨몸을 보자, 심장이 빠르게 뛰었다.

"그게 뭘까?"

명백히 알면서 묻는 게 분명하다. 아, 정말 궁금해서 물은 것일 뿐인데…….

"알면서 묻는 거지?"

"아니."

그가 턱을 잡아 시선을 맞추게 한다. 그의 욕망 어린 눈동자가 눈에 들어와 서주는 침을 꿀꺽 삼켰다. 그와 함께 실수했다는 걸 인정할 수밖에 없었다. 그의 뜨거운 숨결이 귓불에 닿았다. 나직이 소곤거리는 음성에 솜털이 곤두섰다.

"항암치료 끝나면, 그때는 절대 안 참을 거야. 그때까지 도발하지 마."

자연스레 그녀의 눈이 아래로 내려가며 마른침을 삼켰다.

"도, 도발 아, 안 할게."

더듬더듬 말을 뱉은 서주가 빠져나가려 몸을 일으키자, 태강이 단숨에 고개를 숙여 그녀의 입술을 베어 물었다. 입 안을 헤집는 그로 인해 서주는 정신이 아득해졌다.

다음 날, 태강은 아침 일찍 일어나 식사를 준비했다. 식사 준비를 마치고 방으로 들어가 잠든 서주를 물끄러미 보았다. 제법 살이 오른 얼굴을 보며 입가에 흡족한 미소가 지어졌다. 그녀의 얼굴을 조심스럽게 쓸어내리던 태강은 고개를 숙여 속삭였다.

"공주님, 어서 일어나야죠."

귓가에 나직이 울리는 음성에 서주는 눈을 비비며 기지개를 켰다. 감은 눈을 뜨자, 곧장 입술에 그의 입술이 닿았다.

"언제 일어난 거야?"

"아까. 어서 일어났으면 씻고 와. 밥 먹자."

태강은 몸을 일으키려는 그녀를 안아 욕실 앞에 내려놓았다. 욕실로 들어가는 서주를 보고 주방으로 가 식탁에 수저를 놓고 밥을 펐다. 그때, 서주가 툴툴거리며 주방으로 들어왔다.

"아직 9시밖에 안 됐는데. 왜 깨운 거야."

"오늘 같이 가고 싶은 곳이 있어."

"어디길래?"

"가보면 알아."

나란히 식사를 마치고 태강은 푸른 주스를 컵에 따라 서주에게 내밀었다.

"잘 마실게."

"마시고 있어. 금방 정리할 테니까."

분주히 움직이는 태강을 보며 서주의 눈꼬리가 부드럽게 휘어졌다. 그를 볼 때마다 모순적인 생각이 들었던 것도 어느 순간 내려놓게 되었다. 그를 사랑하는 지금, 이 시간이 가장 중요한 것이다. 그와 자신이 오롯이 함께할 수 있다는 것이.

"다 됐다. 이제 외출 준비하러 가자."

태강은 서주를 일으켜 드레스 룸으로 들어갔다. 초봄이 다가오고 있었지만, 아직은 늦겨울이라고 부를 만한 날씨였다. 그는 그녀가 입을 옷부터 꺼냈다.

"갈아입어."

서주는 태강이 건넨 옷을 보며 고개를 갸웃거렸다. 무슨 중무장을 하는 것도 아니고, 패딩점퍼에 기모가 든 바지와 티셔츠, 그것도 모자라 발열내의까지 손에 쥐여줬다.

"어디 가는데 옷이 이래?"

"좋은 곳이야. 그러니까 어서 갈아입어. 이러다 늦고서 조금뿐이 못 놀았다고 투덜거리지 말고."

의아한 얼굴로 바라보던 서주는 주섬주섬 옷을 갈아입었다. 그녀가 옷을 입는 것을 보고 태강 역시 외출 준비를 마쳤다. 집을 나와 차에 타고 이동하면서 서주는 태강을 힐끔거렸다.

"그렇게 힐끔거리지 마. 대놓고 봐도 되는데."

"뭘 힐끔거렸다고."

서주는 애꿎은 손을 만지작거리며 시선을 창밖으로 돌렸다. 빠르게 바뀌는 풍경을 감흥 없는 눈으로 보던 서주는 고개를 돌려 운전을 하는 태강을 보았다. 기어 위에 있는 그의 왼손 위로 손을 포갠 그녀는 배시시 웃으며 다시 창밖으로 시선을 돌렸다. 좁은 차 안을 가득 채운 그의 향기, 맞닿은 손의 온도가 행복함을 가져왔다.

차가 고속도로로 진입하는 것을 보고 서주는 태강을 보았다.

"멀리 가는 거야?"

요금소를 빠져나가는 앞차를 보며 잠시 차를 멈춘 태강은 서주의 손을 잡았다.

"그렇게 먼 곳은 아니야."

"으응. 오랜만에 나오니까 기분 좋다."

"한숨 자. 도착하면 깨울 테니까."

"오빠 운전하느라 힘든데, 내가 자도 돼?"

"그럼, 안전하게 목적지까지 모실 테니 공주님은 어서 주무세요."

태강은 고속도로에 진입하기 전 차를 세우고 뒷좌석의 담요를 가져와 그녀의 무릎을 덮어주고 이마에 가볍게 입을 맞췄다. 다시 출발한 차는 3시간이 지나서야 정동진에서 멈췄다. 그는 잠들어 있는 서주를 보며 입가에 미소를 드리웠다.

"서주야, 일어나. 도착했어."

기지개를 켜며 몸을 일으킨 서주는 주변을 두리번거리다가 태강을 보았다.

"여기가 어디야?"

"정동진."

놀라서 커다래진 눈을 보며 태강은 부스스 웃었다.

"내리자."

차에서 내려 걸음을 옮기며 태강은 서주의 어깨를 감싸 안았다. 해변으로 내려와 바닷가 근처에 있는 벤치에 잠시 앉았다. 그는 바닷가로 시선을 고정하고 어깨에 머리를 기댄 그녀를 물끄러미 응시했다.

"마음에 들어?"

바다를 보고 싶어 했지만, 항암치료가 끝나고 남해로 내려가서야 볼 수 있을 거라고 생각했는데 서주는 가슴이 뭉클해졌다. 끝을 알 수 없는 지평선을 바라보며 문득 그런 생각이 들었다. 푸른 바다는 모든 것을 따스하게 품어주는 듯한 '엄마의 품'과 같지 않을까 하는 생각. 서주는 바다를 보던 시선을 돌려 태강의 입술에 입을 맞췄다.

"고마워."

배시시 웃는 그녀의 얼굴이 어여뻐 태강은 바다를 보러 오길 잘했다는 생각이 들었다. 그는 옆에 있는 카메라를 들었다.

"인증 사진 찍어야지. 사진이 남는 건데. 자세 취해봐."

서주가 손가락을 들어 브이를 그리자, 태강은 셔터를 눌렀다. 찰칵 소리와 함께 찍힌 사진을 보며 태강의 입가에 잔잔한 미소가 어렸다.

"나도 보여줘."

서주는 태강이 내민 카메라 속 사진을 보며 입술을 삐죽였다.

"오빠가 더 멋있게 나왔어. 다시 찍어."

"뭐가 내가 더 멋있게 나와. 네가 더 예쁘게 나왔구먼."

태강은 툴툴거리는 서주의 볼을 아프지 않게 꼬집었다.

"다른 곳도 가볼까?"

"응."

고개를 끄덕이고 벤치에서 몸을 일으킨 서주와 함께 바닷가를 한 바퀴 돌고 바다전망대로 올라갔다. 소망의 종을 보며 태강은 서주를 돌아보았다.

"바다 보고 있어. 내가 종을 치면 소원 비는 거야."

고개를 끄덕인 서주를 보며 그는 소망의 종을 쳤고, 두 사람은 바다를 보며 소원을 빌었다.

"우리 서주 아프지 않게 해주세요."

서주는 눈시울이 붉어져 얼른 바다를 바라보며 소원을 빌었다.

"우리 오빠도 아프지 않게 해주세요."

그 말에 태강은 서주를 끌어당겨 안았다.

"우리 같은 소원 빌었으니까 이제 아프지 말자."

귓가에 울리는 감미로운 음성에 서주는 그의 품으로 파고들었다. 그와 같은 마음, 같은 생각을 한다는 것이 가슴을 벅차오르게 했다.

"대답 안 할 거야?"

"아프지 않을게. 오빠가 곁에 있으니까."

잘했다는 듯 태강은 서주의 머리를 쓰다듬었다. 두 사람은 바다전망대를 내려와 시간박물관으로 들어갔다. 시간박물관에 들어가기 전, 1분 40초 동안 흘러나오는 '시간의 탄생'이라는 영상을 보고 안으로 들어가 평소에 접하지 못했던 시계들을 구경했다.

그러다가 타이타닉호 침몰 순간 멈췄다는 세계 유일의 회중시계 앞에서 걸음을 멈췄다. 서주는 그것을 보며 기분이 이상해졌다. 100년의 세월이 지난 회중시계는 녹이 슬어 있었지만, 시간을 알아볼 수 있을 만큼 깨끗한 모습이었다.

"오빠는 시간이 멈추면 어떨 거 같아?"

태강은 뒤에서 서주를 꼭 끌어안았다.

"만약 시간이 멈춘다면, 나는 너와 함께 있을 때 멈췄으면 좋겠어. 네가 웃고 있을 때, 행복해할 때 멈췄으면 좋겠어."

서주는 가슴이 먹먹해져 태강의 팔을 꽉 잡았다.

"나도."

한참 동안 회중시계를 바라보던 두 사람은 다시 걸음을 옮겨 시간박물관 곳곳에 비치된 시계를 구경했다. 그러고는 시간박물관 입구에 있는 기념품 가게로 들어가 태강은 모래시계를 샀다.

"그건 왜 사?"

"필요해서."

"그게 왜 필요해."

"글쎄?"

의뭉스러운 눈길을 보내는 서주를 보며 태강은 계산을 마쳤다. 기념품 가게를 나와 그는 그녀를 데리고 모래시계 공원에 있는 대형 모래시계 앞으로 걸어갔다.

"진짜 크다."

"여기 안에 든 모래가 다 떨어지려면 1년이 걸린대."

고개를 끄덕이며 모래시계를 구경하는 서주를 보며 태강은 방금 사 온 모래시계를 서주에게 내밀었다. 그녀가 의아한 눈으로 그를 보았다.

"이거 나 주려고 샀던 거야?"

"응. 이 모래시계가 다 흘러가기 전에 네가 어디에 있든 내가 갈게."

한 시간. 모래시계의 모래가 다 떨어지면 한 시간이 흐른 것이다. 어디에 있든 한 시간 안에 제게 온다는 말이었다. 울컥 치미는 감정에 서주의 두 눈에 눈물이 그렁그렁 맺혔다.

"또 울려 그런다. 한 시간이 너무 길어서 그런 거면 더 짧은 시간에 갈게. 30분으로 바꿀까?"

그 말에 서주의 두 눈에 맺혀 있던 눈물이 또르르 흘러내렸다. 태강은 그녀의 얼굴에 흐른 눈물을 닦아냈다.

"30분도 길어? 그래서 우는 거야?"

눈물을 흘리는 자신 때문에 안절부절못하며 쩔쩔매는 그를 보니 가슴속에 무언가가 울컥 치밀었다.

"왜 자꾸 우는 거야? 10분? 10분으로 줄일까?"

그만 울어야지 생각하면서도 태강의 말 한 마디 한 마디가 감정을 격하게 한다. 초조한지 발을 동동 굴리는 그를 보며 서주는 흘러내린 눈물을 쓱 닦아냈다.

"……정말 10분 만에 내가 어디에 있든 올 거야?"

"그럼, 당연하지. 이제부터 네가 어디에 있든 내가 같이 있을 건데."

겨우 멈췄던 눈물이 다시금 흘러내렸다. 어디에 있든 항상 함께 있겠다는 그 말이 왜 이렇게 마음을 먹먹하게 만드는지 모르겠다. 가슴 한편이 뻐근해오면서도 가득 차는 느낌이다.

태강은 서주를 품에 가두며 조심스럽게 등을 쓸어내렸다.

"그만 울어. 울리려고 선물한 거 아닌데."

그의 품으로 더 파고든 서주는 흘러내리는 눈물을 멈추려 애썼다. 저를 달래려고 하는 말 한 마디 한 마디가 가슴으로 스며들었다. 이대로 시간이 멈췄으면 좋을 만큼 마음이 벅차올랐다.

태강은 서주를 꼭 끌어안았다. 틈 하나 없이 끌어안은 지금처럼 서로의 곁에서 서로의 빈자리를 채우며 그렇게 살아가게 될 것이다.

　우리는 앞으로도 서로의 빈자리를 채워주면서.

에필로그

오후의 볕이 따스하게 내리쬐었다. 일주일 전 첫 정기검진을 받았을 때, '정상'이라는 교수의 말을 듣고 얼마나 기뻤는지 모른다. 여전히 3개월마다 정기검진을 가야 하지만.

남해로 내려와 그는 카페를 시작했다. 그의 성격대로 카페 내부는 아기자기한 것과는 거리가 먼, 심플 그 자체였다. 테이블 몇 개와 카페 중앙에 놓여 있는 큰 화분이 인테리어의 전부였다. 아기자기하게 바꾸고 싶다는 서주의 말을 그는 단호하게 싫다고 했다. 카페가 꼭 아기자기할 필요는 없다나. 전면 유리창으로 보이는 바다만으로도 환상적인 분위기를 자아낸다고 아기자기한 소품들은 굳이 필요 없다고 했다.

태강의 말대로 카페에 앉아 유리창 너머 보이는 푸른 바다만으로도 참 예쁘긴 했다. 이런 생활을 하게 될 거라고는 한 번도 생각하지 못했는데, 참 좋았다.

서주는 번역 일을 다시 시작했다. 그가 아니었다면 일을 언제 다시 시작했을지 모른다. 일은커녕 혼자서 항암치료를 받다가 고통스러움을 견디지 못하고 살아가길 포기했을지도.

귓가에 울리는 이루마의 'kiss the rain' 곡이 마음을 차분하게 했다. 노트북을 보던 서주는 시선을 돌려 카운터에 있는 그를 보았다. 아르바이트생과 얘기를 하는 그의 웃는 모습이 마음을 따스하게 적신다. 턱을 괴고 그를 유심히 바라보았다. 자신의 시선을 느꼈는지 태강이 윙크를 한다. 피식 웃은 서주는 고개를 돌려 키보드를 두드렸다.

가까이 다가오는 발걸음 소리와 은은하게 퍼지는 민트 향. 그가 오고 있었다. 테이블 위에 차를 내려놓고 자신의 목에 팔을 감으며 귓가에 속삭인다.

"내가 그렇게 보고 싶었어?"

"아니. 일하고 있었는데."

"오빠 보고 있었잖아."

"웃음소리가 나서 한번 본 거뿐이지."

태강은 서주의 귓불을 아프지 않게 깨물었다.

"아얏!"

"아프지도 않으면서. 내가 너무 오냐오냐해서 엄살이 늘었어. 남서주 양."

"흐음. 이렇게 만든 건 주태강 씨인데."

서른한 해가 지나갈 동안 엄살은 한 번도 부려본 적이 없었다. 사는 게 바빴으니까. 다른 생각을 할 여유가 없었고, 응석을 부릴 사람이 없었으니까. 하지만 그를 만나고 달라졌다. 매순간 웃고 있는 자신을 발견한다. 그의 말을 빌리자면, 사랑받고 있는 여자처럼 화사하게 피어난다고 했다. 그와의 생활은 외로움조차 느낄 수 없게 했다.

"그래서 싫은 거야?"

"주태강 씨를 싫어해도 돼? 서방님을?"

서방님이라는 말에 태강의 한쪽 입술 끝이 올라갔다. 그는 서주의 목덜미에 키스를 하며 나직이 속삭였다.

"우리 결혼식 하자."

서주는 네 번째 손가락에 끼워진 반지를 왼손으로 만지작거렸다.

"이거면 되는데. 남들과 똑같은 결혼식, 굳이 해야 할 필요 없잖아."

말은 그렇게 하면서도 서주는 태강과 결혼식을 올리고 싶었다. 하지만, 서주가 바라는 건 그와 단둘이 올리는 결혼식보다 그의 부모님으로부터 축복을 받는 결혼식이었다. 여전히 당신 어머니는 우리를 허락하지 않았으니까.

"웨딩드레스 안 입어도 정말 괜찮아?"

"웨딩드레스 입어봤잖아. 여기 처음 내려왔을 때."

"그건 말 그대로 입어만 본 거잖아."

남해에 처음 온 날, 침실에 놓여 있던 웨딩드레스는 지금 생각해도 최고의 프러포즈였다. 태강이 직접 골랐다는 웨딩드레스. 물밀듯 밀려온 수많은 감정들이 가슴을 벅차게 만들었었다.

"나는 그거로 만족하는데. 오빠는 아니야?"

"하여튼 말도 안 듣지. 안 피곤해?"

"피곤하기는, 형찬이가 빨리 번역본 보내라고 난리야. 오빠랑 같이 있다가 굼벵이가 되었다나 뭐라나."

태강은 기분 좋은 웃음을 터트렸다.

"왜 웃어? 이게 다 오빠 때문이라고. 일해야 하는데 자꾸 놀자 그래서 그런 건데."

"형찬 씨, 너 걱정한다는 거 다 거짓말 같아. 요즘 보면 너 일 못 시켜서 안달 난 사람 같거든. 너 아플 때 어떻게 참았는지 모르겠네."

고개를 끄덕인 서주는 열어놓은 파일을 닫고 노트북을 닫았다.

"왜? 일해야 한다면서."

"집에 가서 하려고. 오빠 때문에 집중이 안 되니까."

태강은 시계를 힐끗 보더니 서주에게 손을 내밀었다.

"그럼 산책할까? 운동할 시간이잖아."

"벌써 시간이 그렇게 됐어?"

"그래. 하나에 집중하면 시간 가는 줄도 모르지?"

키득거리며 웃은 서주는 태강이 내민 손을 잡았다. 태강은 카운터에서 이쪽을 보고 있는 상훈을 향해 소리쳤다.

"우리 나갔다 올 테니 가게 잘 보고 있어."

"네, 사장님."

"상훈아, 갔다 올게."

"네, 누나."

친근하게 보이는 두 사람의 모습에 태강의 미간이 좁아졌다. 며칠 전부터 상훈은 서주에게 누나라는 호칭을 쓰고 있다. 자신에게는 꼬박꼬박 사장님이라고 부르면서.

거기에 이 여자는 왜 이렇게 웃어주는가. 마음에 안 든다.

태강은 상훈을 힐끗 쳐다보곤 서주의 어깨를 감싸 카페를 벗어났다.

"남서주. 너 다른 남자한테 웃어주고 그러지 마."

"오호! 질투하는 거야?"

"질투는 무슨! 내가 질투하는 거 봤어?"

"에잇, 지금 하는 거 같은데?"

"질투 아니거든!"

서주는 걸음을 멈추더니 태강의 얼굴을 유심히 보았다.

"질투 맞네. 그럼 얼굴은 왜 붉어지셨을까?"

"뭐, 뭐가 빨갛다고. 걷기나 해."

"말까지 더듬으시고."

"장난치지 말고 앞 보고 걸어. 형찬 씨가 마감 이번 주까지 해달라고 했다면서 빨리 산책 다녀와서 일해야지."

"맞다!"

서주는 태강의 팔짱을 끼며 걸음을 옮겼다. 평화롭기 그지없는 시간이었다. 잔잔하게 부서지는 파도 소리와 살갗을 간질이는 바람, 햇볕이 따스했다. 그리고 나란히 걷는 주태강이라는 남자가 있어서 더없이 행복한 오후였다.

밤사이 많은 눈이 내려 세상을 하얗게 뒤덮었다. 남해에 오고 보는 첫눈이었다. 눈이 내리는 걸 봤더라면 좋았을걸. 아쉬움이 가득한 얼굴로 서주는 2층 테라스에 서서 눈에 뒤덮인 고요한 마을을 바라보았다. 어느 사진 속에서 봤던 풍경 그대로다. 새하얗게 뒤덮인 눈이 꼭 동화책 속에 있는 것만 같다.

"남서주, 춥잖아. 감기 들면 어쩌려고."

"오빠, 눈이 정말 많이 왔어. 온통 새하얗다고."

코끝이 빨개진 채 한껏 들뜬 목소리를 내는 서주를 보며 태강은 모포를 가지고 테라스로 왔다. 그녀의 어깨에 모포를 단단히 걸쳐 주었다.

"으! 춥기만 한데. 눈 많이 와서 오늘은 손님도 없겠네."

"어차피 손님 많이 없잖아. 상훈이가 그러던데. 이러다가 월급 못 받는 거 아니냐고."

"뭐?"

쿡쿡 웃은 서주는 태강을 힐끗 보며 중얼거렸다.

"오빠 잠깐 자리 비웠을 때 그러더라고."

카페는 말 그대로 한철 장사였다. 여름 휴가 시즌에 1년치 장사를 한다고 봐도 무방했다. 태강은 두 손으로 빨개진 서주의 얼굴을 감쌌다.

"따뜻하다. 근데 그러면 오빠 손 차가워져."

서주는 태강의 손을 내리려 했지만, 그는 손에 힘을 줄 뿐 내리지 않았다.

"그럼 안에 들어가자."

"조금만 더 있다가."

새하얀 눈을 보니 감정이 격해졌다. 작년엔 눈이 내려도 밖에 나가질 못했다. 수술하고 항암을 준비하고 있었기 때문에 몸 상태가 말이 아니었다. 면역력과 체력이 급격히 떨어졌었다. 그때에 비하면 지금은 말로 표현할 수 없을 만큼 좋아졌다. 찬바람을 쐬도 쉽게 감기에 걸리거나 하지 않았다.

그의 사랑 덕분이겠지.

서주는 태강이 준비해주는 것에 따라 유기농 재료로 식사를 준비하고 식이요법과 운동, 항암 보조제를 복용하고 있었다.

"오빠 예전에 하고 싶은 거 적었었잖아. 그거 하자."

서주는 태강의 품에서 빠져나와 드레스 룸으로 달려갔다. 그녀의 뒷모습을 보던 그는 피식 웃으면서 소리쳤다.

"그러다가 넘어진다고! 아침 먹고 나가야지."

"맞다, 아침! 일단 옷부터 입고 밥 차릴게."

드레스 룸에서 고개만 빼꼼히 내민 서주가 말하더니 쏙 들어갔다. 그녀의 모습이 완전히 보이지 않자, 태강은 눈이 덮인 마을을 내려다보았다. 새하얀 눈만 보면 괜스레 눈가가 뜨거워진다. 겨울을 좋아하던 그녀였지만 작년 겨울까진 눈이 내리면 안타까운 눈동자로 창가에 서 있던 모습이 아직도 눈에 선했다. 그때마다 데리고 나가고 싶은 마음은 굴뚝같았지만, 혹시라도 아프게 될까 봐 데리고 나갈 수가 없었다. 다행히도 그녀는 항암치료를 잘 견뎌줘 지금은 건강해졌다. 눈이 내리는 날 밖에 나가도 괜찮아질 만큼.

드레스 룸을 나온 그녀가 주방으로 향하는 걸 보고는 태강도 테라스를 나왔다.

"뭐 할 거야?"

"추우니까 국물 있는 게 좋잖아. 샤브샤브."

태강이 피식 웃었다. 어젯밤 카페를 정리하고 올라왔을 때 주방에서 뭘 하나 했더니, 육수를 내고 있었나 보다. 인덕션 위에 육수가 담긴 냄비를 보고 태강이 물었다.

"샤브샤브 질린다고 하더니."

"빨리 먹고 나가야 하니까, 샤브샤브가 편해."

서주가 아프고 난 뒤로 샤브샤브를 자주 해 먹었다. 재료도 항상 있다 보니 샤브샤브를 하는 데 시간이 많이 들지 않았다. 채소와 소고기, 해산물을 올려놓고 서주는 맞은편에 앉았다.

"빨리 먹고 나가자."

"그렇게 좋아?"

한껏 들떠서 신이 난 어린아이 같은 모습에 태강의 입매가 부드럽게 휘어졌다.

"응. 겨울 좋아하잖아. 특히 눈 내리는 날. 작년에 못 나갔으니까 오늘은 신나게 놀아야지."

"나는 추운 거 싫은데."

그녀는 국물을 떠먹던 걸 멈추더니 태강을 보았다.

"그럼 오빠는 집에 있을래? 곧 상훈이 올 텐데 상훈이랑 놀지, 뭐."

그의 반듯했던 미간이 찌푸려졌다. 지금, 저를 두고 다른 남자와 논다고 태평하게 말하는 건가?

"너 요즘 상훈이랑 너무 가깝게 지낸다."

"동생이잖아."

"누가!"

"왜 소리는 지르고 그래?"

태강이 느리게 눈을 감았다가 떴다. 이러면 또 서주가 질투한다고 할 텐데. 그래도 싫은 건 싫은 거였다. 서주의 곁에 다른 남자라니!

"소리 지른 건 미안. 그렇지만, 나는 네가 다른 남자랑 가깝게 지내는 거 마음에 안 들어."

"상훈이가 남자야?"

"그럼 여자야?"

"나한테 남자는 주태강 씨 하나뿐인데."

서주는 은밀한 눈빛을 보내며 소곤거렸다.

"그런 눈빛은 곤란해. 아침이잖아."

서주는 자세를 고쳐 앉으며 은근하게 끈적이는 눈빛을 보냈다. 아침이라는 그 말에 웃음이 나오려 해 입술을 깨물었다. 병원에서 첫 정기검진을 받고 그가 교수에게 처음 한 질문이 아직도 생생히 떠오른다.

'부부관계는 이제부터 해도 괜찮은가요?'

새빨개진 얼굴은 물론, 교수를 볼 낯도 없었다. 어떻게 그런 말을 표정 하나 바뀌지 않고 당당히 물을 수 있는지. 그리고 그랬던 사람이 아침을 찾고 있다.

그는 금방이라도 의자에서 일어날 자세를 갖추며 물었다.

"식사 중인데……. 서주가 그런 눈빛을 보내면 내가 그 눈빛에 부응해야 하는 거 맞지?"

혓바닥을 쏙 내민 서주는 내려놓은 수저를 들었다.

"밥 먹어야 해. 배고프다고. 그리고 다른 사람이 밟기 전에 내가 먼저 눈 밟을 거야."

"그건 다음에 해도 되잖아. 너 그리고 마감도 아직 덜 했다더니."

"마감이야……."

서주는 말을 끝내지 못하고 시무룩한 표정을 지었다. 형찬이 이놈이 이번 주까지 마감해서 원고를 보내라고 했다.

"그럼 딱 한 시간만 놀고 와서 일하면 되지."

"네가?"

고개를 세차게 끄덕인 서주는 빠른 속도로 밥을 먹기 시작했다.

"그러다가 체한다고."

"빨리 먹어야 빨리 놀지."

아프고 난 뒤, 그녀는 어리광도 늘었지만 예전보다 더 밝아졌다. 그녀는 매일 아침 오늘도 살아갈 수 있게 해줘서 감사하다는 말로 하루를 시작한다. 그리고 카페에 오는 손님들에게 방긋방긋 잘도 웃어준다. 남자들한테 웃어주는 건 마음에 들지 않지만. 해맑게 웃는 그녀의 얼굴은 그 어떤 꽃보다 아름다웠다. 표현하는 것 역시 날이 갈수록 대담해졌다. 식사를 마친 서주는 개수대에 그릇을 담그고 태강을 보았다.

"오빠는 안 나갈 거야?"

"네가 나가는데 내가 안 나가도 돼?"

서주가 활짝 핀 꽃처럼 웃었다. 저렇게 좋을까?

"오빠는 너무 날 과잉보호하는 경향이 있어. 그래서 자꾸 오빠한테 기대게 되잖아. 예전엔 뭐든 혼자 척척 다했는데. 지난번에 연희 말 못 들었어?"

서주는 드레스 룸으로 걸음을 옮기면서 말했다. 그 뒤를 따르던 태강이 무슨 말이냐는 듯 고개를 갸웃거렸다.

"연희 씨가 무슨 말 했는데?"

"오빠랑 같이 있으면서 내가 정말 어린아이가 됐다고. 예전의 남서주가 아니라나."

하지만 그 변화가 싫지 않아. 당신이 있어서 내가 사람 같아졌으니까.

"나한테는 하나뿐인 공주님이니까 당연한 거지."

목도리를 칭칭 감고, 패딩을 입는 서주를 물끄러미 보다가 태강은 옆에 있는 비니를 가져와 서주의 머리에 씌워주었다.

"고마워."

"귀마개도 하고 나가자."

서주는 미간에 잔뜩 힘을 주며 인상을 썼다.

"오빠 때문에 겨울엔 밖에 다닐 땐 내가 곰 같아. 눈만 보인다고. 나도 예쁘게 꾸미고 다니고 싶은데."

"안 꾸며도 예뻐."

"그건 주태강 씨 생각일 뿐이고."

"내 생각이 제일 중요한 거야."

어차피 이기지도 못하는 일, 힘을 뺄 시간이 없다. 서주는 깔끔하게 더는 대꾸하지 않고 귀마개를 착용했다.

"빨리 옷 입어. 나 먼저 나가서 기다리고 있을게."

고개를 끄덕인 태강은 주섬주섬 옷을 입고 거실로 나왔다. 현관 앞에서 신발을 신고 발을 동동거리며 기다리고 있는 그녀를 보자 웃음이 터졌다.

"그렇게 좋아?"

"그럼! 얼마나 기다렸는데! 빨리, 빨리."

좋아하는 그녀를 보니 부드럽게 눈매와 입매가 휘어졌다. 얼른 다가가 신발을 신고 집을 나섰다. 뽀얗게 내린 눈은 누구의 발자국도 없이 흰 눈이 내린 그대로였다. 어린아이처럼 뛰어가는 서주를 보며 태강은 소리쳤다.

"넘어지면 다쳐! 천천히!"

"빨리 와."

서주는 뒤돌아 손짓하고는 다시 바닷가로 달리기 시작했다. 새하얀 눈이 내린 산책로는 발자국 하나 없었다. 온통 새하얀 모습이 이질적이기까지 했다. 잔잔하게 불어오는 바람이 눈을 흩날리게 한다. 뛰던 걸음을 멈추고 뒤를 돌았다. 태강이 느긋하게 걸어오는 모습이 보인다.

처음 그가 제게 온 날처럼, 느릿하게.

서주는 두 팔을 벌렸다. 느리게 걸어오던 태강의 걸음이 빨라졌다. 금세 다가온 그가 그녀를 안았다.

"이렇게 있는 거 되게 좋다."

"나도."

두 사람은 손을 잡고 다시 걸음을 옮겼다. 서주는 슬쩍 뒤를 돌아보았다. 나란히 찍힌 발자국이 가슴을 벅차오르게 한다.

살다가 또 다른 아픔이 찾아오더라도 그와 이렇게 걸어가겠지.

주태강과 남서주가 함께.

남해에 내려온 지도 어느덧 2년이란 시간이 흘렀다. 살아 있는 하루하루가 더없이 소중했다. 서주는 카페에 앉아 따스하게 내리쬐는 봄 햇살로 반짝이는 바다를 보았다. 잔잔하게 울리는 이루마의 피아노 곡이 귓가를 간질인다. 태강은 이루마의 피아노 곡을 싫어한다. 헤어지자고 했던 그때, 카페에서 이루마의 곡이 흘러나오고 있었다며 싫다고 했다. 하지만 저가 좋아하니 카페에는 늘 이루마의 피아노곡이 울려 퍼진다.

녹차를 마시며 바다를 보는 그녀의 눈에 익숙한 인영이 들어왔다. 가슴이 쿵쾅거리기 시작한다. 카페에 들어오지도 못하고 입구를 서성이는 민애를 보며 서주는 떨리는 손을 마주 잡았다.

태강은 일이 있어 읍내에 나갔는데…….

민애를 만나는 일은 예전이나 지금이나 겁이 난다. 자신에게 모질게 했던 지난 시간이 여전히 생생히 가슴에 남아 있어서. 그날의 일이 어제 일처럼 선명히 그려졌다. 몽글몽글 피어오르는 두려움, 초조함, 불안함이 그녀를 덮쳐왔다. 등골이 선득해졌다.

어떻게 할까. 모른 척할까. 서주는 초조하게 입술을 잘근잘근 깨물었다. 태강에게 전화를 걸려고 휴대폰의 패턴을 풀자 화면 가득 해맑게 웃고 있는 태강의 모습이 눈에 들어왔다. 그는 자신 때문에 가족과 연락조차 하지 않는다. 그 생각에 서주의 시선은 다시 창밖으로 향했다.

여전히 민애를 만나는 일은 두려움을 몰고 왔다. 그럼에도 불구하고 민애를 만나야 한다. 저 때문에 태강이 부모님과 연락을 끊고 지내는 걸 모르지 않았다. 서주는 떨리는 몸을 간신히 일으켜 카페를 나섰다.

"안녕하세요."

자신을 훑어보는 민애의 시선이 날카로웠다. 민애 앞에 자신은 죄인이었다. 하나뿐인 아들을 빼앗아간.

"태강이는?"

"읍내에 일이 있어 잠시 나갔어요. 태강 씨, 곧 올 텐데 들어와

서 기다리세요."

민애는 진혁에게 보내오는 사진 속에 서주와 함께하는 태강의 모습을 보며 몇 번이나 남해에 내려오고 싶었다. 하나뿐인 아들이 어떻게 사는지, 궁금했고 걱정도 되었다. 그러면서도 하나뿐인 아들을 만나는 것은 두려웠다. 마지막 날 자신을 원망하듯 집을 뛰쳐나갔던 태강의 모습이 머릿속을 떠나지 않았기 때문이다. 그 후로도 내내 태강을 생각하면 가슴이 문드러졌었다. 어떻게 지내는지, 먼 발치에서라도 보고자 걱정되어 왔지만 태강을 만날 용기는 아직 없었다.

"아니다. 태강이한테는 내가 왔었다는 말은 하지 말아줬으면 좋겠구나."

민애는 흔들리는 눈동자로 서주를 보다가 뒤돌아섰다. 서주는 얼른 민애의 팔을 잡았다.

"어머니…… 죄송합니다."

서주는 마음을 다해 사과했다. 그의 어머니는 자신 때문에 하나뿐인 아들을 보지 못한다. 좋았던 모자 사이가 자신 때문에 어그러진 것이나 진배없었다.

"사과는……."

민애는 무언가 말하려다가도 벅차오르는 감정으로 코끝이 찡해졌다. 진혁에게 듣기로 서주는 많이 아프다고 했다. 그렇게 모질게 굴었던 자신에게 인사를 하고 사과를 해온다. 자신 같았으면 꼴도 보기 싫었을 텐데. 진혁에게 보내오는 두 사람의 사진을 보면서 그래도 살아가겠다고, 예쁘게 사랑하는 모습을 보며 자신이 부린 욕심을 자책했었다.

"들어가서 기다리세요. 태강 씨가 어떻게 사는지 궁금해서 오신 거잖아요."

"아니다. 내가 무슨 낯으로 태강이를 봐."

서주는 민애의 팔을 잡아끌었다.

"어머니시잖아요. 태강 씨도 분명 좋아할 거예요."

민애는 서주가 잡은 손을 뿌리쳤다.

"어머니……."

"너는 내가 밉지도 않니?"

"처음에는 미웠지만, 지금은 태강 씨를 이 세상에 있게 해주신 분이라 미워하지 않습니다. 어머니가 원하신 며느리가 아니란 거 알지만, 태강 씨와 행복하게 살겠습니다."

떨리는 마음을 간신히 감추며 서주는 진심을 전했다.

서주의 진심은 충분히 전해졌지만, 민애는 착잡한 심정으로 뒤돌아섰다. 민애는 서주의 손을 잡으며 부탁했다.

"다음에 태강이와 집에 한번 찾아와줬으면 좋겠구나."

태강과 자신을 인정해주는 말 같아 서주는 활짝 웃었다.

"네! 꼭 찾아뵐게요."

서주는 더는 잡지 않았다. 대신 민애가 차를 타고 사라질 때까지 물끄러미 바라보았다. 민애가 서울에서 여기까지 어떤 마음으로 왔을지 알 것 같아 마음이 편치 않았다.

태강을 보고 가셨으면 좋았을걸.

멍하니 서 있던 서주는 갑작스레 울리는 차 경적 소리에 정신을 차렸다. 태강의 차가 보인다. 그녀는 흐트러진 감정을 재빨리 갈무리했다.

주차한 태강이 단숨에 달려왔다.

"왜 나와 있어?"

"오빠 올 때 돼서."

"우리 서주는 잠시도 나랑 떨어져 있으면 못 견디겠나 봐? 내가 그렇게 좋아?"

서주는 태강의 팔짱을 끼며 배시시 웃었다.

"서방님을 보고 싶어 하고 좋아하는 건 당연하잖아."

두 사람은 다정하게 서로를 감싸 안고 카페 안으로 걸음을 옮겼다.

3년 후.

얼마 전, 병원에서 서주는 난소암 완치라는 판정을 받았다. 5년 동안 재발이 없었고, 누구보다 건강해졌다. 서주는 아이를 갖고 싶어 했지만 태강은 임신 시도는 천천히 하기로 마음먹었다. 그녀가 아기 문제로 스트레스를 받지 않기 위해, 천천히.

무엇보다 서주와 둘만의 꿈같은 시간을 방해받고 싶지 않았다. 아기는 천천히 가져도 문제될 게 없으니까.

아침부터 힘들지도 않은지 서주는 가스레인지 앞에서 분주하게 움직였다. 무언가를 열심히 하는 건 좋은 모습이지만, 자신을 거들 떠도 보지 않고 오로지 요리에만 집중된 그녀의 시선이 마음에 들지 않았다. 요리하는 서주를 보며 태강의 입매가 삐뚜름해졌다.

"도대체 이 많은 음식은 다 뭔데?"

"중요한 손님이 온다고. 계속 말했잖아."

며칠 전부터 서주는 한껏 들떠 온 집안을 구석구석 쓸고 닦고,

가구들을 재배치했다.

"그 중요한 손님이 누군데?"

"비밀!"

새침한 표정을 짓고는 끝까지 중요한 손님이 누군지 알려주지 않는다. 심술이 삐죽 솟아난다. 자신은 그녀에게 비밀 같은 거 만들지 않는데…….

"남서주, 정말 안 가르쳐줄 거야?"

"내려가서 카페나 봐."

식탁에 앉아 음식을 하는 서주를 물끄러미 보았다. 중요한 손님은 서주에게 연희나 형찬뿐이다. 하지만 연희와 형찬은 이미 지난주에 다녀갔다.

"누군데!"

"비밀이라니까. 그렇게 있지 말고 좀 도와주든지, 아니면 방해되니까 저리 가."

태강은 마른침을 삼켰다. 무슨 음식은 또 이렇게 많이 하는 건지. 누가 오는지 알려주지도 않은 채 새벽부터 그녀는 분주하게 움직인다. 자는 사람은 다 깨워놓고! 갖가지 요리를 만들어낸 그녀가 이제는 씻으러 욕실로 들어갔다. 확, 만들어놓은 음식을 다 망가트려버릴까 보다. 태강은 의자에서 몸을 일으켜 욕실 앞에 섰다. 문고리를 돌려봤지만 역시 열리지 않는다. 주먹으로 몇 번 문을 두드렸다. 쾅! 쾅!

"오빠가 씻을 때 문 잠그지 말라고 했지?"

"오늘 아침부터 왜 이렇게 쫓아다녀?"

꼭 안고 자던 사람이 갑자기 사라져 허전해서 잠을 잘 수가 없으니 쫓아다니지! 쾅! 쾅! 태강은 다시 문을 두드렸다. 요즘따라 서주가 참 마음에 들지 않는다. 무슨 비밀을 하나도 아니고 여러 개를 만드는지.

"다 씻었으면 나와봐. 우리 면담 좀 해."

며칠 전 카페를 정리하고 올라왔을 때, 서주는 보던 걸 잽싸게 덮고 치워버렸다. 뭐냐고 물으니 번역할 소설이라고만 말했다. 그래서 더 묻지 않았는데, 생각해보면 그때부터 서주는 좀 이상하게 굴었다. 소파에 앉아 욕실을 노려보던 태강은 문이 열리자, 한걸음에 서주에게 다가갔다.

"얘기 좀 해."

"무슨 얘기?"

천연덕스럽게 할 말이 없다는 투다. 자신을 지나쳐 드레스 룸으로 걸어가자, 태강이 얼른 서주를 당겨 안았다. 목덜미에 얼굴을 묻은 그는 나른하게 속삭였다.

"요즘 왜 자꾸 비밀을 만들어?"

잘게 떠는 서주의 반응에 태강은 입꼬리를 올리며 웃었다. 목덜미를 핥던 그는 서주가 대답을 하지 않자 입술 자국을 남겼다.

"아야!"

"좋으면서."

탁! 서주의 손이 올라와 태강의 손을 때렸다.

"이럴 시간 없다고. 옷 입고 준비해야지."

"도대체 누가 오기에 그래?"

"아주 중요한 사람!"

"남서주에게 주태강 이외에 중요한 사람이 어딨어?"

그녀가 배시시 웃으며 입술에 가볍게 입을 맞춘다. 태강은 자신의 입술에 가볍게 닿았다 떨어진 부드러운 감촉에 입술만 매만졌다. 그 틈에 서주는 태강에게서 벗어나 드레스 룸으로 들어갔다. 고개를 가볍게 저은 그가 드레스 룸으로 들어갔다. 그녀는 옷걸이에 걸려 있는 상아색 원피스를 꺼내서 입고 있었다. 뒤에 지퍼가 달려 있으니 쪼르르 달려와 뒤를 돈다.

"지퍼 좀 올려줘."

"진짜 이상하네. 오늘따라 안 입던 원피스도 다 꺼내서 입고."

"그럼, 정말 중요한 날이거든."

지퍼를 올려주면서도 도대체 누가 오기에 이러는지 당최 이해할 수 없었다. 깊은 한숨을 내쉰 태강은 서주의 얼굴을 감쌌다.

"남서주, 오늘 밤에 각오해."

"예, 예."

보통 이렇게 말하면 당황하며 도망가기 마련인데, 오늘은 반응도 시큰둥하다.

도대체 뭐지! 뭐냐고!

의뭉스러운 마음을 지울 수가 없어 그녀를 보는 눈빛이 짙어졌다. 자신이 무슨 상태든 말든 서주는 집을 나서기 위해 현관으로 향한다.

"남서주, 도대체 누가 오는데?"

"오빠, 슈트 입고 내려와. 내려와보면 알아. 벌써 도착했겠다. 나 먼저 나갈게. 우리 서방님, 멋있게 하고 와야 해."

서주는 윙크까지 하고는 손바닥에 입술 도장을 찍어 휙 날리고 집을 나갔다. 허탈해진 마음과 궁금증에 태강은 얼른 슈트를 입고 집을 나섰다.

계단을 내려가자 카페 앞 돌담으로 나 있는 길 위에 진혁, 민애, 서주가 서 있었다. 눈을 비비고 다시 보아도 부모님과 서주였다. 특히나 그의 시선이 머문 곳은 서주의 손을 잡고 있는 민애였다.

"오시느라 고생하셨죠?"

"아니다. 아들이랑 며느리 보러 오는데 무슨 고생이라고."

가까이 갈수록 또렷이 들리는 대화 소리에 태강은 멍해졌다. 서주를 싫어하던 민애였다. 끝까지 서주만은 안 된다고 말했던 순간을 단 한 번도 잊은 적이 없었다. 그랬는데…… 지금 그녀와 나란히 서서 웃고 있다. 아주 가까운 듯한 모습을 한 채.

"태강이도 나왔구먼."

진혁의 말에 걸음을 멈춘 자신에게 세 사람의 시선이 꽂혔다. 서주가 뛰어와 자신의 손을 잡아끈다.

"오빠, 인사드려야지. 오랜만에 만나는 거잖아."

태강은 쭈뼛거리며 걸어가 인사를 건넸다.

"그동안…… 건강히 잘 지내셨어요?"

민애는 눈시울을 붉히며 태강을 향해 팔을 벌렸다. 멍하니 서 있는 그를 서주가 툭 쳤다.

"안아드려야지."

태강은 서주의 웃는 얼굴을 한 번 보고는 민애를 조심스럽게 안았다. 민애가 품에서 흐느낀다. 못난 아들 때문에 속만 썩여드린 것 같아서 마음이 아프다.

"여보, 오랜만에 아들 보는데 그렇게 계속 울기만 할 거야?"

"내 정신 좀 봐."

민애는 훌쩍이는 얼굴을 들고 태강의 얼굴을 샅샅이 훑었다. 사진으로만 보다가 직접 만질 수 있는 거리에 있으니 기분이 이상했다.

"아버님, 어머님. 안으로 들어가세요."

네 사람은 집으로 걸음을 옮겼다. 민애는 연신 태강의 손을 놓지 않았다. 그 모습을 뒤에서 물끄러미 보던 서주의 눈동자가 애잔해졌다.

더 빨리 만나게 해주고 싶었지만, 민애는 완강히 거부했다. 태강과 자신에게 죄를 지었다면서. 괜찮다고 몇 번이나 말을 했지만 민애는 끝까지 뜻을 굽히지 않았다. 하지만 결정적으로 민애의 마음을 바꾼 건 '참 좋은 당신'이라는 책을 보내드리고 나서였다. 태강과 그녀의 사랑 이야기를 수필로 써 책으로 만들었다. 그 책을 받은 후, 민애는 조만간 남해에 오겠다는 연락을 해왔다. 드디어, 그와 그의 부모님에게 무언가를 해줄 수 있다는 생각에 얼마나 기뻤는지 모른다.

안으로 들어온 네 사람은 식탁에 둘러앉았다. 식사하는 내내 화기애애한 분위기가 이어졌다. 태강은 부모님과 얘기를 하며 웃고 있는 서주를 물끄러미 보았다. 그녀에게 온전한 가족을 만들어주고 싶었다. 부모님과 왕래를 하지 않는 자신을 보며 내색은 하지 않았지만 서주도 신경을 쓰고 있었을 것이 분명하다.

자신이 챙기지 않은 부분까지 챙겨준 서주가 고마웠다. 그러면서도 말을 했으면 같이 해결했을 텐데…… 라는 아쉬움도 들었다. 민애가 서주에게 모질게 굴었던 지난날을 생각하면 이렇게 부모님을 뵙기까지 그녀가 또 얼마나 혼자 고민했을지 걱정도 되었다.

그런데도 밝게 웃는 부모님과 서주를 보니 마음이 따스하게 물들었다.

우리는 앞으로도 이렇게 잔잔한 일상을 살아가겠지. 살면서 기쁜 일도, 시련도, 가족이라는 이름으로 함께 헤쳐 나가겠지.

남서주와 주태강이 하나의 온전한 가족으로…….

-마침-

작가 후기

가족.

그 의미를 참 많이 생각하면서 썼던 글입니다.

「너의 빈자리」에서 아픈 서주를 보듬어주는 단 한 사람은 태강이었습니다.

태강과 서주.

두 사람은 서로를 채워주면서 하나의 가족을 이루었습니다.

고아인 서주에게 온전한 가족을 만들어주고 싶었던 마음도 컸습니다.

「너의 빈자리」를 쓰는 내내 울었던 저로서는 몇 번이나 포기하고 싶었던 글이었습니다.

포기하지 않고 완결을 낼 수 있었던 건 독자님들이 달아주신 정성스러운 댓글 덕분이었던 것 같습니다. 정말 감사드립니다!

부족함이 많은 「너의 빈자리」를 예쁘게 다듬어 출간할 수 있게 기회를 주신 와이엠북스 출판사 관계자분들과 박지은 편집자님께 진심으로 감사드립니다.

이 글을 읽어주신 많은 분들이 남해 어딘가에서 행복하게 살아가고 있을 서주와 태강을 떠올리면서 미소 지으셨으면 좋겠습니다.

-2016년 3월 어느 날 차수인 올림.